로스트 헤븐

The Lost Heaven

II

박슬기 장편소설

로스트 헤븐

2

The Lost Heaven

D&C BOOKS

로스트 헤븐 · II

초판 인쇄 2017년 5월 16일
2쇄 발행 2017년 9월 1일

지은이 박슬기
펴낸이 신현호
편집국장 김은주
편집부장 예숙영
책임편집 박상희
편집디자인 디자인그룹 헌드레드
영업 · 관리 김민원 이주형 조인희
물류 이순우 최준혁 김명일

펴낸곳 (주)디앤씨미디어
주소 서울 구로구 디지털로 26길 111, 503호
출판등록 2002년 5월 1일 제117-90-51792호
전자우편 dncbooks@dncmedia.co.kr
디앤씨북스 블로그 http://blog.naver.com/dncbooks
디앤씨북스 로맨스 카페 http://cafe.naver.com/dnc2007
블랙 라벨 클럽 트위터 @blacklabel_c

ISBN 979-11-264-4128-3 04810
979-11-264-4099-3 (set)

II. 붉은 언덕

외전. God is my judge

II

붉은 언덕

Chapter 1

서기 2073년 12월 24일 오후 2시
러시아 시베리아 연구소

이날 러시아의 시베리아 연구소에서는 세기의 발표가 이루어지고 있었다. 그것은 러시아 뇌 과학 발달 기술 팀 연구진들이 지난 십 년간의 연구 끝에 성공한 장기 프로젝트의 결과였다.

프로젝트 명 '솔로몬'

이는 뇌의 전산화 작업 및 이식술에 관한 연구·개발 프로젝트다. 우주 건설회사 스타시티의 막대한 지원하에 활기차게 진행된 솔로몬 프로젝트의 핵심 기술은 냉동 보존된 뇌의 신경망을 컴퓨터에 옮기고 전산화된 뇌를 다른 인체나 로봇에 옮기는 것이었다.

그간 수많은 과학자들이 동물의 뇌 전산화에는 성공했지만 인간의 경우에는 성공한 사례가 없었다. 이유는 인간의 뇌는 동물보다 신경망 보존 작업이 훨씬 까다롭기 때문이었다. 신경망 세포를 도식화하기 위한 전산 작업부터가 사람의 뇌인 경우에는 그 분량과 섬세함이 상상을 초월하는 수준이었기에 대부분의 연구팀들은 난항을 겪었다.

그런데 마침내 러시아 연구진이 인간의 뇌 이식 성공 사례를 발표하면서, 전 세계 최고 과학자들은 바야흐로 인류 역사의 새로운 발걸음을 목격하게 되었다.

"정말 성공할 줄이야……. 놀랍군."

리 박사는 전자 담배를 입에 물며 감탄 어린 웃음을 흘렸다. 그는 유리관처럼 투명한 복도에 서서 밖을 내다보았다. 창 너머로 제1연구동과 제2연구동을 잇는 다리가 보였다. 그 밑에는 프로젝트 발표를 본 사람들이 삼삼오오 모여서 대화를 나누고 있었다. 그들은 모두 각계의 유수 인재들로 저마다 소속 집단을 대표하여 오늘 열린 프로젝트 발표에 초청받은 이들이었다.

노벨상을 받은 최고 권위의 과학자들과 엔지니어들, 각 학계의 명망 있는 교수들, 대형 제약회사의 관계자들, 정치계의 거물들과 재력가들 등이 한자리에 모여 있는 광경이란 그야말로 장관이었다. 리 박사 또한 대형 병원과 제약회사를 운영하고 있는 왓슨 그룹을 대표하여 참석한 경우였다.

오늘 러시아 연구진의 발표는 분명 획기적이었다. 다만 아쉬운 점이 있다면 아직 인체에 이식하는 단계까지는 못 닿았다는 것이다. 그래도 뇌의 신경망을 컴퓨터에 옮기고 전산화에 성공했다는 것 자체가 인류 과학계에 있어서 커다란 도약임에 틀림없었다.

그러나 솔로몬 프로젝트의 성공은 대중에게 철저히 비밀에 부쳐질 것이 분명했다. 이를 대중화시키기에는 수반되는 문제점들이 너무 많았다. 매번 부딪치는 과학과 윤리의 갈등, 수십 억이 될 이식술 비용을 일반인들이 지불할 수 있을 리가 없을뿐더러 빈부 격차가 이제는 사람 수명까지 좌지우지한다는 불만이 제기될 게 뻔했다.

이것은 인류가 불멸에 도전하는 프로젝트였다. 다른 인체, 설령 로봇에라도 완전 이식에 성공한다면 정·재계의 유명 인사나 부호들은 앞다투어 번호표를 받고 줄지어 대기를 할 것이다. 스타시티가 노리는 게 그거였다. 수명의 프리미엄화. 오직 상위 0.1퍼센트의 귀족들만이 누릴 수 있는 불멸의 삶을 어마어마한 돈을 받고 장사를 하겠다는 심산이리라.

'뭐, 보아하니 그 단계까지 가려면 아직 시간이 더 걸리겠지만……. 그나저나 바딤은 어디 있는 거야?'

연구소에 도착하면 자신을 찾아오라고 실컷 말해 놓고서는 아까부터 코빼기도 보이지 않았다. 대체 이 엄청난 발표를 앞두고 어디로 사라진 것인지.

그때 복도 반대편에서 한 여자가 걸어왔다. 복장을 보아하니 러시아 연구원이었다. 리 박사는 재빨리 담배를 끄고 그녀에게 다가가 정중하게 말을 걸었다.

"혹시 바딤 페트로비치 박사 못 봤습니까?"

"아, 박사님이라면."

잠시 고민하던 여자는 눈을 굴리더니 웃으면서 투명한 유리로 된 복도 벽을 손가락으로 가리켰다. 햇살에 크리스털처럼 반짝이는 통유리 너머로 멀리 하얀 눈에 뒤덮인 소나무 숲이 펼쳐진 게 보였다.

"숲에 가셨을 거예요. 이번에 완성된 탐사로봇 프로토타입[1]을 시험 주행해 보신다고 하셨거든요."

시베리아 연구소는 시설 부지 전체가 돔으로 바깥과 차단되어 있기 때문에 사람들이 생활하는 데 문제없는 따뜻한 온도를 유지하고 있었다. 그러나 연구소 밖은 하얀 눈밭이었다. 멀리 보이는 침엽수림조차 설원으로 보일 정도로 꽁꽁 얼어붙은 세상.

"시험 주행을 연구소에서 하지 않고 왜……."

리 박사가 이해할 수 없다는 눈으로 미간을 찌푸리며 묻자 여자는 어깨를 으쓱하며 웃었다.

"박사님이시잖아요."

페트로비치 박사를 일컫는 꼬리표는 많았다.

천재 물리학자, 나노 공학 부문 노벨상 수상자, 타임지가 선정한 세계 10대 건축가, 세계 최고의 로봇 공학자 그리고 시베리아의 괴짜.

어수룩해 보이는 외모에 서글서글한 미소를 지닌 그는 이제 겨우 서른을 넘긴 청년이었다. 옥수수 밭에서 농사나 짓는 게 어울리는 인상이지만 그의 손에서 탄생한 인공지능 작품들은 늘 상상을 초월했다.

리 박사가 탄 에어쉽은 얼마 지나지 않아 소나무 숲 입구에 도착했다. 에어쉽은 은색 날개를 젖히며 천천히 하강하여 지면에 착지

1 프로토타입prototype: 시험 제작 원형

했다. 시베리아 연구소의 에어쉽 외관은 전체적으로 은색 바탕에 푸른색과 빨간색 띠가 입혀져 있었는데, 이는 러시아 국기를 상징한다고 한다.

'지들이 언제부터 그렇게 국가에 충성했다고.'

리 박사는 혀를 끌끌 차며 에어쉽에서 내렸다. 시베리아 연구소는 이미 우주 건설회사 '스타시티' 소속이나 마찬가지였다. 솔로몬 프로젝트를 후원하는 그들은 시베리아 연구소의 건물을 직접 세웠을 뿐만 아니라, 이곳 보안과 연구진의 인사 부문까지 관여하지 않는 게 없었다.

바닥을 밟고 선 리 박사는 곧바로 '에취!' 하며 재채기를 했다. 방한복을 착용했지만 뼈까지 시려 오는 추위가 살갗을 파고들었다. 그는 머리에 쓴 방한모를 고쳐 쓰며 코를 훌쩍였다.

– 리신 박사, 어서 오시게.

소형 로봇 하나가 공중에서 반짝이며 날고 있었다. 리 박사는 피식 웃었다. 장난스러운 말투로 인사한 그것은 페트로비치 박사의 드론이었다. 그는 드론의 카메라에 대고 친근한 어조로 말했다.

"멀쩡한 연구소 놔두고 왜 눈밭에서 시험 주행을 하는 거야?"

– 스마트 더스트를 써 보려면 이런 숲 속이 최적화된 환경이거든.

"스마트 더스트?"

어리둥절한 표정을 짓고 있는 리 박사의 눈이 뭔가를 발견하고 커졌다. 장난감 헬기처럼 날고 있는 드론 뒤에서 누군가 흙을 밟으며 걸어 나오고 있었다. 흰 가운을 입고 등장한 장신의 남자는 다름 아닌 바딤 페트로비치 박사였다. 그의 왼쪽 가슴에는 시베리아 연구소와 스타시티 회사의 마크가 나란히 박혀 있었는데, 누군가 억지로 쥐어뜯으려고 시도한 것처럼 너덜너덜하게 늘어져서 덜렁거리고 있었다.

리를 본 바딤은 해맑게 웃으며 친구를 맞이했다. 두 사람이 실제로 얼굴을 마주하는 것은 실로 오랜만이었다. 서로를 얼싸안으며 반가움을 표한 이들은 천천히 산책을 하며 소나무 숲 안쪽으로 진입했다.

잠시 후, 빽빽한 소나무들이 우거진 숲 한가운데에서 두 사람은 열띤 토론을 나눴다. 그간의 안부 인사도 생략하게 된 건 바딤의 어깨 위에서 날고 있는 드론이 궁금해서 참을 수 없던 리 박사 때문이었다.

"즉 여기서 미세 나노 입자가 뿜어져 나오는 거거든. 이 미세 나노 입자들은 마치 우산처럼 주변 공간을 휘감게 되지. 이걸 스마트 더스트라고 불러. 숲에 깔린 스마트 더스트는 연구소에 있는 슈퍼컴퓨터의 눈이 되어 숲의 모든 것을 감시하는 역할을 수행하게 돼."

바딤은 손 안의 드론을 360도로 빙그르 돌려서 보여 주며 설명했다. 리는 나무 밑동에 앉은 채 흥미진진한 표정을 지었다. 그의 시선은 바딤의 손을 떠나 허공 위를 비행하는 드론을 좇아 두리번거렸다. 마치 바람 속에 떠다니는 나노 입자들을 찾아내기라도 하겠다는 듯이. 그는 감탄에 젖은 눈빛으로 웃으며 말했다.

"연구소에서는 네가 무슨 탐사로봇 시험 주행을 하러 나갔다고 하던데."

"이건 나 혼자 극비리에 개발하고 있는 거야. 자칫 양날의 검이 될 수도 있을 녀석이라서 말이지. 게다가 광역화 작업이 영 쉽지가 않아.”

한마디로 정부와 스타시티에는 비밀로 한 채 혼자 진행하고 있는 프로젝트란 말이었다. 잘만 만들면 정말 큰돈을 벌 수 있는 상품 같은데. 눈을 반짝이던 리는 피식 웃으며 고개를 저었다. 어차피 말해도 바딤은 듣지 않을 것이다. 물욕에 찌든 세상과는 거리가 먼 녀석인 데다가 돈과 명예에는 손톱만큼도 관심이 없는 친구였다.

“너라면 뭐 문제없겠지. 광역화든 뭐든 말이야.”

리는 바딤의 어깨를 두들기며 장난스럽게 웃었다. 바딤은 빙그레 웃으며 머리를 긁적였다.

두 사람은 대학 시절을 함께 보낸 동갑내기 친구였다. 좋은 가문에서 태어나 수재의 길을 걸어왔던 리와 달리 바딤은 농부의 아들이었다. 단 한 번도 수석을 놓치지 않고 정석대로 지식을 쌓고 응용하는 리에게 있어, 자유분방하고 틀에 얽매이지 않는 사고방식의 바딤은 불편한 가시 같은 존재였다.

학교 시험 성적은 늘 바닥이면서 이따금씩 참신하고 기발한 아이디어로 교수들을 놀라게 해 교내 화제의 주인공이 되는 녀석이었다. 게다가 의외로 여자들에게 인기도 많았는데, 아마도 부드러운 인상과는 어울리지 않는 그의 천재성이 그녀들의 호기심을 자아내는 듯했다. 반듯하고 빈틈없는 리와는 흑과 백처럼 달랐던 바딤. 그런 두 사람이 친해진 것은 우연히 수업을 같이 듣게 되면서부터였다.

둘 다 전혀 관심이 없던 한 문학 수업.

모범생의 표본이었던 리조차도 땡땡이치는 걸 피할 수 없을 정도로 지루한 강의였다. 셰익스피어의 작품이라면 이미 책이 넝마가 될 정도로 봤던 참이었다. 그의 대표작만 몇 주째 가르치는 교수의 강의는 순수한 시간 낭비에 불과했다.

어느 따사로운 오후, 리는 슬그머니 강의실을 빠져나왔다. 그리고 문밖에서 그와 딱 마주쳤다. 뒤늦게 수업에 달려오던 바딤 페트로비치였다. 그렇게 그는 절대 따라갈 수 없는 화살 같은 벗을 만나게 되었다.

— 리신이지? 신리인가? 어느 쪽이 이름이야?

— 리가 성, 신이 이름. 중국은 성을 앞에다 붙여.

— 그래? 그럼 네 나라 방식대로 부를게. 반갑다, 리신.

하지만 바딤은 걸핏하면 헷갈려 하며 그의 이름을 잘못 불렀다. 결국 어느 순간부터 더 발음하기 편한 '리'로 부르기 시작했는데, 본인도 딱히 개의치 않는 눈치였다. 솔직히 말해서 리는 오히려 그게 더 특별하게 느껴지고 좋았다.

그날, 먼저 다가와 악수를 청하며 웃는 바딤을 보며 리는 생각했다. 이 녀석은 태양이다. 리는 세상 모든 사람들을 이분법적 사고로 나눠서 정의했다. 한쪽은 모기처럼 남의 양분을 빨아 가며 사는 기생충이고, 다른 한쪽은 남에게 양분을 베풀며 세상을 발전시켜 나가는 선구자들이었다. 바딤 페트로비치는 명백하게 후자였다. 그것도 제일 앞에서 모두를 이끌며 나아갈 선각자에 속하는 인물이었다.

리는 자연스럽게 바딤에게 매료되고 말았다. 그의 자유로운 신념, 정의로움, 정직한 지식과 이타적인 사고방식까지. 자신은 결코 할 수 없는 일들을 해내는 바딤을 보면서 리는 더욱더 그와 다른 길을 가고자 노력했다.

비록 전공은 달랐지만 둘은 서로를 최고의 경쟁자이자 벗으로 여겼다. 과학계와 의학계가 각각 주목하는 인재였던 두 사람이었다. 대학을 졸업 후 그들은 각자 제 갈 길을 걸어가면서, 서로의 분야에서 으뜸이 되자며 굳게 다짐했다. 먼저 그 뜻을 이루게 된 건 바딤이었다.

잠시 옛 생각에 젖어 있던 리는 자리를 털고 일어섰다. 그가 입은 코트와 바지에서 눈송이가 설탕 가루처럼 흩날리며 바닥에 떨어졌다.

"오랜만에 술이나 한잔하러 갈까?"

"오늘은 사라가 빨리 들어오라고 했는데."

"제수씨?"

바딤은 고개를 끄덕였다. 리는 피식 웃었다. 설마 바딤이 먼저 결혼할 줄은 꿈에도 상상하지 못했다. 바딤이 아내인 사라를 만나게 된 장소는 바로 이곳 시베리아 연구소였다.

사라는 한국 출신으로 제1연구동의 보안 팀장을 맡고 있었다. 태권도 솜씨가 일품이라는 그녀는 본래 생명공학을 전공했는데, 명석한 두뇌와 우수한 성적으로 꽤 촉망받는 인재였다고 했다. 그러나 그녀는 돌연 과학자의 길을 접고 군대에 입대했다. 이유는 알 수 없지만 그녀 인생 최대의 실수가 아니었을까—물론 바딤에게는 그렇게 말하지 않았지만— 하고 리는 생각했다. 그녀는 바딤과 달리 굉장히 터프한 성격이었다. 그러나 결혼식 때 처음 본 그녀는 가냘프다는 느낌을 받을 정도로 여성스러운 이목구비의 미인상이었다.

"그러고 보니 제수씨가 임신을 했다고 했지?"

리 박사를 따라 에어십 쪽으로 이동한 바딤은 연신 싱글벙글거리며 고개를 끄덕였다. 꿀단지를 든 곰처럼 웃고 있는 친구를 보며 리는 "하여간……." 하고 핀잔을 주며 웃었다. 아내 얘기만 하면 좋아서 히죽거리는 녀석이었다.

"딸이라 했나? 기대되겠네."

"응, 사라를 쏙 빼닮았어."

인공자궁이 대중화된 시대였다. 대부분의 여성들은 특별한 사유가 없는 한 인공자궁을 선택하여 출산을 했다. 그러나 바딤의 아내는 확실히 그런 일반적인 여성은 아니었다.

"그래서 결국 인공자궁은 안 하고 자연 출산으로?"

"응. 사람이 사람을 낳는 거지, 기계가 사람을 낳는 게 아니라고 하더라."

사라는 인공자궁을 불신했다. 아기는 열 달간 엄마가 품고 엄마의 심장 소리를 들으며 엄마와 소통을 하다가 나와야지, 일렬로 진열된 차가운 유리관 속에서 배양되다가 때가 되면 나오는—흡사 공장에서 찍어 내는 안드로이드처럼— 인형 같은 존재가 아니라는 것이다. 그렇게 태어난 아기에게 어떻게 모성애와 생명의 신비를 느낄 수 있겠냐면서.

리 박사는 그런 사라가 도통 이해가 되지 않는다는 표정이었다. 이미 여러 논문을 통해 인공자궁에서 자라고 태어난 아기들이 산모의 자궁에서 태어난 아기들보다 건강하다는 게 밝혀진 상태다. 더욱이 인공자궁은 산모가 직접 아이를 품고 있는 경우에 발생할 수 있는 물리적, 병리적 사고의 위험도 제로 수치에 가깝게 줄일 수 있었다. 그런데 왜 본인의 몸을 망가뜨리면서까지 자연 출산을 원하는지 그로서는 도무지 납득하기 어려웠다.

"아기 이름은 정했어?"

에어쉽에 올라탄 리가 물었다. 그러자 그를 따라 올라타던 바딤은 돌아서서 자작나무 숲을 바라보았다. 그는 물그레한 눈빛을 지었다. 기대감과 행복에 가득 찬 표정이었다.

멀리 하늘 높이 날아오른 드론이 날개를 편 새처럼 활강했다. 그 뒤로 펼쳐진 석양이 자개구름 사이사이를 붉게 물들이고 있었다. 넓게 이어진 자개구름은 찬연하게 빛나며 천당으로 이어진 계단처럼 한 줄로 길게 늘어졌다.

"이브."

시베리아의 하늘을 가로지르는 바람이 바딤의 행복한 미소를 담으며 갈래갈래 흩어졌다.

"이브 페트로비치."

리는 결국 약 한 시간에 걸쳐 바딤을 설득하는 데 성공했다. 사라 역시 오랜만에 친구와 시간을 보내겠다는 남편의 의사를 존중해 주는 분위기였다. 두 사람은 학창 시절 기숙사를 몰래 빠져나오곤 했던 시절을 회상하며 연구소 내에 위치한 술집으로 향했다. 얼마 지나지 않아 그들이 앉은 테이블 위에는 빈 맥주잔들이 줄지어 세워졌다.

"그래서 그 일본인 인턴에게 반했다고?"

"반하긴 무슨, 관심이 있다는 거지."

"한번 대시해 봐."

"너무 어려. 이제 열아홉이야."

머리를 벅벅 긁는 리의 뺨에는 옅은 홍조가 어려 있었다. 늘 냉소적인 친구의 색다른 모습에 바딤은 크게 웃음을 터뜨렸다.

"진짜 좋아하나 보네?"

"날 무슨 쭉정이 보듯 한다고."

리는 자존심이 상하는지 울컥한 얼굴로 맥주를 벌컥벌컥 들이켰다. 그는 술이 약한 편이었다. 하지만 오늘은 오랜 벗을 만나서 기분이 좋은지 연이어 술잔을 채웠다. 그러더니 결국 혀 꼬인 발음으로 나불나불 주정을 부리기 시작했다.

"조그마한 동양 계집애가 어찌나 앙칼진지, 그런데 또 그 도도한 성격이 매력이란 말이야?"

"이제 열아홉이라며. 천천히 공들여 낚아 봐."

리는 고개를 설레설레 저으며 복잡한 한숨을 내쉬었다.

"내가 지금 이럴 때가 아닌데. 간당간당하다고……. 슬슬 뭔가 성과를 내지 않으면 입지가 불안해."

"넌 의사야. 성과 같은 게 뭐가 그리 중요해?"

순진한 얼굴로 되묻는 바딤을 보며 리 박사는 허탈한 표정을 지었다. 누가 인도주의적 과학자 아니랄까 봐. 이 녀석하고만 대화하면 자신이 물욕덩이가 되는 느낌이었다. 그래서였는지도 모른다. 지난 몇 년간 바딤과의 연락을 점차 피하게 된 것은.

별안간 실내에서 술을 마시던 사람들이 하나둘씩 자리에서 일어나 웅성거리기 시작했다. 몇몇 사람들은 아예 술잔을 든 채로 밖에 나가 검은 하늘을 올려다보며 눈을 휘둥그레 치켜떴다. 뭔가 어수선한 분위기였다. 리와 바딤은 어리둥절한 얼굴로 서로를 쳐다보다가 창밖으로 눈을 돌렸다.

"바딤!"

먼저 얼굴이 창백해진 건 리였다. 그는 술이 홀딱 깬 얼굴로 테이블을 짚으며 벌떡 일어섰다.

"저기 좀 봐!"

바딤은 엉거주춤 몸을 일으키며 리가 가리킨 방향을 내다보았다. 어두운 하늘에서 하얗고 파란빛이 기류를 뚫으며 빠른 속도로 돌진해 오고 있었다.

"저, 저게 뭐야……."

"공습이다!"

누군가 비명을 질렀다. 혼비백산한 얼굴로 뛰쳐나간 이들은 남아 있는 사람들에게 "피해요!" 하고 외쳤다. 그러나 대부분의 사람들은 겁에 질린 채 망연한 얼굴로 서 있었다. 리와 바딤도 그들 중 하나였다. 이윽고 그들은 '번쩍!' 하고 시야를 덮친 눈부신 섬광에 눈을 질끈 감았다.

2073년 12월 24일 자정 무렵.
예고 없이 지구 대기권으로 진입한 유성이 원인 불명의 폭발을 일으키며 전 세계 곳곳에 낙하한다. 그중 하나가 러시아 시베리아 연구소 근방에 추락한다.

– 경고! 연구소 내 화재 발생! 위험 경보 제4등급 알람을 시행합니다. 연구동 내 모든 분들께서는 지금 즉시 보안 대원들의 안내에 따라 가까운 대피소로 이동해 주시기 바랍니다. 다시 한 번 알려 드립니다. 연구소 내에 화재가

발생했습니다…….

정신을 차려 보니 주변 공기가 변해 있었다. 웅성거리는 소음 속에서 사람들이 바삐 움직이는 것이 보였다. 리 박사와 페트로비치 박사는 긴장한 얼굴로 서로를 바라보며 눈빛을 주고받았다.

"방금 그 소리 들었어?"

"그래, 폭발음이었는데."

"정말 공습인가? 테러라도 당한 거야?"

"설마……."

오늘 시베리아 연구소에는 세계 각국의 요직에 앉은 이들뿐만 아니라 정·재계의 거물, 과학계와 의료계의 저명한 인사들까지 모두 한자리에 모여 있었다. 그들 신변에 자칫 문제라도 생긴다면 이는 엄청난 파장을 불러일으킬 게 분명했다. 전쟁까지도 일어날 수 있는 형국이었다.

바딤은 바로 아내인 사라에게 연락을 시도했다. 그러나 스마트 워치 너머의 그녀는 묵묵부답이었다. 그는 초조한 눈빛을 감추지 못하며 연이어 연락을 시도했다. 그때였다. 그의 연구실 동료 직원에게서 전화가 걸려 왔다.

– 페트로비치 박사님? 지금 어디 계세요?

바딤은 스마트 워치에 대고 조용히 대답했다.

"연구소 내에서 술 한잔 중이었습니다. 대체 어떻게 된 상황입니까?"

옆에 서 있던 리 박사도 가만히 귀를 기울였다. 스마트 워치에서 울려 퍼지는 여자의 음성이 귀에 익었다. 그녀는 아까 복도에서 그에게 바딤이 소나무 숲에 있다고 언질해 줬던 연구원이었다.

여자는 조곤조곤한 목소리로 침착하게 보고받은 상황을 설명했다. 이에 잠자코 듣고 있던 바딤은 놀라서 되물었다.

"운석이요? 그걸 당국에서는 전혀 모르고 있었다는 겁니까?"

여성과 통화를 하는 바딤은 황당하다는 어조를 감추지 못하고 있었다. 그는 일단 아내의 안부부터 물었다.

"사라는요? 내 아내와 계속 연결이 되지 않는데…… 뭐라고요?"

바딤은 새하얗게 질린 얼굴로 버럭 소리치고 말았다.

한편 폭발음이 울리던 시각, 사라는 바딤의 연구실에서 그를 기다리고 있었다. 그녀는 연구실에 작게 딸린 침실로 들어가 수면 모드를 취했다. 사방의 벽에 암막이 드리워지고 방음이 된 문이 스르르 닫히는 순간이었다.

알림

권역 내 미확인 개체 1 발견

손으로 허리를 받친 채 침대에 눕던 사라는 밖에서 들려온 알람 소리에 도로 몸을 일으켰다. 그녀는 조금 불러 온 배를 잡으며 호기심 어린 눈으로 침실을 나섰다. 박사의 연구실 책상 옆에 위치한 3D 입체 화면 위에, 젊은 남성의 얼굴을 한 인공지능 '타이탄[2]'이 무표정한 얼굴로 주위를 두리번거리고 있었다. 주인인 페트로비치

2 타이탄Taitan: 페트로비치 박사가 연구실에서 쓰는 메인 컴퓨터의 인공지능 이름이다.

박사를 찾는 듯한 눈치였다. 페트로비치 박사의 전용 컴퓨터이자 비서 역할을 수행하는 타이탄의 통제권은 박사와 그의 아내인 사라만이 행사할 수 있었다. 사라는 의아한 표정으로 천천히 제어 보드 앞으로 다가왔다. 그러자 타이탄이 활기차게 인사말을 건넸다.

– 안녕하세요, 사모님!

"안녕, 타이탄. 그런데 미확인 개체라니 그게 무슨 소리야?"

'권역 내'라는 건 최근 남편이 개발하고 있는 스마트 더스트라는 시스템으로 감시하고 있는 지역을 일컫는 말일 터였다. 연구소 인근에 위치한 소나무 숲에서 스마트 더스트의 초기 모델을 실험해 볼 것이라고 했으니까.

– 방금 전 미확인 생물체가 권역 내에서 새로이 발견되었습니다.

심각한 표정을 짓던 사라는 이마를 짚더니, 대수롭지 않은 일이라는 듯 피식 웃으며 답했다.

"숲이잖아. 인근에서 떠돌다가 들어온 짐승이겠지."

곳곳에 침엽수림이 위치한 지역이었다. 박사가 스마트 더스트의 초기 모델을 실험한 소나무 숲도 면적이 거대한 편이었다. 어디선가 동물 한 마리가 어슬렁거리며 권역 내에 진입한 걸 타이탄이 발견한 게 아닌가 싶었다.

– 97%의 가능성으로 짐승이 아닌 인간이라 추정됩니다. 추정 연령 약 6세에서 7세 정도로 보이는 남아입니다.

"뭐라고?"

타이탄의 보고에 사라는 깜짝 놀라 화면을 뚫어져라 응시했다. 그러자 타이탄은 스마트 더스트로부터 보고받은 정보를 근거로 어린 소년의 모습을 구축하기 시작했다. 3D 입체 영상으로 빚어진 소년의 형상은 수억 수천만 개의 나노 입자들이 실시간으로 감시하고 있는 모습을 그대로 구현한 것이었다. 비록 가상으로 이루어진 실루엣이지만 스마트 더스트는 열 감지와 동작 반응 센서를 통해 목표물의 모습을 오차 없이 정확하게 재현해 냈다.

아이는 가엽게도 주위에 수북이 쌓인 눈 속에 파묻혀 있었다. 옅은 갈색 머리에 창백한 피부를 지닌 어린 소녀의 얼굴색은 어찌나 핏기가 없던지 이미 숨진 건 아닐까 우려가 될 정도였다. 심지어 그는 이 엄동설한에 알몸이었다. 타이탄은 다행히도 아직 이 어린 아이가 미약하게나마 호흡을 하고 있다고 덧붙였다.

"당장 구급대를 불러야……."

사라는 하얗게 질린 얼굴로 서 있다가 서둘러 손목에 차고 있던 팔찌의 비상 호출 버튼을 눌렀다.

– 네, 응급 상황실입니다. 무슨 일이십니까?

"보안1팀의 사라 페트로비치입니다."

응급대원의 목소리가 팔찌에서 울려 퍼지자, 사라는 상황을 설명하기 위해 입을 열었다. 그런데 그 순간, 그녀의 머릿속에 남편 바딤이 했던 말이 번뜩 스치며 지나갔다.

— 이건 나 혼자 극비리에 진행하는 프로젝트야. 당신을 제외하고선 연구소 내 누구도 스마트 더스트의 존재를 알아서는 안 돼. 알았지?

– 네, 말씀하십시오.

그녀가 왼손에 차고 있는 팔찌는 비상 호출 버튼도 달고 있었지만, 주 기능은 연구소 직원들의 건강 측정과 식단 관리였다. 착용자의 체온, 심박동 수와 혈당 수치 등의 정보를 실시간으로 건강관리 센터에 보내 주고 있기 때문에 만일의 사태가 발생했을 때, 구급대나 응급 관리실에서 착용자의 건강 상태를 바로바로 확인하는 게 가능했다. 아마 응급대원은 호출을 받자마자 사라와 태아의 상태부터 확인했을 것이다.

– 페트로비치 부인? 괜찮으십니까?

"아…… 괜찮아요. 실수로 그만 호출 버튼을 눌러 버렸네요. 미안합니다."

– 혹시 모르니 간호사를 보내 드릴까요?

"아니에요, 그럴 필요 없어요."

– 알겠습니다. 그럼 무슨 일 생기면 바로 말씀해 주십시오.

"고맙습니다."

사라는 고무 재질로 된 팔찌를 만지작거리며 손끝을 구부렸다. 어찌해야 할지 갈팡질팡하는 표정이었다. 잠시 망설이던 그녀는 연구실 문을 박차고 나섰다. 그리고 에어쉽 승강장을 향해 바삐 걸었다.

보고 사항 (1)

포인트 NW 1.213.43
미확인 개체 발견.
미확인 암석 발견.
토양에서 오염 물질 검출.
미생물 반응 검사 중…….

운명이란 정녕 존재하는 것일까? 아니면 수없이 많은 우연들이 모여 하나의 기적 같은 만남을 이루는 것일까?

돌이켜 보면 그날의 푸른 섬광이 모든 일의 시발점이었다. 지구 대기권에 진입한 거대한 운석의 파편 중 하나가 시베리아 상공에 나타난 것도, 사라가 딸을 임신 중이었던 것도, 그로 인해 그녀가 순찰 업무에서 배제돼 있었던 것도, 바딤이 리 박사와 함께 따로 술을 마시고 있었던 것도, 모두 하나의 거대한 그림을 완성시키기 위한 퍼즐처럼 모여들고 있었다.

운석은 지면에 충돌하기 전에 공중에서 폭발한 것으로 추정되었다. 그나마 불행 중 다행이었다. 시베리아 연구소의 초저주파 데이터 분석 결과, 운석 파편의 폭발 시 발생한 에너지는 최대 20억 메가줄, TNT 500킬로톤에 달하는 걸로 나타났다. 이는 히로시마에 투하된 원자폭탄의 30배가 되는 양이었다.

운석이 떨어진 곳은 시베리아 연구소의 소나무 숲에서 좀 더 북쪽에 위치한 얼음 계곡 쪽이었다. 한겨울이면 영하 60도까지 떨어지는 곳. 방한복 없이는 짧은 시간만 노출되어도 동사하기 딱 좋은 환경이다.

숲의 어둠은 칙칙하고 눅눅했다. 그사이를 뚫고 들어온 에어쉽은 빽빽한 나무 사이사이를 날며 빛을 비추었다.

– 약 10m 근방에 목적지가 있습니다.

바딤의 스마트 더스트는 아직 미완작이었다. 그의 말에 따르면 나노 입자들의 광역화 문제와 지속력 부분에 있어서 보완해야 할 점들이 많다고 했다. 그 두 가지 문제점들만 해결해도 스마트 더스트는 유례없는 획기적인 시스템이 될 것이 틀림없었다.

– 목적지에 도착했습니다. 착륙합니다.

사라는 의외로 키가 작았다. 신장이 약 158㎝인 그녀는 6피트180㎝가 넘는 바딤의 옆에 서 있으면 그의 어깨에도 채 닿지 않았다. 몸집도 아담해서 얼핏 보면 앳된 소녀처럼 사랑스러웠지만 오뚝한 콧날과 앙칼져 보이는 눈초리 때문에 '작은 흑표범'이라는 별명이 붙을 정도였다.

"걸을 수가 없네."

숲 안쪽은 눈이 종아리 높이까지 쌓여 있었다. 하얀색 방한복에 우주복처럼 머리 전체를 감싸는 방한모까지 착용한 그녀는 흡사 우주 달 정거장에서 일하는 엔지니어처럼 보였다.

"앞 좀 비춰 봐."

그녀의 명령에 에어쉽이 공중에 부양하더니 라이트를 켜 주위를 밝혔다. 그러자 사라는 눈앞에 펼쳐진 광경에 넋을 놓고 말았다.

"이게 대체……."

빽빽한 소나무 숲 사이에 누가 원을 그리며 이곳만 뭉텅 잘라 낸 것처럼 나무들이 쓰러진 채 꺾여 있었다. 그 주위만 크레이터가 생긴 것처럼 땅도 움푹 꺼져 있었다. 그리고 그 가운데에 있었다. 그녀가 찾던 하얀 설원 속 주인공, 벌거숭이 소년이.

육안으로 가늠해 봤을 때, 대략 여섯 살 정도 되어 보이는 남자아이였다. 아이의 등과 오른팔은 화상을 입은 것처럼 피부가 불그스름하게 익어 있었고, 왼 다리는 타박상을 입은 듯 멍든 채 부풀어 있었다. 무엇보다도 이런 추위에 알몸이라니, 동상에 걸린 건 아닐지 걱정이었다.

"얘, 괜찮니? 정신 좀 차려 봐, 응?"

사라는 소년을 품에 안았다. 깡말라 보이던 아이는 의외로 꽤 무거웠다. 소년의 몸을 들자 그의 주먹 쥔 손에서 손톱 크기만 한 돌멩이들과 한 줌의 재가 사르르 떨어져 흩날렸다.

에어쉽 문이 열리고 자동 부양 시스템이 장착된 들것이 알아서 날아와 대기했다. 사라는 그를 들것 위에 사뿐히 눕혔다. 의식이 없는 아이의 몸은 얼음장처럼 차가웠다. 괜찮을까? 걱정스러운 표정을 짓던 그녀는 핏기가 하나도 없는 소년의 얼굴을 응시했다. 예쁘장한 이목구비에 눈처럼 깨끗한 피부가 마치 도자기 인형처럼 섬세하고 가냘파 보였다.

"체온하고 맥박 측정."

– 모두 정상 수치에 미치지 못합니다. 저체온증이 의심됩니다.

"연구소로 돌아가자. 응급처치 시행하고."

– 알겠습니다. 의료팀에 연락을 넣을까요?

"그래, 너무 소란 떨지는 말고."

연구소로 귀환할 것을 명한 사라는 하늘을 쳐다보았다. 시커먼 상공 저편, 멀지 않은 곳에서 연기가 피어오르고 있었다. 좀 전에 들었던 폭발음과 관련 있는 것일까? 대체 이곳에서 무슨 일이 벌어지고 있는 것일까?

– 죄송합니다. 시스템에 연결할 수가 없습니다. 목적지를 지정할 수가 없습니다. 통신 장애입니다.

"갑자기 웬 통신 장애지? 수동 운전으로 변환해."

사라는 인상을 쓰며 직접 항로를 확인하기 위해 방한모를 벗고 앞좌석으로 옮겨 앉았다.

– 죄송합니다. GPS 정보를 수신할 수 없습니다. 시스템 에러입니다.

"왜 이러는 거야? 운행 정지하고 수동 운전으로 변환하라고."

그녀는 답답한 나머지 고함을 질렀다. 아니, 사실 답답한 게 아니라 불안감에 짜증을 낸 것이다.

– 시스템 에러입니다. 재접속중입니다. 연결이 되지 않습니다. 잠시만 기다려 주십시오. 죄송합니다. 시스템 에러입니다. 통신 장애입니다. 오류 보고를 작성 중입니다…….

빽빽한 소나무 숲을 벗어나던 에어쉽이 갑자기 휘청거리며 이상 신호를 보이기 시작했다. 황급히 안전 손잡이를 잡은 사라는 다소 놀란 표정을 짓다가 점차 어두운 눈빛을 띠었다. 뭔가 이상했다. 그녀는 스마트 워치를 켜고 바딤에게 전화를 걸었다. 그러나 아예 발신 신호조차 나타나질 않았다.

"긴급 착륙하도록. 당장!"

비틀대던 에어쉽은 적색 알람을 울리며 탑승자에게 비상 탈출을 권하기 시작했다.

– 알려 드립니다. 탑승자들께서는 모두 에어쉽에서 즉시 비상 탈출을 해 주시기 바랍니다. 본기에 머무르는 건 위험합니다. 탑승자들께서는 모두 에어쉽에서…….

아무래도 에어쉽에 문제가 생긴 모양이었다. 비상 탈출을 하기 위해 버튼을 누르려던 사라는 멈칫거리며 뒤를 돌아보았다. 그녀의 굳은 동공에 미세한 파문이 일었다. 뒷좌석에 시체처럼 창백한 얼굴로 누워 있는 아이 때문이었다. 이성적으로 판단해 보았을 때 이 아이가 살 가능성은 희박했다. 어차피 죽게 될 아이를 살리기 위해 목숨을 거는 건 미련한 짓이다. 그녀 자신뿐만 아니라 복중의 태아까지 위험에 처하게 하는 일이었으므로.

'그럼에도 어째서…….'

이렇게 무모하고 어리석은 일을 자처하고 있는지 스스로도 이해할 수가 없었다. 사라는 소년의 머리를 품에 안은 채 전면 유리에 부딪쳐 오는 나뭇가지들을 응시했다. 임신을 하면서 없던 모성애와 거룩한 인류애라도 생긴 것일까? 하지만 무슨 이유에서도 이 작은 아이를 외면하고 홀로 도망칠 수는 없었다. 배 속에서부터 태동이 사내아이 못지않게 씩씩한 딸이었다. 딸도 엄마의 비겁한 모습을 보고 싶지는 않을 것이다.

사라는 파리한 안색으로 입술을 질끈 깨물었다. 아이를 안은 팔에 점차 힘이 들어갈수록 그녀의 미간도 굳어 갔다.

쿵!

커다란 충격음과 함께 나무에 부딪친 에어쉽이 덜덜거리며 침엽수들 사이로 추락하기 시작했다. 좌우로 흔들리는 에어쉽의 덮개 위로 눈덩이들이 와르르 쏟아져 내렸다. 자그마한 돌멩이들과 나뭇가지들이 타라락 타라락 유리창에 부딪치며 마찰음을 빚었다. 바위처럼 무거운 눈뭉치들이 천장 덮개를 덮칠 때마다, 사라는 정신없이 흔들리는 의자에 앉아 소년을 안은 채 안전 손잡이를 꽉 붙잡았다. 다행히 실내에 장착된 에어쿠션이 터지면서 방패막이 역할을 했다. 그래도 추락 과정에서 오는 충격을 모두 흡수하기에는 무리였다.

'신이시여!'

그녀는 기도를 하며 눈을 꽉 감았다. 제발 이 아이들을 살려 주시길, 제발……. 그녀는 손잡이를 잡은 손가락들의 마디 뼈가 하얗게 드러나도록 손에 힘을 주었다. 역시 인공자궁을 택하는 게 옳은 일이었을까? 한 치의 흔들림도 없던 신념에 돌연 물밀 듯 후회가 몰려왔다. 괜히 자신의 아집 때문에 죄 없는 아가가 생명을 잃게 되는 건 아닐지 덜컥 겁이 들었다.

— 탑승자들께서는 모두 에어쉽에서 비상 탈출을 해 주시길 바랍니다. 본기에 머무르는 건 위험합니다. 탑승자들께서는…….

견고한 소나무들 사이에서 이리저리 치이며 낙하한 에어쉽이 뒤꽁무니에서 연기를 뿜어내기 시작했다. 엔진에 불이 붙은 모양이었다. 다급해진 사라는 수동 작동으로 에어쉽 문을 열었다. 그러자 눈보라가 열린 문 사이를 뚫고 실내로 불어닥쳤다. 안면에 들이닥치는 칼바람에 그녀는 몸을 웅크리며 양다리로 소년의 몸을 고정시키고 끌어안았다.

두근.

그 순간이었다, 그녀의 품에 고요히 안겨 있던 어린 소년의 속눈썹이 사르르 떨리며 움직인 것은.

혈색이 돌기 시작한 장밋빛 입술 사이로 들숨과 날숨이 평온하게 드나들었다. 이어서 그의 잠겨 있던 눈꺼풀이 차츰 열리기 시작했다.

두근.

두근.

어둠에 잠긴 채 심연을 떠돌던 그의 의식을 일깨운 건 난생처음 접하는 생명의 고동 소리였다. 뇌리에 종소리처럼 울려 퍼지는 힘찬 심장 박동 소리는 차갑게 얼어 있던 그의 전신에 따스한 온기를 불어넣으며 햇살처럼 스며들었다. 소년은 길고 긴 낮잠에서 깨듯 천천히 눈을 떴다. 그리고 조금 몽롱한 눈으로 누운 채 위를 응시했다. 낯선 땅, 낯선 공기 속에서 그가 처음으로 본 광경은 한 여자의 치열하고 필사적인 모습이었다.

그녀는 이를 악문 채 정면을 노려보고 있었다. 신비로운 고동 소리를 담은 이 부드럽고 포근한 육체의 주인이 바로 저 사람인 듯했다. 고집스러운 눈매의 여인은 가녀린 팔로 유리처럼 차갑고 딱딱한 그를 품에 꼭 끌어안고 있었다.

마지막으로 심호흡을 하며 간절히 기도를 하던 사라는 혼자 몸을 일으키는 남자아이의 모습에 눈을 크게 떴다.

"괜찮니? 일어설 수 있겠어?"

아이는 처음 걸음마를 떼는 송아지처럼 어설프게 발을 딛고 섰다. 그는 유리구슬 같은 눈으로 그녀를 빤히 바라보았다. 잠시 멍하니 그를 바라보던 사라의 눈이 돌연 경악으로 굳었다. 그녀는 황급히 손을 뻗으며 "피해!"라고 외쳤다.

타이탄의 손상된 메모리에 남겨진 사라의 일기

2073년 12월 25일 성탄절 새벽,
우리 부부는 한 신비로운 소년을 만났다.

콰쾅!

멀리서 들려온 폭발음에 바딤의 심장도 덜컥 내려앉았다. 그는 방한복을 입은 채로 에어쉽 창문에 손바닥을 대고 밖을 내다보았다.

"타이탄!"

– 네, 박사님.

"이게 무슨 소리지?"

– 사모님께서 탑승하신 에어쉽이 기체 오류로 인해 추락 및 폭발 사고를 일으킨 것 같습니다.

타이탄의 한 치의 여과도 없는 보고에 바딤은 아찔한 표정을 지었다. 그의 등에서는 식은땀이 연이어 흘러내리고 있었다.

"새, 생체 신호는? 아내의 생체 신호는 확인되었나?"

– 확인 중입니다. 사고 지역에 전파 장애가 있어서 시간이 좀 걸리고 있습니다.

"대체 사라를 밖에 홀로 보내면 어쩌자는 거야!"

늘 온유한 그답지 않게 흥분하고 난폭해진 모습이었다. 바딤은 초조함에 어쩔 줄 몰라 하며 가만히 앉아 있지를 못했다. 자괴감과 죄책감에 숨을 쉴 수가 없었다. 오늘 리 박사와 늦게까지 술을 마시는 게 아니었다. 사라와 함께 있어야 했는데. 그녀가 잘못되면 어떡하지? 배 속의 아기에게 문제라도 생긴다면? 상상만으로도 끔찍했다.

– 박사님.

타이탄은 늪에 발을 담근 사람처럼 정처 없이 공황 상태에 빠져 있는 바딤을 일깨웠다. 방한복을 입은 채 멍하니 에어쉽에 앉아 있던 바딤은 타이탄의 부름에 번뜩 정신을 차리며 대답했다.

"무슨 일이야?"

– 사고 현장에 도착했습니다. 아무래도 연구소에 미리 의료팀을 대기시켜 놓으셔야 할 것 같습니다.

에어쉽에서 내리자마자 그의 눈에 비친 건 짙은 어둠 속에서 휘몰아치는 눈보라였다. 타이탄이 에어쉽 라이트로 앞길을 비추자 정면에서 잿빛 연기가 피어오르는 게 보였다. 바딤은 주변에 떨어진 에어쉽의 잔재들을 바라보며 망연자실한 표정을 지었다.

"사라! 여보!"

목이 터져라 부르짖던 그는 이윽고 앞코가 완전히 박살 난 채 주저앉아 있는 에어쉽을 발견했다. 일순 다리가 휘청거리며 힘이 빠지는 게 느껴졌다.

'이게 꿈은 아니겠지?'

종아리까지 쌓인 눈밭 따위는 전혀 문제되지 않았다. 그는 팔을 허우적거리며 눈길을 헤집고 달렸다.

"사라?"

박살 난 에어쉽의 문은 열려 있었다. 열린 문 사이로 커다란 소나무 가지 하나가 마치 뾰족한 창처럼 내부를 꿰뚫고 침입한 게 보였다. 흉기처럼 폐부를 뚫은 나뭇가지의 모습이 꽤 섬뜩했다. 바딤은 허리를 숙이고 에어쉽 안을 들여다보았다.

그는 뭔가를 발견한 듯 숨을 크게 들이켰다. 푹 꺼진 천장 덮개 밑에 그녀의 모습이 보였다. 그는 곧 창백한 얼굴로 넋이 나간 표정을 짓고 말았다.

"사, 사라?"

그녀가 피에 흠뻑 젖어 있었다. 볼록한 배를 끌어안은 채 에어쉽 잔해에 기대앉은 모습이, 아마도 의식을 잃은 듯했다.

"맙소사!"

바딤은 시야를 막는 나뭇가지를 일단 옆으로 꺾으며 밀었다. 곁눈질로 나뭇가지를 흘끔거리며 지나치던 그의 얼굴이 허공에서 흠칫 굳었다. 그는 입술을 바르르 떨며 다시 옆을 돌아보았다. 쇠촉처럼 뾰족한 가지가 끝부터 중간까지 검붉은 피로 물들어 있었다.

'설마…….'

바딤은 피투성이의 아내를 보며 울먹이기 시작했다. 그의 붉어진 눈시울은 이미 촉촉이 젖어 있었다. 울컥 목울대가 차올랐다. 주먹을 쥔 손이 덜덜 떨리고 호흡도 가빠져 왔다. 두려움에 눈앞이 캄캄해지는 듯했지만, 그는 이를 악물고 몸을 쪼그린 채 에어쉽 내부로 진입했다. 그리고 소중한 아내를 조심스레 품에 안으며 속삭였다.

"여보, 정신 좀 차려 봐. 응?"

다행히도 호흡은 하고 있었다. 바딤은 사라를 안고 뒷걸음치며 에어쉽을 빠져나오기 시작했다.

한편 타이탄은 잽싸게 에어쉽을 대기시켜 놓고 페트로비치 부부를 기다리고 있었다. 사라로부터 '눈치탄'이라는 별명을 세례받은 인공지능답게 알아서 척척 응급조치를 취하고 있는 중이었다. 타이탄은 제일 먼저 에어쉽 밖으로 부유 들것을 내보냈다. 최첨단 들것은 공기 중에 부드럽게 부양하더니 박사가 있는 사고 현장을 향해 쏜살같이 날아갔다.

사라를 데리고 가까스로 밖에 나온 바딤은 이미 대기하고 있던 들것 위에 그녀를 눕혔다. 방한모를 벗은 채 방한복만 입고 있는 사라의 얼굴과 배 쪽에 피가 흥건히 묻어 있었다. 타이탄은 사라의 몸 상태를 체크하면서 들것에 탄 그녀를 발 빠르게 이동시켰다. 그리고 뒤늦게 따라온 바딤이 에어쉽에 탑승하자마자 보고를 올렸다.

– 박사님, 안심하십시오. 사모님과 태아 모두 무사하십니다. 이건 사모님

의 피가 아닙니다. 사모님께서는 가벼운 타박상과 긁힌 상처 외에는 깨끗하십니다.

바딤은 전혀 예상치 못한 얘기에 눈이 휘둥그레 커졌다. 사라의 피가 아니라니, 그럼 대체 누구의 피란 말인가?

– 그리고 이 근처 일대에서 전파 교란이 일어나고 있습니다. 교란의 원인을 파악해 보려 했지만 에어쉽 내 장비와 시스템으로는 불가능할 것 같습니다. 게다가 연구소 서버에 접속할 수가 없어서 의료팀 대기 요청에도 실패하였습니다.

'갑자기 전파 교란이라니. 그래서 아까 사라와 연결이 되지 않았던 건가?'

그는 인상을 쓰며 생각에 잠겼다. 그때 사라가 정신이 드는지 잇새로 신음을 내뱉었다. 바딤은 그녀의 손을 잡으며 먹먹한 목소리로 말을 건넸다.

"정신이 들어? 괜찮은 거야?"

"여보……."

힘겹게 눈꺼풀을 연 사라는 남편을 응시하더니 비로소 안심이 된다는 눈빛으로 눈물 진 미소를 지었다. 그녀는 뺨을 어루만지는 그의 손에 얼굴을 비볐다. 그러다가 차츰 또렷해지는 동공 속으로 기억을 더듬더니 창백한 얼굴로 몸을 벌떡 일으켰다.

"아, 아기는?"

"아기는 괜찮대. 그러니 걱정하지 마."

바딤은 다정한 손길과 목소리로 놀란 그녀를 달랬다. 사라는 애써 울음을 참으며 손으로 배를 문질렀다. 그리고 놀랐을 아기에게 조곤조곤 속삭이며 말을 걸었다. 바딤도 그런 사라를 보며 한시름

놓았다는 표정으로 의자에 깊숙이 몸을 기대고 앉았다. 사라는 그제야 생각났는지 남편에게 다급히 물었다.

"그 아이는?"

"그 아이?"

그녀는 대답 대신 조바심이 난 얼굴로 창밖을 내다보았다. 두 사람이 탄 에어쉽은 막 이륙하는 중이었다. 바딤도 의아한 얼굴로 아내를 따라 밖을 바라보았다.

"타이탄, 잠깐 이동을 멈춰 봐."

그녀는 이륙을 정지시키더니 무언가를 찾기 시작했다. 그때, 에어쉽 잔해들 사이사이를 자세히 들여다보던 두 사람의 눈에 뭔가가 잡혔다.

마치 크리스털로 조각한 인형처럼 예쁜 아이였어. 빛을 흡수하는 듯 반짝이는 투명한 피부에 섬세하고 귀족적인 이목구비. 그 아이의 몸을 덮고 있는 하얀 설원이 그의 몸의 일부분으로 보일 정도로 아름다운 모습이었단다.

훗날 사라가 딸 이브에게 남긴 일기 속에서 소년과의 첫 만남을 묘사한 부분이었다. 그러나 바딤은 이브에게 그 부분을 읽어 줄 때마다 본인이 느낀 정반대의 경험을 이야기했다. 소년을 처음 보았을 때, 그는 오히려 전신을 엄습하는 섬뜩함에 자신도 모르게 몸서리를 쳤기 때문이었다.

"저 아이야? 당신이 여기까지 찾으러 왔다는 녀석이?"

바딤의 질문에 사라는 말없이 고개를 끄덕였다. 부러져 나간 에어쉽 날개 밑에서 등장한 어린 소년은 두 사람이 탄 에어쉽을 물끄러미 올려다보고 있었다. 그는 붉은 페인트 통을 뒤집어쓴 것처럼 온몸을 피 칠한 모습이었는데, 특이하게도 복부 한가운데를 비롯해 몇몇 부위는 살색으로 깨끗했다.

토성과 목성을 섞어 놓은 듯한 오묘한 빛의 갈색 눈동자. 유리알 같은 눈에 비친 무감정한 모습에 바딤은 왠지 오싹해져서 고개를 외면했다. 반대로 소년의 모습을 빤히 쳐다보던 사라는 멍하니 중얼거렸다.

"저 아이가 날 구한 거야."

바딤은 그게 무슨 소리냐는 얼굴로 아내를 쳐다보았다. 그녀는 대답할 겨를조차 없어 보였다. 그저 혼란스러운 눈동자로 마치 홀린 듯이 정체불명의 아이에게서 눈을 떼지 못할 뿐이었다. 대체 두 사람 사이에 무슨 일이 있었던 것일까?

"분명 찔렸었는데……."

사라는 믿을 수 없다는 눈빛으로 재차 중얼거렸다. 사고 당시, 에어쉽의 열린 문으로 거대한 나뭇가지가 불현듯 불쑥 침투해 들어왔다. 그리고 그녀의 부른 배를 향해 송곳처럼 다가오던 순간, 우연인 것인지 의도적인 것인지 알 수 없는 사건이 일어났다. 겨우 예닐곱 살의 아이가 갑자기 몸을 일으키더니 그녀의 배를 보호하며 막아선 것이다.

— 피해!

흉기처럼 들이닥친 소나무 가지는 소년의 복부 한가운데를 푹 하고 관통했다. 이후 어떻게 해 볼 새도 없이 에어쉽이 지면에 떨어지면서 엔진 폭발이 일어났다. 그 순간 얼굴과 몸에 튀던 선혈의 주인이 누구였는지는 굳이 생각할 필요도 없었다.

'그런데 저렇게 멀쩡히 서 있다니, 대체 어떻게…….'

사라는 입술을 꾹 깨물더니 나직이 명했다.

"어서 착륙해, 타이탄. 저 아이를 함께 데려간다."

– 알겠습니다.

페트로비치 부부는 일단 자택으로 귀환했다. 그들이 거주하고 있는 맨션은 시베리아 연구소 단지 내에 위치하고 있었다. 두 사람이 거주하는 맨션은 200평 남짓으로 연구원들이 소유한 개인 맨션 중에서도 아주 넓은 축에 속했다. 애초에 이 맨션을 설계한 담당 건축가가 바딤 본인이었다. 그는 사라와 결혼한 후 집 내부를 새롭게 리모델링하여 맨션을 두 사람만의 공간으로 탈바꿈시켰다.

맨션의 거실 천장은 특수유리로 제작되었는데, 온전히 별을 좋아하는 사라를 위해 만들어진 것이었다. 바딤은 그의 개인 연구실 면적을 줄이고 아내의 전용 헬스장과 운동 시설을 마련해 주었다. 또한 남쪽에는 20평 남짓의 작은 온실을 만들어 그녀가 홀로 책을 보거나 음악을 들으며 쉴 수 있는 공간을 선사했다. 집 안 곳곳, 구석의 소품 하나하나에 사라를 향한 그의 애정이 묻어 있었다.

"아직도 접속이 안 돼?"

샤워를 마치고 나온 사라가 거실로 나오며 물었다. 바딤은 검은색 가죽 소파에 앉아 두 손을 기도하듯 모으고 턱을 받친 채 생각에 잠겨 있었다. 그는 옆에 와서 앉는 아내의 허리를 감싸 안으며 난해한 눈빛으로 허공을 응시했다. 그리고 뭔가 짚이는 게 있다는 듯 눈을 좁히며 미간에 힘을 주었다.

"타이탄."

– 네, 박사님.

정면에 위치한 벽 스크린 위로 타이탄의 얼굴이 나타났다.

"그 아이는 좀 어때?"

– 일단 전신 스캔을 해 본 결과, 별다른 이상 증후는 보이지 않습니다. 체온이 조금 낮긴 하지만 빠르게 회복되고 있습니다. 걱정하지 않으셔도 될 것 같습니다.

이때 옆에서 듣고 있던 사라가 둘의 대화에 끼어들었다.

"상처는?"

– 몸에는 아무런 상처도 남아 있지 않습니다. 생채기나 멍도 없고, 회복 후에 나타날 수 있는 흉터나 세포 유착 등도 보이지 않습니다.

사라는 멍한 표정을 짓더니 두통이라도 느끼는 듯 이마를 짚었다. 그렇다면 그녀가 헛것이라도 봤다는 것일까?

"그러고 보니 그 아이 눈동자가 일순 피처럼 붉게 보인 것 같았는데……. 말도 안 되지, 붉은 눈이라니……. 내가 잘못 본 거겠지?"

가만히 듣고 있던 바딤은 그녀의 어깨를 쓰다듬었다. 사라는 복잡한 표정으로 한숨을 내쉬며 그의 가슴에 안겼다. 소나무 숲 내 크레이터 주변에서 발생한 전파 교란. 그게 현재 그들의 집인 맨션에서도 발생하고 있었다. 크레이터와 맨션의 공통 요인이 무엇일까? 바딤의 눈동자는 자연스럽게 소년이 누워 있는 개인 연구실 쪽으로 향했다.

– 박사님, 곧 방문객이 도착할 예정입니다. 현관까지 약 20초 남짓 거리입니다.

"방문객?"

바딤은 그걸 왜 이제야 보고하느냐는 표정으로 타이탄을 노려보았다. 타이탄은 "전파 교란 때문에……."라고 얼버무리며 그의 시선을 회피했다. 이럴 때 보면 타이탄을 만들 때 유머와 눈치 레벨을 너무 높게 조정한 게 아닌지 후회가 일기도 했다.

벌써 20초가 지났는지 집 안에 초인종 소리가 울려 퍼졌다. 이어서 거실 벽면에 타이탄 대신 리 박사의 모습이 떠올랐다. 그는 맨션의 현관 앞에 걱정스러운 얼굴로 서 있었다.

– 어이, 바딤! 안에 있어?

바딤과 사라는 서로를 쳐다보더니 동시에 벌떡 일어섰다. 사라는 현관 쪽으로, 바딤은 연구실 쪽으로 후다닥 움직였다.

잠시 후 집 안으로 들어온 리 박사는 사라를 보자마자 악수를 청하며 정중하게 인사를 건넸다.

"안녕하세요? 오랜만입니다."

"리 박사님, 어서 오세요."

상냥하게 웃는 사라의 뒤로 바딤이 천천히 걸어 나왔다. 그를 본 리 박사는 밉살스럽다는 듯 눈살을 찌푸리며 투덜거렸다.

"바딤 녀석이 제수씨와 연락이 안 된다고 낯빛이 하얗게 질려서 달려가더니 도무지 연락이 안 되더군요. 걱정이 되어서 한번 와 봤습니다. 집에 있었으면서 왜 전화를 안 받아!"

"전화했었어?"

바딤은 의아한 눈으로 손목에 찬 스마트 워치를 내려다보았다. 슬쩍 사라와 눈빛을 교환한 바딤은 고개를 끄덕였다. 분명 맨션에 발생한 전파 교란 때문일 것이다.

"둘 다 별일 없으니 다행입니다. 그나저나 집이 많이 변했네요. 온실도 생기고……."

리 박사는 여유롭게 실내를 거닐며 구경을 하기 시작했다. 조용히 위층을 올려다본 사라는 걱정스러운 표정을 지었다. 리 박사를 바딤에게 맡긴 그녀는 다과를 내기 위해 주방으로 향했다. 바딤은 그런 아내의 모습을 보지 못한 채 골몰히 스마트 워치를 바라보며 이것저것 조작해 보는 중이었다. 대체 전파 교란은 왜 일어난 것일까? 그의 머릿속은 그 문제로 가득했다. 하여간 순간순간 뭐 하나에 빠지면 다른 할 일은 까맣게 잊고 마는 게 바딤다웠다.

바딤이 잠시 한눈을 판 사이, 리 박사는 어느새 위층에 올라와 있었다. 그는 일전에 보지 못했던 방을 발견하고선 흥미로운 표정으로 기웃거렸다. 위층은 창고처럼 쓰던 공간이었는데, 언제 이렇게 정리해서 꾸며 놨지? 기억을 되짚어 보던 그의 입가에 금세 미소가 떠올랐다.

'아하, 아기 방인가?'

호기심이 동한 그는 살그머니 문을 열어 보았다. 곧 태어날 공주님 방은 어떻게 가꿔 놨을라나? 바딤 저 녀석이라면 방 안에 작은 궁궐을 지어 놨을 수도 있을 거란 생각이 들었다. 그가 문틈에 가늘게 뜬 눈을 바짝 붙인 순간이었다.

"연구실은 이쪽이야."

흠칫 놀란 리는 어깨 너머를 홱 돌아보았다. 어느새 뒤따라온 바딤이 그의 팔을 쿡 찌르며 아래층을 향해 고갯짓을 하고 있었다. 그는 리가 돌아서자 자연스럽게 방문을 닫았다.

"여긴 그냥 손님방이고."

"아, 난 또 아기방인 줄 알았지."

"내려가자."

리는 바딤에게 억지로 끌려가면서도 고개를 갸우뚱거리며 자꾸 계단 위를 올려다보았다. 그는 떠보듯 슬쩍 질문을 던졌다.

"그런데 저 아인 누구야?"

그럼 그렇지. 눈썰미 좋은 그가 못 보고 지나쳤을 리 없었다. 대체 뭐라고 둘러댄담. 걸음을 멈춘 바딤의 턱 끝이 긴장으로 딱딱하게 굳었다. 그 모습을 보던 리의 눈빛도 묘한 기색을 띠기 시작했다. 아까부터 바딤의 분위기가 왠지 수상했다. 어찌나 긴장했는지 목 근육이 뻣뻣하게 서 있다는 걸 본인은 자각하지 못하고 있는 듯했다. 때마침 부엌에서 과일을 가져오던 사라가 웃으며 대신 답했다.

"조카예요. 잠시 머물고 있어요."

"조카요?"

친척은커녕 양친도 없는 사라였지만 리가 거기까지 알 턱이 없었다. 사라는 고개를 끄덕이며 여유로운 눈빛을 지었다. 상냥한 표정이었지만 어쩐지 더 물을 수 없게 만드는 그녀의 미소에 리 박사는 가느다란 눈초리를 접었다.

거실 테이블 앞에 모여 앉은 세 사람은 다과를 즐기며 도란도란 이야기를 나눴다. 리 박사는 다시 술을 마시기 시작했다. 평소 냉정하고 흐트러짐 없는 리였지만 사실 주량이 엄청났다. 고량주 애호가인 그에게 있어 맥주 정도는 음료수나 다름없었다. 화제는 자연스럽게 그가 현재 다니고 있는 왓슨 그룹의 스캔들로 이어졌다.

"그럼 램지 왓슨은 어린 손녀딸에게 재산을 다 물려주려고 한단 말이야?"

"그렇다는 소문이 있어. 막내 손녀를 그렇게 예뻐한다나? 누군지 몰라도 제인 왓슨을 잡는 녀석은 땡잡는 거지."

바딤은 너털웃음을 터뜨리며 농담을 던졌다.

"이제 막 걸음마를 뗀 애라며? 하긴, 열아홉 인턴이나 걔나 별 차이는 없겠다. 네가 가서 꼬드겨 봐."

"이 남자들이 못하는 말이 없네."

사라가 눈을 흘기며 바딤의 옆구리를 팔꿈치로 푹 찔렀다. 그러자 그는 바로 구십 도로 배를 접고 쓰러졌다. 테이블에 코를 박은 채 끙끙대던 그는 가련한 눈으로 아내를 쳐다보았다. 정말 아프다는 표정이었다. 사라는 엄살 부리지 말고 일어나라며 그의 등짝을 찰싹 내리쳤다.

"바딤, 네가 만든 저 광역입자 나노 더스트 말이야. 저건 획기적인 상품이 될 거야."

리 박사가 붉어진 얼굴로 웃으며 말했다. 그러자 바딤은 턱을 괸 채 알 듯 모를 듯한 미소를 지었다.

"저건 실패작이 될 가능성이 커."

늘 긍정적인 바딤답지 않게 자신 없는 말투였다. 광역화를 비롯한 몇몇 문제점들이 장벽이 되는 모양인데 해결하기가 쉽지 않은 모양이었다. 빈 잔에 보드카를 따르던 리는 잠시 진지한 눈빛으로 친구의 얼굴을 바라보았다. 모차르트를 시샘하는 살리에리처럼 그를 쭉 지켜봐 왔던 리 박사였다. 살리에리 역시 같은 마음이었을 것이다. 모차르트의 천재성을 시기해 왔지만 그가 볼품없이 낙담하고 무너지는 모습은 절대 용납할 수 없었겠지. 나는 널 질투해 오면서도 누구보다도 널 존경해 왔으니.

"모르지, 곧 태어날 네 자식이 업적을 완수해 줄지도."

그는 술을 마저 따르며 말했다. 위로 아닌 위로를 건네는 리의 말에 바딤은 사라의 배를 바라보며 풀어진 눈으로 웃었다.

"그래 준다면 더할 나위가 없겠지."

잔뜩 취한 리는 비틀거리며 에어쉽에 탑승했다. 자고 가라는 바딤의 말에도 그는 손을 내저으며 끝내 사양했다. 아마 임신한 사라에게 부담이 갈까 봐 그러는 듯했다.

리 박사가 떠난 후 타이탄은 청소로봇들로 거실을 정리하기 시작했다. 바딤은 졸린 눈을 비비며 소파에 앉아 있는 사라의 옆으로 다가왔다. 그는 아내의 옆에 앉아 머리를 털어 내듯 쓸며 한숨을 내쉬었다. 머릿속에 복잡한 고민이 있을 때면 콧등이나 머리를 벅벅 쓸어 넘기는 게 그의 버릇이었다.

곰곰이 생각에 잠겼던 바딤은 결국 냉정한 결단을 내렸다. 그는 하품을 하는 사라에게 어렵사리 말을 꺼냈다.

"역시 저 애는 연구소로 보내는 게 낫겠어."

사라는 잠이 홀딱 깬 얼굴로 그를 빤히 쳐다보더니 비난조로 말했다.

"시베리아 연구소로? 그럼 어떻게 될지 당신도 뻔히 알고 있잖아."

"어디서 온 건지, 병력은 있는지, 아무런 정보도 없는 아이야. 우리가 무턱대고 데리고 있을 수는 없잖아. 당신 정말 검사는? 받아 봤어?"

바딤은 피투성이였던 아내의 모습이 못내 계속 걸리는 모양이었다. 사라는 걱정이 가득한 남편의 표정을 보며 안심시키듯 부드러운 목소리로 말했다.

"타이탄 말로는 깨끗하대. 아무 이상 없댔어. 아이도 무사하고."

"그럼 다행이고."

바딤은 아내를 끌어안으며 한숨을 내쉬었다. 그는 그녀의 정수리에 뺨을 묻으며 어쩔 수 없다는 어조로 말했다.

"저 아이가 정말 우리 조카는 아니잖아. 잘 생각해 봐. 우리가 해 줄 수 있는 건 아무것도 없어. 어차피 시설로 보내지게 될 거야. 가족이나 누군가가 애타게 찾고 있을 수도 있고."

"알고 있어. 하지만 연구소는 안 돼."

사라는 상상만으로도 끔찍한지 심호흡을 하며 고개를 연신 좌우로 가로저었다. 남편의 어깨를 쥔 그녀의 하얀 손가락 마디에는 힘이 꽉 들어가 있었다.

"이곳이 어떤 곳인지는 우리가 누구보다도 잘 알고 있잖아."

"설마 내가 버젓이 연구소에 다니고 있는데 무슨 짓을 하겠어?"

이럴 때 보면 남편은 여전히 순진했다. 저 아이는 뭔가 특별했다. 하지만 시베리아 연구소에서 특별하다는 건 양날의 검처럼 위태로운 존재라는 의미였다. 천재인 남편은 양지에서 혜택을 받고 있는 입장이지만 저 아이 역시 그러리란 보장은 없었다.

"그냥 우리가 보호하고 있다가 가족을 찾아서 보내 주면 되잖아."

"사라, 그건 우리가 할 일이 아니야."

"왜 우리가 할 일이 아닌데? 여보, 난 생명을 지켜 주고 싶어서 군대에 들어갔어. 손에 칼을 쥔 과학자보다는 총을 든 방패막이가 낫다고 생각했으니까."

그녀가 어째서 군인이 되었는지는 누구보다도 남편인 그가 가장 잘 알고 있었다. 수없이 많은 이들이 그녀와 마찬가지의 이유로 과학계에 환멸을 느끼고 등을 돌렸다. 홍익인간의 이념하에 인류 과학의 발전은 나날이 급속도로 이루어지고 있는 실정이지만, 번지르르한 이상의 껍데기를 제거한 후 실상을 들여다보면 그 이면은 참혹하기 그지없었다. 부와 권력을 쥔 지배층들은 인류의 번영을 위한다며 스스로 정당성을 부여했다.

'선택받은 이들의 안녕'을 위해 희생당하는 건 늘 헐벗고 무고한 자들이었다. 쳇바퀴처럼 돌아가는 역사 속에서 성장의 수레바퀴 밑에는 늘 힘없고 억울한 자들의 피 웅덩이가 고여 있었다. 고매한 기득권층은 그들 손아귀의 이권을 위해서라면 짐승이든 사람이든 가리지 않고 칼을 들었다. 연구소란 미명하에 도축장을 꾸려 놓은 이들이었으니까.

"내가 책임지고 안전하게 이송시킬게."

그는 다정하게 말하며 다시금 아내를 설득했다. 의롭고 마음이 따뜻한 사라의 신념과 가치관을 사랑하고 존중하지만, 이건 별개의 문제였다.

바딤은 벌거벗은 몸으로 자신을 똑바로 올려다보던 소년의 모습을 떠올렸다. 그러자 그의 눈빛이 급속도로 어두워졌다. 이유는 모르겠지만 그 아이를 생각할 때마다 마음 한구석에서 찝찝한 무언가가 구렁이처럼 똬리를 틀고 위장을 조이는 느낌이었다.

"알았어."

사라는 결국 단념한 듯 한숨을 쉬며 고개를 끄덕였다. 과학자의 윤리라고는 존재하지 않는 시베리아 연구소만큼은 저 아이를 위해

피하고 싶었지만, 남편이 저렇게 반대를 하니 그녀로서도 뾰족한 수가 없었다.

아내의 이마에 입을 쪽 맞춘 바딤은 고맙다며 웃었다. 그때 그녀의 등 너머를 본 그의 눈이 별안간 커졌다. 그곳엔 사라의 아이보리색 니트를 입은 작은 소년이 가만히 서서 두 사람을 바라보고 있었다. 부드러운 앙고라 재질의 상아색 니트가 그의 옅은 갈색 머리와 근사하게 잘 어울렸다. 인기척을 느낀 사라 역시 뒤쪽을 돌아보았다. 어린아이답지 않게 침착한 눈빛과 반듯한 자세였다. 흙먼지를 씻어 내서 말끔해진 얼굴은 더욱더 귀티가 흘렀다.

'대체 저 계단을 언제 내려온 것일까. 어떻게 몰랐을 수가 있지?'

바딤은 창백한 얼굴로 멍하니 아이를 바라보았다.

"여보."

사라가 조심스럽게 남편을 불렀다. 잠시 당황한 채 서 있던 바딤은 고개를 끄덕였다. 그는 조심스럽게 아이의 앞으로 걸어갔다. 행여나 자신의 큰 체구에 애가 겁을 먹지는 않을까 하는 우려에서였다. 바딤은 한쪽 무릎을 굽힌 채 허리를 숙이고 앉았다. 그리고 다정한 목소리로 말을 걸었다.

"안녕, 아저씨는 페트로비치 박사란다. 만나서 반갑구나."

그는 바딤을 빤히 쳐다보더니 무표정한 얼굴로 슥 지나쳐 걸었다. 바딤은 당혹스러운 나머지 뭐라 말을 잇지도 못하고 자그마한 소년의 뒤통수만 멀뚱멀뚱 쳐다보았다. 사라는 쿡쿡 웃으며 허리를 숙였다. 아무래도 이 맹랑한 꼬마는 호불호가 분명한 모양이었다. 딱 봐도 남편보다 그녀를 따르는 게 확연히 눈에 보였다.

"자식, 사내 녀석이라고 벌써부터……."

구시렁거리며 일어선 바딤은 뒷목을 긁적였다.

한편 사라는 아이와 눈을 맞추며 애써 미소를 머금었다. 그녀는 타이탄이 벽면 화면에 띄운 데이터를 보면서 다시 한 번 감탄을 금치 못했다.

"정말 상처가 다 없어졌구나."

아이는 여전히 말이 없었다. 반응이 없다는 소리는 아니었다. 그는 사라가 손을 뻗자 하얀 뺨을 살짝 실룩거리며 경계 어린 눈으로 그녀를 바라보았다. 대체로 표정 변화가 없는 아이였다. 하지만 아직 어린 소년이다. 평범한 아이라면 낯선 곳에서 낯선 어른들과 있을 때, 보통 두려워하거나 울면서 엄마를 찾는 것이 당연했다.

'그래, 평범한 아이라면 그랬겠지.'

사라는 잠시 생각에 잠겼다. 아무래도 특단의 조치가 필요한 것 같았다. 그녀는 주방을 향해 몸을 돌리며 소년에게 넌지시 물었다.

"초콜릿 좋아하니? 아줌마가 따뜻한 코코아 한 잔 타 줄까?"

타이탄의 손상된 메모리에 남겨진 사라의 일기

바딤은 어떨지 모르겠지만, 나는 그 아이를 만난 걸
단 한 번도 후회해 본 적이 없었다.

사람이든 짐승이든 길들일 때에는 먹을 것이 최고라더니, 역시 옛말에 틀린 것 하나 없었다. 꼬마라는 말보다 소년이라는 단어가 어울리는 아이는 한층 풀어진 자세로 식탁 앞에 앉았다. 그의 하얀고 작은 손에는 따뜻한 코코아 잔이 꼭 쥐여져 있었다.

"이 근처에 일반인 거주 지역은 없는데, 혹시 연구소를 방문한 귀빈들 아이 중 하나일까?"

– 유전자 정보를 근거로 신원 조회를 실시한 결과 일치하는 데이터를 찾지 못했습니다.

"그게 무슨 소리야. 신원이 없다는 말이야?"

– 네, 박사님.

사라와 바딤은 난감한 표정으로 서로를 바라보았다. 식탁 앞에 앉아 있는 아이는 태연한 얼굴로 코코아를 홀짝이고 있었다. 여러 번 대화를 시도했지만 소년은 대답은커녕 목소리 자체를 들려주지 않았다. 두 사람은 그가 충격으로 실어증에 걸린 상태라 판단했다.

"그나저나 신원이 조회되지 않으면 신고를 할 수가 없는데."

"아예 출생신고가 되지 않은 아이 같아."

쨍그랑!

컵이 깨지는 소리였다. 놀란 사라가 식탁 쪽으로 급히 다가갔다. 소년은 깨진 컵을 내려다보더니 순진한 눈으로 그녀를 빤히 응시했다. 사라는 말문이 막힌 얼굴로 그를 쳐다보았다. 팔걸이 밖으로 툭 튀어나온 그의 한쪽 팔이 컵을 바닥에 슥 버린 범인의 모습을 하고 있었다. 그럼에도 소년은 죄책감은커녕 아주 당당한 눈빛을 보였다.

"당신은 나와 있어, 내가 치울 테니까."

뒤따라온 바딤이 사라를 번쩍 들어서 안전하게 의자 위에 앉혔다. 그사이 아이는 의자에서 사뿐히 내려오더니 그녀가 앉은 의자를 향해 다가왔다.

"움직이면 안 돼! 바닥에 깨진 컵 조각들이……."

바딤의 충고에도 불구하고 소년은 날카로운 컵 조각 위로 맨발을 디뎠다. 그의 발바닥에서는 벌써 피가 흘러나오고 있었다.

"베였구나. 잠시만 기다려 봐. 구급약품을 가져올 테니까."

사라가 격앙된 목소리로 바딤에게 외쳤다.

"아니야! 가져올 필요 없어."

"그게 무슨 소리야?"

약상자를 꺼내 오던 바딤이 의아한 얼굴로 물었다. 사라는 거실 바닥에 소년을 앉힌 채 발바닥의 상처를 살피고 있었다. 그녀는 뭐에 충격을 받았는지 하얗게 질린 얼굴이었다. 남편을 천천히 올려다본 그녀는 힘겹게 숨을 삼키며 침착하려 애를 썼다.

"상처가……."

바딤은 눈썹을 치켜세우며 그녀의 손에 잡힌 아이의 발바닥을 쳐다보았다.

"이미 다 나았어."

핏자국 사이로 상처가 보이지 않았다. 좀 전에 분명 베인 것을 확인했는데? 바딤은 사라의 손에서 소년의 발을 낚아채 직접 살펴보았다.

이윽고 그는 놀란 눈으로 스르르 주저앉았다. 다리에서 힘이 쭉 빠지는 느낌이었다. 바딤은 소용없어진 구급상자를 툭 떨어뜨렸다. 소년은 그저 순수한 얼굴로 두 사람을 물끄러미 쳐다보고 있었다. 그러다가 호기심 어린 눈으로 사라의 배를 슥 한 번 만졌다.

"만지지 마!"

바딤이 버럭 소리를 지르며 소년을 밀쳤다. 옆에 있던 사라는 남편의 거친 행동에 놀람을 금치 못했다. 결혼 전부터 한 번도 화를 낸 적이 없는 사람이었다. 더없이 온순하고 다정한 이인데, 그의 이런 모습은 그녀도 처음이었다.

"애한테 왜 그래?"

"당장 연구소에 데려다 놓고 올 테니 그런 줄 알아."

"그러지 마. 사람들이 얠 데리고 뭔 짓을 할 줄 알고!"

"그럼 어쩌자고? 당신도 봤잖아. 이 아인 정상이 아니야. 오히려 연구소에서 빠져나온 실험체일 가능성도 있어."

"실험체라니! 애 앞에서 무슨 말을……."

바딤도 아차 싶었는지 입을 다물었다. 그러나 정작 당사자인 소년은 바딤에게 밀쳐져서 뒤로 넘어진 후, 홀로 담담하게 일어나고 있었다. 그런 소년을 바라보는 그의 눈초리는 여전히 적대적이었다. 그에게 있어 최우선은 아내와 배 속의 딸이었다. 도무지 진정되지 않았다. 그는 눈앞의 작은 아이가 맹수라도 되는 양 불안하고 덜컥 겁이 났다.

"연구소 애라면 벌써 난리가 났을 거야. 하지만 그런 기미는 없잖아."

"그거야 모르지."

"우리가 자칫 이 아이를 위험에 처하게 할 수도 있어. 잊은 거야? 이 아이가 우리 딸을, 나를 살렸잖아."

반박하며 말을 잇던 사라가 갑자기 석상처럼 얼어붙었다. 그녀는 자리에서 주춤거리며 천천히 아래를 내려다보았다. 거기에는 겨우 가슴팍밖에 오지 않는 아이가 둥글게 부푼 그녀의 배를 끌어안은 채 가만히 귀를 기울이고 있었다.

소년은 고요히 울려 퍼지는 아기의 심장 고동 소리를 들으며 살그머니 눈을 감았다. 계속 인형처럼 무미건조한 표정이던 아이가 처음으로 평온해 보이는 얼굴을 하고 있었다. 그 모습이 어찌나 예쁘고 아름다운지 두 사람은 잠시 넋을 잃고 바라보았다.

사라는 명치부터 온몸에 퍼져 가는 뭉클한 감정에 가슴이 따뜻해지는 걸 느꼈다. 감정이 벅차올라서 목까지 울컥 치미는 기분이었다. 바딤 또한 멍하니 서서 소년을 바라보고 있었다. 그는 아내와 배 속의 딸을 끌어안고 있는 낯선 아이를 어떻게 대해야 할지 혼란스러운 표정이었다.

눈시울이 붉어진 사라는 천천히 아이의 등을 어루만졌다. 그러자 그는 고개를 들어 그녀를 올려다보았다. 그녀는 햇살을 머금은 듯 예쁜 아이의 눈동자를 바라보며 상냥하게 웃었다.

"아기가 인사를 하네? 느껴지니?"

가만히 눈을 깜빡인 그는 한 걸음 뒤로 물러서더니 빤히 그녀의 배를 쳐다보았다. 사라는 태동이 느껴지는 배를 어루만지며 배 속 아기를 대신해 말을 건넸다.

"이 아이 이름은 이브라고 해. 네 이름은 뭐니?"

이번에도 옅은 갈색 머리의 아이는 말이 없었다. 빨려 들어갈 것 같은 시선으로 그녀를 가만히 응시할 뿐. 어린애의 눈이라고 하기엔 공허하고 삭막했다.

"이름이 생각나지 않니? 그럼 아줌마가 지어 줄까?"

그녀는 아이의 보드라운 머리칼을 쓰다듬으며 잠시 고민했다. 그녀는 오늘따라 격정적인 딸의 태동과 함께 결정했다는 듯 무릎을 탁 쳤다.

"우리 이브를 지켜 준 멋진 오빠니까, 아담이라고 부르면 어떨까?"

말없이 가만히 듣고 있던 소년은 그녀의 시선을 회피하더니 앞머리를 만지작대기 시작했다.

고개를 갸웃거리던 그녀는 이내 풋 웃음을 터뜨렸다. 드디어 처음으로 이 아이에게서 '아이다운 모습'을 보게 된 듯했다. 비록 표정 변화는 없지만 나름 부끄러워하고 있는 게 아닐까 싶었다.

"그래, 아담으로 하자."

그녀는 입가에 한가득 미소를 머금은 채 아담의 머리를 쓱쓱 쓰다듬었다. 그리고 고개를 들어 남편 쪽을 응시했다. 바딤은 떨떠름한 얼굴로 턱을 괸 채 바닥에 앉아 두 사람을 바라보고 있었다. 어깨를 으쓱하며 당신 알아서 하라는 표정이, 두 손 두 발 다 들었다는 기색이었다. 아마도 방금 전 그녀의 배를 끌어안는 소년의 모습에서 그도 무언가를 느낀 듯했다.

그날 밤, 잠들기 전 사라는 침대에 누워 조곤조곤한 목소리로 바딤을 설득하기 시작했다. 두 사람은 조만간 이브의 순산을 위해 연구소를 떠나 별장으로 요양을 갈 계획이었다. 사라의 뜻은 이러했다. 일단 그때까지만이라도 아담을 데리고 있자는 것. 그리고 별장으로 간 후에 위탁을 맡기든, 보호시설에 보내든 하자고 했다. 아무리 생각해도 연구소에 아이를 보내는 건 도저히 못할 짓이란 게—시베리아 연구소가 하는 일이라면 뭐든 일말의 신뢰도 하지 않는 사라이기에— 그녀의 의사였다.

아내에게 한없이 약한 바딤이었다. 결국 부부는 한동안 아담을 데리고 있기로 결정했다.

2074년 1월, 바딤 페트로비치 박사는 연구소에 출산 휴가를 냈다. 그리고 그는 곧 태어날 딸을 기다리며 가족과 함께 바이칼 호수 근처의 별장으로 떠났다.

• • •

시베리아의 진주라 불리는 바이칼 호. 부랴트어로 큰물이란 뜻이다. 지구상에서 가장 깨끗한 물로 남아 있는 이곳은 전 세계 담수의 20%를 담고 있다고 한다. 바이칼 호의 표면적은 북아메리카 5대호의 13%밖에 되지 않지만 물의 양은 5대호를 합친 것보다 3배나 많기 때문에 세계의 민물 창고라고 불렸다.

남북 길이가 72㎞인 알혼 섬은 바이칼 호수에 떠 있는 26개의 섬 중에 가장 큰 섬이었다. 드넓게 이어진 초원 뒤로 장대한 언덕길이 모습을 드러내고, 그 위에 오르면 알혼 섬의 상징인 샤먼 바위와 잔잔한 물결을 이루는 바이칼 호의 모습이 아름답게 펼쳐졌다.

알혼 섬에는 아직도 샤먼 의식이 이어져 내려왔다. 그래서인지 샤먼 바위로 가는 길에는 장승이나 솟대들이 종종 눈에 띄었다. 언덕 아래 옹기종기 모여 있는 빨간 지붕 집들의 주인들은 지금도 오색 빛깔 천을 두른 솟대 앞에 서서 기도를 올리고는 했다.

페트로비치 부부의 별장은 바로 이 언덕 위에 위치하고 있었다. 하얀 벽에 파란 지붕을 올린 아담한 별장은 하늘에서 보면 손톱 달 모양처럼 곡선으로 휘어 있었다. 알혼 섬의 사람들은 구름 언덕 위 그들의 집을 모양새대로 '나발루니예'라 불렀다. 나발루니예란 러시아 말로 신월, 초승달이란 뜻이었다. 유일하게 에어쉽 승강장이 있는 박사 부부의 별장은 알혼 섬 주민들에게 있어 낯설고 이질적인 첨단 문명의 집약체였다.

사라와 바딤 부부가 알혼 섬의 별장에 온 것도 어느덧 이 주째.

섬의 기온은 영하 20도까지 떨어졌다. 바이칼 호 전체가 꽁꽁 얼어붙는 시점이었다. 아름다운 얼음 호수는 커다란 은쟁반처럼 반짝이며 오늘도 아침 햇살을 환히 비추었다.

– 좋은 아침입니다, 사모님!

타이탄이 허공에 활기찬 아침 인사를 띄웠다. 바딤이 깰까 봐 소리는 무음으로 해 놓은 상태였다. 아침잠이 많은 남편은 이곳에서도 매일 늦잠을 잤다. 사라는 하품을 하며 침실에서 걸어 나왔다. 그러자 그녀의 앞으로 가사용 로봇[3]이 잽싸게 굴러 오며 집게형 손으로 루이보스 차를 건넸다. 사라는 떨어지는 꽃잎이 새겨진 찻잔을 들며 루이보스 향을 음미했다. 그리고 거실을 환히 비추는 커다란 아치형 통유리 창을 향해 천천히 걸어갔다. 그곳에는 그녀를 위해 바딤이 만든 흔들의자가 놓여 있었다.

그녀는 알혼 섬의 별장에서 이 창문이 가장 마음에 들었다. 절벽에 부서지는 파도처럼 하얗고 거칠거칠한 석재의 벽을 뚫어 만든 창이었다. 천장까지 닿는 아치형의 창가에는 햇살이 쏟아지듯 내려앉았다. 밤이면 달빛이 망원경을 통해 투시하듯 들어와 통유리 창을 적시며 은은하게 바닥을 내리비쳤다. 이곳은 그녀가 어릴 때 종종 가던 성당의 스테인드글라스를 떠올리게 하는 공간이었다. 신성하고 거룩한, 그러면서도 편안하게 마음의 끈을 늦추게 하는

3 가사용 로봇: 흡사 사마귀를 닮은 모습을 하고 있으며 두 다리에는 바퀴가, 양손은 기본형 집게 모양을 하고 있다. 집 청소, 가내 허드렛일, 간단한 요리 등을 도맡아서 한다.

장소.

"아가야, 너도 좋지?"

사라는 배를 어루만지며 보시시 웃었다. 흔들의자에 앉아 몸을 기댄 그녀는 의자를 앞뒤로 움직이며 햇살에 눈웃음을 걸었다. 창 밖으로 보이는 얼음 호수의 정경이 평온했다. 여름에 이 창을 활짝 열면 시원한 호수 바람이 뺨을 적시고 지나갔다. 그러면 그 뒤로 시베리아의 푸른 보석, 바이칼 호가 수면 위로 햇살을 반사시키며 찬란한 모습을 드러냈다. 세계에서 가장 오래된 호수의 경관과 함께하는 티타임. 콧노래가 절로 흘러나오는 아침이었다.

알림

익명의 발신인으로부터
사라 페트로비치에게 영상 편지 도착 (1)
열람하시겠습니까?

이른 아침의 평온은 의외로 쉽게 금이 가고 말았다. 기다리던 편지였지만 유쾌한 방문은 아니었다. 조용히 서재로 온 사라는 찻잔을 책상 위에 올려놓았다. 그녀는 방음 모드를 작동시킨 뒤 방문을 단단히 걸어 잠갔다. 바깥의 방문 앞에는 '독서 중'이라는 등이 반짝 들어왔다. 행여나 바딤이 일어나서 불쑥 들어올까 싶어 한 예방책이었다. 잠시 문밖의 인기척에 귀를 기울이던 사라는 심호흡을 하며 책상 앞에 앉았다.

"타이탄, 재생해."

— 네, 2074년 1월 13일 오후 11시 21분에 수신된 편지입니다.

불 꺼진 서재의 한가운데 놓인 원목 책상 앞에 입체 화면이 생성되었다. 그 속에서 하얀 가운을 입은 여자가 등장했다. 갈색 머리에 주근깨가 인상적인 호주 여자였다.

— 안녕, 사라! 나야, 조이. 몸은 좀 어때? 아기는 건강하게 크고 있지? 다름이 아니고 일전에 네가 부탁한 것 말이야. 결과가 어느 정도 나온 것 같아서 말해 주려고. 휴우, 여기 내 눈에서 턱까지 내려온 다크 서클 보이지? 내가 요즘 이것 때문에 일 끝나고 매일 야근했잖아. 너 나중에 제대로 보상해 줘야 한다?

그녀는 주위를 두리번거리더니 잠시 일어났다. 그리고 갈래갈래 땋은 머리를 만지작거리며 다시 되돌아 앉았다. 조금 불안해 보이는 눈빛이었다.

— 내가 같이 보낸 자료도 함께 봐. 타이탄에게 보내 놨으니까.

화면이 양분되더니 영상 편지 옆으로 실험 영상이 함께 떠올랐다. 영상을 바라보는 사라의 눈은 긴장으로 굳어 갔다. 조이는 피곤한지 의자를 뒤로 깊게 젖히더니 이마를 짚었다.

— 그런데 대체 이 혈액 샘플은 누구의…… 아니다. 나중에 얘기하자.

그녀는 물어볼 게 많은 눈빛이었지만 신중한 성격답게 말을 아꼈다. 잠시 미묘한 표정으로 한숨을 쉬던 조이는 "난 이만 자러 간다."라면서 손을 흔들더니, 어두워진 화면 뒤로 '핏' 하고 사라져 버렸다.

이윽고 두 번째 영상이 재생되기 시작했다. 조곤조곤 속삭이는 조이의 목소리도 함께 울려 퍼졌다. 그녀가 첨부한 실험 녹화 자료였다.

– 혈액 샘플 ANGEL-1225[4]에 관한 실험을 시작한다. 실험 대상은 SPF5 동물…….

화면에 등장한 것은 하얀 실험쥐들이었다.

– ANGEL-1225를 주입한 생쥐들이 상처 회복 능력과 세포 재생 능력 면에서 놀라운 변화를 보인다.

침착하게 녹음하는 듯했지만 그녀의 목소리에선 떨림이 묻어나왔다. 그것도 잠시, 조이는 이내 착잡하고 어두운 톤으로 말을 이었다.

– 주입 후 38분 경과, 실험체 1번 생쥐에게서 세포 괴사 진행이 발견. 40분 경과, 실험체 1번 사망. 나머지 개체들도 괴사가 진행되고 있다.

'꿀꺽' 침 넘어가는 소리가 울려 퍼졌다. 가만히 손을 말아 쥔 사라의 동공이 잔물결을 그리며 일렁이고 있었다.

– 44분 경과, 모든 실험체 사망.

다음 실험 대상은 원숭이였다. 혈액 샘플 ANGEL-1225를 주입한 원숭이는 일주일을 넘기지 못하고 죽었다. 죽기 전 뇌파 움직임이 700퍼센트 상승, 신체 능력의 강화, 또한 비약적으로 지능이 향상되는 변화를 보였다. 그러나 세포의 변이가 빠른 만큼 노화가 급격히 촉진되었으며 일주일 뒤 치매 증상을 보였고 곧 심장마비로 사망했다.

영상 편지를 끈 사라는 두 손을 모으고 턱을 괴었다. 책상 앞에 앉은 그녀의 시선은 적막 속으로 빨려 갈 듯 고요하고 차분했다. 조이의 마지막 말이 오랫동안 그녀의 귓가에 맴돌았다.

---

4 ANGEL-1225: 혈액 샘플명은 사라가 지었다. 엔젤Angel은 천사라는 뜻이고 1225는 12월 25일을 뜻한다.

5 SPFspecific pathogen free animals: 무균동물無菌動物의 작성 기술을 응용하여 어미 동물로부터 제왕절개 수술로 새끼를 꺼내어 깨끗한 환경하에서 육성하는 것. 특정한 병원체의 감염이 전혀 없는 동물들을 대량으로 육성하여 실험체로 공급한다.

— 본 혈액 샘플을 검사한 결과, ANGEL-1225는 미확인 바이러스를 보유한 것으로 확인되었다. 이 바이러스는 초기 단계에서 세포의 성장을 급속도로 촉진시키는 것으로 보이지만 종래에는…….

서재에서 나온 사라는 흔들의자에 앉은 작은 인영을 발견했다. 아치형 창문을 뒤로한 채 나무 의자에 기댄 아이는 마치 산들바람에 몸을 맡긴 것처럼 편안해 보였다.

"아담."

눈을 감고 있던 아담이 살그머니 눈을 치켜떴다. 소년은 온화하고 부드러운 인상이었지만 항상 무표정인 탓에 늘 건조하고 서늘한 기운이 풍겨져 나왔다. 그럼에도 이 아이가 사랑스럽다고 여겨지는 건, 그녀의 배를 볼 때면 전혀 달라지는 분위기와 행동 때문이었다. 그럴 때만큼은 이 아이도 천생 어린애구나 싶어서 사라는 웃음이 터져 나왔다.

아담은 마치 선물 상자를 기다리듯 쪼그리고 앉아 그녀의 배를 하염없이 보기도 했다. 도대체 이 안에 있는 건 언제 나오는 거냐고 묻듯 그녀의 눈을 흘끔거리면서.

관심이라기보다는 호기심이라고 해야 할까? 그리고 매일 하루에 꼭 한 번, 아담은 그녀의 배를 끌어안고선 아기의 태동과 심장 고동 소리에 가만히 귀를 기울였다.

"오늘도 잠을 못 잤니?"

아담은 사라를 바라보더니 평온한 눈빛을 보였다. 그는 별일 아니란 듯이 고개를 내저으며 다시 눈을 감고 그녀의 배에 뺨을 맞댔다.

소년은 종종 불면증에 시달렸다. 그럼에도 힘들거나 피곤해 보이는 기색은 전혀 없었다. 그런 아이를 보며 바딤은 농담처럼 덧붙였다. 숙면을 하지 못하는 게 아니라, 하지 않는 거 아니냐고. 당시 그녀는 그게 말이 되냐고 미간을 찌푸렸지만 일순 두더지 머리처럼 고개를 내민 의혹의 씨앗은 금방이라도 무럭무럭 자랄 듯 불거지기 시작했다.

통신 교란의 원인은 아담으로 밝혀졌다. 물론 눈에 보이는 증거나 접점 혹은 뚜렷한 단서를 찾지는 못했지만 아담의 정서나 기분이 불안정할 때 통신 교란이 일어난다는 건 확실했다.

아담의 부드러운 머리칼을 쓰다듬는 사라의 눈이 불안한 미소를 머금고 일렁였다. 아까 조이가 보낸 영상 편지 때문일까? 죽은 쥐와 원숭이의 모습이 잊히지가 않았다. 참혹하게 죽은 그 동물들의 모습이 꼭…….

그녀의 시선이 마지막으로 닿은 곳은 그녀 자신의 손이었다. 간헐적으로 떨리는 손가락 끝이 하얗게 식어 가는 듯 피가 통하지 않아 굳어 있었다. 사라는 황급히 손을 주무르며 마사지를 했다. 불길한 예감의 촉이 목 뒤에 서늘하게 닿아 있는 것 같았다.

물끄러미 허공을 응시하던 그녀는 어떤 생각에 휩싸인 듯 성큼성큼 주방으로 향했다. 그리고 나이프 하나를 꺼냈다.

— 상처 회복 능력과 세포 재생 능력에서 놀라운 변화를 보인다.

머릿속에서 조이의 목소리가 메아리치듯 울려 퍼졌다. 사라는 잠시 심호흡을 했다. 그녀는 이내 결심한 듯 단호한 눈빛을 지었다. 손에 쥔 나이프 끝이 허공에서 예리하게 빛났다. 펼친 손바닥을 향해 칼날을 휘두르던 순간이었다.

“사라!”

깜짝 놀란 그녀의 손에서 ‘댕강!’ 하고 칼자루가 떨어졌다. 사라는 뒤를 돌아보며 바로 손을 움츠렸다. 바닥에 떨어진 나이프 소리에 놀란 바딤이 눈을 동그랗게 떴다.

“뭘 하고 있는 거야?”

그녀는 멍한 눈으로 바닥에 떨어뜨린 나이프를 바라보았다. 그제야 칼을 본 바딤은 깜짝 놀라 그녀에게 다가왔다.

“괜찮아? 다치진 않았어?”

“아…… 응.”

“위험하게 그런 걸 왜 들고 있어? 요리 같은 건 타이탄에게 시키면 되지.”

바딤의 말에도 사라는 여전히 나이프를 빤히 쳐다보고 있었다. 여전히 머릿속에 가득 찬 생각을 떨쳐 버릴 수가 없었다. 그러다 문득, 손바닥이 따끔한지 팔을 냉큼 들었다.

“베였어?”

“그런 거 같아. 따갑네.”

“조심 좀 하지.”

바딤은 사라의 손을 들어 확인하며 걱정 어린 잔소리를 했다.

“이쪽 손 맞아? 다친 곳 없는데?”

“그쪽 손 맞는데.”

손바닥을 들어 본 사라는 고개를 갸웃거리더니 바딤을 쳐다보았다. 그는 피식 웃으며 사라의 뺨을 귀엽다는 듯 꼬집었다.

“요즘 자꾸 멍하네. 그러다가 크게 다칠 수 있으니까 조심해. 이제 몸도 많이 무거운데, 무리하지 말고 나나 타이탄 불러서 시켜. 알았지?"

"알았어."

마지못해 웃는 사라의 얼굴에 왠지 모를 초조함이 묻어났다. 곧 태어날 아기 때문에 예민해진 것이라 여긴 바딤은 그녀를 꼭 끌어안아 주었다. 이윽고 그가 사랑한다고 속삭이며 입을 맞추자 굳어 있던 사라의 눈에도 옅은 미소가 어렸다. 역시 남편 품속만 한 안식처가 없었다. 온몸을 잠식하던 불안감이 눈 녹듯 사라지는 느낌이었다.

'그래, 괜한 걱정이다. 타이탄에게 매주 검진도 받고 있고, 이상한 증상이 나타났으면 벌써 나타났겠지.'

연구소로 돌아가면 조이와 자세한 이야기를 나누어 봐야겠다. 바딤을 제외한다면 그녀는 시베리아 연구소에서 믿을 수 있는 유일한 연구원이었다. 사라는 마지막 남은 불안감마저 털어 내고자 그의 어깨에 뺨을 묻었다.

잠시 후 두 사람은 도란도란 이야기를 나누며 침실로 사라졌다. 그러자 한쪽에서 대기하고 있던 가사용 로봇이 굴러 와 떨어진 나이프를 주웠다. 그는 칼날 끝에 맺힌 조그마한 핏방울을 휴지로 슥 닦아 냈다.

아담과 함께한 지 삼 주째. 그는 아주 얌전했다. 처음에는 꼭 무인도에서 만난 타잔처럼 길들여지지 않은 짐승의 모습을 보이기도 했는데, 이를테면 음식을 다 먹으면 그릇을 툭 바닥에 버린다든지, 문이 아닌 창문으로 바깥을 나간다든지, 옷을 벗을 땐 그냥 찢어서 벗는다든지 등등의 행동이었다. 꼭 폭력적인 행위가 아니더라도 사회성이라고는 전혀 보이지 않는 그의 행동에 페트로비치 부부는 종종 경악을 금치 못했다.

반면 학습 능력은 가히 천재적이었다. 그 예로, 한 번은 바딤이 드론을 분해해서 다시 조립하고 있었는데, 그 광경을 곁눈질로 보고 있던 아담은 그 자리에서 옆에 있던 드론을 집어 재조립을 뚝딱 해냈다. 그것으로도 모자라 그는 밖에 있던 에어쉽까지 분해를 시도했다. 어린애가 힘은 또 어찌나 센지, 에어쉽의 문짝 하나를 잠자리 날개인 양 쭉 뜯어내는 것이다. 바딤이 허둥지둥 달려와 말려서 다행이었다. 그 자리에서 에어쉽 하나가 정말 머리, 가슴, 배로 삼단 분리가 될 뻔했다고.

그날 이후, 바딤은 작업을 할 때 종종 아담을 옆에 데려다 놓기 시작했다. 그에게서 엔지니어의 재능을 발견했다나 뭐라나.

거실을 난장판으로 만드는 두 남자를 보며 사라는 식탁에 앉아 턱을 괴고 머리를 절레절레 내저었다. 그럼에도 입가에 행복한 미소가 피어오르는 건 어쩔 수 없었다.

아, 이렇게 평화로운 날들만 이어지면 얼마나 좋을까?

새파란 하늘에 떠다니는 조각구름처럼 펼쳐지는 평온한 일상. 그러나 그 안온한 시간은 오래지 않아 깨지고 말았다.

그날은 갑작스레 눈보라가 치던 날이었다.

온 세상이 뿌옇게, 그리고 하얗게 휘덮이던 날. 눈을 부릅뜨고도 한 치 앞을 내다볼 수가 없을 정도였다. 오전에 이르쿠츠크[6]에 나갔던 바딤에게서 연락을 받은 사라는 낯빛이 어두워졌다. 거센 눈

---

6 이르쿠츠크: 바이칼 호로부터 65㎞ 떨어져 있는 도시. 이르쿠트와 안가라 강의 합류 지점에 위치해 있다. 러시아와 몽골의 교역로 역할을 하며 동시베리아의 교통 요지로서 행정, 경제, 문화의 중심지이기도 하다.

보라 때문에 그가 탈 에어쉽이 뜰 수가 없는 모양이었다.

"조심해서 와. 미안해, 내가 괜히 카레를 먹고 싶다고 해 가지고……."

– 아니야, 눈보라가 좀 잦아지면 갈게. 집 밖으로 나가지 말고, 누가 와도 문 열어 주지 말고, 따뜻하게 하고 있어. 알겠지?

알림

방문객(1)

과거 방문 기록이 없습니다.

망막 스캔 중…….

신원을 조회할 수 없습니다.

언덕 위 나발루니예에 낯선 이가 찾아왔다. 휘날리는 눈보라 사이로 언뜻 보인 건 검은 옷을 입은 남자의 모습이었다.

'갑자기 웬 손님이지?'

사라는 바가지를 엎어 놓은 듯한 배 위에 단단히 팔짱을 끼고 섰다. 그녀는 미간에 잔뜩 힘을 준 채 생각에 빠졌다. 타이탄은 화면에서 '박사님께서 돌아오실 때까지 절대 집 문을 열지 말라 하셨다'며 종알종알 잔소리를 해 대고 있었다. 행여나 그녀가 덜컥 문을 열어 줄까 봐 우려한 나머지 그러는 듯했다. 바딤과 마찬가지로 마스터 통제권이 있는 사라인지라 그녀가 명령하면 따를 수밖에 없는 타이탄이었다.

– 설사 박사님이 오셔도 문을 열어 주지 말라고 하셨습니다. 박사님 본인

이시라면 알아서 문을 열고 들어오실 테니까요. 추론하자면 박사님이라면서 문을 열어 달라고 하는 사람은 99% 가능성으로 박사님인 척하는 낯선 이일 가능성이 높다는 겁니다. 결론을 말씀드리자면 절대 문을 열어 주지 말라는…….

바딤이 타이탄의 언어 감각 및 대화 지수를 또 올려놓은 모양이었다. 요즘 들어 부쩍 말이 많아졌다.

"시끄러워!"

사라가 결국 버럭 소리를 지르자, '총알탄'은 입을 쏙 다물었다. 눈치탄, 총알탄 모두 사라가 촉새 같은 인공지능 비서인 타이탄에게 붙여 준 별명이었다.

알혼 섬 주민이라면 타이탄이 신원 조회를 하지 못할 리가 없었다. 연구소에서 온 사람인가? 그런 말은 없었는데. 사라는 찝찝한 표정을 짓더니 돌아섰다.

"뭐, 아쉬우면 다시 찾아오겠지. 지금은 바쁘니까 다음에 오시라 해."

– 휴우, 알겠습니다.

다행이라는 듯 한숨을 내쉰 타이탄이 재깍 대답했다. 사라는 "웬 한숨?"이라고 눈을 흘겼다. 이제는 컴퓨터가 한숨을 다 쉰다고 기가 막혀 하면서 말이었다.

"자, 우리는 하던 것 마저 해 볼까?"

사라가 허리를 잡고 뒤뚱뒤뚱 걸어오자, 거실 바닥에 앉아 있던 아담이 그녀를 올려다보았다. 그가 입고 있던 하얀 스웨터에는 목공용 접착제가 잔뜩 묻어 있었다. 바닥에는 바딤과 함께 깎아 놓은 나무 조각들이 널려 있었는데, 둘은 엊그제부터 함께 작은 목마를 만들고 있는 중이었다. 곧 태어날 이브를 위한 것이라 했다.

어쩜 이렇게 하는 짓도 예쁜지. 사라는 싱글벙글 웃으며 아담이 깎은 조각들을 구경하기 시작했다.

– 아이를 찾으러 왔습니다.

난데없이 스피커에서 묵직한 목소리가 울려 퍼졌다. 집을 찾아왔다는 손님이 아직 돌아가지 않은 모양이었다.

"아이?"

그녀는 어깨 너머로 뒤를 돌아보았다. 화면에 비친 남자의 모습이 보였다. 검은색 코트를 입은 남자는 음침하고 어두운 분위기를 휘감고 있었다.

사라는 불안한 눈빛으로 배를 감싸 안으며 일어섰다. 그녀는 아담을 흘끗 내려다보았다. 그는 작은 손으로 그녀의 치맛자락을 꽉 움켜쥐고 있었다.

아담은 불안한 눈빛으로 화면을 쳐다보았다. 그가 지그시 깨문 입술 사이로 긴장한 숨을 내쉬는 게 보였다. 사라는 의아한 눈초리로 물었다.

"아는 사람이니?"

곁눈질로 화면을 흘끔거리던 그는 그녀의 옷자락을 놓더니 현관을 향해 달려가기 시작했다.

"아담!"

사라가 쥐고 있던 나무 조각이 바닥으로 떨어지며 빙그르 돌았다. 그녀는 놀란 얼굴로 다급히 그의 뒤를 쫓았다.

크리스털로 조각된 장미 문양이 양 갈래로 갈라지며 강화유리문이 열렸다. 무거운 몸을 이끌고 걸어온 사라가 그 사이로 빠르게 걸어 나왔다. 그녀는 가쁜 숨을 몰아쉬며 문에 팔을 기대고 잠시 숨을 골랐다. 그리고 힘이 풀린 눈으로 앞을 응시했다. 이중으로 된 현관임에도 찬 기운이 느껴졌다. 외부 현관이 열린 모양이었다.

이미 현관 앞에 도착해 있는 아담의 옆에는 경비용 로봇이 서 있었다. 눈치 빠른 타이탄이 재빨리 대동시킨 게 틀림없었다. 로봇은 그가 밖에 나가지 못하도록 어깨를 단단히 붙잡았다.

그리고 그 앞에 서 있었다. 입꼬리를 느른하게 올린 채 아담을 내려다보고 있는 검은 신사가.

"안녕하십니까?"

이지적인 외모와 달리 굵직한 목소리의 주인공이었다. 남편인 바딤보다도 큰 신장에 넓은 어깨를 소유한 자였다. 사라는 낯선 손님과 마주하자마자 그의 체구에 압도되는 기분을 느꼈다.

"무슨 일이시죠?"

그녀는 정신이 없는 표정으로 재차 물었다.

남자는 귀를 살짝 덮을 정도의 짧은 머리칼이었는데, 까만 머리칼이 검정색 코트와 어우러져 한층 무게감을 얹어 주었다. 그의 까무잡잡한 피부 때문인지, 아니면 묵직한 목소리 때문인 건지, 그것도 아니면 뺨에 언뜻 보이는 흉터 때문인지, 그녀 자신이 경황없는 탓인지 도대체 알 수가 없었다. 어째서 저 남자의 눈빛에 이리도 흉곽이 죄여 오는 것일까?

불안이 엄습했다.

"아이를 찾으러 왔습니다."

존재감이 대단한 사내였다. 그가 한 걸음, 한 걸음 발을 떼며 다가올 때마다 검은 안개가 주위를 휘덮는 느낌이 들 정도로.

“이렇게 생각지도 못한 장소까지 이동해 있을 줄이야. 덕분에 찾는 데 시간이 좀 걸렸습니다.”

남자는 걸어오더니 두 사람을 번갈아 응시했다. 그러자 아담이 경비용 로봇을 대동한 채 사라의 옆으로 성큼성큼 걸어왔다. 그는 화가 난 얼굴로 고개를 들었다.

사라는 아담의 손을 가만히 잡았다. 두 사람은 서로 알고 있는 듯했다. 하지만 아담은 이 남자의 방문을 썩 유쾌하게 여기지 않는 것 같았다.

“혹시 아담의 아버지 되시나요?”

“아담?”

그가 되묻자, 사라는 머쓱한 미소와 함께 “제가 이 아이에게 붙여 준 이름이에요.”라며 설명을 덧댔다. 남자는 그녀의 대답을 듣는 둥 마는 둥한 표정이었다. 대신 그녀의 둥근 배를 보더니 미간을 구겼다. 그리고 ‘설마?’ 하는 눈으로 그녀의 옆에 서 있는 아담을 응시했다.

아담은 사라보다도 차분하고 평온한 눈으로 물끄러미 남자를 응시하고 있었다. 그의 왼팔은 사라의 임신한 배를 보호하듯 막아선 채였다. 그런 아담이 귀엽다는 듯 빤히 응시하던 사내는 별안간 “하!” 웃음을 터뜨렸다.

“그렇게 이해를 했나?”

아직 어린 그에게는 어쩌면 너무나 어려운 숙제였는지도 모른다. 남자의 눈초리가 부드럽게 곡선을 그렸다. 그는 미안하고 아쉬운 미소를 머금은 채 한쪽 무릎을 굽혔다. 아담은 눈썹을 치켜세우며 경계 어린 표정을 지었다.

"아주 틀린 답은 아닙니다. 아니, 어쩌면 당신의 선택이 옳은 답일지도 모르겠군요."

남자는 곰곰이 턱을 쓸며 생각에 잠기더니 커다란 손을 들었다. 그의 넓은 손바닥은 아담의 얼굴을 한 손으로 다 가리고도 남을 정도였다.

"이건 반칙이지만, 현재 상황이 당신에게 전적으로 불리한 건 사실이니까요. 이번 한 번만 도와주는 겁니다. 당신의 답이 정답일지 아닐지는 저도 궁금하니 말입니다."

"지금 뭐하시는 거예요? 당장 그 손 놓지 못해요?"

사라가 소리를 지르며 남자의 손목을 잡았다. 손으로 아담의 머리통을 움켜쥔 남자의 입꼬리엔 오싹한 미소가 걸려 있었다. 그는 발버둥 치는 아담의 정수리를 잡고 쥐어 뽑듯 허공에 들어 올렸다.

번쩍!

알혼 섬의 주민들은 그날, 나발루니에 언덕 전체를 뒤덮는 섬광을 목격했다고 진술했다. 그것은 눈보라를 뚫고 하늘을 비출 만큼 거대한 빛이었다.

정신을 차린 사라는 바닥에 쓰러진 아담을 발견하고선 비명을 내질렀다. 때마침 집으로 귀가하던 바딤은 그녀의 비명 소리에 에어쉽에서 펄쩍 뛰어내렸다. 그는 품에 안고 있던 장바구니를 던진 채 미친 듯이 달려왔다. 그리고 활짝 열려 있는 외부 현관 사이로 들어와 아내의 이름을 외쳤다.

"사라!"

"바딤! 아담이……."

그는 벽을 부여잡고 가쁜 숨을 몰아쉬는 사라의 몸부터 부축했다.

"무슨 일이야?"

경비용 로봇은 양단 분리가 된 채 바닥에 너부러져 있었다. 바딤은 그 앞에 쓰러진 아담을 발견했다. 그는 정신을 잃고 늘어진 아담을 업으며 이게 어떻게 된 상황이냐는 얼굴로 사라를 쳐다보았다.

"웬 남자가 왔었어."

"남자? 누구?"

"모르겠어. 아이를 찾으러 왔다고만 했어."

그러고 보니 낯선 사내는 어느새 홀연히 사라지고 없었다. 사라는 활짝 열린 외부 현관을 바라보며 영문을 알 수 없다는 표정을 지었다. 밖은 여전히 하얀 눈보라가 치고 있었다.

"얘 이마는 왜 이런 거야?"

바딤은 등에 업은 아담을 곁눈질로 돌아보며 물었다. 그의 말에 사라는 아담의 이마를 쳐다보았다. 인주로 새긴 것 같은 붉은 낙인이 이마의 살갗에 스며들듯 옅게 사라져 가고 있었다. 두 사람은 서로를 쳐다보았다.

그 와중에 남자가 남긴 묵직한 목소리가 그녀의 뇌리를 스치고 지나갔다.

— 아이는 당분간 부탁드리겠습니다.

긴장이 풀린 사라는 별안간 눈앞이 빙글빙글 도는 걸 느꼈다. 낯선 남자와의 기이한 만남은 만삭인 그녀에게 있어 큰 충격이었다. 사라는 배를 움켜쥐며 바닥에 주저앉아 진통을 호소하기 시작했다.

"아…… 아아악!"

"여보! 왜 그래? 괜찮아?"

"배, 배가…… 아기가……."

그녀의 말에 바딤의 낯빛은 사색이 되었다. 사라는 식은땀을 뻘뻘 흘리며 그의 팔을 움켜잡았다. 그녀는 간신히 정신을 부여잡은 눈빛을 짓더니 다 죽어 가는 목소리로 끊어질 듯 말을 이었다.

"아, 아기가…… 나오려 해."

타이탄의 손상된 메모리에 남겨진 사라의 일기

기이하게도 눈을 뜬 아담은 검은 신사를 전혀 기억하지 못했다.
그리고 그의 신비로운 능력 역시…… 거짓말처럼 사라지고 말았다.

눈보라는 다시 거세졌다. 이르쿠츠크의 의사들이 알혼 섬까지 올 수 있는 형편이 아니었다. 바딤이 말하길, 그가 올 수 있었던 것도 기적처럼 눈보라가 잠시 잦아진 덕분이라 했다.

결국 소식을 들은 알혼 섬 주민들이 발 벗고 나섰다. 다행히도 알혼 섬에는 아직까지 자연 분만을 하는 풍습이 남아 있었기에 산파를 자청할 유경험자들이 많았다. 그녀들의 손은 타이탄보다도 빨랐다. 순식간에 산실을 준비하며 바삐 움직이는 여인들의 목청 소리에 바딤은 꾸어다 놓은 보릿자루인 양 불안한 표정으로 구석을 지켰다.

진통은 하루가 꼬박 넘게 이어졌다. 지독한 난산이었다. 사라는 기진맥진하여 울부짖을 힘도 없어 보였다. 체력적으로 강한 그녀였지만 많이 지치는 모양이었다. 바딤은 전전긍긍하며 산실로 탈바꿈한 침실 밖에서 제자리걸음만 수백 바퀴째였다. 입술이 바짝바짝 마른 그는 몇 시간째 물 한 모금도 넘기지 못하고 속을 태우며 소식만 기다렸다.

"산도가 좁은 데다가 산모가 힘이 없어. 조금만 더 힘을 주면 나올 것 같은데."

흰 머리가 희끗희끗한 산파가 한숨을 푹 쉬며 걸어 나왔다. 기대하며 다가왔던 바딤은 실망 어린 눈빛으로 털썩 의자에 앉았다. 그녀는 여전히 눈보라가 몰아치는 밖을 내다보더니 "하늘님이 노하셨나?"라며 중얼거렸다.

"그나저나 큰 애는 아직도 의식이 없는 모양이야. 가서 한번 봐 봐."

"큰 애요?"

멍하니 되묻던 바딤은 금세 아담의 이야기란 걸 눈치채고 고개를 끄덕였다. 건넛방으로 온 그는 침대에 누워 있는 아담을 내려다보며 타이탄과 연결된 벽 스크린을 툭툭 건드렸다. 그러자 타이탄이 아담의 바이털 사인을 띄우며 보고했다.

– 크게 걱정하실 필요는 없으십니다. 맥박, 호흡, 체온, 혈압, 뇌파 수치 모두 정상입니다. 곧 깨어날 겁니다.

"그래?"

그는 깨끗해진 아담의 이마를 조심스레 쓰다듬었다. 잠을 자고 있는 것일까? 이 아이도 잠에 들긴 하는구나.

가끔 한밤중 잠에서 깬 그는 거실로 나와 따뜻한 물을 마셨다.

그럴 때면 종종 흔들의자에 앉아 밤하늘을 올려다보고 있는 아담을 발견하고는 했다. 소년은 쏟아지는 달빛 아래 몸을 움츠리고 앉은 채 그를 빤히 응시했다. 가끔 그 모습이 섬뜩할 정도로 아름다워서, 바딤은 매정하게도 그를 홱 외면하고 말았다.

너무 아름다운 건 주의해야 한다. 상대를 홀리는 아름다움은 대개 독성이 있다는 게 그가 생각하는 자연의 섭리였다. 그런 의미에서 그는 아담을 두려워하고 있는지도 몰랐다. 언젠가 번데기를 벗고 나온 소년이 등 뒤로 펼친 날개에서, 독나방의 것과 같은 섬뜩한 무늬를 발견할지도 모른다는 생각을 떨쳐 낼 수가 없었다.

그나저나 정작 잠이 필요한 건 바딤 쪽이었다. 그는 안색이 안 좋은 얼굴로 피곤한 눈을 주물렀다. 답답한 가슴에서 연거푸 한숨이 새어 나왔다.

그때 타이탄이 호들갑스러운 목소리로 바딤을 불렀다.

– 박사님! 박사님!

"왜, 또……."

지친 목소리로 대답하던 바딤은 토끼 눈으로 몸을 벌떡 일으켰다. 멀리서 아기 울음소리와 함께 환호성이 울려 퍼지고 있었다. 그는 핏대가 선 목으로 허둥지둥 방문을 열었다. 그러고는 문득 겁이 나는지 뒤를 홱 돌아보며 확인차 되물었다.

"타, 타이탄! 설마……."

– 네, 박사님. 축하드립니다! 예쁜 공주님이십니다.

그의 안색이 순식간에 환해졌다. 흥분으로 두 주먹을 부르르 떤 바딤은 아내의 이름을 외치며 부리나케 달려 나갔다.

그 호들갑 소리에 고요히 누워 있던 아담이 꼼지락거리며 머리를 들었다. 그는 이불을 젖히며 몸을 일으켰다. 한바탕 긴 꿈을 꾼 듯 몽롱한 눈빛이었다. 늘 조용하던 집이 북새통처럼 시끌벅적한 게 낯설고 묘했다. 잠시 거실 쪽에 귀를 기울이던 아담은 눈을 비비며 침대에서 엉금엉금 내려왔다.

아기의 울음소리를 따라온 작은 발걸음은 두려운 듯 멈춰 섰다. 감동 어린 눈물을 머금고 있던 중년의 여인들은 머뭇거리며 서 있는 그에게 손짓을 하며 웃었다.

"어서 가 보렴."

"예쁜 동생이 생겼구나."

어리둥절한 표정으로 서 있던 그는 웃고 있는 사람들 사이를 헤치고 방 안으로 들어섰다. 그곳에는 침대 위에 지친 얼굴로 앉아 있는 사라와 감격에 젖어 눈물을 흘리고 있는 바딤의 모습이 보였다. 사라의 품에는 아주 작은 무언가가 안겨 있었다. 아담은 석상처럼 굳은 채 그것을 빤히 바라보았다. 그를 발견한 사라가 빙긋 웃으며 손짓을 했다.

"아담, 일어났니?"

사라.

그녀는 병자처럼 안색이 좋지 않았지만 아주 행복해 보였다.

"안녕, 아담 오빠. 나는 이브예요."

사라가 그녀의 검지보다도 작은 아이의 손을 건드리며 대신 인사를 건넸다. 원숭이처럼 쭈글쭈글한 아기를 내려다보는 아담의 눈이 점차 커졌다. 그 모습을 흐뭇하게 바라보던 사라는 살그머니 그의 손을 잡아 갓난아기의 손에 가져다대었다. 그러자 갓난아기는 손가락을 활짝 펴더니 그의 손가락을 살며시 감싸 쥐었다.

놀란 아담이 묘한 표정으로 아기를 쳐다보았다.

"이름을 불러 줘야 아기가 눈을 뜬단다."

사라가 장난스럽게 말하자, 바딤이 그런 거짓말이 어디 있냐는 표정으로 그녀를 쳐다보았다. 그녀는 '쉿!' 조용히 하라는 표정으로 바딤을 쿡 찔렀다. 다행히도 순진한 아담은 그녀의 말을 믿는 눈치였다. 예쁜 눈을 가만히 깜빡이며 이브를 내려다보던 그는 망설이듯 사라를 쳐다보았다. 그녀가 고개를 끄덕이자 그는 머뭇거리다가 천천히 입술을 열었다.

"……이브."

속삭이는 듯한 목소리가 단정하고 차분한 음색으로 울려 퍼졌다.

사라는 놀라서 커진 눈으로 멍하니 아담을 쳐다보았다. 설마 진짜로 부를 줄이야. 바딤 역시 넋이 나간 듯한 얼굴이었다. 두 사람은 난생처음 들은 아담의 목소리에 감격한 나머지 어쩔 줄 몰라 하며 벅찬 눈빛을 주고받았다.

아담은 뺨을 살짝 붉게 적신 채 갸웃거리며 이브를 쳐다보았다. 그는 고개를 들어 사라에게 걱정스러운 눈빛을 보냈다.

이름을 불렀는데 왜 아기가 눈을 뜨지 않느냐는 듯이.

"지금은 아기가 자고 있나 봐. 내일 아침 한 번 더 불러 보겠니? 그럼 이브도 눈을 뜨고 반갑게 인사할 거야. '아담 오빠, 안녕?' 하면서."

그녀의 말에 아담은 머뭇거리더니 안심한 듯 몸을 일으켰다. 사라가 아기의 손등에 살짝 입을 맞추자, 그 모습을 관찰하던 아담도 따라서 조그마한 이브의 손을 들더니 살그머니 입을 맞췄다. 그는 아쉬운 표정으로 방문을 나서다가 주춤거리며 돌아섰다. 그는 이브의 얼굴을 물끄러미 쳐다보았다. 왠지는 모르겠지만 지금 이 장면을 기억 속에 하나도 빠짐없이 새겨 넣고 싶었다.

방문을 닫고 나온 아담은 작은 온기가 닿았던 손끝을 매만지며 왼 가슴에 손을 대었다. 저도 모르게 입술에 희미한 곡선이 맺혔다.

이브.

이브 페트로비치.

아기의 심장 소리가 짓든 듯 그의 심장도 두근거리며 뛰고 있었다. 음악처럼 아름다운 선율이 간질거리는 왼 가슴부터 귓가까지 전율하듯 흘렀다.

그의 생애, 가장 벅차고 감동적인 순간이었다.

• • •

페트로비치 박사는 돌연 장기 휴가를 냈다. 경호팀 소속인 사라도 마찬가지였다. 두 사람은 해가 바뀌어도 시베리아 연구소로 돌아오지 않았다. 일각에서는 페트로비치 박사의 아내인 사라가 병중이라는 소문이 돌았다.

이에 평소 사라와 가깝게 지냈다는 조이 반즈 박사가 사실이 아니라며 부인하고 나섰다. 그녀의 주장에 따르면 사라 페트로비치 제1경호팀장은 전과 다름없이 아주 건강하다고 했다. 그러자 바딤이 속해 있던 팀 내부에서는 또 다른 의견이 제기되었다. 바딤 페트로비치 박사가 독자적으로 연구를 진행하고 있는 게 아니냐는 우려가 불거지기 시작한 것이다.

몇몇 연구원들은 그가 바이칼 호로 떠나기 전 연구소 근처에 위치한 숲에서 홀로 실험하는 모습을 종종 목격했노라며, 뒤늦게 발고 아닌 발고를 하기도 했다. 시베리아 연구소의 이사진은 행여나 페트로비치 박사가 다른 곳에서 스카우트를 받은 것은 아닌지 조용히 뒤를 캐기 시작했다. 하지만 그가 경쟁사와 접촉한 흔적은 전혀 찾을 수가 없었다.

2075년 3월, 이브가 태어난 지도 어느덧 일 년이 넘은 시점. 페트로비치 부부는 여전히 알혼 섬에 머무르고 있었다. 시베리아 연구소 측에서 바딤에게 슬슬 복직에 대한 압박을 가하기 시작한 시점이기도 했다. 바딤은 가족과의 시간을 핑계로 삼았다. 그 해, 페트로비치 부부는 결국 아담을 정식 입양할 것을 결정했다.

나발루니예 언덕에는 점차 알혼 섬 주민들의 발길이 끊겨 갔다. 페트로비치 박사 부부는 예전처럼 그들과 가까이 지내지 않았다. 그들은 점점 더 폐쇄적인 생활을 했고 최대한 바깥으로의 노출을 자제했다.

그러면서 알혼 섬 내에는 흉흉한 이야기가 퍼져 나갔다. 나발루니예 언덕의 박사 부부에게서 악마가 태어났다는 것이었다. 소문의 원천지는 언덕 아래에 사는 붉은 지붕 집의 노파였다. 그녀는 알혼 섬의 제일가는 무속인이었는데 상당수의 섬 주민들이 그녀의 말을 절대적으로 신뢰했기 때문에 두려움에 떨었다.

울타리 밖에서 무슨 이야기가 돌든 페트로비치 가족은 평화로운 시간을 보내고 있었다.

"아담!"

"바딤!"

점심 준비를 마친 사라는 두리번거리며 거실로 걸어 나왔다. 그녀는 앞치마에 젖은 손을 닦은 뒤 벗어서 뒤따라오는 가사로봇에게 건넸다. 거실 바닥은 장난감 블록으로 난장판이 되어 있었다. 사라는 팔짱을 낀 채 바닥을 노려보다가 이번에는 페인트칠로 지저분해진 벽을 바라보았다. 그녀의 심기가 불편한 것을 눈치챈 타이탄은 얼른 가사로봇을 보내 걸레로 벽을 닦기 시작했다.

"타이탄, 애들은?"

– 박사님과 함께 계십니다. 온실입니다.

"거기서 뭐하는데?"

– 그게…….

타이탄이 말을 흐리자, 사라는 알 만하다는 표정으로 허리춤에 손을 얹었다. 우리 집 두 남자가 요즘 밥 먹는 것도 잊고 푹 빠져 있는 존재라고는 오직 하나뿐이었으니 말이다. 그녀의 발걸음은 빠르게 온실로 향했다. 사라의 귓가에 먼저 '바보 1호'가 "까꿍!" 하고, 나이에 맞지 않는 재롱을 떠는 소리가 들려왔다.

"이브, 아빠 여기 있어! 아빠한테 와 봐. 아빠 여기 있어요."

바딤이 토끼 인형을 들고 오두방정을 떨며 이브를 부르고 있었다. 덩치가 곰처럼 산만 한 사람이 덩실거리는 모습이 아주 볼만했다. 그의 맞은편, 햇살이 가득 쏟아지는 온실의 한가운데에는 이제 막 14개월째에 돌입한 이브가 분홍색 내복을 입은 채 앉아 있었다. 동그란 눈을 깜빡이던 이브는 배시시 웃더니 포동포동한 손으로 바닥을 짚고 일어섰다. 토실토실한 엉덩이가 뒤뚱거리며 걷기 시작하자, 손에 땀을 쥐고 바라보던 바딤과 아담이 동시에 환호성을 내질렀다.

“그렇지! 잘했어, 우리 딸 정말 대단해! 아무래도 천잰가 봐.”

아빠의 칭찬에 힘입은 이브는 짧은 절구통처럼 통통한 다리로 한 발, 한 발 내딛기 시작했다.

“자자, 아빠한테 오세요. 이쪽으로!”

바딤은 목에 핏대를 세우고 딸을 열렬하게 응원했다. 옆에서 그 모습을 빤히 지켜보던 아담은 슬그머니 등 뒤에 감춰 두었던 딸기 바구니를 앞으로 꺼냈다. 먹음직스런 딸기가 모습을 드러내자 바딤을 향해 아장아장 걷던 이브의 말똥말똥한 시선이 단번에 아담에게로 향했다. 요즘 딸기라면 사족을 못 쓰는 이브였다. 아담은 예쁜 눈을 반달로 휘며 그녀를 향해 양팔을 벌렸다.

“이브, 딸기 먹자.”

이브의 조그마한 입술에 침이 가득 고였다. 아담은 늘 하던 대로 그녀를 향해 천사처럼 웃었다. 그 모습을 보던 바딤의 미간에 쩍 하고 금이 갔다. “오빠한테 와.” 속삭이듯 말하는 아담의 다정한 목소리에 이브는 방실방실 웃으며 그를 향해 뒤뚱뒤뚱 걷기 시작했다.

방심한 채 옆에 서 있던 바딤은 뒤늦게 다급한 얼굴로 “이브, 이브!” 하고 부르짖기 시작했다. 그렇지만 이미 이브의 동그란 눈동자는 아담이 딸랑딸랑 흔들고 있는 딸기에 못 박힌 상태였다. 쓰러질 듯 몇 발자국 내딛던 이브가 기우뚱 앞으로 엎어지자, 아담이 재빨리 그녀를 품에 안았다. 그는 기쁜 듯 웃음을 터뜨리며 이브를 허공 높이 안아 올렸다. 꽤 무거울 법도 한데, 그는 아주 편안한 자세로 익숙하게 이브의 엉덩이를 받치고 있었다.

"대단해, 이브! 너무 잘했어."

아담은 방긋방긋 웃는 이브에게 연이어 칭찬을 쏟아 냈다. 그리고 침이 흥건한 그녀의 입술 사이로 딸기를 쏙 넣어 주었다. 이브는 아담의 품에서 웃음보를 터뜨리며 까르르 웃었다. 아담은 그녀를 비행기 태우듯 공중에 띄우고 또 띄웠다. 평소에도 많이 해 봤는지 솜씨가 베테랑이었다. 그런 둘을 질투 어린 눈으로 바라보던 바딤은 짐짓 매서운 눈초리를 지으며 걸어왔다.

"그건 반칙이다, 아담."

"그럼 박사님께서도 다음번에는 딸기를 쥐고 불러 보세요."

아담은 뭐가 문제냐는 표정으로 생긋 웃으며 받아쳤다. 그는 꿀 먹은 벙어리처럼 멍하니 서 있는 바딤을 향해 '그래 봤자 어차피 내가 이기겠지만'이라는 눈빛을 남긴 뒤, 이브를 안고 슥 지나갔다.

"하!"

바딤은 아담의 품에 안겨 까르르 웃는 이브를 보며 분해 죽겠다는 표정을 지었다. 하지만 딱히 뭐라 대꾸할 말이 없었다. 그는 서러운 눈빛으로 풀 죽어 털썩 바닥에 앉았다. 그리고 손에 쥔 인형을 원망스럽다는 듯 쳐다보았다.

토끼만 보면 좋아서 방실거리는 이브를 위해 사 왔더니 그녀는 하루 만에 인형을 외면하고 아담이 만들어 준 장난감에 푹 빠졌다. 그 순간만은 어린 딸이 얼마나 야속하던지. 그런 남편의 모습을 보던 사라는 딱하다는 얼굴로 혀를 찼다.

"당신은 아담한테 안 된다니까. 밤낮으로 이브하고 붙어 있는 애한테 무슨 수로 이겨? 일 년 내내 이브를 재우고 먹이고 씻긴 게 아담인데."

"분명 내 딸인데, 왜 저 녀석이……."

바딤이 시무룩한 얼굴로 중얼거리자, 팔짱을 끼고 서 있던 사라는 웃음을 터뜨렸다. 돌아선 그녀는 온실에서 이브를 데리고 놀아주는 아담을 보며 복잡한 눈빛으로 생각에 잠겼다.

근 일 년 새 아담은 몰라보게 변했다. 감정을 표현하는 데 미숙했던 아이는 이브가 태어나던 날, 마치 영혼을 갖게 된 인형처럼 자연스럽게 울고 웃는 법을 깨달았다.

아담이 사는 세상의 중심축은 이브였다. 이브가 웃으면 아담도 웃었다. 이브가 울면 아담도 슬퍼했다. 이브는 그의 삶이었다.

이브를 향한 그의 시선은 때때로 너무나도 커다란 감격에 차 있어서, 오히려 부모인 두 사람이 뭐라 표현할 수 없는 기분에 휩싸이곤 했다. 겨우 예닐곱 남짓의 소년은 언제 꽃을 피울까 기대하는 어린 왕자처럼, 턱을 괸 채 하루하루 설렘에 가득 찬 표정으로 그의 장미를 지켜보았다.

어느 날 문득 사라는 미소 띤 얼굴로 바딤에게 말했다.

"아담은 이브를 통해 세상을 이해하고 바라보나 봐."

아침 식사를 하던 바딤은 그게 무슨 소리냐는 얼굴로 아내를 바라보았다. 저 어린애가 세상을 이해할 게 뭐가 있냐는 듯이. 사라는 햇살이 쏟아지는 아치형 창문 앞에 오순도순 앉은 아담과 이브를 보며 나긋한 목소리로 말을 이었다.

"생명의 탄생과 성장, 그 속에서 느껴지는 온기와 사랑을 처음 경험하는 아이야. 감정이란 게 무엇인지, 웃음이란 게 어떤 건지……. 당신 눈에도 아담이 이브를 통해 그 모든 걸 배우고 있는 것 같지 않아? 아담에게 있어 이브는 어쩌면 '살아간다는 것'이 무엇인지 알려 주는 삶의 지표 그 자체일지도 몰라."

이브에게 인형을 흔들던 아담이 문득 식탁에 앉아 있는 사라와 바딤 쪽을 쳐다보았다. 사라와 눈이 마주친 아담은 표정 없는 눈에 서서히 옅은 온기를 띠었다. 그러고는 쑥스러운지 재빨리 고개를 돌렸다. 사라는 그런 그를 보며 빙그레 웃었다. 비로소 조금씩 아이다운 모습을 보여 주고 있는 아담이었다. 그녀는 그런 그의 변화가 반갑고 기뻤다.

"저 아이는 이브를 평생 지켜 줄 거야. 그러니까 바딤, 여보……."

바딤은 사라와 눈이 마주치자 멈칫 굳었다. 창백한 그녀의 얼굴에 물거품처럼 금방 사라질 듯한 미소가 맺혔다. 그 미소가 왠지 가슴에 멍처럼 깊게 새겨지는 느낌이었다. 바딤은 얼어붙은 얼굴로 그녀를 빤히 응시했다.

"나는 절대 후회하지 않아. 그러니 당신도 이제 저 아이를 그만 가족으로 받아 줘."

타이탄의 손상된 메모리에 남겨진 사라의 일기

하루가 한 달처럼, 한 달이 계절처럼 흘러간다.
나의 시곗바늘은 점점 더 빠르게, 그리고 더 격하게 움직이고 있었다.

2076년 10월의 어느 날이었다.

알혼 섬 상공에 에어쉽이 뜨자, 섬 주민들은 다들 고개를 들고 하늘을 올려다보았다. 러시아 국기가 입혀져 있는 국용 에어쉽이 아니라 검정색으로 광택을 입힌 개인기였다. 에어쉽 꼬리에 달린 조그마한 마크는 어떤 회사의 로고처럼 보였다. 섬 주위로 한 바퀴 원을 그린 에어쉽은 나발루니예 언덕으로 향했다. 그러자 주민들은 호기심 어린 눈빛으로 삼삼오오 모여 수군거리며 언덕 위를 바라보았다.

"어이, 페트로비치 박사! 잘 지냈냐?"

화려한 등장을 한 에어쉽의 주인은 다름 아닌 리 박사였다. 편안한 차림으로 온 그는 좀 수척해 보였다. 안 그래도 마른 얼굴은 살이 더 빠져 있었고, 때문에 툭 튀어나온 광대뼈와 눈썹 뼈가 날카로운 눈초리를 더 사납게 보이게 했다.

"온다는 말도 없이 웬일이야?"

바딤은 그를 집 안으로 들이며 반가운 표정으로 맞이했다. 리는 흔들의자에 앉아 있는 사라를 보고 꾸벅 인사를 했다. 그녀는 졸린 듯한 눈으로 고개를 들더니 힘없이 웃으며 손을 흔들었다.

"아내가 몸살이 나서."

바딤은 간단히 설명하며 그를 응접실로 이끌었다. 흘끗 뒤를 돌아본 리는 사라의 창백한 안색을 발견하더니 자못 충격 어린 표정을 지었다.

"그러게…… 많이 안 좋아 보이시네."

한눈에도 그녀는 야위어 보였다. 노곤한 눈빛에 혈색도 좋지 않았다. 동양인 특유의 어려 보이는 얼굴을 하고 있던 그녀도 세월의 풍파는 거스르지 못하는 모양이었다. 고작 몇 년 사이에 십 년은 늙어 보이다니. 푸석해진 머리카락과 얇아진 눈초리. 살이 많이 빠져서 더욱 그래 보일지도 모른다고 생각하며, 리 박사는 안타까움을 금치 못했다.

"타이탄한테 검사는 받아 보셨고?"

리 박사는 "내가 한번 봐 드릴까?"라고 물으며 걸음을 되돌렸다. 그러자 바딤이 너털웃음을 지으며 손을 내저었다.

"아니야, 그럴 필요 없어."

그는 별일 아니라며 온화한 표정으로 친구의 호의를 극구 사양했다.

"요즘 체력이 많이 약해져서 그래. 아내가 아기를 낳은 뒤로는 전혀 운동을 하지 않았거든."

그러더니 리 박사의 등을 떠밀다시피 하여 응접실로 이끌기 시작했다.

"커피 마실래? 아니면 차?"

"아, 나는 커피. 그런데 공주님은 어디 있어? 이름이 이브랬나?"

응접실로 가던 리 박사가 또다시 두리번거리며 물었다. 타이탄에게 명령하여 커피를 타기 시작한 바딤은 어깨를 으쓱거리며 대답했다.

"지금 낮잠 잘 시간이거든. 아들이랑 사이좋게 방에 있을 거야."

"아들? 아, 입양했다던 아이?"

리는 본인이 말해 놓고 황급히 입을 다물었다. 행여나 아담이 듣기라도 할까 봐 눈치를 살피며 "미안, 내가 경솔했네."라고 속삭였다.

"방에서 자고 있다고?"

아마 듣지는 못했을 거라며 스스로 위안하고 안도하는 리와 달리 바딤은 묘한 미소를 지으며 곁눈질로 슬쩍 침실 쪽으로 꺾이는 복도를 쳐다보았다.

"그래, 신경 쓰지 마."

그는 리 박사의 어깨를 툭툭 치더니 커피 잔을 들며 미소 지었다.

한편 흔들의자에 앉아 조용히 두 사람을 바라보고 있던 사라의 눈길은 아이들의 침실 쪽으로 향했다. 이브의 손을 잡은 아담이 숨을 죽인 채 벽 뒤에 서 있는 게 보였다.

눈치 빠른 아담은 역시나 한 발 떨어져서 상황을 신중하게 관망하는 중이었다. 본능적으로 불길한 예감을 느낀 것일까? 그는 느닷없이 들이닥친 방문객을 경계하고 있었다.

그렇게 응접실 쪽을 향해 가만히 귀를 기울이던 아담의 시선이 사라와 허공에서 마주쳤다. 그녀와 눈빛을 교환한 아담은 고사리 같은 이브의 손을 꼭 잡았다. 루비처럼 붉은 이브의 눈동자는 그저 천진난만하게 말똥말똥 아담을 올려다보고 있었다. 그런 딸을 보며 사라는 긴장한 듯 의자의 팔걸이를 말없이 움켜쥐었다.

그녀의 눈이 힐끔 응접실 쪽을 바라보더니 아담을 향해 단호한 눈빛을 보냈다. 그걸 본 아담은 말없이 고개를 끄덕였다. 그는 몸을 숙여 이브의 귓가에 소곤소곤 속삭이기 시작했다.

"이브, 오빠랑 책 읽으러 갈까?"

영문을 모르겠다는 얼굴로 아담을 쳐다보던 이브는 미간에 힘을 주더니 이내 고집스러운 표정을 지었다. 토실토실한 뺨이 풍선처럼 빵빵하게 부풀어 오른 걸로도 모자라 알토란 같은 턱에 힘을 빳빳하게 준 상태였다. 명백하게 싫다는 의미였다. 작은 이마를 삼 三 자로 구긴 이브는 콧김을 크게 내뿜더니, 고개를 도리도리 저었다. 그러고선 다짜고짜 사라를 향해 뛰기 시작했다. 조그만 게 어찌나 잽싼지 당황한 아담이 미처 이브의 몸을 움켜잡을 새도 없었다.

"엄마!"

아직 어린 이브였지만 본능적으로 기류에 흐르는 불안한 기운을 감지한 모양이었다. 그녀는 양팔을 벌린 채 사라의 품을 향해 뛰었다. 한편 바로 이브를 뒤쫓아 가려 했던 아담은 리 박사가 의자를 끌며 일어서자 잽싸게 어둠 속으로 물러섰다.

"이런, 공주님께서 일어나셨나 보네?"

리는 반가운 얼굴로 말하며 걸어 나왔다. 그런 그를 보며 사라는 딸의 얼굴을 가슴팍에 숨기듯 밀어 넣었다.

"그러게요."

"제가 와서 소란을 피우는 바람에 애가 깬 건 아니죠?"

"알면 됐어요."

"네? 하하!"

사라는 리의 뒤에 서 있는 바딤과 몰래 시선을 교환하며 웃음을 터뜨렸다. 동시에 버둥거리며 고개를 들려는 딸을 가슴팍 안쪽으로 더 꼭꼭 당겨 안는 걸 잊지 않았다.

"쉬이이, 이브. 착하지?"

"우우……."

그녀는 답답한지 자꾸만 고개를 드는 딸에게 간절한 목소리로 비밀스럽게 속삭였다.

"고개 들면 안 돼, 이브. 우리 딸…… 조금만 참아, 응?"

사라의 애절한 음성에 끙끙거리던 이브의 움직임이 멈췄다. 살그머니 옷자락 사이로 엄마와 눈을 마주친 이브는 붉은 눈동자를 잠시 일렁였다. 그녀의 눈이 간절함을 담은 채 딸을 내려다보고 있었다. 이브는 고개를 주억거리듯 머리를 숙였다. 그러고는 얌전히 사라의 품에 안겼다. 그런 이브를 보며 사라는 울컥 북받치는 감정을 억눌렀다. 눈시울이 붉어진 그녀는 애써 미소를 지었다.

다행히도 리는 그런 사라의 행동에서 이상한 낌새를 눈치채지 못한 모양이었다. 그의 시선은 아까부터 줄곧 말라비틀어진 사라의 손목에 꽂혀 있었다. 마치 죽은 고목의 나뭇가지처럼 수분을 잃은 듯 쪼그라든 사라의 몸. 리 박사는 착잡한 눈빛으로 그녀를 잠시 응시했다.

분명 몇 년 전만 해도 기억 속 그녀의 몸은 운동으로 다져진 다부진 체격이었다. 얼마나 건강이 안 좋아졌으면 이 지경에까지 이르게 된 것일까?

그의 머릿속에는 신경 쓰지 말라며 애써 웃던 바딤의 미소가 스쳐 지나갔다. 이제야 그 미소가 아프게 느껴졌다. 부드럽게 풀리던 친구의 눈초리에 남아 있던 피로와 착잡함이 어째서 지금에야 보이는 것일까? 사라의 건강을 누구보다도 걱정하고 있을 사람은 남편인 바딤이었다. 그의 무거운 마음에 자신까지 돌을 얹고 싶지는 않았다. 리는 밝게 웃으며 사라의 품에 안긴 이브에게 말을 걸었다.

"자아, 우리 공주님, 삼촌이 선물로 장난감을 사 왔는데 한번 보실까요?"

뒤통수만 내보이고 있는 이브는 그의 말에도 엄마의 어깨를 꽉 쥔 채 요지부동이었다. 리 박사는 난감한 표정으로 흘끗 바딤 쪽을 돌아보았다. 앉아서 커피를 마시던 바딤은 리에게 피식 웃어 보였다.

"이것 봐라? 아직 출시도 안 된 신형인데, 관심 없나?"

아이를 본 경험이 전무에 가까운 리는 땀을 뻘뻘 흘리기 시작했다. 그가 이브에게 관심을 보이면 보일수록 바딤의 미소는 점차 굳어 가고 있었다. 따뜻한 색을 머금은 그의 눈빛은 아무도 모르게 불안한 파도 속에서 쉴 새 없이 흔들렸다. 커피 잔을 꽉 쥔 손등에 핏줄이 불거질 정도로, 그는 호흡도 멈춘 채 상황을 지켜봤다.

"애가 졸린가 봐요. 아무래도 침실에 가서 다시 재우고 오는 편이 나을 것 같아요."

사라의 말에 리는 아쉬운 표정을 감추지 못했다. 공주님께서 설마 이렇게나 낯을 가릴 줄이야. 사라의 성격을 닮았다면 벌써 자신의 등에 올라타서 목마를 타도 이상하지 않을 텐데.

사라는 가녀린 몸으로 이브를 번쩍 어깨까지 안아 들었다. 그리고 빠른 걸음으로 리 박사를 스쳐 지나갔다.

그때였다.

줄곧 엄마의 품에 오리처럼 고개를 박고 있던 이브가 살짝 이마를 들었다. 걱정 반, 민망함 반으로 서 있던 리는 빼꼼 고개를 든 이브와 눈이 마주치자 활짝 미소를 지었다. 이내 다시 쏙 숨어 버리는 이브를 보며 그는 귀엽다는 표정으로 싱글벙글 웃었다.

리는 바딤에게 손을 흔들며 방금 봤냐고 호들갑을 떨었다. 그러나 그 광경을 본 바딤은 너무 놀라 벌떡 일어난 채 얼음장처럼 굳어 있었다. 다행히 리 박사는 그런 바딤의 낌새를 전혀 눈치채지 못한 듯했다. 그는 그저 이브에게 눈도장이라도 찍었으니 임무를 완수했다는 기분에 한결 가벼워진 걸음으로 걸어왔다.

뒤돌아본 사라는 떨리는 가슴을 부여잡으며 호흡을 골랐다. 그녀는 리 박사가 무언가 이상하다는 위화감을 미처 느끼기 전에, 이브를 방 안 깊숙한 곳에 감췄다.

사라가 이브를 안고 침실로 들어가자, 바딤은 그제야 안도의 한숨을 내쉬었다. 그러나 리가 집에 머무르고 있는 한 완전히 안심할 수는 없는 노릇이었다.

"그래서, 진짜 온 목적이 뭐야?"

초조한 속내와 달리 바딤은 애써 느긋하게 몸을 뒤로 젖히며 물었다. 리는 그런 친구를 보며 애매한 미소를 지었다. 그리고 민망한지 턱을 쓸어내리며 물었다.

"눈치챘어?"

"바쁘신 리 박사님께서 아무런 이유도 없이 이런 외딴 섬까지 왔을 리가 없잖아. 뭐 때문에 온 거야?"

둔치인 바딤이 눈치를 챌 정도라니, 아무래도 자신이 조급한 티를 많이 내긴 한 모양이었다. 수척한 얼굴로 웃는 리를 보며 바딤은 걱정스러운 눈빛을 지었다.

"너 괜찮아?"

"괜찮고말고. 괜찮지 않을 게 뭐가 있겠어."

그렇게 말하는 그의 낯빛은 반대로 어두웠다. 마치 뭔가에 쫓기는 것처럼 초조하고 조마조마해 보이는 눈빛이었다. 자꾸만 손을 모았다가 오므리는 게 불안 증세 같기도 했다. 리는 심호흡을 하며 따뜻한 커피를 한 모금 마셨다. 그리고 침착하게 본론을 꺼내기 시작했다.

"최근 왓슨 내에서 승승장구하는 녀석이 있어. 본사에 들어온 지도 얼마 안 된 신입인데, 회장 눈에 들어서 고속 승진을 달리고 있지. 오죽하면 램지 왓슨이 양자로 삼는 게 아니냐고 할 정도로 회장 사저에도 수시로 드나들고 있거든? 하여간 본사는 이 녀석이 거의 장악했다고 보면 될 정도야."

"이름이 뭔데?"

"엘 카인."

처음 듣는 이름이었다. 바딤은 고개를 갸웃거리며 물었다.

"닥터야? 아니면 연구원?"

"둘 다 아니야. 정확히 말하면 전문 경영인이지."

바딤은 그럼 뭐가 문제냐는 듯한 표정을 지었다.

"의사도 아니고 과학자도 아닌데 뭘 그리 신경을 써?"

너와는 진로가 다른 남자니 신경 쓰지 말라는 말투였다. 그런 바딤의 생각을 읽은 리는 힘 빠진 미소를 머금었다. 욕심이라고는 없는 녀석이니 백날 설명해 봤자 그의 야망을 이해하긴 힘들 것이다. 아니, 차라리 몰랐으면 싶었다. 자신의 야욕을 안다면 경멸부터 할지도 모르니. 그가 아는 바딤이라면 그럴 가능성이 컸다.

"어쨌든 엘 카인, 그 남자가 이사회를 등에 업고 최근 적극적으로 추진하고 있는 프로젝트가 있어. 왓슨 본사를 새로 옮겨 짓는다나 뭐라나. 특히 보안 시스템에 굉장히 신경을 쓰는 눈치더군. 그래서 말인데…… 바딤, 나는 거기에 네가 참여해 줬으면 좋겠어."

"내가?"

뜬금없이 거기에 자기가 왜 끼냐는 듯, 그가 커진 눈으로 되물었다. 리 박사는 커피 잔에서 손을 떼고선 열의에 찬 목소리로 들떠서 말했다.

"기억나? 예전에 네가 시베리아 연구소 앞 숲에서 보여 줬던 거 있잖아. 스마트 더스트라는 거 말이야."

"아, 그거? 그건 미완이라고 했잖아."

"그랬지, 그러니까 이참에 완성시켜 보는 게 어때? 이건 정말 획기적인 아이디어라니까? 완성되기만 하면 두 번째 노벨상은 따 놓은 당상이야."

밀어붙이는 리 박사와 달리 바딤은 영 내키지 않는 표정이었다. 늘 이성적이고 논리적인 친구인데 오늘 그는 다짜고짜 억지를 쓰는 느낌이랄까? 게다가 자신은 현재 휴직 중이긴 하지만 시베리아 연구소 소속이었다. 마음대로 다른 사기업의 프로젝트에 참여할 수 있는 입장이 아니었다. 리 박사가 그런 그의 상황을 모르고 있는 형편도 아니었기에 더욱 납득이 가질 않았다. 바딤은 팔짱을 끼며 의심스러운 눈으로 물었다.

"말해 봐, 그 엘 카인이라는 녀석하고 뭔가 있는 거야?"

"뭐?"

"네가 이러는 이유가 엘 카인이라는 남자 때문이냐고."

늘 자신감에 차 있고 이성적이다 못해 냉소적이기까지 한 게 리 신이라는 친구였다. 그러나 오늘 바딤이 관찰한 그는 묘하게 위축된 모습이었다. 시종일관 뭔가에 쫓기듯 초조한 행동을 보이는 것부터 수상했다. 특히 '엘 카인'이라는 남자의 이야기를 할 때는 극도로 불안정한 눈빛을 내보이며 흥분을 감추지 못했다. 게다가 그의 말투에선 엘 카인에 대한 열등감과 경쟁의식도 엿보였다.

"있기는 무슨……."

바딤의 날카로운 질문에 리는 시선을 회피하며 말을 흐렸다. 확신을 가진 바딤은 좀 더 단호한 어조로 물었다.

"네가 이렇게 누군가를 의식하는 건 처음 봐. 대체 왜 이렇게 무리를 하면서까지 그 녀석을 이기려는 건데?"

장담하건대 리는 오늘 이곳에 회사 몰래 찾아온 게 분명했다. 어떻게든 엘 카인을 앞지르려고 이곳까지 찾아온 것이다.

"내가 이렇게 누군가를 의식하는 건 처음 본다고?"

잠시 멍한 얼굴로 되묻던 리는 크게 웃기 시작했다. 이유는 모르겠지만 공허하게 들리는 웃음소리였다. 이마를 짚고 웃던 그는 씁쓸한 눈으로 바딤을 물끄러미 바라보았다. 진심으로 걱정을 하는 듯한 친구의 눈동자를 보며 그는 허탈한 눈빛을 지우지 못했다.

'한 번도 뒤돌아본 적 없는 넌 전혀 알 수 없겠지. 아마 앞으로도 절대 모를 테지. 넌 내가 늘 네 옆에 동등하게 서 있는 줄로만 알 테니까.'

오랜 시간 품어 왔던 열등감과 경쟁의식을 이제 와 토로해 봤자 홀로 비참해질 뿐이라는 걸 알고 있었다. 아마 우정이라는 술잔 속에 평생 이 독주를 감추고 살게 될 것이다.

바딤은 갸웃거리며 머리를 긁적였다.

"처음 아니야? 내가 모르는 녀석이 또 있나?"

"됐다, 인마."

리 박사는 물 잔의 물을 단숨에 들이켜며 복잡한 눈빛으로 이야기를 꺼냈다.

"내가 예전에 얘기했던 여자 기억해?"

"여자? 글쎄, 너랑 그런 얘기를 한 것도 너무 오래돼서."

"인턴."

잠시 미간을 좁히던 바딤이 "아!" 하고 테이블을 쳤다. 그는 설마 하는 눈으로 속삭이듯 되물었다.

"일본인 여자?"

"정확하게 말하면 일본계 혼혈이지만."

리 박사는 천천히 고개를 끄덕이더니 거뭇거뭇한 뺨을 쓸어내렸다. 자못 복잡하고 초조한 눈빛이었다.

"엘 카인이 그녀와 만나고 있어. 그렇게 도도하던 여자가 그 녀석한테는 홀라당 넘어가더군."

꽤 자존심이 상한 모양이었다. 십 대 청소년처럼 분함을 참지 못하는 리를 보며 바딤은 터져 나오려는 웃음을 간신히 참았다. 여기서 웃었다가는 자존심 센 저 녀석이 얼마나 상처받을지 상상도 할 수 없었다. 바딤은 말아 쥔 손을 입에 대며 억지로 헛기침을 했다. 그럼에도 자꾸 입가가 비실비실 풀리며 웃음이 새어 나오려 했다.

"그 여자 이름이 뭐랬지?"

그의 물음에 리 박사는 몽롱한 미소를 지었다. 그는 사랑스러운 그녀의 모습을 허공에 그리듯 턱을 괴며 공기 중에 목소리를 흘렸다.

"이름이라……."

기록 일자: 미상 | 분류: 기밀문서

비공식적 기록이지만 최초의 신종 바이러스 감염자는 2078년에 확인되었다. 이십 대 여성이었던 최초 감염자는 왓슨 제약회사 내부의 직원이었는데, 이후 왓슨 제약회사는 치료를 빌미 삼아 그녀와 모종의 계약을 체결한다. 그녀는 계약 조건으로 왓슨에서 신약 개발에 성공할 때까지 적극적으로 협력할 것을 약조했다. 모든 기록은 감염자의 신상 보호를 위해 익명으로 남겨졌으며, 최초 감염자의 연구 자료가 담긴 파일명은 '밧세바'라고 한다.

Chapter 2

바딤과 사라는 아담을 학교에 보내기로 결정했다. 사실 이미 홈스쿨링을 받고 있는 중이었지만 아무래도 학교에 갈 필요가 있다는 게 사라의 주장이었다.

너무 쉽게 수긍하며 고개를 끄덕이는 바딤의 모습에 아담은 눈을 가늘게 좁혔다. 의심스러운 눈빛이었다. 흐뭇한 얼굴로 그러라고 하는 그의 태도가 이브를 독차지할 마음에 기뻐하는 걸로밖에 안 보였다. 강력한 경쟁자가 학교로 사라지니 이제부터야말로 제대로 아빠 노릇을 할 수 있겠다면서 그는 웃음꽃을 피우고 있었다.

"일주일에 세 번만 갈게요."

아담은 조용히 의견을 피력했다. 바딤은 그게 웬 뚱딴지같은 소리냐는 표정을 지었다. 그 옆에서 과일을 먹던 사라 역시 눈이 동그래졌다.

"왜?"

잠시 대답을 주저하던 아담은 거실에서 인형을 가지고 놀고 있는 이브를 보면서 조심스럽게 입술을 열었다.

"아직 제가 없으면 이브가……."

"그건 걱정 마라. 이브도 어느 정도 컸고, 나랑 타이탄이 눈을 떼지 않을 거니까."

바딤의 말에 아담은 그게 더 걱정이라는 얼굴이었다.

"네가 하루 종일 옆에 붙어 있으니 이브가 점점 더 어리광쟁이가 되잖아. 오빠랑 떨어져 있는 거에도 좀 익숙해져야지. 눈만 뜨면 '아담 어디쪄?' 이러기 바쁘니 나 원참."

어린 딸의 표정을 따라 하며 혀 짧은 소리를 하는 바딤의 모습에 사라는 마시던 과일 주스를 뿜었다. 못마땅하다는 얼굴로 툴툴거리는 바딤을 보며 사라는 기가 막혀 할 말을 잃은 표정을 지었다. 최근 느끼는 것이지만, 자식이 둘이 아니라 셋인 느낌이었다. 큰아들, 작은 아들, 그리고 막내딸.

곰처럼 큰 첫째 아들은 매일같이 저렇게 질투하기 바쁜 반면, 둘째 아들은 이제 그런 시기 어린 시선에는 익숙해졌는지 아예 제 아버지를 달래고 어르는 수준에 이르렀다. 바딤의 이런 유치한 질투를 하루 이틀 겪는 게 아니었으니 말이었다.

"박사님."

말없이 예쁜 얼굴로 거실의 이브를 빤히 바라보던 아담이 별안간 그를 불렀다. 팔짱을 끼고 앉아 있던 바딤은 살짝 눈을 치켜떴다.

"스마트 더스트는 아직이죠?"

몇 년째 '광역화'라는 벽을 넘지 못하고 있었다. 바딤은 대답 대신 깊은 한숨을 내쉬며 허공을 응시했다.

"제가 한번 해 봐도 될까요?"

아담이 눈을 마주치며 묻자 바딤의 표정이 순식간에 굳었다. 장난기가 사라진 그의 눈초리가 어느새 매서워졌다. 그는 무거운 표정으로 자세를 고쳐 앉으며 아담을 바라보았다. 일 얘기를 할 때만큼은 누구보다도 까다롭고 철저한 바딤이었다. 그건 지난 세월 곁에서 쭉 지켜봐 온 사라가 제일 잘 알고 있었다. 그녀는 걱정스러운 얼굴로 두 사람을 번갈아 쳐다보며 눈치를 살폈다.

"네가 해 보겠다고?"

"네."

바딤은 잠시 말을 잇지 못했다. 사실 내색은 안 했지만 지난 몇 년간 수없이 많은 좌절을 겪으며 '스마트 더스트'에 매달려 오고 있었다. 이제 이 벽 하나만 넘으면 될 것 같은데, 그 마지막 허들 하나가 그의 발목을 붙잡았다. 솔직히 살면서 이런 패배감을 맛본 적이 있었나 싶을 정도로 실마리조차 보이지 않는 구렁 속에 갇혀 있는 기분이었다.

그만큼 스마트 더스트는 그에게 있어 아킬레스건이었다.

바딤은 퉁명스러운 얼굴로 자신도 모르게 불쾌한 목소리를 내뱉었다.

"어깨너머로 몇 년 보았다고 벌써 자만하게 된 거냐? 내 일생의 프로젝트다. 장난처럼 우습게 생각하지 말거라."

그렇게 딱 잘라 말한 그는 물끄러미 바라보는 아담의 시선을 회피하듯 고개를 돌렸다. 외면한 그의 속눈썹은 말 못할 감정으로 인해 부들부들 떨리고 있었다. 꽉 쥔 주먹에서 흘러나온 치욕스러운 기분. 어금니를 꽉 문 그의 동공은 수치심으로 인해 붉게 충혈됐다.

바딤이 연구실에 아담을 데리고 들어가기 시작한 건 이브가 태어나고 얼마 지나지 않아서부터였다. 아담의 흡수력은 놀라웠다. 기초 공학을 한 달도 지나지 않아 홀로 깨우쳤고, 일 년도 채 지나지 않아 그의 모든 연구 기록과 논문을 이해할 수준으로 성장했다.

아담의 천재성을 알아본 바딤은 몸소 그에게 영재교육을 시키기 시작했다. 어린 소년은 뛰어난 조수였다. 하나를 가르치면 열을 깨달아서 돌아왔고, 그가 보지 못한 곳을 시원하게 긁어 주듯 짚어 주었다. 현재 타이탄의 다음 세대로 만들고 있는 슈퍼컴퓨터는 이미 아담과 공동 작업을 하고 있을 정도였다. 어쩌면 이걸 완성하게 되는 건 자신이 아니라 아담이 될지도 모른다는 생각을 종종하면서, 그는 내심 묘한 초조함을 느끼기 시작했다.

'절묘한 통찰력, 기발한 사고의 전환 그리고 인간의 한계를 넘어버린 듯한 지적 능력. 언제부터였을까? 자신보다 이 어린아이가 더 먼 지평선 너머를 바라보고 있다는 느낌을 갖게 된 것은…….'

아담이 한 뼘 한 뼘 성장할수록 자신의 시야는 우물 안처럼 좁게만 느껴졌다. 그것은 그를 뿌듯하게 만들기보다 초조하고 불안하게 만들었다.

'정말 아담이 스마트 더스트를 완성하면 어떡하지?'

아담의 질문을 받자마자 제일 먼저 뇌리를 스친 질문이었다.

'아담이라면 성공할지도 몰라.'

동시에 말로 표현할 수 없는 수치심과 굴욕감이 그의 영혼을 움켜쥐었다.

'어쩌다가 이런 치졸한 열등감에 사로잡히게 된 것일까?'

두 손에 얼굴을 묻은 채 주저앉고 싶은 심정이었다. 차라리 '스마트 더스트'는 영원한 미완의 작품으로 남았으면 하는 게 솔직한 심정이란 걸 부정할 수가 없었다. 그 부끄러운 속내는 스스로를 벌레보다도 못한 졸렬한 인간으로 전락시켰다.

"죄송합니다, 박사님."

아담의 잔잔한 목소리가 바딤의 귓가를 어루만지듯 스며들었다.

"스마트 더스트가 박사님께 있어 얼마나 의미 있는 프로젝트인지는 잘 알고 있습니다. 그래서 더욱 힘이 되어 드리고 싶었어요. 일생의 업적에 조금이나마 도움을 보태 드리고 싶었습니다."

아담은 투명한 눈동자로 바딤을 응시하더니 미안한 듯 그의 시선을 외면했다. 멍하니 앉아 있던 바딤의 눈매가 일그러진 건 그 순간이었다.

'어찌하여 신께서는 우리 부부에게 이 아이를 내려 보내신 것일까?'

질투, 원망, 좌절, 그러한 감정들은 일생 겪어 보지 못하고 살았다. 다른 이들의 시기 어린 시선을 받는 건 늘 자신의 입장이었다. 그랬던 그가 태어나서 처음으로 누군가를 시기하고 원망하고 있었다.

'어찌하여 신께서는 나로 하여금 이 어린 소년을 이토록 증오하게 만드시는가?'

한편 사라는 조용히 두 사람의 대화를 지켜보고 있었다. 잠시 팔짱을 낀 채 둘의 눈치를 살피던 그녀는 남편의 속내를 아는 것인지 모르는 것인지, 대견한 눈빛으로 미소를 지었다.

"우리 아담은 어쩜 이렇게 생각하는 것도 예쁠까? 뭐가 문제예요, 여보? 아담의 실력과 재능은 당신이 제일 잘 알고 있잖아. 당신이 이 아이를 누구보다도 인정하고 있는 것도 알아요. 나보고도 그랬잖아요, 예전 연구소 동료들보다 아담이 더 믿음직스럽다고."

그녀는 바딤의 어깨를 쓰다듬으며 부드럽게 말했다. 그러자 딱딱한 얼굴로 곁눈질하던 그의 표정이 조금 누그러졌다. 사라는 그런 남편의 긴장을 풀어 주려는 듯 그의 어깨를 주무르며 말을 이었다.

"당신 말이야. 혹시 이 세상에서 제일 어렵지만 가장 귀하고 보람된 일이 뭔지 알아?"

바딤은 그게 뭐냐는 눈초리로 그녀를 쳐다보았다. 의미심장한 미소를 짓고 있던 사라는 그의 뺨에 살짝 입을 맞추며 속삭였다.

"바로 한 사람을 완성시키는 일이야."

그녀는 벽에 걸린 채 영상처럼 움직이는 아담과 이브의 사진을 보며 꿈꾸는 듯한 얼굴로 말을 이었다.

"세상에 입력된 공식과 수치대로 산출되는 아이는 없는걸. 그럼 그 아이는 인간이 아니라 로봇일 거야. 부모가 기대하는 기대치와 아이가 보여 주는 산물은 늘 어긋나기 마련이라잖아. 반대로 부모가 기대하는 바보다 월등히 뛰어난 아이도 존재하는 법이고 말이야. 스마트 더스트는 분명 당신의 업적 중 하나가 되어 역사에 남겠지. 하지만 아담과 이브는 우리들의 살아 숨 쉬는 역사가 될 거야. 저 아이들이 후손을 남기고, 또 그 후손이 후손을 남기고……. 우리는 그렇게 영원히 살아가는 거야. 왜냐하면 저 아이들은 우리들의 분신이고, 우리 사랑의 결정체니까."

그렇게 말하며 웃는 사라의 눈동자를 보던 바딤의 눈빛이 수면에 잠기는 노을처럼 깊게 일렁였다. 가슴에 잠식된 검은 액 덩어리가 하얗게 불식되는 기분이었다.

이래서 사라를 사랑할 수밖에 없나 보다. 그녀는 늘 그에게 벅찬 깨우침을 안겨 준다. 세상의 모든 이치를 수치로 접근하는 그와 달리, 그녀에게 있어 세상은 아주 단순하고 명쾌했다. 그녀가 내미는 온기와 사랑은 그의 세상을 밝히는 촛불이었다.

바딤은 그런 아내를 품에 꽉 끌어안으며 고개를 끄덕였다.

— 저 아이들이 후손을 남기고, 또 그 후손이 후손을 남기고……. 우리는 그렇게 영원히 살아가는 거야.

잠시 후, 자리에 앉아 눈을 감고 있던 바딤은 결정을 내린 듯 살며시 눈꺼풀을 열었다.

"타이탄."

– 네, 박사님.

"스마트 더스트의 공동 관리자로 아담의 이름을 넣도록 해. 오늘부로 아담은 스마트 더스트 관리에 있어서 나와 동등한 권한을 갖는다."

– 알겠습니다.

아담은 놀랐는지 커다란 동공으로 바딤을 쳐다보았다. 이렇게 쉽게 허락할 줄 몰랐다는 표정이었다. 헛기침을 한 바딤은 멋쩍은 표정으로 자리에서 일어났다. 그러다가 뭔가 떠오른 듯 뒤를 홱 돌며 미간을 찌푸렸다.

"그런데 아버지한테 박사님이 뭐냐?"

"아……."

아담은 뜨끔한 눈빛을 지으며 사라를 쳐다보았다. 그는 아직 바딤이 어려웠다. 그에게 있어 바딤은 아버지라기보다 연구실 내의 교수님 내지는 엄격한 선생님이라는 느낌이 강했다. 아담은 사라에게 구조 요청의 눈빛을 보냈지만, 그녀는 뭐가 그리 즐거운지 그저 턱을 괸 채 싱글벙글 웃기만 했다.

"어머니 소리는 잘만 하면서."

바딤은 서운한 어조로 중얼거리더니 아담을 흘끔 쳐다보았다. 혼을 내려던 건 아니었는데 그렇게 들린 모양이었다. 아담이 당혹스러운 얼굴로 어쩔 줄 몰라 하자 사라가 눈을 흘기며 팔꿈치로 잽싸게 바딤의 옆구리를 찔렀다. 흠칫한 바딤은 코를 훌쩍이더니 허공을 쳐다보며 슬그머니 아담의 머리를 쓰다듬었다.

아마도 처음이었을 것이다. 그가 이렇게 이브 아닌 아담에게 다정한 손길을 나눈 것은. 아담 역시 적지 않게 놀란 듯 동그란 눈으로 그를 올려다보았다. 두 사람의 어색한 시선이 허공에서 마주쳤다. 이내 둘은 약속이라도 한 듯 동시에 서로의 눈을 피하며 빰을 붉혔다.

그 모습을 흐뭇하게 바라보던 사라의 입가에도 미소가 맺혔다. 뼈밖에 보이지 않는 그녀의 손등 위로 눈물방울이 똑 떨어졌다. 그녀는 행여나 두 사람이 볼까 봐 잽싸게 고개를 돌려 눈 주변을 훔쳤다.

"타이탄, 방금 두 사람 모습 잊지 말고 영상으로 남겨 놔. 알았지?"

— 네, 알겠습니다.

그렇게 등 뒤로 몰래 속삭이던 사라는 아담과 눈이 마주치자 빨개진 눈으로 활짝 웃었다. 의아한 표정으로 그녀를 보던 아담은 뭔가를 감지한 듯 조마조마한 눈빛을 지었다. 그러나 모처럼 생기를 띤 채 웃는 사라를 향해 차마 불안한 표정을 내보일 수가 없었다. 그는 행복한 미소를 짓고 있는 그녀에게 옅은 미소로 화답했다. 부디, 그녀가 이렇게 오랫동안 웃을 수 있기를 기도하면서.

열세 살이 된 아담은 학교에서 체육과 문화 예술, 정치와 우주 물리를 배웠다. 그 외의 것들은 집에서 타이탄과 페트로비치 부부가 가르쳤다. 부자는 닮는다고 했던가? 피도 안 섞였는데 어쩜 저리 비슷할 수 있는지, 사라는 신기하다며 고개를 갸우뚱거리고는 했다.

아담은 신기할 정도로 체육에 소질이 없었다. 대신 제 아버지처럼 공학에 뛰어났다. 또한 예술적 감각도 탁월했다. 아담이 피아노와 바이올린을 연주할 때면 종종 알혼 섬의 주민들도 나발루니에 언덕 밑에 모여 귀를 기울이고는 했다. 그러다가 연주가 끝나면 그들은 소리 없이 흩어져 모습을 감췄다.

아담은 학교에서 조용한 아이였다. 그럼에도 늘 남들 눈에 띄었다. 또래 여학생들은 신비롭고 아름다운 그의 외모에 뺨을 붉혔고, 남학생들은 그를 견제하면서도 가까워지고 싶어 했다. 홀로 있을 때 그는 주로 창밖을 내다보며 턱을 괸 채 사념에 빠지곤 했다. 사실은 멍하니 이브 생각—주로 이브의 간식이나 저녁 메뉴 등 장보기 생각—이나 한 것뿐이지만, 급우들 눈에는 그가 철학적인 사색이라도 하는 것처럼 보인 모양이었다.

그렇게 혼자 앉아 있는 아담을 보면서 주변 아이들은 누구 하나 선뜻 그에게 말을 걸지 못했다. 그의 주위에는 장막 같은 묘한 아우라가 존재했다. 혼자만 차원이 다른 듯한 느낌을 주는 그의 기품 있는 분위기는 자연스럽게 선망 어린 시선과 위화감을 형성했다.

자각하진 못했지만 그는 늘 관심과 시선의 중심에 서 있었다. 그러나 질투와 선망의 대상이 된다는 건 결코 그가 바라는 평화로운 일상이 아니었다.

어느 날이었다. 도서관에서 홀로 조용히 책을 읽던 아담의 앞으로 늘씬한 인영 하나가 걸어왔다.

"안녕?"

웃음이 밴 듯한 부드러운 목소리였다. 정다운 인사에 아담은 살짝 고개를 들었다. 허공에 펼쳐져 있던 책 페이지가 사라지고, 교복을 입은 여학생이 시야에 나타났다.

"나는 사샤라고 해. 네 이름은 아담 맞지?"

그녀는 하얀 블라우스 밑에 입은 적갈색 체크 치마를 움켜쥐며 수줍은 듯 물었다.

검게 구불거리는 곱슬머리에 뽀얀 피부, 그 위에 연하게 도드라진 주근깨, 깊고 커다란 눈망울과 웃을 때 시원하게 보이는 치아가 인상적인 소녀였다. 아담은 손목시계를 확인하더니 잔잔한 목소리로 물었다.

"무슨 할 말이라도 있어?"

아담 페트로비치와 이야기를 할 때면 투명한 눈동자에 포박되는 느낌이 든다고 하더니, 과연 틀린 말이 아니었다. 남자아이의 얼굴이 어쩜 이렇게 섬세하고 아름다울 수가 있을까? 정교한 붓으로 그린 듯한 얼굴선에 반짝이는 구슬을 빚어서 넣은 듯한 눈동자. 장밋빛 입술은 예쁘다 못해 육감적인 느낌을 선사했다.

사샤는 얼굴을 붉히며 헛기침을 했다.

"혹시 이따가 시간 괜찮으면 수업 끝나고 같이……."

그녀의 말이 채 끝나기도 전에 자리에 앉아 있던 아담이 벌떡 몸을 일으켰다. 그는 빨간 불빛이 깜빡이는 스마트 워치를 홀린 듯 쳐다보고 있었다. 창백하게 변한 아담의 안색을 보면서 사샤는 의아한 듯 눈을 깜빡였다.

"급한 일이 생겨서."

그는 파리한 얼굴로 중얼거리며 말을 흘린 뒤 서둘러 자리를 떴다. 사샤는 멍한 얼굴로 홀연히 사라진 아담의 그림자를 바라보았다. 그런 그녀를 구석에서 몰래 지켜보던 인영은 그럴 줄 알았다는 어조로 불쑥 말을 던졌다.

"대체 저런 녀석의 어디가 좋다는 거야?"

주머니에 손을 찔러 넣은 채 어깨를 으쓱이며 나타난 소년의 이름은 알렉스였다. 알렉스는 이 상황이 몹시도 마음에 들지 않는 눈치였다. '칫' 하면서 아담이 나간 출입구 쪽을 노려보는 그의 눈매가 심상치 않았다.

눈부신 금발에 초록빛 눈동자를 가진 알렉스는 열넷이라는 나이가 믿기지 않을 정도로 건장한 체격이었다. 또래보다 발육이 빠른 데다가 난폭하고 거친 성격의 그는 학생들 사이에서 폭군처럼 군림하고 있었다. 대부분의 남학생들은 그의 앞에서 고양이 앞 생쥐처럼 꼼짝도 못했다. 간혹 알렉스의 못된 성미에 반발하고 나선 학생들은 예외 없이 얻어터져 곤죽이 되곤 했다.

그럼에도 많은 여학생들은 그의 출중한 외모 때문에 난폭한 성정을 매력의 일환으로 여기며 좋아했다. 그런 그녀들을 마다하지 않고 건드리는 알렉스지만 그도 내심 마음에 쭉 담고 있는 상대가 있었다.

“재 완전 사차원이라던데. 방금도 스마트 워치에 대고 뭐라 뭐라 중얼거리면서 나갔잖아. 통화 모드도 아닌데 정신병자처럼 혼잣말로 말이야.”

“아담은 천재야.”

“천재들은 보통 괴짜에 찌질이지.”

“뇌까지 근육으로 찬 네가 뭘 알겠니? 할 줄 아는 것이라고는 힘자랑밖에 없으면서.”

“뭐…….”

사샤는 콧방귀를 뀌며 알렉스의 어깨를 툭 치고 지나갔다. 그런 사샤를 불러 세우던 알렉스는 이미 사라진 그녀의 뒷모습을 보며 주먹을 움켜쥐었다.

그는 분한 표정을 짓더니 “제기랄!” 하고 벽을 주먹으로 쾅 쳤다. 씩씩대며 숨을 내쉬던 알렉스는 창밖을 흘끗 내다보았다. 하얀 셔츠에 적갈색 체크무늬 바지를 입은 아담이 넥타이를 풀며 에어쉽 승강장으로 향하고 있는 게 보였다. 발걸음을 보아하니 서두르는 듯했다.

그 모습을 못마땅한 눈초리로 바라보던 알렉스는 잇새로 ‘쳇’ 소리를 내뱉었다. 그의 사나운 동공에는 허둥지둥 아담의 뒤를 쫓아가던 사샤의 모습이 잔영으로 맺혀 있었다. 파도처럼 떠오른 분노가 그의 눈빛에 거세게 일렁였다.

그의 상식으로는 도저히 이해할 수가 없었다. 대체 사샤는 저런 괴짜 샌님의 어디가 그렇게 좋다는 것인지. 아무래도 그 녀석이 한심하게 나가떨어지는 걸 봐야 정신을 차릴 모양이었다. 알렉스는 머릿속으로 아담의 얼굴이 피범벅으로 물들 때까지 사정없이 그의 얼굴을 때리는 상상을 했다. 상상만으로도 기분이 좋아진 그는 머리칼을 쓸어 올리며 피식 웃었다. 시니컬한 미소를 짓는 그의 눈빛은 소년치고 사뭇 오싹한 살기가 어려 있었다.

'좋아.'

살벌하게 웃은 그는 주먹을 털며 도서관 밖으로 향했다. 한결 기분 좋은 눈빛으로 콧노래까지 흥얼거렸다.

에어쉽 승강장으로 향하던 아담은 도서관에서 꽤 멀어지자 다시 스마트 워치에 대고 입술을 열었다.

"이브는 찾았어?"

– 네, 도련님.

"전에도 말했잖아. 이브의 위치가 안 잡히면 포인트 Z부터 체크해 보라고. 거기는 아직 스마트 더스트가 잡지 못하는 구멍 중 하나라고 몇 번을 말해?"

– 체크를 했는데, 아가씨께서 이미…… 죄송합니다.

눈치 빠른 타이탄은 재빨리 사과부터 올렸다. 우뚝 걸음을 멈춘 아담은 불길한 예감에 대뜸 물었다.

"이브한테 무슨 일이라도 생겼어?"

– 그게…….

아담의 경우, 대답을 3초 이상 뜸 들이면 오히려 화를 더 키우게 되는 경향이 있었다. 지난 몇 년의 데이터를 살펴보면, 평소 느긋하고 참을성이 많은 아담은 이브에 관한 일에 한해서는 이중인격으로 봐도 무방할 정도로 정반대의 반응과 성향을 보였다. 때문에 타이탄 역시 아담에게 이브에 관한 일을 보고할 때는, 절대 감정에 호소하지 않고 최대한 객관적으로 신속하게 대응하는 편이었다. 매도 일찍 맞는 편이 낫기 때문이다.

"뭐?"

이윽고 너무 놀라서 버럭 소리를 지른 아담의 얼굴이 백짓장처럼 창백해졌다. 그리고 그의 뒤를 막 쫓아온 사샤는 금방이라도 쓰러질 듯 파리해진 아담의 얼굴색을 보고선 머뭇거리며 분위기를 살폈다. 잠시 호흡을 고른 아담은 침착함을 되찾은 뒤 차분해진 목소리로 되물었다.

"그래서 이브는? 이브는 괜찮아?"

– 무릎과 오른쪽 팔에 멍이 드셨고, 이마와 뺨에 찰과상을 입으셨습니다. 상처 부위 사진입니다.

허공에 사진이 뜨자 아담은 손을 움직여 휙휙 확인했다. 마지막 장에 핏방울이 맺힌 이브의 뺨과 긁힌 이마의 모습이 나타나자, 그는 얼굴을 구기며 속상한 눈빛을 감추지 못했다. 말괄량이 꼬마 숙녀께서 또 혼자 말도 없이 알혼 섬을 탐험하다가 구르고 넘어진 모양이었다.

"지금 에어쉽 승강장으로 가는 길이야. 당장 조퇴할 테니까 어머니께 말씀드려 놔."

– 멋대로 조퇴하시는 거면 나중에 혼나실 텐데요. 저번 달에도 수업 중간에 말없이 오셨다가 한 소리 들으셨잖아요.

"그거야……."

한 번만 더 멋대로 무단 조퇴를 했다가는 알아서 하라고 으름장을 놓던 사라의 얼굴이 떠오르자, 아담은 난감한 표정으로 입을 꾹 다물었다.

한편 좀처럼 대화에 낄 타이밍을 잡지 못하고 뒤에 서 있던 사샤는 살그머니 아담의 어깨를 향해 손가락을 쿡 찔러 넣었다.

"무슨 일 있니?"

"아."

그녀가 온 걸 미처 몰랐는지 아담은 놀란 표정으로 사샤를 돌아보았다. 어색한 표정으로 서 있던 그녀는 뒷짐을 지며 얼굴을 붉혔다. 또래 이성에게 이렇게까지 저자세로 나가기는 처음이었다. 명실상부 교내의 퀸 자리를 굳건히 지키고 있는 사샤였다. 그런 그녀가 누군가의 등을 이렇게까지 필사적으로 쫓아가다니, 자존심이 상하지 않는다고 하면 거짓이었다.

그럼에도 불구하고 그녀는 아담의 기품 있는 눈빛과 마주치자 아무래도 좋다는 생각에 사로잡혔다. 그도 그럴 것이 그는 그녀가 여기에 왜 있는지조차도 의문을 품지 않는 기색이었다. 아예 관심조차 없는 것이다.

"여동생이 조금 다쳐서."

아담은 급한 표정을 짓더니 미안하다는 듯 난처한 미소를 머금었다. 두 번이나 먼저 자리를 뜨게 되는 것에 대한 나름의 사과인 모양이었다. 그는 고갯짓으로 짤막한 인사를 하며 몸을 돌렸다.

사샤는 덥석 아담의 팔을 잡았다. 그녀는 눈치가 빨랐다. 때로는 쉽게 지나칠 수 있는 부분까지 불필요하게 알아채는 그녀의 섬세함과 통찰력이 이 순간만큼은 스스로에게 큰 도움이 되었다.

"조퇴 허가가 필요한 거지? 그거라면 내가 도와줄 수 있는데."

그러자 돌아서던 아담이 번개처럼 그녀를 향해 시선을 던졌다. 그는 차분했지만 반색하는 기색이 다분했다. 아까보다 그의 눈동자가 훨씬 부드럽게 일렁이고 있었다. 사샤는 공작새처럼 어깨를 으쓱이며 화사하게 웃었다.

"대신, 다음에 나랑 같이 케이크 먹으러 간다고 약속해."

"그래."

그는 조금의 망설임도 없이 선뜻 고개를 끄덕였다. 그리고 재촉하듯 그녀를 응시했다. 멍하니 서 있던 사샤는 조금 허탈한 듯한 표정을 지었다.

'너무 쉽잖아?'

어쩐지 공허한 승낙이었지만 그래도 좋았다. 단 몇 마디 대화를 나눴을 뿐인데, 어째서 이 남자애가 이렇게도 좋아진 것일까? 중간중간 그의 스치듯 머무는 투명한 눈빛에 그녀는 눈을 뗄 수가 없었다. 달콤한 커피 향처럼 가슴을 은은하게 적시는 눈동자였다. 비록 먼저 마음을 사로잡힌 사샤였지만 그녀는 확신했다.

이 아이 역시 결국 자신을 좋아하게 될 것이노라고.

잠시 후 그녀는 왼쪽 눈을 찡긋 감더니, 무용수처럼 우아한 자세로 허리춤에 손을 올리며 말했다.

"걱정 마, 지금 바로 보내 줄 테니까. 우리 할아버지께서 이 학교 이사장이시거든."

타이탄의 손상된 메모리에 남겨진 사라의 일기

일곱 살이 된 이브는 눈만 떴다 하면 사고를 치고 다녔다.
말괄량이 녀석이 어찌나 겁도 없는지, 매일매일 어디서 떨어지고 굴러
다쳐 오기 일쑤였다. 그런 이브를 찾아오는 건 늘 아담의 몫이었다.
아담이 자리에 없을 때에는 스마트 더스트가 그의 눈이 되어 이브를 지켰다.
아직 미완의 작품이었던 스마트 더스트는 알혼 섬의 97%를 커버했다.
그러자 영특한 이브는 3%의 구멍을 찾아 숨기 시작했다.
두 남매는 매일같이 숨바꼭질을 했다. 이브는 스마트 더스트의 허점을 찾아 숨었고,
아담은 학교에서 돌아오자마자 술래가 되어
어린 이브를 찾아 헤매는 것이 일상이었다.

"이브!"

나발루니예 언덕 아래에는 작은 동굴이 있었다. 갈파의 동굴이라 불리는 이곳은 본래 무당 할멈이 제의를 지내는 곳이었는데, 이제 나이를 먹은 그녀는 동굴까지 몸소 올 형편이 안 되는 모양이었다. 갈파의 동굴은 알혼 섬 내에서 스마트 더스트가 작동하지 않는 소수의 구역 중 하나였다. 동굴 주변에서 원인을 알 수 없는 자기장이 감지되었는데, 그게 스마트 더스트의 진입을 방해하고 있었다. 덕분에 이곳은 이브가 아담의 눈을 피할 때마다 숨어드는 작은 놀이터들 중 하나가 되었다.

"이브!"

에어쉽에서 뛰어내리다시피 하여 착지한 아담은 해변과 맞닿은 동굴 입구를 향해 뛰었다. 그가 오는 걸 귀신같이 알아챈 이브가 또다시 밖으로 나와 숨어 버린 것이다. 오늘만 두 번째로 이브의 행적을 놓친 타이탄은 일찍이 제 잘못을 고한 채 아담에게 싹싹 빌고 있는 중이었다.

최근 타이탄이 두려워하는 존재는 바딤보다 아담이었다. 바딤은 인공지능에게 있어 약간의 불완전함은 인간들의 예측 불허의 측면과 가깝다고 여겼다. 그는 그들의 불완전함을 단순한 오류로 보지 않고 그들의 인격을 형성하는 필수 요인 중 하나로 생각하여 가만두는 편이었다. 반면 아담은 타이탄의 시스템에 작은 오류라도 보이면 가차 없이 바로 수정을 가했다. 그는 어떻게 보면 기계보다도 더 철저한 완벽주의자였다. 그런 아담이 유일하게 쩔쩔매는 존재가 하나뿐인 여동생 이브였다. 천재 소년도 어린 여동생의 행동만큼은 제어하지 못했다.

"오늘 저녁은 카레를 하려고 했는데, 이브가 안 보이니 할 수 없네?"

– 저녁 메뉴를 바꾸시겠습니까?

타이탄이 눈치 빠르게 묻자, 아담은 천연덕스러운 얼굴로 고개를 끄덕이며 "그래야 할 것 같은데?"라고 반문했다. 그러자 어디선가 '헉' 하고 다급하게 숨을 들이켜는 소리가 들려왔다.

"아무래도 근처에 귀여운 원숭이 한 마리가 숨을 졸이며 숨어 있는 것 같지?"

곁눈질을 하던 아담의 입가에 피식 미소가 번졌다.

"파스타로 할까?"

– 메뉴를 변경합니다.

"안 돼!"

그 순간, 이브의 목소리가 황급히 울려 퍼졌다. 예상대로였다.

동굴 안에서 팔짱을 끼고 턱을 괴던 아담은 귀여워 죽겠다는 듯 웃음을 참았다. 그는 모른 척하는 얼굴로 천천히 동굴 밖을 빠져 나왔다. 그러다가 등골이 오싹해지는 느낌을 받고선 휘둥그레 커진 눈으로 위를 쳐다보았다.

'맙소사!'

동굴 입구를 지붕처럼 덮고 있는 바위 위에 이브가 얼굴을 쏙 내민 채 걸터앉아 아래를 쳐다보고 있었다. 동시에 아담의 얼굴은 밀가루 반죽처럼 창백해졌다.

"거긴 또 어떻게……."

"이브는 카레 먹을 거야."

뚱한 표정으로 이마에 잔뜩 힘을 준 이브가 주먹을 꽉 쥐며 말했다. 아담은 어쩔 줄 몰라 하는 얼굴로 그녀를 진정시키기 시작했다.

"알았어, 알았으니까 거기 가만히 있어."

"내려갈 테야, 지금."

"뭐?"

당황한 아담은 안절부절못하고 주위를 살폈다. 황급히 타이탄을 부르려던 그의 시선이 뭔가를 포착하고 얼어붙었다.

'맙소사!'

이브가 바위 끝을 붙잡고 엉덩이부터 지면을 향해 내리고 있었다. 물장구를 치듯 발을 버둥거리는 그녀를 보자마자 아담은 시체처럼 굳은 얼굴로 할 말을 잃고 말았다. 바로 정신을 차린 그는 황급히 이브의 밑으로 달려와 팔을 뻗었다.

"위험하잖아, 위에서 기다리고 있어!"

"나 혼자 내려갈 수 있어."

인중과 턱에 힘을 준 꼬마 숙녀는 '흡!' 하고 손에 힘을 주더니 벼랑 끝에 매달리듯 바위 끝자락을 붙잡았다. 그 밑에서 양팔을 벌린 채 기다리는 아담은 본의 아니게 고문을 당하는 중이었다. 기절할 듯 안색이 파리해진 그의 등에서는 식은땀이 비 오듯 주르르 흐르기 시작했다.

눈대중으로만 봐도 족히 3미터는 되어 보이는 높이였다. 이브의 검은 머리칼이 말 꼬리처럼 찰랑거리며 흔들리기 시작했다. 동시에 아담의 가슴도 덜컹거리며 쿵쾅쿵쾅 뛰었다.

"제발 조심해, 응?"

그는 애원하듯 소리치며 안절부절못하는 손을 뻗었다가 벌리기를 반복했다. 그야말로 속이 바짝바짝 타는 심정이었다.

"뛴다?"

재잘거리듯 말한 이브는 슥 어깨 너머를 돌아보았다. 그러자 밑에서 대기하고 있던 아담이 잔뜩 긴장한 채 고개를 끄덕였다. 그 모습을 본 이브는 작은 이마를 힘껏 구기더니 눈 밑을 찌푸렸다.

"뛸 거니까 비키라고."

"뭐?"

"방해되니까 아담은 저쪽에 가 있으란 말이야."

이브가 한쪽으로 나오라며 턱짓을 하자, 아담은 충격받은 듯 멍하니 굳더니 비틀거리며 뒤로 한 발, 한 발 물러섰다. 생각해 보니 매번 밑에서 발만 동동 굴렀지 단 한 번도 제대로 이브를 받아 낸 적이 없던 아담이었다. 때문에 딱히 항의할 입장도 못 됐다. 괜히 밑에서 받아 주겠다고 했다가 놓치기라도 하면 이브가 더 크게 다칠 가능성도 있었다. 스스로가 한심했지만 아담은 한숨을 내쉬며 옆으로 물러섰다.

착지할 자리를 빤히 쳐다본 이브의 눈빛이 예리하게 빛났다. 그녀는 새초롬하게 다문 입가에 보드라운 미소를 맺었다.

이브는 철봉에 매달리듯 유연한 몸을 앞뒤로 흔들며 파도를 타기 시작했다. 그리고 재빨리 반동을 이용해 공중으로 휙 날아올랐다. 그 광경을 본 아담은 너무 놀라서 '헉' 하고 숨을 삼켰다. 그는 이러지도 저러지도 못한 채 망부석이 되어 얼어붙고 말았다. 반면 여유롭게 공중에서 빙그르르 제비 돈 이브는 몸을 동그랗게 말더니 완벽한 자세로 지면에 '착!' 하고 착지했다.

– 전보다 훨씬 안정적이십니다, 이브 아가씨.

타이탄이 칭찬을 하며 치켜세우자 우쭐해진 이브는 승전하고 온 어린 아마존 전사처럼 어깨에 힘을 주고 걷기 시작했다. 그녀는 타이탄과 대화를 나누며 까르르 웃었다. 그러다가 정면에서 팔짱을 끼고 서 있는 아담과 눈이 마주치자마자 화들짝 놀라 얼어붙었다.

"이브."

나지막한 목소리로 그녀를 부르는 아담의 분위기가 심상치 않았다. 아담은 항상 다정하고 상냥한 편이었지만 저런 목소리와 눈빛을 할 때는 절대 순순히 넘어가지 않았다. 이브는 마른침을 꿀꺽 삼키며 고사리 같은 손을 모은 채 눈을 좌우로 굴리기 시작했다. 그러자 아담이 '흐음' 하고 눈을 가늘게 좁히며 의심 어린 빛을 띠었다. 또 저 영특한 머리로 무슨 잔머리를 굴리려고?

"이리 와, 이브."

그가 미간에 힘을 준 채 그녀를 부르자, 눈치를 살피던 이브는 슬그머니 배시시 웃기 시작했다. 그녀의 미소를 본 아담은 반사적으로 눈의 힘이 슬쩍 풀렸다. 그의 얼굴을 물끄러미 관찰하던 이브는 눈을 데룩데룩 굴리더니 씩 웃었다. 그리고 양팔을 벌린 채 "오빠아!" 하며 달리기 시작했다. 마구 엉킨 긴 머리를 휘날리며 전속력으로 달려오는 이브의 모습에 아담의 눈이 다시 휘둥그레 커졌다.

"뛰지 마, 천천히 와!"

저러다 또 넘어질라, 무릎 까질라. 화난 척 굳어 있던 그의 표정이 다시 조마조마한 기색을 띠었다. 돌처럼 굳어 있던 모래가 싱그러운 빗방울에 진흙이 되어 녹아내리는 것은 순식간의 일이었다. 흐르는 물에 씻긴 화는 어느새 흔적도 없이 사라지고 말았다.

아담의 품속에 쏙 안긴 이브는 그의 뺨에 쪽 하고 입을 맞췄다. 그녀는 그의 보드라운 뺨에 볼을 마구마구 비볐다. 아담은 그런 이브를 끌어안으며 언제 화났냐는 듯 웃음이 터지고 말았다. 늘 그래왔듯 이브의 깜찍한 애교에 그의 머릿속은 다시 하얀 기쁨으로 가득 차올랐다.

"위험한 곳에 올라가지 말랬잖아. 또 다치면 어머니, 아버지께서 얼마나 걱정하시겠어."

"아담이 비밀로 해 주면 되지."

개구쟁이 이브는 초승달처럼 눈을 휘며 그를 흘겨보더니 간지럼 타듯 까르르 웃었다. 원숭이처럼 그의 어깨에 매달려서 빙그르르 도는 그녀는 곡예를 하듯 유연하고 가볍게 움직였다. 그녀는 그의 팔이며 어깨에 대롱대롱 매달려서 재롱을 부렸다. 방울처럼 웃음을 터뜨리며 키스 세례를 하는 이브에게 아담은 이번에도 어김없이 항복하며 백기를 들었다.

"알았어, 비밀로 해 줄게."

이브는 그럴 줄 알았다며 배시시 웃었다. 늘 알면서도 져 주는 아담. 그녀가 무슨 일을 저질러도 그만큼은 절대적인 그녀의 편이었다. 그걸 알면서도 불가항력으로 끌려 다니는 아담은 그럼에도 행복하다는 눈빛을 지었다.

이브의 머리칼에서는 바람 냄새가 났다. 알혼 섬의 자유로운 향기. 발그레한 뺨에서는 꽃 내음이 풍겼고, 생기가 도는 입술은 항상 윤기로 반짝였다. 그리고 석류처럼 붉은 눈동자는 언제나 섬을 에워싼 바이칼 호수를 응시하고는 했다.

"이브는 언제 갈 수 있어?"

"알혼 섬 밖에 가 보고 싶어?"

"응."

그 무엇에도 얽매이지 않는 그녀에게 있어 알혼 섬은 너무나 좁았다. 아담이나 바딤이 에어쉽을 타고 섬 밖으로 갈 때면 이브는 그저 침울한 눈으로 그들을 바라보았다. 사려 깊은 그녀는 자신이 떼를 쓰면 사라가 슬퍼한다는 걸 알고 있었기에 한 번도 억지를 부린 적이 없었다.

"엄마, 아빠는 왜 이브를 섬 밖에 못 나가게 해?"

아무리 그녀가 영리하다 한들 모든 걸 이해하기에는 아직 무리였다. 바딤과 사라의 깊은 속마음을, 그리고 그들이 처한 상황을 파악할 때까지 어린 그녀에게는 좀 더 시간이 필요했다.

"아마…… 이브가 결혼할 때쯤 되면 보내 주시지 않을까?"

아담은 그녀를 무릎에 앉힌 채 엉킨 머리칼을 손가락으로 빗어 주며 말했다. 다정하게 속삭이는 그의 목소리에 초롱초롱한 눈을 깜빡이던 이브는 의아한 표정으로 그를 향해 돌아보며 말했다.

"이브는 아담하고 결혼할 건데?"

이브의 머리카락을 어루만지던 그의 손이 우뚝 멈췄다.

"나랑?"

"응."

그녀를 빤히 보던 아담은 이브가 확신에 찬 얼굴로 고개를 힘껏 끄덕이자, 놀란 듯 눈이 커졌다.

"이브는 아담의 신부가 될 거야."

작은 주먹에 힘을 꼭 주고 다짐하는 그녀를 보며 그의 입술 사이로 웃음이 새어 나오기 시작했다. 어쩐지 너무 사랑스러우면서 동시에 굉장히 만족스러운 대답이었다. 왜 이렇게 기분이 좋은지는 그 자신도 알 수 없었다. 다만 쿡쿡 터져 나오는 미소가 그의 행복한 심정을 대변하며 울려 퍼졌다.

그런 아담을 보며 천진난만하게 눈을 동그랗게 뜨고 있던 이브도 같이 헤헤 웃었다. 왠지 몰라도 아담이 굉장히 행복해하는 것 같아서, 그녀는 스스로 뭔가 뿌듯한 일을 한 양 덩달아 기분 좋아졌다.

그렇게 한참 웃던 아담은 번뜩 머릿속을 스치는 생각에 몸을 부르르 떨며 중얼거렸다.

"박사님이 알면 날 죽이려 드실 거야."

– 네, 그러실 거라 생각합니다.

타이탄이 촉새처럼 마치 고개를 끄덕이듯 대답했다. 눈치탄이라 불리는 그는 간혹 재치를 지나치게 부리다가 혼이 나고는 했는데, 지금이 바로 딱 그러한 상황이었다. 막상 타이탄이 맞장구를 치자 불쾌해진 아담은 차가운 눈빛으로 스마트 워치를 내려다보았다. 그는 어느새 웃음기가 싹 사라진 얼굴로 타이탄에게 나지막이 명했다.

"방금 대화 기록이나 지워."

– 알겠습니다.

"영구 삭제해. 괜히 백업에 남기지 말고."

– 당일 13시 7분 22초부터 13시 9분 58초까지의 기록을 영구 삭제합니다.

아담의 무릎 위에서 손가락을 입에 문 채 가만히 듣고 있던 이브가 고개를 갸웃거리며 물었다.

"왜 아담은 밖에서 아빠를 박사님이라고 불러? 집에서는 아버지라고 하면서."

"음."

잠시 생각에 잠기던 아담은 의미심장한 눈빛으로 이브를 바라보더니 생긋 웃었다. 그는 그녀의 머리칼을 쓰다듬으며 미묘한 어조로 다정하게 되물었다.

"글쎄…… 왜일까?"

오묘한 미소로 답하는 그를 보면서, 이브는 고개를 갸웃거렸다. 온기가 가득한 투명한 눈동자 속에 그 대답이 들어 있는 게 분명한데, 모호하고 아름다운 미소로 답을 감춘 그의 의도를 파악하기에 그녀는 아직 너무 어렸다.

이브의 이마에 살짝 입을 맞춘 아담은 그녀의 손을 잡고 천천히 걷기 시작했다. 귓불을 스치는 바람에 그녀가 재잘거리는 말소리가 흘러들었다.

그것은 세상 그 어느 음악 소리보다도 그가 사랑하는 음색이었다.

Breaking News: 미국 동부에서 신종 바이러스에 감염된 삼십 대 남성이 감염 사실을 알지 못한 채 출국을 한 사실이 뒤늦게 밝혀졌습니다. 의료진은 감염자가 출국한 지 약 40시간 후에 첫 번째 발작을 일으켰으며, 현재 상태가 매우 위중한 편이라고 알려 왔습니다. 한편 CDC는 신종 바이러스의 치사율이 여전히 94%에 달하고 있으며, 남성 감염자의 경우 한 번 감염된 이후에는 회복된 케이스가 전무하다고 발표해…….

사샤는 많은 남학생들의 선망의 대상이었다. 그녀가 주로 듣는 수업은 무용, 음악 그리고 역사였는데, 자타가 공인하는 미녀인 그녀는 성적 역시 발군이었다. 모든 면에서 너무나 완벽했던 탓일까? 의외로 그녀는 실제 데이트 신청을 받은 적이 거의 없었다. 즉, 오늘 아담과의 만남이 그녀에게 있어서는 생애 첫 데이트인 셈이었다.

"사샤, 오늘따라 더 예뻐 보인다."

그녀의 옆자리에 앉은 소녀가 호기심 어린 눈으로 넌지시 말을 건넸다. 평상시보다 풍성해 보이는 머리칼이 그녀의 작고 하얀 얼굴을 더 돋보이게 했다. 사샤는 말없이 빙그레 웃으며 창밖을 내다보았다. 도대체 시간은 왜 이렇게 안 가는 거야? 시곗바늘이 멈춘 것만 같았다. 벌써 애꿎은 입술만 세 번째 덧바르는 중이었다.

평소 하릴없이 거울만 들여다보는 여학생들을 경멸하던 그녀가 오늘만큼은 거울 공주로 불려도 손색이 없을 정도로 거울과 창밖만 번갈아 바라보고 있었다.

"특별한 약속이라도 있니?"

옆자리의 소녀는 궁금증을 못 참고 다시 물었다. 눈을 반짝이며 대답을 기다리는 그녀에게 사샤는 그저 비밀스러운 미소만을 보였다. 그때 수업 종료를 알리는 음악 소리가 울려 퍼졌다. 동시에 사샤는 자리에서 스프링처럼 튀어 오르며 벌떡 일어났다.

"사샤?"

마침 수업을 정리하려던 역사학 교수 레오는 눈을 휘둥그레 뜨며 그녀를 쳐다보았다. 그는 마흔세 살로 러시아와 프랑스 혼혈인이었는데, 아직 미혼이었다. 레오는 다른 학생들보다 사샤에게 유난히 친절하게 대했다. 때문에 다른 학생들은 그가 불순한 의도를 가진 것으로 오해하기 일쑤였다. 그러나 그는 그저 이사장의 손녀인 그녀와 좋은 관계를 유지하려는 것뿐이었다. 사샤도 그 사실을 잘 알고 있었다.

"괜찮니?"

그는 잔뜩 상기된 사샤의 뺨을 보며 걱정스레 물었다. 겨우 마흔셋인 그는 벌써 머리가 은발로 하얗게 세어 있었다. 레오가 눈살을 찌푸리며 걱정스런 표정을 짓자, 몇몇 여학생들은 키득거리며 영락없는 할아버지라고 쑥덕거렸다. 사샤는 그런 그녀들을 곁눈질로 매섭게 노려보았다. 그러자 그녀들은 잽싸게 장난기를 지우고 사샤의 눈치를 살피며 고개를 숙였다.

"별일 아니에요, 교수님. 그저……."

그녀는 멋쩍게 웃으며 창밖을 내다보았다. 그리고 뭔가를 발견했는지 놀란 듯 눈을 크게 떴다. 사샤는 창가에서 시선을 떼지 못한 채 더듬더듬 의자에서 나오며 말했다.

"저…… 교수님, 수업은 끝난 거죠?"

"그래, 어디 몸이 안 좋기라도 한 거니? 어라, 사샤?"

그가 말을 채 끝맺기도 전에 사샤는 이미 뒷문 밖으로 사라지고 없었다. 남은 학생들과 레오는 바람처럼 사라진 그녀의 빈자리를 쳐다보며 어리둥절한 시선들을 주고받았다.

그사이 사샤의 옆자리에 앉아 있던 소녀는 창가로 다가가 고개를 빼꼼 내밀었다. 그녀는 뭔가를 발견한 듯 창밖을 손가락질하며 주변 여학생들을 불러 모았다. 소녀들은 흥분으로 고조된 비명을 지르며 우르르 모여들었다. 공깃돌처럼 옹기종기 모여서 몸을 쭉 뺀 그녀들은 창밖을 훔쳐보며 흥미진진한 광경에 눈을 빛냈다.

"아담!"

사샤는 예쁘게 정돈한 머리가 헝클어지는 것도 잊은 채 부리나케 뛰었다. 행여나 그가 약속을 잊고 먼저 가기라도 할까 봐 조바심이 난 탓이었다. 다행히도 아담은 도서관 앞 벤치에 앉아 그녀를 기다리고 있었다.

그를 부르는 그녀의 목소리에 돌아본 그의 얼굴은 평소처럼 평온하고 차분했다. 바람 한 점 없는 저녁놀의 바다처럼 잔잔하고 안온한 그의 눈빛은 때때로 소년의 탈을 쓴 청년처럼 신비로운 분위기를 형성했다. 그 특유의 아우라는 주위 사람들의 숨을 앗아 가는 묘한 힘이 있었다. 사샤도 예외는 아니었다. 그녀는 눈부신 보석에 영혼을 뺏긴 것처럼 그의 눈을 멍하니 쳐다보았다. 아담은 자리를 정돈하고 일어서더니 고개를 살짝 기울이며 물었다.

"갈까?"

사샤는 발그레 젖은 뺨을 손부채질로 식히며 고개를 끄덕였다. 그러자 아담은 장밋빛 입술에 스치듯 미소를 머금었다.

아담은 또래 소년들보다 몸집이 작았다. 반면 모델처럼 키가 큰 사샤가 아담 옆에 서니 그보다 한 뼘은 더 커 보였다. 남들이 보면 옆집 누나와 동생 같다고 웃을지도 모를 그림이었다. 그럼에도 왜 이렇게 가슴이 설레는 것인지 그녀는 알 수가 없었다. 그저, 지금 이 순간이 너무나 두근거리고 좋을 뿐이었다.

사샤는 작은 보폭으로 걸으며 그의 팔에 슬그머니 팔짱을 끼워 넣었다. 아담이 놀란 듯 멈칫 서서 그녀를 쳐다보자, 그녀는 부끄러움을 감추며 활짝 웃어 보였다. 타인과의 신체적 접촉에 극도로 예민한 아담이었지만, 일순 그의 머릿속에는 이브의 얼굴이 스쳐 지나갔다. 사샤와 좋은 관계를 유지하면 어제와 같은 일이 발생했을 때 그녀는 아주 유용한 수단이 될 것이다.

오늘 하루만 참자, 이브를 위해서.

그렇게 되뇌인 그는 하늘을 올려다보며 한숨을 삼켰다.

반면 도서관 옥상 위에서 그들을 지켜보던 알렉스에게는 단 하루를 참는 것도 고역이었다. 그는 자존심이 상해 도저히 견딜 수 없다는 표정을 지었다. 자신과는 말을 섞는 것조차 벌레와 소통하듯 혐오감을 표출하던 그녀가, 저 녀석 앞에서는 수줍게 닫힌 꽃봉오리를 열 듯 몸을 움츠리며 교태를 부리고 있었다. 그런 그녀의 모습을 보고 있자니 속에서 열불이 날 지경이었다. 그는 얼음장 같은 눈동자로 두 사람을 내려다보며 부르튼 입술을 잘근잘근 깨물었다.

"에어쉽 준비해 놔."

옥상에는 그와 항상 몰려다니는 패거리들이 함께 대기하고 있었다.

"어쩌려고?"

"어쩌긴."

성정이 사나운 알렉스는 걸핏하면 버럭 화를 내고 소란을 일으키기 일쑤였다. 패거리 중에서 그나마 야생마 같은 그의 고삐를 쥐고 조율하는 존재가 요한이었다. 요한은 알렉스보다 한 살 연상이었다. 그는 차분한 성격에 성적도 우수한 모범생이었는데, 그래서인지 그가 알렉스 패거리의 한 명이란 사실을 미스터리로 여기는 이들이 많았다.

괜히 일이 커지는 게 아닌지 우려가 된 요한의 물음에 알렉스는 잇새로 잔혹한 미소를 머금으며 한 단어, 한 단어 끊어 내듯 내뱉었다.

"다시는 사샤 주변에 얼씬 못하도록 저 녀석 몸뚱이에 깊은 가르침을 새겨 줘야지."

그 말에 뒤에서 쭈그리고 앉아 하품을 하던 남학생이 킬킬 웃더니 핀잔을 주었다.

"저런 약골은 잘못 건드리면 진짜 골로 가."

"골로 가면 골로 가는 거지 뭐."

"저 녀석, 무슨 유명한 박사 아들이지 않아?"

요한은 여전히 걱정 가득한 어조로 물었다. 이에 다소 불량스러워 보이는 남학생이 다시 혀를 날름거리며 비웃었다.

"어이, 알렉스는 대제국 스타시티의 후계자님이시라고."

스타시티란 이름이 나오자 요한은 인상을 쓰며 입을 다물었다. 그의 얼굴에는 쓴 미소가 스쳐 지나갔다. 그래, 아무리 개차반이라도 이 녀석 정도의 배경이면 뭐가 두렵겠는가? 일개미처럼 평생을 바지런히 굽실거려야 하는 그와는 태생부터 다른 놈이었다. 요한은 쓴웃음을 감추며 스스로를 납득시키려는 듯 바닥을 향해 고개를 끄덕거렸다.

• • •

페트로비치 박사의 저택 거실 벽면에는 뉴스 헤드라인들이 하나둘씩 천천히 올라오고 있었다. 기사 내용은 대체로 몇 년째 전 세계를 공포에 몰아넣고 있는 신종 바이러스에 대한 것들이었다.

동시에 조용한 집 안 어디선가에선 웅얼거리는 소리도 새어 나왔다. 사라와 종종 이메일을 주고받는 조이 반즈 박사의 목소리인 듯했다. 듣기로 그녀는 얼마 전에 스카우트 제의를 받아서 시베리아 연구소를 나갔다고 했다. 그러고 보니 그에 대한 자세한 이야기는 듣지 못했다.

연구실에서 나온 바딤은 하품을 하며 게슴츠레한 눈으로 거실을 둘러보았다. 개미 하나 지나다니는 소리 없이 고요하다. 조금 오싹할 정도였다.

"타이탄, 사라와 이브는?"

그러다가 그는 '아!' 하며 스스로 이마를 찰싹 때렸다. 타이탄은 지금 스마트 더스트와의 연동을 위해 시스템 점검 및 업데이트 중이었다.

"사라! 이브!"

온 집 안을 헤매던 바딤의 발걸음이 온실로 향했다. 아무래도 둘이 나란히 낮잠을 자고 있는 모양이었다. 사랑스러운 모습으로 자고 있을 두 사람을 떠올린 바딤은 입가에 빙그레 미소를 띠었다.

'우리 공주님하고 왕비님께서는 잘 주무시고 계시려나?'

그는 웃으며 살금살금 온실로 들어섰다. 요즘 이브와 통 놀아 주지 못했는데, 오늘 간만에 딸과의 시간을 보내야겠다는 생각이 들었다. 하지만 온실 문이 활짝 열리고 행복하게 웃던 그의 눈가는 싸늘하게 얼어붙고 말았다.

"사라?"

어지럽게 너부러진 꽃송이들 사이로 부러진 나뭇가지처럼 꺾인 팔이 보였다. 그 옆에는 풀어진 해초처럼 검은 머리칼이 힘없이 펼쳐져 있었다.

"사라!"

정신없이 달려간 바딤은 그녀의 몸을 일으켰다. 핏기 하나 없는 사라의 몸은 얼음장처럼 차가웠다. 그녀의 입가에는 정체 모를 검은 피가 굳은 채 맺혀 있었다. 그는 일단 그녀의 코에 손가락을 댄 뒤, 가슴에 귀를 붙이고 맥박부터 확인했다. 느릿하지만 숨이 붙어 있었다.

그는 사라를 급히 안아 들었다. 그러자 그녀의 팔과 다리가 목각 인형처럼 축 늘어진 채 덜렁거렸다. 손끝은 피가 통하지 않는 것처럼 거무튀튀했고 입술은 보랏빛으로 마른 채 까칠까칠했다.

"맙소사! 안 돼…… 여보, 정신 차려!"

그때 문 앞에서 뭔가 툭 떨어지는 소리가 들려왔다. 이브가 동상처럼 오도카니 서 있었다. 머리카락에 진흙이 덕지덕지 붙어 있는 걸 보니 놀이방에서 혼자 놀다가 나온 모양이었다. 그녀는 바딤이 사 준 인형의 귀만 간신히 붙잡고 있었다. 이브는 동그랗게 커진 눈으로 정신을 잃고 쓰러진 사라를 빤히 쳐다보았다.

바딤이 경황없는 얼굴로 허둥지둥 사라를 안고 나가자, 이브는 그가 툭 치고 나간 어깨를 불안한 듯 잡으며 더듬더듬 입술을 열었다.

"어, 엄…… 마?"

젖은 채 떨려 나오는 그녀의 목소리는 본능적으로 지금 무슨 상황이 벌어지고 있는지 감지한 듯했다.

"엄마? 아빠?"

석류처럼 붉은 그녀의 눈동자에 금세 눈물이 그렁그렁 차올랐다. 잠시 후 밖에서 에어쉽 발진 소리가 들려오자 이브는 인형을 내던지듯 놓으며 바딤을 쫓아 나갔다.

그렇게 폭풍이 몰아친 듯 한바탕 난리가 났던 집 안은 순식간에 텅 비게 되었다. 그리고 아무도 없는 집에는 살짝 열린 서재의 문틈 사이로 사라에게 온 음성 메일이 재생되며 조곤조곤 울려 퍼졌다.

— 사라? 잘 지내니? 나야, 조이. 일전에 내가 말한 것들은 페트로비치 박사님과 상의해 봤어? 현재 왓슨 제약회사에서는 신종 바이러스에 감염된 환자들을 무료로 돌봐 주면서 동시에 그들의 동의를 얻어 치료제 및 백신 개발에 힘쓰고 있어. 너도 하루 빨리 이곳으로 와서 치료를 받는 게 좋을 듯해. 일전에 타이탄이 보내 준 네 혈액 검사 및 조직 검사 결과를 봤는데 상태가 매우 좋지 않아. 객혈이나 토혈은 없었니? 네가 감염된 바이러스는 다른 환자들에게서 한 번도 보지 못한 변종으로 보여서 아무래도 공식적으로 학회

에 보고하는 게 나을 것 같아…….

에어쉽이 급부상하고 있었다. 이브는 기류에 정신없이 휘날리는 머리카락을 걷어 내며 승강장 쪽으로 뛰어나왔다.

"아빠!"

"이브, 지금 당장 아담에게 연락해라! 알았지?"

바딤은 문 열린 에어쉽 밖으로 몸을 내밀며 소리쳤다. 응급 상황 모드Emergency mode가 작동된 에어쉽 내부에서는 사라가 누운 채 호흡기를 달고 있는 게 보였다. 이브는 울음이 터져 나오는 걸 꾹 눌러 참으며 고개를 끄덕였다.

급발진을 한 에어쉽이 쏜살같이 상공으로 날아오르자, 이브는 뺨에 묻은 닭똥 같은 눈물을 쓱쓱 닦아 내며 집 안으로 들어왔다. 그녀는 충혈된 눈에 애써 힘을 주며 소리쳤다.

"타이탄! 시스템 점검 중지해, 당장!"

– 업데이트 67% 완료. 시스템 점검 및 업데이트를 중지하시겠습니까? 중지할 경우, 처음부터 다시 진행해야 합니다.

"알았으니까 중지하고 당장 아담한테 연락해. 엄마가 많이 아프단 말이야!"

이브가 울음 섞인 목소리로 소리치자, 거실 벽 스크린에 타이탄이 입체 영상 모습으로 나타났다.

– 죄송합니다, 아가씨. 도련님과 연결이 되지 않습니다. 아무래도 스마트워치를 몸에 착용하고 계시지 않는 듯합니다.

"그게 무슨 소리야?"

울먹이고 있던 이브의 얼굴 표정이 순식간에 돌변했다. 이럴 때

보면 영락없이 사라와 판박이였다. 평소 온화한 성품의 사라는 결정적인 순간이 오면 바딤보다 훨씬 단호하게 일을 처리했다. 보안팀 내에서 그녀의 별명이 작은 흑표범이었던 이유 역시, 한번 화가 나면 180도 돌변하는 그녀의 엄격한 성미 때문이었다.

타이탄은 마지막으로 저장된 아담의 위치를 GPS로 나타내며 다시 보고했다.

– 바이칼 호수 근방에 위치한 디저트 카페입니다. 도련님께선 약 15분 전까지 이곳에 계셨던 것으로 추정됩니다.

허공에 뜬 입체 영상 지도를 골몰히 살펴 본 이브는 알 수 없다는 표정을 지었다. 지금까지 단 한 번도 하교 중에 딴 길로 샌 적이 없던 아담이었다. 학교에서 수업을 마치면 언제나 재깍 집으로 돌아오고는 했었는데.

그녀의 눈빛이 불길한 기운을 띠었다. 이브는 오동통한 손을 마주 잡고 잠시 생각에 잠기더니 짧게 명했다.

“에어쉽 준비해, 타이탄.”

– 안 됩니다, 아가씨. 박사님께서 아가씨께서는 절대 섬 밖으로 나가면 안 된다고 하신 걸 잊으셨습니까?

“지금 그런 걸 따질 상황이 아니잖아!”

그녀의 붉은 눈이 어린아이답지 않게 날카로이 빛났다. 역시 사라의 딸다웠다. 결정적인 순간에 발휘하는 재빠른 판단력은 타고난 본능이었다. 이브는 초조한지 엄지손톱을 깨물며 중얼거렸다.

“아담에게 무슨 일이 생긴 게 분명해.”

태어날 때부터 알 수 없는 무언가로 연결되어 있던 우리 두 사람. 그렇기에 알 수 있었다. 지금 그의 신변에 심상치 않은 일이 일어났다는 것을.
"타이탄."
이브가 앵두 같은 입술을 질끈 깨물며 재촉하자, 침묵하던 타이탄은 전자음 같은 신음 소리를 끙끙거리며 흘렸다. 그는 마지못한 어조로 한숨을 쉬듯 대답했다.
— 알겠습니다, 아가씨.

• • •

사샤와 아담을 태운 에어쉽은 어느 카페 앞에 착륙했다. 그들이 온 곳은 평소 사샤가 자주 가던 디저트 카페였다. 반짝이는 바이칼 호수가 한눈에 보이는 아담한 카페는 진주를 입속에 품고 있는 조개의 모습을 하고 있었다. 하얀 조개 속에 위치한 영롱한 진주알처럼 원형 유리 벽으로 이루어진 카페는 들어서자마자 달콤한 향내를 풍겼다.
"뭐 먹을래?"
"아, 스트로베리……."
무심코 대답하던 아담의 목소리가 우뚝 멈췄다. 그는 유리로 된 테이블에 떠 있는 메뉴를 멍하니 쳐다보더니 피식 웃었다.

— 이브는 스트로베리 캐럿 케이크!

습관이란 이래서 무서운 것이다.

"딸기 좋아하니?"

사샤는 의외라는 표정을 짓더니 갸웃거리며 물었다. 그러자 아담은 묘한 미소를 머금더니 고개를 가로저었다. 사실 그는 단것이라면 딱 질색이었다. 그저 달콤한 것이라면 사족을 못 쓰는 이브 때문에 어쩔 수 없이 가끔 먹는 것뿐이었다. 이브가 좋다면 뭔들 못 먹으랴. 돌도 씹어 먹으라면 씹어 삼킬 수 있었다.

생각에 잠긴 채 한층 다정한 눈빛을 짓는 그의 모습에 사샤는 호기심 어린 표정을 지우지 못했다. 가슴속 깊이 누군가를 떠올리는 듯한 얼굴, 행복에 젖은 미소. 그 순간 그녀의 가슴에는 미묘한 질투심이 서렸다.

"참, 여동생은 이제 괜찮니?"

"응, 괜찮아."

건성으로 대답한 아담은 다시 딸기 케이크를 빤히 쳐다보았다. 고민에 잠긴 듯한 눈초리였다. 사샤는 서운한 표정으로 그의 옆모습을 쳐다보았다. 바로 옆에 나란히 서 있는데 공기처럼 무시당하는 느낌이라고 해야 하나? 그의 의식은 줄곧 다른 곳에 가 있었다.

"어디가 안 좋았었는데?"

사샤의 질문을 못 들었는지 그는 아무 말도 없었다. 대신 꽤 진지한 눈으로 메뉴를 들여다보고 있는 중이었다. 잠시 망설인 끝에 아담은 '포장 주문'을 선택했다. 아까부터 눈을 떼지 못하고 있던 딸기 케이크였다.

"누구 주려고?"

사샤가 이번에도 고개를 갸웃거리며 물었다. 아담은 익숙한 손놀림으로 상자 규격과 디자인을 선택하며 대답했다.

"동생."

이번 달에는 별로 군것질시킨 게 없으니 괜찮겠지? 타이탄 말로는 이브가 또래보다 발육이 빠르고 체질상 살이 잘 찌지 않는다고 했다. 그럼에도 단걸 너무 좋아하는 그녀가 매번 걱정되었다. 이가 튼튼해서 다행이지. 차라리 한두 개 썩었으면 무서워서 덜 먹을 텐데. 그나저나 이브는 지금쯤 뭘 하고 있을까? 낮잠 자고 있으려나? 타이탄에게 한번 물어볼까?

"동생을 정말 많이 아끼나 봐. 동생 이름이 뭐야?"

멈출 줄 모르는 사샤의 거듭된 질문에 그의 시선이 드디어 그녀에게로 향했다. 그는 집요한 그녀의 행동이 조금 성가신지 미간을 살짝 찌푸리며 또 짧게 답했다.

"이브."

막상 그와 눈이 마주치자 일순 당황한 사샤는 "으응?" 하고 되물었다.

"이브 페트로비치, 내 동생 이름."

그 순간, 사샤의 눈이 뭔가를 깨닫고 살짝 커졌다.

아담과 이브.

마치 운명처럼 서로에게 묶인 듯한.

그녀는 고개를 가로저으며 헛웃음을 내뱉었다. 남매인 두 사람한테 지금 내가 무슨 상상을 하고 있는 건지.

"그렇구나, 한번 만나 보고 싶다."

그녀는 태연한 척 웃으며 밝은 어조로 말했다.

"아담 여동생이라면 아주 예쁠 것 같아."

그런 사샤를 물끄러미 바라보던 아담은 딱히 아무런 대답도 하지 않았다. 이브를 만나고 싶다고 하는 그녀에게 괜한 반감이 들어서 되레 표정이 급격히 어두워지는 중이었다. 물론 사샤는 그런 속사정을 상상도 못할 테지만. 아마도 알면 정신병자라고 질색을 할지도 모르겠다.

너무 예뻐서, 너무 사랑스러워서 누구에게도 보여 주고 싶지 않은 나만의 보석.

아담은 복잡한 눈빛으로 한숨을 내쉬며 턱을 괴었다. 그는 무료한 얼굴로 창밖을 내다보며 또 딴생각—정확히 말하면 이브 생각, 그가 종일 하는 잡생각의 90%는 늘 이브다—을 했다.

'이브는 뭘 하고 있을까? 오늘은 제발 얌전히 있어 줬으면 좋겠는데.'

반짝이는 바이칼 호수를, 아니, 그 너머 어딘가를 바라보는 듯한 그의 시선은 금방이라도 훌쩍 가 버릴 듯 멀게 느껴졌다. 불안해진 사샤는 저도 모르게 마주 앉은 그의 손등을 살그머니 건드렸다. 그러자 아담은 무심하게 늘어진 눈초리로 그녀를 비스듬히 흘겨보았다.

사샤는 생각했다. 감정이 전혀 느껴지지 않는 그의 투명한 눈동자는 섬뜩하다 못해 아름답기까지 하다고. 감정이 없기에 편견이 없어 보였고, 편견이 없기에 세상을 거울처럼 맑게 비추는 눈동자였다. 그 속에 오롯이 그녀만 비친다면 얼마나 좋을까?

"아담, 넌 그런 걸 느껴 본 적 있니?"

그 사람이 나만 생각하고, 나만 바라보고, 나만 담았으면 하는 것. 내가 그 사람을 가지고 싶다기보다는, 그 사람이 나를 가졌으면 하는 것.

“고양이는 말이야. 껴안으려고 하면 손을 할퀴고 냅다 도망쳐 버려. 밤에는 내 머리맡에 와서 몰래 잠들면서 막상 쓰다듬고 예뻐해 주려고 하면 찬장 위로 올라가 버리거든. 사랑의 술래잡기라고 해야 하나? 애정을 받지 못해 갈구하는 게 아니라, 주지 못해 애가 타는 심정 같은 거…… 혹시 아니?”

그녀의 말에 아담의 연갈색 눈동자가 번지는 물감처럼 흐려졌다. 가만히 상념에 잠기던 그는 무슨 기억을 떠올렸는지 착잡한 눈빛을 지었다. 정말 몇 번이나 할퀴고 물려 봤다는 듯 심란한 표정이었다.

‘있구나.’

사샤의 눈초리가 미세하게 떨렸다. 그것도 아주 많이 예뻐하는 고양이가 있는 게 분명했다. 그녀는 어쩌면 지금 느끼는 이 감정이 단순한 질투가 아닐지도 모른다는 생각이 들었다. 그를 향한 이 오롯한 마음이 사랑이란 예쁜 말로만 포장될 것은 아니라고.

불어오는 실바람을 손으로 쥘 수는 없듯이, 져 가는 노을의 정취를 그릇에 담을 수 없듯이. 아담, 너는 그런 존재인 걸까?

열네 살의 사샤는 그날, 생애 처음으로 강렬한 소유욕을 경험했다. 그것은 날것의 감정이었고 다듬어지지 않는 정서였다. 그것은 어쩌면 소녀인 그녀가 여자가 되는 첫 발걸음의 순간이었는지도 몰랐다.

우울한 기분도 잠시, 두 사람밖에 없던 하얀 조개 카페에 돌연 불청객이 난입했다.

“안녕, 사샤?”

한적한 오후의 낭만을 깨뜨리는 음습한 목소리의 주인공은 다름 아닌 알렉스였다. 사샤는 의자에 앉은 채로 그를 향해 고개를 돌렸다. 그는 그녀의 어깨에 팔을 걸치며 허리를 숙였다. 진하게 풍기는 텁텁한 향수 냄새에 절로 콧잔등이 찡그려졌다.

"지금부터 나와 아담은 함께 갈 곳이 있으니 사샤는 이만 집으로 돌아가는 게 좋겠어."

위협 아닌 위협이었다. 사샤의 얼굴이 창백하게 굳었다. 반면 아담은 무표정한 얼굴로 알렉스와 그의 무리를 빤히 쳐다보고 있었다. 별로 관심 없다는 듯 고개는 창가 쪽을 향해 살짝 기울인 채, 긴 손가락과 손바닥으로는 여전히 턱을 괴고서.

"그렇지, 아담?"

표정에 변화 한 번, 몸짓에 미동 한 번 없는 아담을 보며 알렉스는 눈초리를 매섭게 부릅떴다. 겁을 먹었을 게 분명한데 왜 티가 안 나지? 먹잇감은 자고로 벌벌 떨며 조아려야 제맛인데, 저 녀석은 도대체가 사냥할 재미를 주지 않는다.

보다 못한 사샤가 자리에서 일어서며 쏘아 붙일 기미를 보이자, 반듯한 자세로 창밖을 보며 침묵하던 아담이 고요히 입술을 열었다.

"그냥 있어, 사샤."

"하지만……."

알렉스와 시선을 교환한 아담은 물끄러미 그를 바라보더니 천천히 일어섰다. 어느새 인공지능 웨이터가 테이블 앞에 와 있었다. 주문과 계산 기능만 탑재된 로봇인지라 인간의 팔다리 움직임만을 흉내 낼 줄 아는 기계에 가까웠는데, 그 와중에 웨이터 의상까지 차려입은 게 우스꽝스러워 보였다.

그는 아담이 주문한 조각 케이크를 테이블 위에 놓더니 꾸벅 허리를 조아리고 사라졌다. 기다렸던 조각 케이크 포장 상자를 쥔 아담은 차분한 얼굴로 알렉스에게 물었다.

"함께 갈 곳이 어딘데?"

"가 보면 알아."

한쪽 눈을 찡긋한 알렉스는 콧노래를 부르며 앞장섰다. 그의 패거리인 남학생들 네 명은 아담을 연행하듯 양쪽에서 팔을 잡고 이끌었다. 출입구에 서 있던 로봇 웨이터는 마지막까지 깍듯하게 90도로 인사하며 아담을 배웅했다.

– 감사합니다. 또 방문해 주세요.

알렉스가 아담을 데려간 곳은 카페에서 그다지 머지않은 호숫가였다. 사샤는 기어코 고집을 부리며 따라왔다. 요한은 혀를 끌끌 찼다. 차라리 돌아가서 발 빠르게 어른들을 불러오는 게 나을 텐데, 순진한 그녀는 알렉스가 얼마나 악질인지 아직 모르는 모양이었다. 그냥 학교에서 동급생들을 상대로 으스댈 줄이나 아는 불량배 정도로 생각했겠지. 그는 불안에 젖은 눈으로 주위를 살피는 사샤를 애석하다는 듯 쳐다보더니 전자 담배를 입에 물었다.

인적이 드문 곳이었다. 사샤의 시선은 계속해서 알렉스가 양손에 쥐고 있는 돌멩이로 향했다. 부싯돌을 치듯 양손에 쥔 돌을 거듭 맞부딪치는 그의 행동에 그녀의 심장도 덩달아 불안하게 뛰었다.

"이게 뭔지 알아?"

반짝이는 바이칼 호수를 뒤로한 채 바위에 걸터앉은 알렉스가 꺼낸 건 작은 알약이 들어 있는 캡슐이었다. 맞은편에 선 아담은 무표정한 얼굴로 그를 응시했다.

"이건 말이야, '엔젤 키스Angel kiss[7]'라고 하는데 고문 흔적이 전혀 남지 않아. 상처도 상흔도 없거든. 일종의 환각제지. 엔젤 키스는 네놈이 가장 두려워하는 걸 보여 줄 거야. 의식 깊숙한 곳, 그 밑바닥까지 헤집어서 말이야. 어떻게 보면 세상에서 제일 끔찍한 고문이지."

알렉스는 잔인하게 웃으며 기대된다는 듯 입맛을 다셨다. 광기와 희열로 얼룩진 그의 표정에서는 비뚤어진 보복심이 보였다. '세상에서 제일 끔찍한 고문'이 무엇인지 누구보다도 익히 잘 알고 있다는 듯, 그는 상대에게도 비슷한 경험을 기대하며 이미 흥분한 채 숨을 몰아쉬고 있었다.

"너도 곧 알게 될 거야. 절대 깰 수 없는 악몽이 뭔지 말이야."

그러나 그를 차분하게 바라보는 아담의 눈동자에는 조금의 동요도 보이지 않았다. 그게 알렉스를 더 화나게 한다는 걸 알면서도 그는 고고한 성자처럼 투명한 눈빛으로 그를 흡사 짐승 혹은 벌레를 보듯 쳐다보았다.

"무섭지 않은 척하는 거야? 아니면 정말 두려움을 못 느끼는 거야?"

불만스럽다는 듯 중얼거리던 알렉스는 캡슐을 만지작거리더니 이를 바득 갈았다. 그는 고개를 번뜩 들더니 번개처럼 다가와 아담의 정수리를 쥐어 잡았다. 그의 머리카락을 뽑을 듯 잡아당겨 고개를 뒤로 젖힌 알렉스는 아담의 턱을 잡고 억지로 벌렸다.

---

7 엔젤 키스Angel Kiss, 천사의 입맞춤 : 2070년대에 만들어진 환각제로 운석에서 발견된 미생물에서 합성한 물질이다. 무색, 무미, 무취의 백색 분말을 캡슐로 포장하여 복용한다. 일반적으로 효과는 복용 후 5분부터 45분까지 지속되며 반응은 개인에 따라 매우 다양하게 나타날 수 있다. 대개 시각과 촉각 및 청각 등 감각을 왜곡시키며 무의식 상태나 발작, 경련, 근육 조절력 감소, 코피, 호흡 장애 등의 곤란을 겪을 수 있다.

"그만둬, 알렉스!"

다른 남학생들에게 붙잡힌 채 서 있던 사샤가 몸서리를 치며 소리쳤다.

"지금 네가 무슨 짓을 하고 있는지 알고나 있는 거야?"

"닥쳐."

그는 이미 아담의 입속에 억지로 캡슐을 밀어 넣고 있었다. 쿨럭거리며 거부하던 아담은 그가 무지막지한 힘으로 턱을 닫고 삼키게 하자 결국 기침을 하면서 고꾸라졌다. 목울대를 부여잡으며 쓰러진 그는 삼킨 캡슐을 뱉고자 구역질을 해 보았지만 소용없었다. 동시에 아담이 차고 있던 스마트 워치가 '삑—삑—' 하고 경고음을 내기 시작했다. 그 소리에 알렉스의 시선이 스마트 워치로 향했다. 그는 삑삑거리는 스마트 워치를 노려보더니 아담의 손목에서 그것을 끊어 내듯 떼어 버렸다.

"이건 대체 뭐야? 누가 요즘 이런 촌스러운 시계를……."

그 순간, 아담의 눈빛이 번뜩였다. 그는 주먹을 꽉 쥐더니 알렉스를 향해 달려들었다. 저게 없으면 타이탄으로부터 이브와 저택에 관한 보고를 들을 수 없다. 그것만큼은 절대 안 될 일이었다. 아담은 이를 악물고 덤볐다. 그러나 안타깝게도 둘의 체구 차이는 다윗과 골리앗 수준이었다.

죽기 살기로 달려들었던 아담은 '퍽!' 소리와 함께 알렉스의 주먹을 맞고 나가떨어졌다. 코피가 나는 얼굴로 바닥을 짚고 일어서던 아담은 다시 한 번 그의 발길질에 쿨럭이며 쓰러졌다.

"시계…… 내놔……."

아담은 바닥을 기면서 간신히 몸을 일으켰다. 사샤는 어쩔 줄 몰라 하며 발을 동동 굴렀다. 악에 받친 눈으로 알렉스를 노려보는 아담의 모습이 날개를 찢긴 천사처럼 처절했다.

사샤는 눈에 차오른 눈물을 훔치다가 결국 울음을 터뜨렸다. 속수무책으로 맞는 아담의 모습에 마음이 짓이겨지는 것만 같았다. 비릿하게 웃은 알렉스는 손가락을 풀더니 아담의 멱살을 잡고 들어 올렸다. 그는 창백한 아담의 얼굴을 사정없이 난타하기 시작했다. 눈이 풀린 아담은 피투성이가 된 얼굴로 알렉스의 주먹질을 겨우 받아 내고 있었다. 그의 입에서 피와 구토가 튀어나왔다. 아담은 이미 반쯤 정신을 잃은 상태였다.

엔젤 키스의 약효가 돌기 시작하는 것일까? 그가 경련을 일으키며 전신을 부르르 떨기 시작했다.

"알렉스, 제발 그만해!"

사샤가 울부짖으며 애원했다. 알렉스는 그녀의 눈물이 오히려 불쾌한 모양이었다. 그는 아담의 어깨를 잡고선 연달아 명치를 무릎으로 가격했다. 곁눈질로 사샤를 지그시 응시하는 그의 눈초리에는 싸늘한 미소가 어려 있었다.

"그만둬, 알렉스!"

숨을 몰아쉬던 아담이 앞으로 몸을 푹 꺾었다. 그는 그대로 털썩, 의식을 잃고 말았다.

— 네놈이 가장 두려워하는 걸 보여 줄 거야. 의식 깊숙한 곳, 그 밑바닥까지 헤집어서 말이야.

옆에서 잠자코 상황을 지켜보던 요한은 팔짱을 낀 채 걱정스러운 눈빛을 지었다. 일명 '정신고문제'라고 불리는 엔젤 키스는 사실 적국 스파이나 흉악 조직원들을 심문 및 고문하기 위해 만들어진 약품이었다. 심신이 미성숙한 청소년에게 섣불리 투여했다가는 자칫 돌이킬 수 없는 결과를 자아낼 수도 있었다.

정신을 잃은 아담은 여전히 경련을 일으키고 있었다. 그의 입가 주위에는 좀 전에 한 구토로 인해 타액과 분비물이 묻어 있었다. 뒤집힌 눈깔 사이로는 흰자위가 얼핏 보였고 경련은 점차 심해져 몸 전체가 튕기듯 심하게 들썩였다.

요한의 표정이 어두워졌다.

'슬슬 말려야 하나?'

그는 바지 주머니에 찔러 넣은 손을 꺼내 매만지며 눈초리 사이로 미간을 좁혔다. 가엽게도 아담은 이미 천사가 초청한 악몽 속에 갇혀 버린 듯했다.

— 엘! 뭐하는 거야!

— 어째서 내가 아니라 너지? 어째서 방주의 길잡이는 내가 아니라 널 선택한 거냐고! 넌 우리 중에 제일 약하고, 제일 어린데! 단지 네가 그들의 후손이라는 이유만으로 일족 모두가 널 따라야 한다는 거야? 네가 없다면 모두 어쩔 수 없이 날 추대하게 될 거야. 너만 사라진다면…… 그래, 모성에 도착하기 전에 너만 없어져 준다면!

— 그만둬! 엘!

— 이거 놔, 미카엘! 죽어, 죽어 버려!

무슨 환영을 보고 있는 것일까? 그는 바닥에 엎드린 채 스프링처럼 몸을 튕기며 스스로 목을 조르고 있었다. 알렉스는 피식 웃으며 그 광경을 연극처럼 느긋하게 관람했다.

역시 자신의 예상이 맞았다. 성인군자처럼 고고한 척 맑은 눈으로 다른 이들을 내려다보던 저 녀석의 이면에는, 남들이 모르는 질척질척한 어둠이 자리하고 있었다. 그게 정확히 뭔지는 모르겠지만 죽음에 가까운 공포 어린 기억임이 분명했다.

옆의 남학생으로부터 쇠방망이를 건네받은 알렉스는 들썩거리며 자학하고 있는 아담의 등을 방망이로 퍽퍽 후려갈겼다. 뼈가 부러지고도 남을 강도였다.

"앞으로 사샤 주변에는 얼씬도 하지 마. 아니, 그냥 학교에 나오지 않는 게 어때?"

본의 아니게 이 사건의 원흉이라고 할 수 있는 사샤는 새파랗게 질린 낯빛으로 공포에 질려 있었다. 그녀는 붉게 충혈된 눈으로 덜덜 떨면서 알렉스를 죽일 듯 노려보았다. 살기가 그득한 눈초리였다. 지금 손에 칼이 쥐여져 있다면 단 일 초도 망설이지 않고 그의 목덜미를 찔렀을 정도로.

'나쁜 새끼, 절대 용서하지 않을 거야!'

진절머리가 날 정도로 소름 끼치는 녀석이었다. 알렉스는 그녀가 생각한 것보다 훨씬 흉악한 사이코였다.

그때 사샤의 눈이 뭔가를 발견하고 멈칫 커졌다. 상공에서 에어쉽 한 기가 빠른 속도로 접근하고 있었다. 그냥 지나가는 것처럼 보이진 않았다. 그것은 주변을 수색하듯 독수리처럼 근방을 빙빙 돌며 뭔가를 찾아 헤맸다.

'설마…… 아담을 찾는 건가?'

그녀의 눈동자에 희망이 깃들었다.

• • •

같은 시각, 바이칼 호 상공에서는 타이탄의 걱정스러운 목소리가 연거푸 흘러나오고 있었다.

– 조심하십시오, 아가씨.

에어쉽 문을 연 이브는 두루미처럼 목을 쭉 빼고 아래를 내다보았다.

"여기가 아담의 위치가 마지막으로 확인된 곳이야?"

– 그렇습니다.

이윽고 그녀는 작은 절벽 위에 위치한 하얀 조개 카페를 발견했다. 이브와 타이탄은 주변 구석구석을 살피며 아담의 흔적을 추적했다. 그러다가 휘갈기는 머리칼 사이로 뭔가를 발견한 이브는 작은 손가락으로 어딘가를 가리키며 소리쳤다.

"타이탄!"

그곳에는 아담과 같은 교복을 입은 학생들 몇 명이 모여 있었다.

– 도련님으로 보이는 인물이 있습니다. 99.9%의 추정입니다.

"그럼 아담이란 소리잖아!"

다급해진 이브는 타이탄이 에어쉽을 완전히 착륙시키기도 전에 허공으로 날아올랐다. 당황한 타이탄이 그녀를 등 뒤에서 부르는 게 들렸지만, 이미 때는 늦은 뒤였다.

– 도련님한테 또 혼나게 생겼습니다.

그는 혼잣말을 중얼거리며 쏜살같이 낙하하는 이브의 뒤를 쫓았다. 개구리처럼 양팔 양다리를 쭉 뻗고 떨어지던 이브는 콩 벌레처럼 몸을 말더니, 공중에서 빙글빙글 돌며 지면에 사뿐히 착지했다.

"아담!"

그녀는 바람처럼 뛰었다. 모래를 밟고 달리는 발은 헐벗은 맨발이었다. 뺨을 스치는 머리칼 사이로 고집스러운 눈이 유난히도 빛났다.

멀리 심한 경련과 구토를 하며 몸을 들썩이는 인영이 보였다. 그를 둘러싼 채 낄낄거리는 남학생들도, 그리고 발길질을 하며 몽둥이를 휘두르고 있는 커다란 덩치도.

아닐 거야.

절대 아닐 거야.

잠시 후, 그녀의 발걸음이 거짓말처럼 멈췄다. 불안감을 떨치려 애쓰던 눈동자는 믿을 수 없다는 듯 동그랗게 커져 있었다.

누군가의 손가락질에 알렉스는 한바탕 운동을 한 것처럼 땀을 흘리며 돌아섰다. 그는 자신의 가슴팍에도 닿지 않는 작은 소녀의 등장에 적지 않게 놀란 표정을 지었다.

알렉스가 들고 있는 방망이에 묻은 피를 본 이브의 눈동자는 이미 싸늘하게 얼어붙어 있었다. 그녀의 시선이 아주 천천히 아래로 향했다. 흙과 모래로 뒤덮인 바닥엔 뭉개진 딸기 케이크가 터진 상자 밖으로 나와 굴러다니고 있었다.

격분과 노여움으로 인해 손발이 부들부들 떨렸다. 이런 감정은 처음이었다. 온몸의 피가 분노로 들끓는 기분. 호흡이 진정되지 않았다. 늘 붉은 보석처럼 영롱하게 빛나던 그녀의 눈은 부글거리는 용암처럼 암적색으로 짙게 가라앉았다.

알렉스는 눈썹을 꿈틀거리며 미간을 찌푸렸다. 이유는 모르겠지만 저 소녀를 보니 언젠가 영화에서 본 흡혈귀가 떠올랐다. 사람인 듯 사람 같지 않은 기묘하고 오싹한 느낌 같은 것이, 혹은 이질적인 그 꺼림칙함이.

"꼬마야, 여긴 위험하니 그냥 가라."

그는 인심 쓰듯 피식 웃으며 말했다.

이브는 무표정한 얼굴로 알렉스를 응시했다. 그리고 옆에 쓰러져 있는 아담을 이어서 바라보더니 입술을 꾹 다물었다.

"꼬마야?"

성가시다는 듯 어깨를 으쓱한 알렉스는 짜증스럽게 구시렁대며 발걸음을 떼었다. 제대로 겁을 줘야 도망갈 모양이었다. 아니면 이미 겁을 먹어서 움직일 수 없게 된 건가?

"알렉스!"

그때 요한이 경고하듯 그를 붙잡아 세웠다. 왜 부르냐고 돌아선 알렉스는 요한이 이쪽으로 오라고 손짓하자 인상을 구겼다.

"왜?"

요한은 눈치가 빠르고 감이 좋았다. 탁월한 정치 감각으로 일개 평사원에서 이사진까지 오른 제 아버지의 피를 고스란히 물려받았다. 그는 무엇이든 본질을 꿰뚫어 보는 데 우수한 재능이 있었다. 요한은 맨발에 부릅뜬 눈으로 서 있는 이브를 곁눈질로 살펴보더니 나직이 말했다.

"그만 가자."

"뭔 시답지 않은 소리야?"

겨우 일고여덟 살 되어 보이는 여자애였다. 그럼에도 이상하게 상대의 기선을 제압하는 카리스마가 있었다. 눈처럼 하얀 피부, 칠흑처럼 검은 머리칼. 소녀는 팔다리가 가늘고 호리호리했는데 동그스름한 뺨에는 아직 젖살이 가득했다.

'다만 섬뜩한 것은…….'

소녀의 눈동자였다. 그녀의 눈두덩 주위로 몰린 혈관들이 마치 힘줄처럼 도드라져 튀어나와 있었다. 확대된 붉은 동공은 눈자위까지 뒤덮었는데 언뜻 보면 눈알이 없는 것처럼 보였다. 혹은 짐승한테 파먹히기라도 한 것처럼 끔찍한 모습이었다.

"무슨 병 걸린 애 아니야?"

"징그러워."

"그러게, 정상은 아닌 것 같은데……. 알렉스! 이만 가자."

불안한 얼굴로 요한의 곁으로 모여든 남학생들은 몸을 부르르 떨며 재촉했다. 그 뒤에 홀로 서 있던 사샤는 휘둥그레진 눈으로 이브를 바라보고 있었다.

여동생이 조금 다쳐서.

어제 아담이 중얼거리던 말이 문득 뇌리를 스쳤다. 그녀는 자세히 보기 위해 눈을 가늘게 떴다.

"설마…… 이브?"

그때였다.

"알렉스, 뒤!"

뭔가를 본 요한이 놀라서 소리치자 등을 벅벅 긁고 있던 알렉스가 놀라 황급히 돌아보았다. 그는 조랑말처럼 무섭게 달려오는 이브를 발견했다.

"뭐, 뭐야!"

알렉스는 놀란 나머지 쇠몽둥이를 공중에 대고 휘둘렀다. 이브는 작은 체구로 미끄러지듯 그의 무릎 안쪽으로 파고든 뒤, 나무를 타듯 알렉스의 허벅지를 잡고 그의 등 위로 기어올랐다. 그녀는 단숨에 양다리로 그의 목을 조르듯 감쌌다. 그리고 허공에서 상체를 들어 올려 그의 머리를 팔로 감고 더 세게 졸랐다.

순식간에 목이 졸린 상태로 머리를 잡힌 알렉스는 '퉁강!' 하고 쇳소리와 함께 방망이를 놓았다.

"크, 크흑!"

목덜미가 시뻘게진 그의 눈알은 튀어 나갈 듯 부푼 채 부들부들 떨었다. 이브는 그의 어깨에 목마를 탄 자세로 정확하게 허벅지를 조였다. 그녀는 숨 하나 헐떡이지 않은 채 고요하고 평온한 얼굴이었다. 이브는 천진난만한 아이의 목소리로 싸늘하게 속삭였다.

"우리 오빠를 저렇게 만든 게 너지?"

"무, 뭐? 쿨럭! 너 당장 내려오지 못해……."

"아담을 괴롭히는 놈들은 내가 다 혼내 줄 거야."

알렉스는 숨을 못 쉬겠는지 침을 흘리며 괴로운 듯 미간을 힘껏 찌푸린 채 이브의 종아리를 덥석 잡았다. 무슨 어린애 힘이 이렇게 센지 목구멍이 조이다 못해 목뼈가 부러질 것 같았다.

"너, 이거 모, 못 놔!"

숨을 헐떡거리던 알렉스는 그녀의 양다리를 잡고 뜯어내듯 당겼다. 어쨌든 힘으로는 알렉스가 훨씬 우위였다. 그녀는 눈 깜짝할 사이에 종잇장처럼 바닥에 내동댕이쳐졌다. 가녀린 소녀는 부딪힌 충격이 컸는지 꿈틀거리며 쉽사리 일어서지 못했다.

"후우."

겨우 숨을 쉴 수 있게 된 알렉스는 가슴을 들썩이며 호흡을 몰아 쉬었다. 그는 분을 참지 못하고 바닥에 굴러다니던 쇠몽둥이를 들었다. 저깟 계집애의 머리통쯤이야 방망이질 한 번이면 으깨질 수준이었다.

"망할 계집애……. 가만두지 않겠어."

고사리 같은 손으로 흙을 움켜쥔 이브는 바로 고개를 쳐들었다. 그녀와 눈이 마주친 알렉스는 흠칫하며 한 걸음 물러섰다. 뺨에서 핏방울이 또르르 떨어진 그녀의 얼굴에는 섬뜩하리만큼 살벌한 눈초리가 실려 있었다.

"저, 저게……."

발칙하기 짝이 없다. 알렉스는 눈 밑 근육을 옴짝거리며 못마땅한 기색을 감추지 못했다. 자신도 모르게 기세를 제압당한 현 상황이 못내 불쾌하고 수치스러웠다. 그럼에도 그의 발은 자꾸만 저도 모르게 뒷걸음질을 쳤다.

"알렉스."

유유자적 다가온 요한은 알렉스가 들고 있던 쇠방망이를 낚아채듯 뺏었다. 부드럽고 정중한 손놀림이었다.

"너도 체면이 있지, 저런 어린애랑 뭘 다투고 있는 거야?"

요한의 말에 알렉스는 잠시 이브를 매섭게 쏘아보았다. 눈알 대신 핏덩이로 채워진 듯한 그녀의 눈자위는 몇 번을 보아도 섬뜩하기 짝이 없었다. 괜히 목덜미를 한번 어루만져 본 그는 쭈뼛 선 털들을 쓸어 내듯 양팔을 툭툭 쳐 내렸다. 그는 요한의 등쌀에 못 이기는 척 "쳇." 하고 돌아섰다.

"그만 가자. 이쯤 했으면 됐어."

요한이 그의 어깨를 툭툭 치며 마무리를 맺었다. 알렉스는 알았다면서 껄렁껄렁한 걸음으로 앞장섰다. 그러나 화끈거리는 얼굴을 숨길 수가 없었다. 밤톨만 한 계집하고 몸싸움을 하는 것도 모자라서 기선 제압을 당한 꼴이라니. 붉으락푸르락해진 얼굴을 손으로 벅벅 긁은 그는 애꿎은 패거리 중 하나에게 성질을 부렸다.

"에어쉽은 어디 있어!"

"그게…… 갑자기 시스템 오류로 연결이 되지 않아서."

"뭐?"

"아무래도 정거장까지 걸어가야 할 것 같은데."

머리를 벅벅 긁으며 말하는 소년에게 알렉스는 성난 황소처럼 날뛰었다. 조금 전까지 멀쩡하던 에어쉽이 갑자기 작동하지 않는 게 말이 되냐면서.

– 시스템 오류, 시스템 점검이 필요합니다. 시스템을 복구 중입니다……. 시스템 오류, 시스템 점검이 필요합니다.

"네 전공이 항공 기술이잖아. 당장 고치지 않고 뭐하는 거야?"

"이건 전문 기술자가 봐야 할 수준이야. 나로서는 도저히……."

옥신각신하는 두 사람 뒤를 따르던 요한은 곁눈질로 흘끗 뒤를 바라보았다. 이브는 여전히 바닥을 양손으로 짚고 엎드린 채 그들을 사납게 노려보고 있었다. 몸을 지탱하는 것조차 힘들었을 터인데, 대단한 정신력이었다. 마치 밀림에서나 볼 법한 어린 아마조나 같다고 해야 할까? 혹은 한 마리의 맹견 같았다. 그 뒤에 쓰러져 있는 소년을 필사적으로 지키고자 하는 작은 짐승처럼.

마침내 긴 소란 끝에 알렉스와 무리가 모습을 감췄다. 그러자 구석에서 상황을 지켜보던 사샤가 황급히 이브에게로 달려왔다.

"괜찮니?"

한숨 돌리려던 이브가 사샤를 보자마자 다시 고양이처럼 눈초리를 매섭게 올렸다.

"나는 사샤라고 해. 아담, 그러니까 네 오빠 친구야."

이브는 여전히 믿지 못하겠는지 경계 어린 표정이었다. 사샤는 쓰러져 있는 아담을 보며 울음을 터뜨렸다.

"미안해, 이게 다 나 때문이야. 알렉스가 나 때문에 아담을……."

이브는 아담의 손을 꼭 쥔 채 사샤를 빤히 응시했다. 그녀는 훌쩍이는 사샤를 한참 동안 바라보더니 흙 묻은 손으로 그녀의 뺨을 토닥토닥 쓰다듬기 시작했다.

"울지 마."

사샤는 원숭이처럼 쪼그리고 앉아 되레 자신을 위로하는 소녀를 멍하니 쳐다보았다. 이브는 하얀 이를 드러내고 웃으며 말했다.

"아담도 곧 괜찮아질 거야."

사샤는 아담의 손을 꼭 쥐고 있는 이브의 자그마한 손을 쳐다보았다. 어느새 아담은 경련을 멈춘 채 잠든 듯 고요히 누워 있었다. 여동생의 온기를 느끼기라도 한 것일까? 한층 진정된 모습이었고 호흡도 훨씬 안정적이었다. 그녀는 두 볼에 맺힌 눈물을 훔치며 몸을 일으켰다.

"아담을 의사한테 데려가야겠어."

약물 복용도 문제지만 심각한 구타를 당한 상태였다. 뼈가 부러져 장기가 다치진 않았을지 심히 걱정되는 바였다.

이브는 의사라는 말에 고개를 도리도리 저었다. 그녀는 그를 보호하듯 양팔로 꼭 끌어안으며 말했다.

"아담은 타이탄에게 데려갈 거야."

"타이탄?"

– 안녕하세요, 사샤 님. 처음 뵙겠습니다. 타이탄이라고 합니다.

머리 위에서 들려온 인사말에 사샤는 하늘에 떠 있는 에어쉽을 올려다보았다. 눈치 빠른 그는 그새 잽싸게 에어쉽을 근방으로 이동시킨 후 대기 중이었다. 문 열린 에어쉽 내부에서 타이탄의 음성이 계속해서 들려왔다.

– 실례지만 우리 아가씨를 도와 도련님을 에어쉽 내부로 좀 옮겨 주시겠습니까?

"네?"

– 저희 아가씨 혼자서는 무리여서요.

사샤는 말문이 막힌 표정으로 머뭇거렸다. 그녀는 '혹시 안에 사람이 하나 더 있나?' 하는 얼굴로 고개를 빼꼼 내밀고 에어쉽 안쪽을 들여다보았다.

– 이곳에는 저밖에 없습니다.

그가 그녀의 속내를 읽고 대답하자, 사샤는 떨떠름한 얼굴로 돌아서며 '하!' 하고 탄식을 내뱉었다.

타이탄은 두 남매와 사샤를 태우고 알혼 섬의 나발루니예 언덕으로 돌아왔다. 사샤는 저택에 들어서자마자 커다란 아치형 창을 발견하고선 인상적이란 표정을 지었다. 벽 전체가 통유리로 되어 있는 그곳은 바이칼의 호수가 한눈에 내려다보였다. 집 전체가 따뜻한 난로처럼 온기를 품고 있는 느낌이었다. 사샤의 입가에는 옅은 미소가 고였다.

그때 작은 벨소리 같은 알람음이 울려 퍼졌다. 돌아서니 허공에 타이탄의 알림 메시지가 떠 있었다. 이윽고 어디선가 걸려온 전화 수신음이 잔잔한 음악 소리로 깔리기 시작했다.

알림

영상 통화(1)

수신 중

Video Calling From Dr. Petrovici…….

연결하시겠습니까?

'페트로비치 박사라면 아담의 아버님이신데.'

사샤는 당혹스러운 얼굴로 주변을 두리번거렸다. 아담은 여전히 의식이 없었다. 게다가 샤워를 마친 이브는 거실에 눕혀진 아담의 옆으로 꼼질꼼질 기어가더니 잠들어 버린 상태였다. 사샤는 고민스러운 얼굴로 허공에 떠 있는 바딤의 얼굴을 바라보았다. 그는 수척한 안색으로 통화 연결을 기다리고 있었다. 초점 없는 눈은 심하게 충혈된 채 붉었고, 머리는 쥐어뜯기라도 한 것처럼 엉망이었다.

'아담 때문에 걱정이 되셔서 전화하셨나?'

조마조마한 심정으로 고민하던 사샤는 두 손을 맞잡고 결심한 듯 심호흡을 크게 했다.

"내가 받을게요. 연결해 줘요, 타이탄."

– 네, 사샤 아가씨. 통화 연결하겠습니다.

| 오후 5시 45분, 현재 기온 섭씨 16도.

아득한 어둠.

온기 없는 침묵.

그 속에서 불거진 소리 없는 아우성.

기억의 편린이 주는 공포의 전제는 고독이다. 꽤 오랜 시간, 광활한 혼돈 속을 떠돌았던 것 같다. 끝없는 악몽을 꾸면서 괴로운 숙면을 강요받은 느낌이었다. 그래서 매번 눈을 뜨는 게 불쾌했다.

지금 이 순간처럼.

무거운 눈꺼풀을 힘겹게 열자마자 아담은 생애 첫 호흡을 하듯 긴 숨을 들이마셨다. 그는 아치형 창 앞에 누워 있었다. 잘 모르겠지만 누군가 쓰러진 자신을 집으로 데려온 모양이었다.

사라가 삐뚤빼뚤 어설픈 솜씨로 퀼팅한 담요가 몸을 따뜻하게 덮어 주고 있었다. 향초를 피웠는지 아로마 향이 공기 중에 은은하게 떠다녔다. 몸을 반쯤 일으키던 그는 한쪽 팔에서 느껴지는 묵직한 무게감에 아래를 내려다보았다.

이브가 팔베개를 한 채 곤히 누워 잠든 게 보였다. 코까지 담요를 덮은 그녀는 아기처럼 옆으로 누워 몸을 웅크리고 있었다. 멍하던 눈가에 미소가 번졌다. 그는 코밑으로 담요를 내리고 뺨을 덮은 그녀의 머리칼을 정돈해 넘겨 주었다. 그러다가 이브의 볼에 난 생채기를 보고선 미간을 찌푸렸다.

"겁도 없이 알렉스에게 덤벼들지 뭐야, 오빠를 구하겠다고."

뒤쪽에서 난 목소리에 아담은 고개를 돌렸다. 사샤가 흔들의자에 앉아 머그잔을 쥐고 있었다. 그녀가 어깨에 덮고 있는 담요 역시 사라가 퀼팅한 것이다. 마찬가지로 형편없는 솜씨였지만 이브는 토끼가 수놓아져 있는 저 담요를 제일 좋아했다.

타이탄이 타 준 커피를 마시고 있는 그녀를 보며 아담은 네가 왜 여기 있냐는 표정을 지었다. 그런 아담을 보던 사샤는 힘없이 피식 웃었다.

"누가 널 여기로 데려왔을 거라 생각해?"

그는 좀 전에 사샤가 한 말을 다시 떠올리더니, 그제야 뭔가를 깨닫고 황급히 이브의 몸 여기저기를 살폈다. 망연한 눈으로 사샤를 다시 쳐다본 아담은 황당한 얼굴로 "타이탄!" 하고 불렀다.

"설마 이브가 섬 밖으로 나왔던 건 아니겠지?"

– 도련님, 그게…….

"이브가 알렉스한테 덤볐다는 게 무슨 소리야?"

타이탄은 벌써부터 아담의 분노 지수를 읽고 제 발 저리는 중이었다. 집에서만 볼 수 있는 아담의 본모습을 보며 사샤는 묘한 심경을 담아 혼잣말하듯 중얼거렸다.

"이상한 나라의 앨리스가 된 기분이야."

그녀는 빨갛게 젖은 눈시울로 아담과 그의 한쪽 품에 안긴 이브를 물끄러미 바라보았다.

신비한 붉은 눈의 여동생도 그렇지만, 조금 전까지만 해도 얼굴이 곤죽이 될 정도로 맞았던 아담 역시 상처가 거의 사라지고 없었다. 몽둥이로 그렇게 맞았는데 뼈에 금 간 곳 하나 없이 멀쩡하단 다. 몸이 강철로 되어 있지 않고서야 그게 가능한 일일까?

아담과 이브가 나란히 잠들어 있던 사이, 사샤는 노을빛이 비추는 그들의 모습을 하염없이 응시했다. 도저히 이들 남매에게서 눈을 뗄 수가 없었다. 오래된 그림책 속을 들여다보는 것처럼 신비롭고도 기이한 기분이었다. 괴기한 성에 사는 아름다운 두 남매의 이야기 같은 것들이 떠오르기도 했다.

"하지만 아름다워."

너도,

네 여동생도.

"무슨 일 있었어?"

사샤의 눈이 울기라도 한 것처럼 잔뜩 부어 있었다. 아담은 직감적으로 뭔가 심상치 않다는 낌새를 눈치챘다. 사샤는 입술을 질끈 깨물었다가 풀기를 반복하며 몹시 괴로워했다. 심호흡을 한 그녀는 마침내 결심한 듯 어렵사리 말문을 열었다.

"아담."

"말해."

"너희 어머니께서……."

그녀는 떨리는 목소리로 뒷말을 제대로 잇지 못했다. 흐느끼듯 말한 그녀의 이야기에 그의 미간이 굳었다. 싸늘한 한기가 등골을 훑었다. 사샤는 울음을 터뜨리며 두 손에 얼굴을 묻었다. 아담은 망연자실한 얼굴로 이브를 안은 채 허공을 응시했다.

그때 그의 품에 있던 이브가 꼼지락거리며 몸을 일으켰다. 그녀는 졸린 눈을 비비며 웅얼웅얼 입술을 열었다.

"엄마? 엄마가 집에 왔어?"

"이브 깼어?"

아담이 다정한 목소리로 그녀의 뺨에 입을 맞췄다.

"아직 두 분 다 안 오셨어. 더 자도 돼."

그의 말에 이브는 잠이 덕지덕지 묻은 얼굴로 꿈을 꾸듯 물었다.

"엄마는 이제 괜찮대?"

잠결에 사샤의 말을 얼핏 들은 모양이었다. 아담은 선뜻 뭐라 대답하지 못한 채 그녀를 바라보았다.

"괜찮대?"

이브는 기대에 찬 얼굴로 재차 물었다. 아직 안 오셨다는 말에도 불구하고 혹시나 싶어 목을 쭉 빼고 현관 쪽을 쳐다보기도 했다. 그러고는 호기심에 찬 눈으로 아담과 사샤를 번갈아 응시했다. 대답을 기다리는 눈치였다.

어떻게 설명해야 할까?

아직 생명의 탄생과 소멸을 이해하기엔 한없이 어린 그녀에게 대체 무어라고.

"아직도 많이 아프대?"

그녀는 다시 한 번 동그란 눈망울에 근심을 한가득 담고 물었다. 차마 말을 잇지 못하는 아담을 보며 이브는 불안한 표정을 지었다.

"아담? 울어?"

어느새 그의 긴 속눈썹 사이로 후드득 눈물이 떨어지고 있었다. 악다문 잇새로 힘겹게 미소를 지은 아담은 아무 일도 아니라며 고개를 가로저었다. 울먹임에 먹힌 목소리를 차마 내뱉을 수가 없었다. 이브는 천진난만한 얼굴로 걱정스레 그를 빤히 올려다보았다.

그런 이브의 사랑스러운 눈동자를 보던 아담은 울컥 쏟아지는 눈물에 그녀를 와락 끌어안았다.

“괜찮으시대.”

그는 먹먹한 목소리로 간신히 대답했다. 그러자 이브는 안도한 듯 작은 가슴을 “휴우.” 내려놓았다. 그녀는 평온한 얼굴로 돌아와 담요 속으로 파고들며 당부했다.

“엄마 오면 깨워 줘야 돼. 알았지?”

이브는 졸린 눈을 비비며 이내 스르르 눈을 감았다. 아담은 목멘 음성으로 “응.” 하고 고개를 끄덕이며 그녀의 작은 어깨에 뺨을 묻었다.

흐르는 눈물 사이사이 터럭에서 이브의 냄새가 풍겼다. 아니, 사라의 향기다. 사라의 온기다. 사라의 기억이다. 마를 새 없이 젖은 뺨 밑으로 숨죽인 오열이 터져 나왔다. 목젖을 태운 뜨거운 울음소리 대신 어깨만 말없이 들썩였다. 이 와중에도 이브를 꽉 끌어안은 그의 손길에는 두려움이 묻어 있었다. 행여나 품에 안은 이 온기마저 잃을까 봐…….

죄책감이 들었다. 사라, 그녀는 자신이 눈밭에서 거둔 짐승이 이렇게 이기적인 존재라는 것을 알고 있었을까?

타이탄의 손상된 메모리에 남겨진 기록

2080년 5월 30일

사라 페트로비치 사망.

Chapter 3

노을 진 하늘이 점차 검기울더니 비가 내리기 시작했다. 추적추적 구슬픈 비였다. 나발루니에 언덕 위 저택에는 빗소리와 함께 짙은 어둠이 내려앉았다. 두꺼운 구름 사이로 이따금 번갯불 같은 게 스쳤고, 하늘 저편에서 구릉거리며 천둥소리가 들려왔다. 그 사이로 반짝이며 비행한 에어쉽은 불 꺼진 저택 내부로 반딧불처럼 날아들었다.

비는 장례식이 치러지는 내내 쏟아졌다. 짙게 드리워진 먹구름 사이로 빛 하나 비추지 않는 하늘은 슬픔에 잠긴 페트로비치가의 심경을 비추는 듯 야속했다.

조문객은 조촐했다. 사라는 알혼 섬에 온 뒤로 사교 활동이라고는 전무했기에, 대부분이 바딤의 직장 동료들이었다. 시베리아 연구소 출신의 박사들이 줄을 이었고, 사라가 보안 팀 시절 함께 일했던 옛 동료들도 급히 달려왔다.

사라의 시신이 담긴 관은 저택 내부 아치형 창 앞에 놓인 촛대들 사이에 안치되었다. 하얀 대리석 관 안에 눈을 감고 있는 그녀는 잠든 듯 평온해 보였다. 그 옆에서 바딤은 수척한 얼굴로 앉아 있었다. 아무 생각도 없는 듯 텅 빈 눈동자는 보는 이들로 하여금 착잡하니 할 말을 잃게 만들었다.

조문객들은 저택 밖에서 검은 우산을 펼친 채 삼삼오오 모여 수심에 잠긴 얼굴로 조곤조곤 대화를 나눴다. 젊은 페트로비치 부인의 죽음에 관해 많은 이야기가 오갔다. 오랜 기간 병색이 짙었던 그녀를 페트로비치 박사는 왜 저택에 방치해 두었는가? 이들 부부와 친분이 있던 반즈 박사만이 종종 그녀의 상태를 검진했다고 했다. 의문스러운 건 그녀가 의사가 아닌 유전공학 박사라는 점이었다.

"바딤."

리 박사는 사라가 죽은 이튿날 모습을 나타냈다. 바딤은 핼쑥한 얼굴에 수척해진 몰골로 힘없이 고개를 들었다. 눈물도 마른 채 퀭해진 눈 밑에는 움푹 팬 그늘이 짙게 자리하고 있었다. 리는 말없이 친구의 어깨에 손을 올렸다. 충혈된 바딤의 눈에 뜨거운 눈물이 툭 맺혔다. 그는 참담한 표정으로 중얼거리며 사과했다.

"늦게 와서 미안해."

바딤은 울음을 참듯 입술을 깨물더니 손으로 눈가를 가리곤 고개를 푹 떨어뜨렸다. 잘게 경련을 일으키는 그의 어깨를 보면서 리는 안쓰럽다는 듯 미간에 힘을 주었다.

"리, 사라가…… 사라가…… 나는 이제 어떡해야 할지……."

흐느끼며 울음을 섞던 바딤은 결국 양손에 얼굴을 묻은 채 오열을 토해 냈다. 줄곧 억눌렀던 감정이 폭발하듯 터져 나왔다. 다 큰 남자가 어린아이처럼 엉엉 우는 모습은 처절하고 서글펐다. 리는 착잡한 얼굴로 말없이 허공을 바라보았다. 그는 나지막한 목소리로 중얼거리듯 말했다.

"사라의 죽음을 헛되이 만들어선 안 돼."

그 말에 오열하던 바딤이 울음을 뚝 그쳤다. 어딘지 모르게 오싹한 어조의 목소리였다. 그는 천천히 고개를 들어 지친 눈으로 리를 올려다보았다. 일자로 닫힌 입술 위로 리의 무표정한 눈초리가 그를 내려다보고 있었다. 바딤의 낯빛이 불길함을 느끼고 어둡게 변했다.

"지금 그게 무슨……."

무슨 의미로 받아들여야 하는 것일까? 사라의 죽음을 헛되이 만들지 말라니.

"반즈 박사로부터 모든 이야기를 전해 들었어."

리는 몸을 일으키며 주머니에 손을 찔러 넣었다. 그런 그를 올려다보는 바딤의 동공이 서서히 커졌다. 눈앞에 서 있는 친구의 표정이 순간 너무 낯설고 차갑게 느껴졌다. 과연 십 년 넘는 세월 동안 알고 지냈던 녀석이 맞는지 의심스러울 정도로.

무표정한 얼굴로 그를 내려다보는 리 박사의 뒤로 또 하나의 그림자가 모습을 드러냈다. 그녀를 알아본 바딤의 동공은 붉은 핏줄들이 불거진 채 얼어붙었다. 양손을 앞에 모으고 숙연한 자세로 고개를 숙인 여자는 조이 반즈였다. 반즈 박사가 입은 검은 재킷의 가슴에는 알파벳 'W'가 새겨진 왓슨 그룹의 로고 배지가 달려 있었다.

갑자기 검은 양복을 입은 사내들이 우르르 저택 내로 진입하더니 사라의 관을 에워쌌다. 바딤은 바닥에 주저앉은 채 어리둥절한 얼굴로 그들을 쳐다보았다. 그는 리 박사를 바라보며 쉰 목소리로 물었다.

"리? 이게 대체 무슨……."

아직 아무런 의심조차 하지 못하는 바딤을 보며 리는 답답하다는 눈빛을 지었다. 이런 상황에서 친절하게 설명을 해 주는 건 그의 역할이 아니었다. 평소라면 아랫사람을 시켰겠지만 상대는 그래도 바딤이었다. 그는 스스로에게 도덕적 의무를 부과한다는 마음가짐으로 입을 열었다.

"부디 협조해 줬으면 좋겠다. 상황에 따라서는 부검을 한 후 시신을 우리 쪽에서 보관하게 될 수도 있어. 형식적인 절차지만 동의서에 서명해 주는 것도 잊지 말고."

바딤은 지금 이 상황이 도무지 이해가 가지를 않았다. 삼 일 밤낮을 눈 한 번 못 붙였다. 안 그래도 안개처럼 뿌연 머릿속을 누군가 거세게 휘젓는 것만 같았다. 주변이 원을 그리며 빙글빙글 도는 것처럼 어지럼증이 일었다.

바딤은 비틀거리며 자리에서 일어섰다. 그는 멍하니 턱을 떨어뜨리며 검은 안경을 쓴 사내들을 차례차례 바라보았다. 그리고 리 박사와 죄인처럼 서 있는 반즈 박사를 빤히 보더니 간신히 상황을 정리한 듯 더듬더듬 되물었다.

"그, 음, 그러니까…… 지금, 아니 네가…… 내 아내의 시신을 가져가겠다고?"

"이미 러시아 정부로부터 승인을 받아 놓은 상태야."

사무적으로 대답한 리는 러시아 정부의 공문을 허공에 띄웠다. 그걸 본 바딤의 눈이 뒤집히며 핏대가 섰다. 그는 벌게진 얼굴로 숨을 들이켜면서 폭발하듯 소리쳤다.

"정부가 뭔데 허락도 없이 내 아내의 시신을 마음대로 넘긴다는 거야!"

"박사님."

반즈 박사가 조용히 나섰다. 그녀는 곱슬곱슬한 갈색 머리칼을 귀 뒤로 넘기며 괴로운 표정을 지었다. 차마 바딤과 제대로 눈을 마주칠 수가 없었다. 죄스럽고, 또 죄스러워서.

"사라는 신종 바이러스에 감염된 상태였어요."

바딤은 말없이 눈만 굽어 뜬 채 반즈 박사를 빤히 쳐다보았다.

"그래서요?"

별다른 동요 없이 되묻는 바딤을 보며 반즈 박사는 되레 당황한 표정을 지었다. 설마 알고 있었나? 그녀는 리 박사의 눈치를 살피더니 바딤에게 몰래 눈빛을 보냈다. 그러나 이성을 잃은 바딤은 벌건 눈으로 두 사람을 노려볼 뿐, 그녀가 던진 신호를 읽지 못했다.

"절대 안 돼! 내 아내의 몸을 가져다가 무슨 짓거리를 하려고? 누구도 내 아내의 털끝 하나 손댈 수 없어. 누구도 사라를 내게서 앗아 갈 수 없다고!"

바딤은 살기등등한 눈으로 리 박사 일행을 노려보며 사라의 관을 끌어안았다. 그의 부릅뜬 눈 주위로 힘줄이 불거져 있었다. 리의 거듭된 설득에도 불구하고 그는 격렬하게 저항했다.

그 순하디순한 친구가 맞는 것인지 믿기지 않을 정도로 공격적인 언행이었다. 리는 거세게 맞서는 바딤을 차마 어쩌지 못한 채, 일단 직원들을 데리고 후퇴했다.

저택 밖으로 나온 리는 검은 우산을 펼치고 담배를 태우며 생각에 잠겼다. 그는 여전히 심각한 얼굴로 토론을 하고 있는 조문객들 쪽을 쳐다보았다. 그들 중 몇몇은 의심 어린 눈초리를 뾰족하게 세운 채 바딤이 있는 저택을 쏘아보고 있었다. 마치 '저 가여운 남자가 아내의 죽음의 흑막이 아닐까'라는 말도 안 되는 상상을 펼쳐 보기라도 하듯이. 그 의혹의 눈총에서 자유롭지 않은 반즈 박사 역시 그들의 따가운 시선을 견디기 힘든지 한쪽 구석에 몸을 숨기고 있었다. 그런 그녀를 보며 리 박사는 쏟아지는 빗소리 사이로 기억을 더듬었다.

"한 오 년 전이었나? 바딤을 만나러 알혼 섬에 온 적이 있었어. 그때 사라는 이미 병환이 깊었던 것 같아. 끔찍하게 마르고 수척한 모습이었거든."

그는 니코틴이 스며든 몽롱한 눈빛으로 무심히 말을 이었다.

"딸이 태어난 지 얼마 되지 않아 아주 행복하고 단란해 보였는데……."

그는 불현듯 뭔가를 깨닫고선 무릎을 쳤다.

"그래, 딸이 있었지. 이브라고 했던가?"

벽 뒤에 서 있던 반즈 박사는 떨리는 손끝을 애써 깍지 끼며 힘을 주었다. 뒤늦게 이브의 모습을 찾으며 두리번거리던 리 박사는 갸웃거리며 물었다.

"안 보이는군. 사라가 감염된 시점이 언제랬지? 딸을 갖기 전이야, 후야?"

곁눈질로 반즈 박사를 보는 그의 눈초리는 미세한 것 하나 놓치지 않겠다는 듯 날카롭고 예리했다.

"잘 모르겠어요."

반즈 박사는 그의 시선을 회피하듯 고개를 돌리며 말끝을 흐렸다. 리는 미심쩍은 눈초리를 던졌다. 그녀는 아직도 뭔가를 숨기고 있었다.

반즈 박사의 뒤를 몰래 조사했던 보안 팀 보고에 따르면, 시베리아 연구소 시절 그녀가 사용했던 컴퓨터에는 시스템 초기화와 메모리 삭제를 실행한 흔적이 있었다고 했다. 조이 반즈와 사라 페트로비치가 주고받은 문서들은 이미 모두 폐기된 후였고, 삭제된 문서를 복구할 수 있는지 여부에 관해서는 현재 본사 기술팀에 문의를 넣은 상태라고 덧붙였다.

"반즈 박사, 이건 인류의 존망이 달린 중대사야. 시답지 않는 우정 놀음은 집어치워."

조이는 괴로운 듯 한쪽 팔을 꽉 움켜쥐었다. 푹 숙인 그녀의 턱끝은 괴로움에 앙다문 상태였다. 그런 그녀를 채근하듯 빤히 쳐다보던 리는 못마땅한 눈빛으로 미간을 찌푸렸다.

"됐어."

그는 비바람이 몰아치는 언덕 아래를 쳐다보았다. 알혼 섬 주민들이 비옷을 입은 채 모여 쑥덕대고 있는 게 보였다.

'섬 주민들이라면 뭔가 알고 있겠지.'

그는 바지 주머니에 손을 찔러 넣은 채 언덕 아래로 내려가기 시작했다. 그의 눈동자는 골몰히 생각에 잠겼다. 칠 년 전 돌연 휴직을 하고 알혼 섬에서 은둔 생활을 시작한 페트로비치 부부. 그 시발점에는 그들의 딸, 이브의 탄생이 있었다.

과학계를 사랑한 남자였다. 그런 바딤이 세상을 등지고 연구소를 버린 채 가족과 은거를 시작했다는 게 그로서는 납득하기 힘들었다. 얼마 지나지 않아 바딤의 아내인 사라의 건강에 적신호가 왔다는 소식이 돌았다. 모든 의문이 말끔하게 풀린 건 아니었지만 사라를 끔찍이 여기는 바딤이었기에, 그간의 행동들이 나름 설명되는 듯했다.

그럼에도 풀리지 않는 의문이 있었다.

사라의 병환이 그렇게 심각했다면 바딤은 그녀를 연구소로 데려와 닥터들에게 보였어야 했다. 적어도 자신에게는 알렸어야 했다. 하지만 그는 그러지 못했다. 그러지 않은 게 아니라 못한 것이다.

그럴 수 없었던 이유가 있었기 때문이다.

리 박사의 눈이 날카롭게 빛났다. 바딤은 사라를 의사들에게 내보일 수가 없었다. 그것은 단순히 사라가 바이러스에 감염되었기 때문만은 아니었다.

추측할 수 있는 이유는 두 가지였다. 첫째, 당사자인 사라가 원하지 않았다. 대학교 시절, 공대에서 떠오르는 유망주였던 그녀가 과학계를 등지고 무도인의 삶을 살게 된 건 누구도 예상하지 못했던 일이었다. 그만큼 과학계를 뼛속 깊이 불신하고 있었던 사라였기에 충분히 가능성 있는 이야기였다.

둘째, 사라보다 더 큰 문제인 무언가가 그들에게 있었다. 남들이 보아서도, 절대 알아서도 안 될 무언가가.

"안녕하십니까, 어르신들."

마을 노인들은 촌장 격인 무당 할멈을 중심으로 반원을 그린 채 서 있었다. 그들은 경계하는 눈초리로 리 박사를 쳐다보았다.

"혹시 페트로비치 박사네 아이들을 본 적 있으십니까?"

등이 굽은 노파가 그를 보더니 시큰둥한 얼굴로 돌아서며 침을 퉤 뱉었다.

"재수 없게 그 집 애들을 왜 봐? 흥, 내가 저 집에 큰일 날 줄 알았어! 그런 악마를 키우고 있는데 어미가 제명대로 살 리가 없지."

"악마요?"

노파는 불안한 눈초리를 하고 있는 주민들의 등을 떠밀며 돌아섰다. 흘끗거리던 그녀는 누런 자위가 둥둥 뜬 눈으로 나발루니에 언덕 위를 바라보았다. 저택 쪽을 빤히 응시하던 노파는 뭔가와 눈이 마주친 듯 흠칫 몸을 떨었다. 아무래도 정신이 온전해 보이는 노인네는 아니었다. 리 박사는 포기한 듯 어깨를 으쓱거렸다.

황급히 자리를 뜨던 노파는 잠시 걸음을 멈추더니 그를 향해 시선을 던졌다. 그녀는 실핏줄이 선 눈으로 그를 흘겨보더니 나지막이 경고하듯 말했다.

"내 이제 늙고 병들어 신령님의 목소리는 듣지 못하지만, 그래도 아직 관상명운은 좀 볼 줄 알지."

담뱃대를 입에 물던 리 박사는 푸른 안광이 번뜩이는 노파의 눈동자를 보고선 저도 모르게 담뱃대를 바닥에 툭 떨어뜨렸다.

"노인네의 헛소리라 여기지 말고 귀담아듣게. 보아하니 젊은이는 신령님의 축복을 받아 세상에 보탬이 될 재주를 가졌으나, 뱃속에 먹구렁이 한 마리를 기르고 있구먼. 사탄은 도리를 버린 자의 영혼을 먹고 자라거든."

노파는 알사탕처럼 툭 튀어나온 눈으로 그를 찬찬히 뜯어보았다. 낯가죽을 벗겨 안을 긁어 보는 듯 불편한 눈초리였다. 리 박사는 일순 속이 울렁거리는 느낌을 받았다.
"쯧쯧."
노파는 혀를 차더니 한심하다는 듯 그를 쳐다보았다.
"뭡니까?"
"결국 먹구렁이에게 몸뚱이건 머리통이건 다 내주고 잡아먹히겠구먼. 파멸에 이를 운명이야. 속에 품은 탐욕이 이미 걷잡을 수 없게 컸어. 그러나 다행히도 인복이 많아. 주변의 인연들을 소중히 여기게. 그럼 그들을 통해 다시 신령님의 구원을 받게 될지도 모를 테니."
리 박사는 황당하다는 얼굴로 그녀를 쳐다보았다. 관상명운이란 게 저렇게 되는 대로 씨불이는 거라면, 차라리 지나가던 들개 짖는 소리에 귀를 기울이는 편이 낫겠다는 생각이 들었다.
쏴아아.
빗소리가 다시 굵어졌다. 어느새 노파의 모습도, 그녀를 따르는 주민들의 모습도 쏟아지는 빗줄기 속에 아지랑이처럼 사라져 버린 뒤였다. 멍하니 서 있던 리 박사는 나발루니예 언덕 쪽을 문득 돌아보았다. 어디선가 슬픈 바이올린 연주 소리가 들려오고 있었다. 흙 위를 구르는 가랑잎처럼 빗소리에 춤추던 운율은 듣는 이의 가슴을 쥐어짜듯 짓누르고 알혼 섬 전체를 울린 뒤 잦아들었다.
등골이 오싹해졌다. 등과 어깨가 비에 젖어 체온이 떨어진 탓이었다. 그는 검은 우산을 비스듬히 기울여 자신의 모습을 가렸다.
정신 나간 노파로부터 괜한 소리를 들었기 때문일까? 등 뒤에서 집요한 시선이 느껴지는 듯한 착각마저 들었다.
시원한 빗소리에 진혼곡을 연주하는 바이올린 소리가 다시 들려왔다. 리는 담배를 다시 주워 물었다. 부질없는 시간 낭비였다. 관상명운이라. 그는 헛웃음을 짓고 돌아섰다.

• • •

누군가의 빈자리를 채울 수 있는 건 오직 그에 관한 추억뿐이라 했다. 혹은 다른 누군가가 그 자리를 대신 채워 주는 수밖에 없다. 그러나 바딤도, 그의 자녀들도 낯선 이의 온기는 원하지 않았다. 시간이 흐를수록 상실의 고통은 이들 셋을 더욱 몸부림치며 서로를 할퀴게 만들었다. 불 꺼진 나발루니예 저택은 기둥 하나를 잃은 채 위태롭게 흔들리기 시작했다.

이브는 더 이상 밖에서 뛰놀지 않았다. 대신 말수가 없어지고 잠이 늘었다. 그녀는 사라가 퀼팅한 토끼 담요를 들고 온실에 들어가 하루 종일 그림만 그렸다. 바닥에 잔뜩 깔린 하얀 도화지 위에는 늘 검은색 크레용이 화난 듯 잔뜩 칠해져 있었다.

어린 소녀는 죽음을 이해할 수 있는 나이였다. 그래서 괴로워했다. 아빠가 말하는 하늘나라 따위는 존재하지 않는다고 소리쳤다. 엄마가 왜 죽어야 했냐고 물었다. 누구 하나 속 시원히 대답해 주는 이가 없었다.

이브는 더욱 분노했다. 그녀는 울음을 터뜨리는 대신 고함을 쳤다. 눈이 벌게지고 숨을 씨근덕거릴 때까지 소리를 질러 댔다. 그럴 때마다 바딤은 무표정한 얼굴로 딸을 외면했다. 그의 손에는 늘 술잔이 쥐어 있었다. 어쩔 때는 심지어 울부짖는 그녀의 목소리가 시끄럽다며 귀를 막기도 했다. 그러다가 갑자기 죄책감에 미안하다며 눈물을 흘렸다.

때때로 그는 머리를 쥐어뜯으며 사라의 이름을 불렀다. 절망에 빠진 채 흐느끼며 술잔을 엎고 다시 빈 잔에 술을 따르기를 반복했다. 그런 바딤의 모습을 보던 이브는 참다못해 집 밖으로 뛰쳐나갔다. 모든 게 아빠 때문이라고 비난 어린 마음이 들다가도, 망가져 버린 그를 보면 걷잡을 수 없는 설움이 북받쳤다.

울분과 원망이 서로를 삼키고 있었다.

그녀는 들끓는 감정의 소용돌이 속에서 허우적거렸다. 벼랑 끝으로 질주하는 열차처럼 무섭게 내달렸다. 활촉은 가시처럼 손가락 끝을 찔러 오는데, 누구를 겨냥해 활시위를 당겨야 하는지 도무지 알 수가 없었다.

하아, 하아. 숨이 가빠 왔다.

이브는 색종이로 만든 바람개비를 들고 언덕 위에 올라섰다. 왠지 모를 온기가 느껴지는 석양을 바라보며, 불어오는 바람 속에 바람개비를 내밀어 보았다. 잠시나마 뜨겁게 터질 것 같았던 가슴이 시원하게 풀리는 것 같았다.

"엄마."

울먹임이 터져 나오는데 정작 눈물은 흐르질 않았다. 온몸의 수분이 빠져나간 것처럼 마른 입술에 숨만 가쁘게 새어 나왔다. 이브는 쉰 목소리가 아예 잠겨서 나오지 않을 때까지 허공에 대고 외쳤다.

"엄마!"

"엄마!"

바람개비는 영혼을 불러 온다고 했는데. 언덕 밑에 사는 꼬마들이 넌지시 일러 준 것이었다. 그들은 사라를 잃은 그녀를 측은해하며 색종이로 바람개비를 만들어 주었다.

— 언덕 위에서 바람이 불 때 이걸 돌려 봐. 그리운 사람을 불러 올 수 있대.

거짓말.

눈시울이 뜨끈해졌다. 그저 위로해 주려고 한 말이란 걸 알면서도 바람에 내민 손을 거둘 수가 없었다. 행여나 뺨에 스치는 바람결에 엄마 목소리가 묻어오는 걸 놓치기라도 할까 봐.

"추워, 엄마."

손가락 사이사이로 빠져나가는 모래처럼 그리운 향기가 새어 나간다. 형체 없는 온기를 끌어모으고자 몸을 웅크려 보았다.

쨍그랑!

몸을 흠칫 떤 이브는 발끝을 오므렸다. 날카로운 마찰음은 저택 쪽에서 튕겨져 나왔다. 바딤이 또 술병과 잔들을 벽에 던진 모양이었다. 이젠 일상처럼 되어 버린 소음이다. 그녀의 입술은 하얀 석고 가루를 칠한 것처럼 굳어 있었다.

이브는 겁먹은 강아지처럼 자리에 쪼그리고 앉았다. 고사리 같은 손은 잊지 않고 바람개비를 졸졸 돌렸다. 빙글빙글 돌아가는 바람개비 날개는 불안에 젖은 그녀의 동공 속에서 물레방아처럼 회전했다.

약속이 있다며 조금 늦는다던 아담은 황혼이 하늘을 다 물들일 무렵에야 올 모양이었다. 요즘 아담이 멀게 느껴졌다. 일전에 본 언니와 함께 있는 것일까? 설움에 아랫입술이 자꾸 삐죽이며 튀어나왔다. 내가 항상 첫 번째라더니, 다 거짓말이다.

웅크린 발치 옆에는 돌멩이들로 고정시킨 바람개비가 바닥에 꽂힌 채 산들산들 돌아갔다. 만 번을 돌리면 만 번째 바람에는 엄마의 목소리가 들려올까? 만 개의 바람개비를 만들면, 만 번의 기도로 소망하면, 만 번의 밤을 기다리면…….

이브는 하얀 원피스 잠옷을 움켜쥔 채 땅바닥에 누웠다. 힘없이 뜬 눈꺼풀 사이로 저녁놀에 번진 눈이 일렁였다. 진홍빛 눈동자는 고독에 지쳐 보였다. 그녀는 붉게 타오르는 하늘을 보며 눈을 감았다. 엄마가 없는 세상은 온통 잿빛이다. 하늘도, 태양도, 흙도 모두 진회색이다.

아니, 까맣다.

세상은 이제 온통 밤이었다.

이르쿠츠크의 리쩨이 사립스쿨은 정·재계뿐만 아니라 예술, 과학계 유명 인사들의 자제들이 다니고 있는, 일명 귀족 학교였다. 이르쿠츠크의 리쩨이가 유명해진 데에는 스타시티의 차기 후계자로 거론되고 있는 알렉스의 재학 사실이 크게 한몫했다. 때문에 학교 이사진과 선생들은 알렉스의 바르지 못한 품행들을 알게 모르게 눈감아주고 있는 실정이었다.

얼마 전, 알렉스와 그의 무리가 같은 학교 재학생을 학교 밖에서 구타한 사실이 밝혀졌다. 그러나 이 사건은 뉴스에 대서특필되는 대신, 모두가 검지를 입에 대고 쉬쉬하여 묻히게 됐다. 게다가 고맙게도 피해자인 아담까지 침묵해 주는 바람에 사건은 더욱 쉽게 유야무야 일단락되고 말았다. 그 과정에서 분노로 바르르 떤 것은 이사장의 손녀인 사샤 피보바로바뿐이었다. 그녀는 겨우 열다섯의 나이에 어른들의 구차하고 비열한 정치판을 목격하고 말았다.

– 오늘 오후에는 전교생을 대상으로 특별 강좌가 열릴 예정입니다. 본교의 모든 학생들은 제1강당으로 모여 주시기 바랍니다.

점심을 먹던 학생들의 얼굴에 호기심이 피었다. 예고에 없던 특별 강좌는 따분한 시간표에 얹어진 깜짝 이벤트였다.

잠시 후 별관에 위치한 제1강당 앞에는 학생들뿐만 아니라 선생들까지도 모두 모여 소란을 피웠다. 강당 입구에는 3D 입체 현수막이 걸린 채 이목을 끌고 있었다.

| 신종 바이러스 예방 강좌 - 왓슨 제약회사

은테가 둘러진 가상 현수막 오른쪽 상단에는 왓슨의 로고인 'W'가 까만 잉크로 그린 듯 멋스럽게 박혀 있었다. 특별 강좌 현수막을 잠시 바라보던 아담은 무표정한 얼굴로 강당에 들어섰다.

약 칠백 명의 전교생 중 조퇴자와 결석자를 제외한 전원이 착석했다. 생물 수업 담당인 줄리앙이 강단 앞으로 나와 본격적인 강좌에 앞서 소개할 준비를 시작했다. 삼십 대 중반인 그는 고도 비만이었는데, 땅딸막한 키에 뒤뚱거리는 걸음걸이 때문에 종종 학생들의 조롱거리가 되고는 했다. 그는 꽤 긴장했는지 땀을 뻘뻘 흘리고 있었다.

"다들 점심은 맛있게 먹었나요?"

고요한 반응이 이어졌다. 줄리앙은 등이 축축하게 젖는 걸 느꼈다. 아이들의 냉담한 시선에서 그들의 속마음이 들려오는 것 같았다.

'우리가 무슨 유치원생들도 아니고 '준비됐나요?', '준비됐어요!' 톤의 어조는 뭐람?'

다행히 몇몇 학생들은 억지웃음을 지으며 노력하는 그가 안쓰러워 보였는지, 무성의한 목소리로 "네." 혹은 "예에." 하고 대답했다. 반면 뒷자리에 앉은 학생들은 팔짱을 끼고 앉아서 피에로처럼 우스꽝스럽게 보이는 그를 비딱하게 응시했다.

"오늘 우리 학교에 아주 특별한 선생님이 오셨는데요. 혹시 여러분은 왓슨 그룹이 무얼 하는 곳인지 알고 있나요?"

앞쪽에서 누군가 손을 번쩍 들더니 자신 있게 대답했다.

"왓슨 병원이요."

"맞아요. 첨단 의료 서비스를 제공하는 왓슨 병원은 왓슨 그룹의 대표적 계열사죠. 또?"

줄리앙은 적극적인 대답에 신이 났는지 상기된 얼굴로 되물었다. 그러자 방금 아쉽게 선수를 뺏긴 여학생이 재빨리 손을 들더니 벌떡 일어나며 대답했다.

"왓슨 제약회사요."

그는 기다렸다는 듯 손뼉을 치며 고개를 끄덕였다.

"그래요. 왓슨 제약회사는 최근 많은 좋은 일들에 앞장서고 있답니다. 대표적인 예로, 신종 바이러스 감염자들에게 무료 진료 혜택 및 정기 검진을 제공하고 있죠. 또한 신종 바이러스의 항체 연구 및 치료제 개발에 적극적으로 투자를 하고 있기도 해요."

아담은 따분한 얼굴로 턱을 괴었다. 그러다가 그는 아예 책상에 엎드린 자세로 머리만 들었다. 신종 바이러스의 예방 강좌라면 이미 몇 달 전에 한 걸로 아는데, 굳이 특별 강좌란 명목하에 전교생을 대상으로 이 극성을 피우는 이유가 뭔지 궁금했다.

'왓슨에서 기부금이라도 받았나?'

이런 의구심을 품는 건 비단 그 혼자만이 아닌 듯했다. 반대편 뒷좌석에 자리 잡은 학생들 역시 불만이 가득한 표정으로 강단을 내려다보고 있었다. 그들은 입체 영상이 되어 뒤쪽까지 걸어 다니는 줄리앙의 가상 아바타를 보며 경멸 어린 눈초리를 지었다. 혹은 낄낄거리며 배불뚝이 선생의 뒷모습을 보며 비웃기도 했다.

잠시 그들을 바라보던 아담은 입속에 얼음 바람이 스민 듯 입안이 서걱거리는 걸 느꼈다. 자세히 보니 저들은 알렉스의 무리였다. 별안간 흙을 삼킨 것처럼 목이 텁텁했다. 아담은 재빨리 주변을 훑었다. 다행히도 알렉스의 모습은 보이지 않았다.

엔젤 키스.

그런 건 처음이었다. 무의식중에 온몸이 난도질당하는 느낌. 내장 끝에 매달린 깊숙하고도 불쾌한 기억을 누군가 불쑥 잡아당겨 억지로 칼질하는 듯했던 엔젤 키스에 대한 공포는 알렉스에게로 고스란히 이입되었다. 그를 보면 기억 깊은 곳에 잠겨 있는 무언가가 튀어나올 것만 같은 두려움이 파도처럼 일었다.

아담은 반쯤 감은 눈으로 멍하니 창밖의 눈부신 빛을 응시했다. 귓가에 스미던 소음이 점차 웅얼거리며 멀어져 간다. 윙윙. 파리

날갯짓소리처럼, 혹은 유리에 공기가 부닥치는 음색처럼.

"타이탄, 이브는 뭘 하고 있어?"

그는 귀에 리시버를 꽂고 속삭이듯 중얼거렸다. 타이탄은 즉각 응답했다.

– 온실에서 그림 그리기를 하고 계십니다.

"오늘도?"

– 네, 도련님.

이브는 날개를 뜯긴 잠자리처럼 발버둥 치고 있었다. 일찍이 그녀의 세상은 바딤과 사라, 아담과 타이탄이 전부였다. 사라의 죽음은 이브에게 있어 세상 한 귀퉁이가 무너져 내리는 충격이었다.

그래도 이브는 결코 울지 않았다. 아니, 울지 못하도록 스스로 체벌하고 있었다. 사라의 죽음은 그녀의 탓이 아닌데 이브는 스스로를 책망하고 있었다. 누구도 자신을 나무라지 않는 게 오히려 그녀를 더 괴롭게 만들고 있는 것일까?

유리처럼 투명한 그의 갈색 눈동자가 바스러지듯 슬픔에 구겨졌다. 당장 달려가 이브를 끌어안고 싶었다. 너는 소중하다고, 아주 많이 사랑한다고 말해 주고 싶었다. 가끔 소망한다. 흙에 뿌리를 박은 저 나무들처럼 이브와 자신도 한 몸으로 묶여 영혼과 숨결과 생각을 공유할 수 있다면 얼마나 좋을까?

"이브 점심 거르지 않도록 챙겨 주고."

– 네, 알겠습니다.

오늘은 이브가 좋아하는 아이스크림을 사 갈까? 아니면 예쁜 꽃다발을 만들어 갈까? 무얼 해야 이브가 웃을까? 일단 울어야 웃기라도 하겠지.

아담은 조각 같은 얼굴로 한숨을 쉬었다. 벌써 며칠째 환하게 웃는 이브를 통 보질 못했다. 이브의 웃음소리, 사랑스러운 눈웃음, 흩날리는 머리칼에 풍겨 오는 바람 냄새, 그 모든 게 그리웠다.

그는 잠시 그녀에게 시간을 주고 있었다. 분노할 시간, 스스로를 할퀼 시간, 울음을 터뜨릴 시간, 그리고…… 꿋꿋하게 이겨 낼 시간.

그 시간 속에서 아담은 느티나무처럼 그녀의 곁을 말없이 지켜 줄 생각이었다. 문득 그녀가 힘에 겨워 뒤를 돌아보았을 때, 두 팔 벌려 가득 안아 줄 수 있도록.

몽상을 그리며 낮잠을 자기에 딱 좋은 날씨였다. 덥지도, 춥지도 않은 것이. 이윽고 선선한 바람결이 창밖으로부터 불어오자, 학생들은 하나둘씩 책상에 엎어지기 시작했다. 마침 그 무렵, 생물 선생의 고루한 농담이 끝을 맺고 있었다.

"그럼…… 모셔 볼까요……."

그리고 어디선가 묵직한 발소리가 울려 퍼지기 시작했다. 졸린 눈으로—사실은 지루한 것에 불과했지만 졸린 척 흉내를 내고 있었다— 창밖을 응시하던 아담이 힐끔 강단에 시선을 던진 것도 그 시점이었다.

진회색 정장을 입은 남자가 수행원으로 보이는, 혹은 부하 직원으로 보이는 여자와 함께 입장했다. 그의 걸음걸이는 군인처럼 반듯하고 똑발랐다. 자신감 있는 표정으로 교단에 선 남자는 양팔을 나란히 펼치더니 단상을 쥐어 잡았다.

남자는 전체적으로 호리호리하고 깡마른 인상이었다. 얼핏 보면 사마귀를 닮은 것 같기도 했다. 쭉 찢어진 눈초리는 도마뱀의 꼬리처럼 얇고 날카로웠다. 고개를 돌리지 않고도 좌우를 살피는 게 가능할 것 같았다. 남자가 말없이 학생들을 찬찬히 훑어보기 시작했다. 강당 내부는 삽시간에 쥐죽은 듯 고요해졌다.

단 십 초의 시선으로 분위기를 장악한 그는 이내 입가에 사무적인 미소를 빙그레 띠었다.

"안녕하세요, 리쩨이 스쿨 재학생 여러분. 만나서 반갑습니다."

낯선 이의 목소리에 꾸벅꾸벅 졸던 학생들은 무거운 눈꺼풀을 게슴츠레 열었다. 딴짓을 하던 학생들도 하나둘씩 두더지처럼 고개를 들었다. 조금 놀란 듯, 혹은 신기한 듯한 얼굴로 일어난 그들은 수군거리며 강단 위의 남자를 쳐다보았다.

"저는 오늘 여러분에게 신종 바이러스 예방 강좌를 할, 리 박사라고 합니다."

동그란 눈망울로 앉아 있는 학생들 사이에서, 아담 역시 굳은 얼굴로 그를 응시하고 있었다.

— 쉬이이, 이브. 착하지? 고개 들면 안 돼, 이브. 우리 딸…… 조금만 참아, 응?

황급히 딸을 안고 도망치듯 침실로 향하던 사라, 태연한 척 앉아서 손에 땀을 쥐고 있던 바딤, 그리고 벽 뒤에 몸을 감춘 채 숨소리조차 삼켜야 했던 소년.

갑작스레 방문했던 옛 친구는 다행히 그날 이후 모습을 나타내지 않았다. 그러나 육 년의 세월이 지나, 그는 다시 이들 가족을 방문했다. 오래전 장난감을 사 들고 왔던 손에 국화꽃을 쥔 채로.

육 년 전, 벽 뒤에 숨어 모든 것을 지켜보았던 아담은 그날 그들을 공포와 긴장 속으로 몰아넣었던 방문자의 얼굴을 똑똑히 기억하고 있었다. 그리고 장례식장에 다시 나타난 남자의 행각과 언사 또한 빠짐없이 뇌리에 새겨 넣었다.

'사라의 시신을 탈취해 간 남자.'

학생들 하나하나에게 눈도장을 찍던 리 박사의 시선이 오른쪽 창가 맨 뒷줄로 향했다. 그와 눈이 마주친 아담은 담담한 표정으로 맞받아쳤다.

리 박사의 눈초리가 길게 늘어졌다. 그는 다른 학생들과는 현저히 차이가 날 정도로 오랜 시간, 창가에 앉은 아담을 응시했다.

수업이 진행되는 두 시간 동안, 두 사람 사이에는 팽팽한 긴장감이 존재했다. 리 박사는 다른 학생들과 농담을 주고받으며 재치 있게 수업을 이끌고 나갔다. 그 와중에도 그의 시선은 진득하게 한곳을 주시하고 있었다.

아담 페트로비치.

창틀에 내려앉은 단풍잎처럼 오묘한 색감의 정취를 안고 있는 소년. 꼬리뼈에서 번진 직감이 그의 입가에 미소를 그렸다. 그것은 먹잇감을 앞둔 방울뱀이 입을 쫙 벌리고 웃듯 맹독을 품은 호의였다.

그 시각 학교 위 옥상에서는 알렉스와 요한이 담배를 태우며 함께 농땡이를 부리고 있었다. 알렉스는 햇볕 아래 벌렁 누운 채 허공에서 재생되는 영상 하나를 연이어 감상했다.

"요한."

그의 부름에 요한은 벽에 기대고 앉은 채 힐끔 시선을 던졌다.

"이 계집애, 아무리 봐도 이상하지 않냐?"

알렉스가 보고 있던 건, 그날 아담을 구하러 왔던 이브의 모습이었다. 그날 함께 있던 무리의 남학생 중 하나가 몰래 녹화한 것이다.

"정상은 아니지."

요한은 대수롭지 않게 대답했다. 대수롭지 않게 넘어가고 싶은 것이리라. 더 이상 귀찮은 일을 만드는 건 질색이었다. 얼마 전 일로 제일 고생한 것도 그였다. 학교 선생들과 입을 맞춰 상황을 덮은 것도, 스타시티의 임원인 아버지께 꾸지람을 들은 것도, 또 그룹 회장인 알렉스의 아버지께 상황 보고를 한 것도 모두 자신이었다.

도대체 몇 번을 돌려보고 있는 건지.

알렉스는 성난 다람쥐처럼 돌진하는 소녀에게서 눈을 떼지 못했다. 그녀의 붉은 눈은 금방이라도 영상 속에서 튀어나와 그를 포박할 듯 생생했다. 소름 끼쳤다. 그런데도 저 흉측한 눈이, 자꾸 보면 볼수록 어딘지 모르게 그의 마음 한구석을 건드렸다.

"죽었다며?"

실핏줄이 선 이브의 눈을 확대해서 보던 알렉스가 중얼거렸다. 담배를 끄고 구강청정제로 입가심을 하던 요한은 그게 무슨 소리냐는 듯 그를 쳐다보았다.

"걔네 엄마 말이야. 신종 바이러스 감염이었다는 소문도 있던데?"

알렉스는 경멸조로 비웃었다.

"바람피운 거 아니야? 남편인 페트로비치 박사는 멀쩡하다더라."

"신종 바이러스가 반드시 성관계로만 전염되는 건 아니야."

요한은 신중한 어조로 반박했다. 물론, 아주 특별한 상황이 아닌 이상 대부분 성관계로 전염되는 게 맞긴 하지만. 그는 옥상에 마련된 세면대에 입 헹군 물을 뱉었다. 그리고 알렉스에게 이만 내려가자며 턱짓을 했다. 슬슬 특별 강좌도 끝날 무렵이었다.

"이 꼬맹이도 감염된 거 아닐까?"

"뭘 그렇게 신경 써?"

보다 못한 요한이 퉁명스럽게 물었다. 솔직히 더 이상 그 소녀의 얼굴을 보고 싶지가 않았다. 생각도 하고 싶지 않았고, 관여하는 건 더더욱 싫었다. 비정상적으로 붉었던 그녀의 눈에 대해서 괜히 알고 싶지도 않았다. 때로는 눈을 감고 귀를 막는 편이 현명한 순간들도 있는 법이다. 본능적으로 위험 요소라고 판단했던 아이였다. 깊게 얽히지 않는 편이 좋았다.

"모르겠어."

알렉스는 반쯤 뜬 눈으로 이브의 영상을 멍하니 보더니 눈살을 찌푸렸다. 작은 흑표범처럼 바닥에 엎드려 가르랑거리는 소녀의 모습이 마음에 들지 않았다. 제일 거슬렸던 건 그녀가 필사적으로 지키려 들었던 아담의 존재일지도.

"그냥 짜증나."

"뭐가?"

"몰라."

알렉스는 욕설을 뱉으며 몸을 일으켰다. 그는 기지개를 펴며 난간 쪽으로 걸어갔다. 특별 수업이 끝난 모양이었다. 강당 안에서 학생들이 개미 떼처럼 줄지어 나오는 게 보였다.

"사샤네."

알렉스의 옆으로 다가온 요한이 난간에 기대며 중얼거렸다. 그녀는 강당 앞에서 누구를 기다리듯 서성이고 있었다. 알렉스는 청록색 눈 사이 미간을 좁히며 이를 악물었다. 그녀는 이제 그를 짐승만도 못한 괴물 취급을 했다. 볼 때마다 역겹다는 듯 구역질을 했고, 모진 눈빛으로 말없이 저주를 퍼부었다. 눈앞에서 그 약골 녀석이 그렇게 처참하게 맞는 걸 봤으면서도 그녀는 여전히 아담에게 호감을 가지고 있었다. 아니, 두 사람은 전보다 더 가까워 보였다. 그들의 두터워진 신뢰 관계에 있어 교각 역할은 한 건 그 자신이었다.

"감염자는 신고하는 게 의무지?"

"그렇긴 한데……."

이번에는 또 무슨 짓을 하려고? 요한은 걱정 반, 귀찮음 반인 표정으로 물었다. 살쾡이처럼 독기가 오른 알렉스의 눈에는 증오보다 더한 오기가 칠해져 있었다.

난간에 팔을 걸친 요한은 절레절레 고개를 내저었다. 겉모습은 이미 성인과 견주어 부족할 게 없는 알렉스. 그러나 속은 일곱 살 어린애와도 같았다. 지금 이 상황은 그에게 있어 시시껄렁한 놀이에 불과한 게 분명했다. 애들처럼 지렁이의 몸을 쭉 늘려서 끊는 데 재미를 느끼고, 개미를 손가락으로 비벼 죽이는 데 희열을 느끼는 그런 순수한 장난질에 빠져 있는 것이다. 그저 괴롭히는 상대가 또래 아이라는 것을 제외한다면 말이었다.

요한은 진절머리가 난다는 듯 눈을 찌푸렸다가 꾹 감았다. 다시 눈꺼풀을 여니 초점이 멍했다. 요즘 자주 두통을 느꼈다. 몇 발자국 떨어진 하얀 세면대에는 그가 뱉은 입 헹군 물이 거품처럼 남아 있었다. 배수구 주변으로 모여드는 거품 속으로 시야가 함께 빨려 들어가는 착각이 일었다. 알렉스와 함께 있는 순간순간은 긴장의 연속이었다. 가끔 숨이 막혔다. 저 작은 배수구 속에 머리를 처박고 싶다는 생각이 들만큼.

"그 꼬맹이, 아주 단단히 겁을 먹겠는데?"

알렉스는 새로운 장난거리를 찾은 아이처럼 신이 난 표정이었다. 그는 콧노래를 부르며 허공에 뜬 홀로그램의 검색창에 연맹국의 CDC 및 러시아 보건복지부를 검색하기 시작했다. 눈앞에 바로 연관 정보 검색 창들이 허공에 팻말처럼 우르르 나타났다.

'신종 바이러스', '왓슨 제약회사', '시베리아 연구소' 등의 단어들이 이미지 폴더로 정리되어 떠오르자, 알렉스는 하나하나 유심히 살폈다. 사실 그는 뭔가 하나에 몰입하기 시작하면 놀라운 수준의 집중력과 집요함을 보이는 편이었다.

"가자."

고민 끝에 사냥감을 선택한 모양이었다. 그는 기대가 되는지 양 손을 비비며 피식거렸다. 그런 알렉스를 텅 빈 눈으로 바라보던 요한은 족쇄가 채워진 가축처럼 하릴없이 따라나섰다. 알렉스의 그림자 뒤에 껌처럼 따라붙은 자신의 발이 보였다. 요한은 뺨을 홀쭉이며 뒤틀린 미소를 지었다.

가축.

그래, 나는 어쩔 수 없는 축생이다. 짐승은 생각할 필요가 없다. 주인이 당기는 목줄이 이끄는 대로 족적을 이룰 뿐. 그리하여 네 이빨은 죄를 남기지 않는다. 요한 가르두치, 너는 괴로움에 몸을 비틀 필요가 없다. 너는 그저 이블리스가 기른 최우수 품질의 산양에 불과할 뿐이니까!

수업이 끝나자, 몇몇 학생들은 단상 앞으로 나가 질의 시간을 가졌다. 단 두 시간의 강좌로 리 박사의 추종자가 된 아이들이었다. 나머지 학생들은 밀물처럼 강당 밖으로 잽싸게 빠져나갔다. 그들 대부분은 아인슈타인이 살아 돌아와서 강의를 한다 해도 관심이 없을 족속들이었다. 아담 역시 주섬주섬 자리를 정돈하고 일어섰다.

"거기 맨 뒷자리 남학생!"

흠칫 놀란 어깨가 걸음을 멈췄다. 아담은 제자리에 선 채 허공을 바라보며 미간을 구겼다. 귀찮음, 못마땅함, 불길함 등이 섞인 눈동자가 침전되듯 가라앉았다. 가만히 서 있는 그의 등을 보며, 리 박사는 단상에 기대 픽 웃었다.

"그래, 자네 말이야."

예상대로 자신을 부른 게 맞았다. 아담은 오뚝 선 콧날 위 미간에 인상을 썼다. 번데기처럼 주름진 이마 아래 한숨이 흘러나왔다. 강사가 부르는데 별수 있겠는가? 마지못해 돌아선 그의 긴 속눈썹은 짜증을 밴 채 잘게 흔들렸다. 질문을 하려고 남은 학생들의 따가운 눈총이 그의 몸에 와르르 꽂혔다.

아담 페트로비치.

얼마 전 우주 항공 물리학 시간에 선생마저 당혹하게 만들었다는 천재 소년이다. 사실 불씨는 담당 수업 교사가 먼저 던졌다. 그는 세계적인 과학자, 바딤 페트로비치를 부친으로 둔 아담에게 부친의 전공인 나노학에 대해 물었다. 가볍게 던진 질문이었건만, 아담은 최근 화제가 되고 있는 나노 테라피의 부작용을 논제로 꺼냈다. 잠시 심도 있는 논쟁이 오고 갔다. 실제론 아담 혼자 자문자답한 형상이었지만.

교사는 뒤늦게 얼굴을 붉히며 화제를 돌리려 애를 썼다. 제가 던진 돌에 제 발가락을 찧은 꼴이었다. 열세 살 소년의 학식의 깊이는 이미 박사 과정의 수준을 넘나들었다. “아버님께서 아주 자랑스러운 아들을 두셨구나.” 그는 그렇게 대화를 갈무리했지만 아이들의 비웃음거리가 되는 걸 피할 수 없었다. 그 속에서 아담도 생긋 웃고 있었다. 천사처럼 선하고 아름다운 얼굴로, 그러나 한심하다는 눈빛으로.

괜한 불씨를 만들었던 선생은 수업이 끝나자마자 쏜살같이 빠져나갔다. 그가 나가자 아담은 언제 그랬냐는 듯 무표정한 얼굴로 돌변했다. 쓸데없는 소모전 같은 논쟁이었다. 간혹 몇몇 교사들은 돌부리를 차 보듯 그를 툭툭 건드린다. 그리고 제 발에 걸려 호되게 넘어지고 나서야 교훈을 얻고 피해 간다.

아담의 무미건조한 표정을 보며 소름이 돋은 건 같은 교실에 있던 학생들이었다. 그들은 로봇처럼 감정 없는 눈빛으로 앉아 있는 그를 두렵다는 듯 쳐다보았다.

일부러 그런 게 분명했다. 두 번 다시 귀찮은 질문 따위는 던지지 못하도록 칼침을 꽂은 느낌이랄까?

그냥 괴짜인 천재였다면 이렇게까지 주변 시선이 적대적이진 않았을 것이다. 부족한 사교성과 개인주의적인 행동은 오히려 그의 천재성을 돋보이게 하고, 신비로운 이미지를 구축하는 데 일조했기 때문이었다.

그러나 최근 그가 교내 최고의 미녀인 사샤 피보바로바와 교제 중이라는 소문이 돌기 시작하면서 분위기가 돌변했다. 그를 우러러보던 시선은 시샘과 못마땅한 눈초리로 바뀌었고, 감탄과 찬양 어린 말들은 의혹과 소문을 낳는 쑥덕거림으로 변질됐다.

"신종 바이러스의 원인이 뭐라고 생각하나?"

리 박사는 방금 전 남학생에게 받은 질문을 그대로 아담에게 던졌다. 질문을 했던 남학생은 멀뚱멀뚱한 표정으로 리와 아담을 번갈아 응시했다. 그러자 리는 싱긋 웃으며 남학생의 머리를 쓰다듬었다. 그의 계산된 미소 하나가 단번에 소년의 마음을 사로잡았다는 건 육안으로도 명료했다. 남학생은 흡사 교주를 바라보듯 열의에 차오른 눈빛이었다.

"일명 천재 소년의 상상력에 기대를 걸어 보고 싶은데."

리의 발언에 질문을 했던 소년은 빈정이 상했는지 아담을 홱 째려보았다. 결국 또 관심을 받는 건 저 녀석이냐는 듯이.

아담은 말없이 서 있었다. 답변을 생각 중인 건지, 대답을 할 생각이 없는 것인지, 그의 투명한 눈동자 속에선 아무것도 읽을 수가 없었다. 느긋하게 기다리는 리와 달리 학생들은 호기심 어린 눈으로 닦달하듯 그를 쏘아보았다. 고요히 침묵하던 아담이 마침내 입을 열었다.

"생존."

"생존?"

아담은 강단 아래에 있는 사람들을 내려다보며 다시 침묵했다. 그는 강단과 이어진 높은 계단 위에 서 있었다. 조각처럼 예쁜 소년의 지루함 깃든 눈빛은 건방져 보이기까지 했다. 리는 눈초리를 길쭉하게 내빼더니, 흥미롭다는 듯 채근했다.

"계속해서 날 즐겁게 해 보게."

아담은 곁눈질로 허공을 쳐다보았다. 그는 경주를 앞둔 선수처럼 차분하고 침착하게 입을 열었다.

"신종 바이러스가 정말 외계에서 온 것이라면 어째서 지구에 온 것인지, 왜 하필 우리를 선택한 것인지를 생각해 봐야 합니다. 그들의 입장에선 생존을 위한 치열한 발버둥일지도 모르죠. 이곳에서 살아남기 위해, 혹은 살아남기 위해 이곳에 온 것일 수도요."

"그러니까 신종 바이러스는 생존을 위해 지구에 왔다?"

"바이러스는 숙주 없이 살 수 없습니다. 그 자체로는 불완전하니 우리를 공격해 번식하고 있는 겁니다."

변성기가 채 오지도 않은 듯 맑은 미성의 목소리였다. 성별을 구분하기 힘든 그의 연한 눈동자 속으로 빨려 들어가는 느낌이었다.

"재미난 논리이긴 한데, 바이러스는 바이러스일 뿐이야. 바이러스 자체를 하나의 인격체로 보는 건 비약인 듯싶은데? 아니면 자네는 신종 바이러스를 퍼뜨리는 흑막이 따로 있다고 보는 건가?"

누군가 킥 하고 웃음을 터뜨렸다. "흑막이래."라고 키득거리는 그네들은 조롱 어린 눈길로 아담을 응시했다. 리 박사 역시 동조해 잠시 헛웃음을 터뜨리더니, 미소를 띤 채 이어 말했다.

"이를테면 외계인이라든지 말이야. 그런 이야기인가, 천재 소년 군?"

아담의 눈초리가 주변을 슥 훑었다. 곁눈질로 그와 눈이 마주친 학생들이 움찔거리며 뚝 웃음을 그쳤다. 얼음장처럼 냉랭한 그의 시선이 그네들의 등골을 오싹하게 적셨다. 간담이 서늘해진 학생들은 고개를 외면한 채 침을 꿀꺽 삼켰다.

“저도 거기까진 모르겠습니다. 그들의 근원이 외계인인지, 우주인인지, 인간인지, 그것도 아니면 전지전능한 존재인지, 그런 것들은 중요치 않습니다. 요는 그들이 누구인가가 아니라 그들의 목적이 무엇이냐를 밝히는 것입니다. 뭐든지 실체가 명확해지기 전까진 결국 상상의 산물에 불과하죠. 박사님 말씀대로 전 그저 재치로 허구적인 상황을 전개해 본 것일 뿐이니까요.”

기묘한 정적이 내려앉았다. 아담은 그 속에 호젓한 가로등처럼 서 있었다. 그는 멍하니 쳐다보는 아이들을 보며 생긋 미소를 그렸다. 그 미소가 오히려 섬뜩해서 다들 얼굴이 굳었다.

“전 이만 가 보겠습니다. 박사님께서도 꽤 바쁘신 몸 아니신가요? 정부의 승인을 받아서 한다는 그 연구, 어서 마치셔야죠. 그래야 동의서를 들고 와 친구를 협박한 보람도 있으실 테니까요.”

예쁘장하게 웃는 눈초리 속에 서늘한 칼날이 담겨 있었다. 홱 돌아서는 아담을 보며 리 박사는 당황했는지 눈을 치켜떴다.

“아담!”

그는 순식간에 강당을 나가 버린 아담의 뒤를 쫓아오며 소리쳤다.

“페트로비치 군!”

황급히 따라 나온 리는 강당 밖에서 아담의 뒷모습을 찾기 위해 두리번거렸다. 어느새 도서관 건물 근처까지 간 아담은 커다란 키의 소녀와 함께 걸어가고 있었다. 리는 넓은 보폭으로 그들을 금세 따라잡았다.

"잠깐, 잠깐만!"

햇살 아래 쏘아보는 아담의 눈초리는 매섭고 깊었다. 그의 옆에 함께 서 있던 사샤 역시 달갑지 않다는 눈초리로 리를 쳐다보았다.

"긴히 할 얘기가 있는데 잠시 시간 괜찮겠나?"

아담은 망설이는 듯 대답을 머뭇거렸다. 그는 왼손에 찬 스마트워치를 내려다보며 생각했다. 이전에 찼던 모델은 스마트 더스트를 조작할 수 있지만 알렉스 때문에 망가진 상태였다. 현재 그가 차고 있는 건 구식으로 타이탄의 보고만 들을 수 있었다.

리신.

무시하는 게 상책이란 걸 안다. 그럼에도 목구멍에서 치밀어 오르는 감정을 억누를 수가 없었다. 한 번쯤은 이 남자와 이야기를 나눠 보고 싶었다. 한때 아버지의 가장 가까운 벗이었던 이 남자와.

"잠깐이라면."

짤막하게 대꾸한 아담이 손목시계를 꾹 누르며 돌아섰다. 사샤는 조금 불안한 눈으로 주위를 살피더니 두 사람을 따라 걸었다.

세 사람이 함께 사라지는 걸 본 학생들은 수군거리며 고개를 갸웃거렸다. 왓슨 제약회사에서 영향력 있다는 박사와 이사장의 손녀 그리고 교내 최고 천재라 불리는 소년의 조합.

"장학생인가?"

"스카우트해 가려는 걸지도."

"쳇, 부럽다."

시샘 어린 시선 속에서 투덜대는 말들이 튀어나왔다. 잘될 놈은 뭘 해도 잘되려나 보다. 교내 최고의 퀸카인 사샤를 낚아채더니,

그녀를 동아줄 삼아 벌써부터 승승장구하는 꼴이었다.

사샤는 익숙하게 두 사람을 안내했다. 세 사람이 함께 향한 곳은 교내 귀빈실이었다. 아담과 리 박사가 회의실로 들어가자, 그녀는 창가에 놓인 탁상 앞에 앉아 차분히 그들을 기다렸다.

현재 시각 오후 3시 45분.

사샤는 흘끗 창밖을 바라보았다. 바이칼 호 쪽의 하늘에는 조각구름이 평화롭게 떠다니고 있었다.

'알혼 섬의 작은 들고양이는 뭘 하고 있을까?'

하얀 이를 드러내고 웃던 이브의 얼굴이 떠오르자 가슴이 조마조마하게 뛰었다. 왠지 불길한 예감이 드는 오후였다. 사샤는 호기심 반, 걱정 반 섞인 눈빛으로 회의실 쪽을 응시했다.

회의실 안의 두 남자는 마주 앉은 채 첨예한 대화를 주고받는 중이었다. 리 박사는 따뜻한 커피가 담긴 머그잔을 쥔 채 자상한 어조로 물었다.

"이브를 만나고 싶은데, 가능하겠니?"

"아니요."

아담은 딱 잘라 대꾸했다. 일말의 가능성도 주지 않겠다는 듯 단호한 어조였다. 양손을 깍지 낀 리 박사는 그 위에 턱을 괴었다. 그의 왼손 검지에는 'W' 로고가 박힌 금반지가 끼워져 있었다.

"감염 여부만 확인하려고 하는 거야. 여성의 경우엔 몇 년 후 반응이 나타나기도 하거든. 삼 년 이상 생존율도 높고."

"이브는 감염되지 않았어요."

"감염자 가족은 검사를 받는 게 원칙이야. 하지만 난 이 일을 아주 조용히 해결하고 싶어. 언론에서 알면 떠들썩해질 게 뻔하니까.”

“저희 가족은 이미 타이탄에게 혈액 검사를 받았고, 검사 결과는 왓슨 제약회사와 시베리아 연구소에 보내 드렸습니다. 제 아버지의 비서이자 페트로비치가의 홈 AI인 타이탄은 러시아 정부에서도 인정하는 의료 서비스 기능을 탑재하고 있어요. 가족 모두 감염 여부에 관해서는 음성 판정을 받았고, 귀사에서는 이에 관해 아무 문제도 제기한 바가 없는 걸로 알고 있습니다.”

리 박사는 할 말을 잃은 듯 침묵했다. 어린 녀석이 상당히 노련하다. 어수룩한 바딤과는 피 한 방울도 섞이지 않았다는 걸 재차 확인할 수 있는 순간이었다.

이번에는 아담이 먼저 물었다.

“어머니의 시신은 언제 돌려주실 거죠?”

“글쎄, 이게 우리 뜻대로만 되는 게 아니라서.”

리는 커피 잔을 들며 빙그르 웃었다. 담담한 얼굴로 앉아 있던 아담의 손끝 마디가 하얗게 굳었다. 째깍째깍, 여유롭게 들려오던 시곗바늘 소리가 슬슬 거슬리기 시작했다.

“오래전, 네 아버지에게 스마트 더스트를 완성해 줄 것을 요청한 적이 있지. 바딤은 치명적인 결함이 있다는 이유로 거절했고, 여전히 그건 아쉬운 거래로 남아 있는 상태야.”

그는 손톱 끝으로 원목으로 된 탁상 위를 톡톡 두들겼다. 괜한 초조함을 더하는 소음이었다. 아담은 흔들림 없는 눈으로 그를 쳐다보았다. 동요 따윈 벌판을 가르는 한 줄기 바람처럼, 그에게 있어 한 줌의 일렁임으로 스칠 뿐이었다.

“스마트 더스트와 제 어머니를 두고 거래를 하자는 겁니까?”

바로 받아치는 아담을 보며 리 박사는 내심 감탄했다. 상대방이 원하는 바가 뭔지를 확실하게 캐치할 줄 아는 녀석이었다. 확실히 영리하다. 판단력과 직관력뿐만 아니라 결정력과 배포도 갖췄다. 게다가 신중하고 차분한 성격이다.

"그렇다면?"

톡톡, 테이블을 치는 손가락의 강도가 커져 간다. 두드림의 속도 또한 초읽기를 하는 시계처럼 빨라져 갔다. 그에 맞춰 리 박사의 눈빛 또한 집요하게, 뚫어지게 상대를 주시했다.

몇 차례 교차한 시선.

속내를 훑듯 들러붙는 리 박사의 눈초리에도 아담은 조금의 흐트러짐 없이 단정한 자세를 유지했다. 대단한 녀석이다. 리는 다시 한 번 감탄했다.

사색 끝에 아담이 입을 열었다. 그가 꺼낸 것은 거래 조건에 대한 제안이었다.

"왓슨 연구소와 왓슨 제약회사로부터의 검사 결과에 대한 정식 회신 및 언론과 대중에 공식적인 발표를 원합니다."

"회신과 발표?"

"'바딤 페트로비치 박사와 그의 두 자녀들은 신종 바이러스에 감염된 바가 없다'라는 사실을 왓슨 그룹 홍보팀에서 언론에 공식적으로 발표해 주시죠. 그리고 저희 쪽에는 왓슨 연구소의 연구원들이 바이러스 감염 여부에 대한 검사 결과를 충분히 검토했고, 아무런 문제가 없다는 회신을 보내 주셔야겠습니다. 물론 연구소의 직인을 찍은 공식 문서로 말입니다."

리 박사는 난감한 듯한 미소를 머금었다.

그러니까 적진의 방패 속으로 숨어들겠단 건가? 손을 잡을 테니 갑옷을 내어 달라?

꽤 곤란한 요구였다. 애초에 그에게 악수를 제안한 이유는 아담과 이브, 두 녀석 모두 다 탐났기 때문이다. 살코기를 뜯기 위해 뼈를 내줄 수는 없는 법. 그렇다고 살만 취하기에도 아쉬운 상황이었다.

'엘 카인, 당신이라면 어떤 선택을 했을까?'

리는 자신도 모르게 라이벌인 사내를 머릿속에 떠올렸다. 그는 이를 악물었다. 매번 한 걸음, 한 걸음 그 남자보다 뒤처진다. 이대로 가다가는 엘 카인, 그가 차기 왓슨 그룹의 실질적 우두머리가 되는 게 기정사실이 될 판국이었다. 신종 바이러스 대책 본부를 만들고, 새로운 본사 이전 프로젝트의 팀장을 맡고 있는 엘 카인은 램지 왓슨 회장의 신뢰를 발판 삼아 왓슨 그룹을 차근차근 손아귀에 넣고 있었다.

물론 리에게 기회가 없는 건 아니었다. 사라의 시신을 옮겨 온 반즈 박사가 신종 바이러스에 대한 단서를 잡고, 그가 스마트 더스트를 완성시켜서 가져오면 왓슨 회장도 두 사람을 다시 견주어 보게 될 것임에 틀림없었다.

"보아하니 거래의 전제는 스마트 더스트의 완성인 듯한데, 그 점은 어떻게 해결할 셈이지? 바딤은 스마트 더스트를 포기한 것 같던데."

"그건 걱정 안 하셔도 됩니다."

리는 한쪽 눈썹을 치켜세웠다. 아담의 대답이 잘 이해가 안 된다는 표정이었다. 그렇게 두 사람이 엎치락뒤치락 신경전을 벌이고

있을 무렵,

"아담!"

문을 벌컥 열고 들어온 사샤가 하얗게 질린 얼굴로 그를 찾았다. 아담은 테이블을 짚으며 몸을 살짝 일으켰다.

"무슨 일이야?"

"알혼 섬의 출입이 통제됐대!"

"알혼 섬이? 왜?"

"모르겠어. 근처 상공은 모두 통행 불가란 소식이야. 그런데 이상한 점이 있어."

사샤는 방금 전 확인한 속보를 회의실 내에 띄우며 손가락으로 가리켰다.

"행로를 통제하고 있는 게 경찰이 아니고, 러시아군 특수부대라는 소식이야."

"군 소속 특수부대?"

굳은 채 서 있던 아담은 제일 먼저 리 박사를 노려보았다. 그러자 리는 어깨 위로 손을 올려 결백을 주장했다. 자신도 모르는 일이란 눈치였다. 그는 곧바로 등을 돌리더니 어디론가 연락을 취하기 시작했다.

사정을 알아보려고 손쓰는 리 박사를 보며 아담의 표정은 갈피를 잃은 듯 모호해졌다. 그는 혼란스러운 얼굴로 사샤를 쳐다보았다. 그리고 사념에 잠긴 채 멍하니 허공을 응시했다.

"……이브."

그의 입술 사이로 툭 튀어나온 이름에, 누군가와 조용히 통화를 하던 리가 흘끗 아담을 쳐다보았다.

'이브?'

아담은 황망한 얼굴로 허둥지둥 뛰어나갔다. 방금 전까지 그렇게 의연하던 소년은 혼백이 나간 듯 다급한 표정이었다. 리는 사라진 아담의 뒷모습을 멍하니 쳐다보다가 사샤에게로 시선을 돌렸다. 그녀는 창가에 기댄 채 손톱을 깨물며 골몰히 생각에 잠겨 있었다. 리와 눈이 마주친 사샤는 태연하게 물었다.

"무슨 일이래요?"

그는 잠자코 그녀를 보더니 딱히 숨길 필요는 없다는 듯 순순히 답해 주었다.

"누군가 신고를 한 모양이야."

"신고요?"

"감염자 신고."

사샤는 놀란 눈으로 숨을 들이켰다. 토독, 그녀가 물어뜯은 손톱이 와인색 카펫 위로 쌀눈처럼 떨어졌다. 그 위를 밟은 리 박사의 발걸음이 초조한 기색으로 머뭇거렸다. 그는 툭 튀어나온 광대뼈를 어루만지며 곤란하다는 듯 한숨을 머금었다. 피곤에 휩싸인 눈초리가 한껏 찌푸려졌다.

대체 어디서, 누가 먼저 선수를 친 것일까?

• • •

알혼 섬의 여름은 백야다.

태양이 어둠을 오독오독 삼키고, 밤은 빛의 장막을 두르는 시기.

황혼은 천천히 저물어 새벽녘에 다다라서야 어둠 속으로 산개해 흩어진다. 쪽빛 하늘에 펼쳐진 붉은 노을은 지평선처럼 끝이 없었다. 그것은 마치 창공에 존재하는 사막처럼 보였다. 하늘 위에 뜬 미지의 세계는 페트로비치가의 푸른 저택 위를 신비롭게 에워쌌다.

거실 쪽 유리 벽 위로 타이탄이 '삑삑' 긴급 메시지를 띄웠다. 그러나 적요에 잠긴 저택은 붉게 번쩍이는 알람 소리에도 불구하고 쉽사리 깰 줄 몰랐다. 창 너머 보이는 자개구름 사이사이에서 박명이 새어 나오고 있었다. 경건하고 아름답다. 중세 낭만주의 기법 화가들이 그린 명화들이 문득 떠오를 법한 광경이었다. 저 속에서 아기 천사들이 합창을 하며 문득 나타나진 않을까?

공상에 색을 입히며 미소를 머금게 하던 하늘에서 별안간 검은 사제들이 등장했다. 어둠을 입힌 듯 시커먼 에어쉽들이 오색 빛깔 구름을 뚫고 알혼 섬을 향해 빠르게 날아왔다. 낯선 방문자들의 출현은 순식간에 분위기를 험악하게 만들었다.

알혼 섬 주민들은 아연한 얼굴로 상공을 올려다보았다.

'또 무슨 일일까?'

다시금, 평화롭던 바이칼 호수 위에 긴장감이 고조되기 시작했다.

알림

저택 상공에서 미확인 비행 물체 다수 발견.
통신을 시도하시겠습니까?

온실 바닥에 몸을 웅크린 채 엎드려 있던 이브가 눈을 뜬 건 바닥에서 느껴진 미세한 진동 덕분이었다. 그녀는 바딤이 사 준 토끼 인형을 안고 바닥에 무릎을 꿇었다. 그리고 불안에 휩싸인 얼굴로 귀를 쫑긋 세웠다.

"이게 무슨 소리야, 타이탄?"

그녀는 입을 작게 모은 채 소곤소곤 물었다. 온실 허공에 타이탄이 입체 형상으로 나타나더니 손가락을 입에 대고 '쉬이' 하며 주변을 살폈다. 상황의 심각성을 눈치챈 이브의 표정이 굳었다.

– 나오지 마세요, 아가씨.

"무슨 일인데?"

– 사태를 파악 중입니다.

바딤은 연구실 내 침대에 누워 고주망태가 된 채 잠들어 있었다. 타이탄이 가사용 로봇을 보내 그를 흔들어 깨워 봤지만 소용없었다.

한편 상공에 뜬 다섯 기의 에어쉽은 저택을 철저하게 포위했다. 검은색 중형 에어쉽 내부에는 러시아군 특별 기동대 대원들이 탑승 중이었다.

– 팬서[8]1이 전원에게. 래빗은 저택 내부에 있는 것으로 확인된다. 지금부터 레드 래빗Red Rabbit[9]의 포획 작전을 실시한다. 팬서2와 팬서3의 진입을 허가한다. 팬서4는 목표물의 위치를 확인하라.

– 팬서4, 저택 내 열원 감지. 대기합니다.

– 팬서2, 저택 진입을 시도합니다.

– 팬서3, 뒤따라 진입합니다.

---

8 팬서Panther: 검은 표범이란 뜻. 러시아 특공기동대의 콜사인 중 하나다.

9 레드 래빗 포획 작전: 감염자 이브를 생포하기 위한 러시아군의 긴급 프로젝트. 레드 래빗의 레드Red는 붉은 눈을 가진 이브의 특징을 따서 붙인 듯하다.

원을 그린 다섯 기의 에어쉽이 천천히 하강했다. 그중 세 기의 문이 열리고, 검은색 전투복을 입은 남자 셋이 민첩한 움직임으로 지면에 뛰어내렸다.

그때 대원들이 귀에 꽂고 있던 통신기가 켜지더니 본부의 지령이 하달됐다.

– 본부에서 대원들에게 알린다. 페트로비치가의 저택 시스템을 해킹하는 데 실패했다. 저택에 탑재된 자체 방화벽 프로그램이 생각보다 강력해서 좀 더 시간이 걸릴 것으로 예상된다. 따라서 지금 이 시각 이후로 대원들의 무력 진입을 허용하는 바다. 최소한의 손실로 최대한 빠르게 마무리 짓도록 한다.

요원들은 침묵과 눈짓으로 대답을 대신했다. 이윽고 그들 귓가에 작전 지휘관의 엄숙한 목소리가 스며들었다.

– 방심은 금물이다. 어린아이지만 감염자라는 제보가 있는 만큼 각별히 주의를 기울이도록.

저택 내부는 스산한 느낌이 들 정도로 고요했다. 그들이 저택을 부수고 들어온 곳은 천장까지 아치형 유리창으로 이어진 바이칼 호수 방면이었다. 노을에 비친 요원들의 그림자가 안쪽으로 길게 늘어졌다. 방범 경보조차 울리지 않는다. 설마 그사이에 본부에서 저택 시스템을 해킹하는 데 성공했나? 겉보기엔 평화로워 보이는 저택의 적막은 불안감을 더욱 증폭시켰다.

– 대장, 감염자들은 초능력 같은 걸 쓰지 않습니까?

살금살금 한 걸음을 뗀 팬서2가 긴장한 어조로 물었다.

– 그러니 본부에서 각별히 조심하라는 것 아니겠나?

– 정확히 어떤 능력을 쓰는 겁니까?

감염자 포획 작전은 처음인 팬서2는 겁을 먹은 듯한 기색이었다.

그러자 밖에서 대기 중이던 팬서4가 웃으며 대답했다.

– 사람을 공중으로 날려 버리기도 한다는군.

– 환영 같은 것을 보여 주기도 한다던데?

이어진 팬서5의 장난 어린 덧붙임에 누군가 가슴을 졸이듯 숨을 들이켰다. 밖에서 대기 중인 녀석들은 신이 났을지 몰라도, 안에 들어와 있는 요원들은 극도로 긴장한 상태였다.

– 어린애가 감염자란 건 처음 들었습니다. 어린아이와 노인들은 감염되면 무조건 사망하는 거 아니었습니까?

– 지금까지는 그랬지.

팀의 리더인 팬서1은 나지막이 중얼거리며 말미에 다시 한 번 "지금까지는 말이야." 하고 덧붙였다.

– 팬서4가 전원에게. 목표물의 열원을 포착할 수가 없다. 적외선 투시뿐만 아니라 시야 자체가 차단된 것처럼 아무것도 확인할 수 없다. 뿐만 아니라 본부와의 통신도 끊긴 상태다.

– 나도 마찬가지야. 갑자기 시야 확보를 할 수가 없는데 저택 내부는 이상 없나?

– 팬서1, 이쪽은 이상 없다.

그 대화를 마지막으로 대기조와 전투조 간의 통신은 끊기고 말았다. 잠시 멈춰 서 사태를 파악하던 팬서1은 수신호로 나머지 대원들에게 뒤따르라는 명을 내렸다. 그들은 마지막으로 목표물이 확인되었던 지점인 저택 내 온실로 향했다.

– 아가씨, 천장에 유리창 보이시죠?

타이탄의 속삭임에 이브는 위를 쳐다보았다. 성인의 머리통 하나가 들어갈 법한 원형 유리창이 비스듬히 열려 있었다.

– 제가 받쳐 드릴 테니 저기로 빠져나가세요. 통풍구와 이어져 있습니다.

"타이탄, 저 사람들은 누구야?"

가사용 로봇의 어깨를 딛고 올라서던 이브가 불쑥 물었다. 그녀의 손에는 토끼 인형의 귀가 꽉 잡힌 채 대롱대롱 따르고 있었다.

– 러시아군 소속 특수부대입니다.

"러시아군? 군인 아저씨들이 왜 우리 집에 온 건데?"

유리창 사이로 머리를 집어넣은 이브는 개구리처럼 몸을 버둥거리며 빠져나갔다. 밑에서 혹시 모를 추락에 대비해 집게 팔을 벌리고 있던 타이탄은 뒤로 물러서며 대답했다.

– 뭔가를 훔치러 온 것 같습니다. 군인이라고 다 착한 건 아니니까요.

동그란 창문 위로 얼굴을 쏙 내민 이브는 바닥에 떨어져 있는 코끼리 담요를 물끄러미 쳐다보았다. 놓고 가는 게 아쉽다는 듯 유심히 바라보는 눈길이었다.

– 저택 밖 에어쉽 승강장으로 가세요, 아가씨.

인기척을 느낀 타이탄이 재촉했다. 그의 말이 끝나기 무섭게 온실 문이 벌컥 열렸다. 일사불란하게 들어온 대원들은 등을 마주한 채 삼각형을 그리며 각기 총을 겨눴다.

– 인기척이 느껴지진 않습니다.

– Clear.

– 아악!

팬서3이 고함을 지르며 우당탕 넘어졌다. 그는 왼쪽 정강이를 붙잡고 비명을 질렀다. 그의 뒤로는 집게형 손에 피를 묻힌 가사용 로봇이 뒤로 후진하며 꽁무니를 빼고 있었다. 팬서2는 급히 총구를 들어 총탄을 갈겼다.

타다당!

– 빌어먹을!

바닥에 빗줄기처럼 이어진 총탄 자국 뒤로 로봇은 이미 잽싸게 모습을 감춘 뒤였다.

난잡한 소음에 침대에 누워 있던 바딤은 스르르 눈꺼풀을 열었다. 그는 부스스한 머리칼을 뒤로 넘기며 멍하니 허공을 응시했다.

'총소리?'

그는 북극곰처럼 커다란 몸을 일으키며 침대에서 내려왔다.

탕탕!

다시 이어진 총격 소리.

게슴츠레하던 바딤의 눈이 번쩍 커졌다. 저택 내에 누군가가 있었다.

"타이탄? 이게 무슨 소리야, 타이탄!"

그는 벽에 귀를 붙이고 숨소리를 죽였다. 타이탄은 아무런 응답이 없었다.

'이브는?'

번쩍이며 든 생각에 입술이 바짝 말랐다. 그는 헛헛한 눈동자로 연구실 출입문을 쳐다보았다.

와장창!

유리창 같은 게 깨지는 소리가 들리면서 후다닥 움직이는 발소리가 연이어 울려 퍼졌다. 바딤은 재빨리 출입문 버튼을 누르고 튀어나갔다. 정신없이 온실로 뛰어간 그는 피를 흘리며 주저앉아 있는 특수요원을 보고 주춤거렸다.

"당신 누구야? 우리 집에서 뭘 하고 있는 거야!"

요원은 다리를 질질 끌며 한쪽으로 몸을 피했다. 그는 바딤을 향해 흘끔, 경계 태세를 갖추며 다른 대원들에게 통신을 전했다.

– 페트로비치 박사가 딸을 찾으러 온실로 왔다. 래빗 포획을 서두르기 바란다.

– Copy that.

그들의 통신 대화를 듣던 바딤의 눈이 서서히 커졌다. 전투복을 입고 총을 든 군인들, 래빗 포획, 토끼를 잡으러 왔다. 뇌리를 스치는 깨달음과 함께 목구멍이 뜨거워졌다.

“이브…….”

몇 주간 늘 술기운에 젖어 정신이 몽롱했던 기억뿐이었다. 난장판인 시야 속에는 언제나 금방이라도 울음을 터뜨릴 것 같은 딸의 모습이 있었다.

걱정과 원망 섞인 눈초리로 그를 향해 소리를 지르곤 했던 이브. 결국에는 입술을 꾹 다문 채 애처로운 모습으로 밖으로 뛰쳐나가곤 했던 아이였다. 최근 몇 주간 그 아이와 제대로 대화는커녕 눈인사나 했던 적이 있던가? 사라를 꼭 닮은 이브를 보기가 괴로워 피하기에 급급했을 뿐이었다.

— 우리 딸.

— 우리 이브, 부탁해…… 여보.

사색이 된 바딤은 유령처럼 넋이 나간 채 집 안을 돌아다녔다.

‘사라, 우리 딸이 안 보여. 뭔가 잘못된 거 같아. 내가 정신이 나갔었나 봐. 그동안 당신과 한 약속도 잊고 뭘 어떻게 살았던 걸까?

우리 딸, 우리 공주님을 지켜 주기로 당신과 약속했는데…… 여보! 우리 이브 좀 지켜 줘. 제발 아무 일도 없게 해 줘!'

두려움에 손발이 떨렸다. 머릿속에선 자꾸만 이브가 피를 흘리며 쓰러지는 모습이 그려지고 있었다.

탕!

또 한 번 들려온 총격 소리. 덩달아 심장도 덜컥 내려앉았다. 정신없이 배회하던 바딤의 눈동자가 불현듯 창밖을 쳐다보았다.

위이잉.

에어쉽의 엔진 발진 소리가 들려오고 있었다. 얼어붙은 그의 동공은 불길한 예감으로 커져 갔다.

그로부터 약 삼 분 전, 저택의 지붕 위에는 한 소녀가 잠옷 바람으로 서 있었다. 요원들은 그녀를 지상에서 올려다보며 천천히 접근 중이었다. 이빨을 드러낸 맹수에게 접근하듯 신중하고 조심스럽게.

붉게 반짝이는 눈은 그들을 말없이 내려다보고 있었다. 섬뜩했다. 차분하고 서늘한 소녀의 눈초리는 금방이라도 요원들의 얼굴을 베어 버릴 듯 시렸다.

– 팬서4, 포획 준비 완료됐나?

– 에어쉽이 작동하질 않는다. 화면에 스마트 더스트SMART DUST라는 문구가 떠 있는데 무슨 뜻인지 전혀 알 수가 없다.

– 팬서5, 이쪽도 마찬가지다. 스마트 더스트가 뭐지? 시스템이 아예 다운된 것 같다.

– 해킹인가?

– 그건 아니고, 시스템 자체 오류 같은데.

에어쉽 오작동으로 인해 요원들이 머리를 맞대던 그 순간, 별안간 주변 공기가 납처럼 무겁게 가라앉는 듯한 파동이 일었다. 그리고 어린아이의 청아한 목소리가 바람을 쥐어짜듯 비틀며 송곳처럼 날아들었다.

— 나가.

흠칫 놀란 요원들이 서로를 쳐다보았다. 이내 그들의 시선은 자연스럽게 지붕 위로 향했다. 소녀는 그 위에서 하늘을 걷듯 바람을 휘감은 채 서 있었다. 꼿꼿하게 편 등과 흔들림 없는 눈동자. 그녀는 누가 봐도 이 영역의 지배자였다. 요원들은 당황을 감추지 못한 채 그녀를 쳐다보았다.

— 우리 집에서 당장 나가란 말이야!

작은 맹수가 발톱을 세웠다. 그녀가 잇새로 내보인 송곳니는 금방이라도 달려들어 목덜미를 물어뜯을 듯 위협적이었다. 핏빛 눈동자에 담긴 얼음장 같은 살기. 대원들은 홀린 듯 그녀를 쳐다보았다. 사납고 위험한 짐승, 그럼에도 얼마나 사랑스럽고 아름다운가?

그 와중에 가까스로 정신을 차린 리더가 통신기를 붙잡고 말했다.

– 팬서1이 전원에게…… 아무래도 래빗이 ESP 능력을 쓰고 있는 듯하다.

머릿속에 각인된 소녀의 붉은 눈이 공포심을 자아냈다. 환각을 보여 주는 것 같지는 않았다. 그저 그녀의 매서운 눈초리가, 호흡이, 전신을 지배하는 듯 떨쳐 낼 수 없을 뿐.

– 모, 몸이 뜨겁습니다.

– 저도 숨을 못 쉬겠습니다.

그건 대장인 팬서1도 마찬가지였다. 사타구니부터 정수리까지 온몸의 혈류가 역류하는 듯 뜨거웠다. 안구가 뽑히는 것 같았고 정수리 부근은 터져 버릴 것만 같았다.

요원들이 안절부절못하는 사이, 타이탄은 가사용 로봇을 이용해 저택 밖으로 나왔다. 저택 시스템은 외부로부터 공격을 받아 마비된 상태였다. 그가 자유롭게 부릴 수 있는 건 이제 이 가사용 로봇뿐이었다.

– 아가씨, 에어쉽으로 가세요. 섬을 빠져나가셔야 합니다. 아가씨께서 전속력으로 달리실 경우 승강장까지의 예상 시간은 약 15초 정도입니다.

"안 돼. 아빠가 아직 집 안에 있잖아."

– 저들이 노리는 건 아가씨입니다. 박사님은 상관없어요.

"내가 없어지면 저 사람들은 분명 아빠를 해코지할 거야. 아빠를 지켜 줘야 돼."

– 일단 아가씨부터 피한 후에…….

이브는 단호하게 고개를 저으며 말했다.

"아담이 그랬어, 아빠는 지금 마음에 병이 들어서 아픈 거라고. 엄마를 사랑한 만큼 가슴속에 상처가 난 거라고. 그런 아빠를 우리가 기다려 줘야 한댔어. 지켜 줘야 한다고 말이야!"

담담한 듯 말하던 이브의 목소리가 살짝 울먹임에 젖었다. 그러나 그녀는 곧 담담한 척 코를 훌쩍이며 일어섰다. 저런 강단 있는 모습은 영락없는 제 모친, 사라였다.

타이탄은 문득 의문이 들었다. 인공지능이 향수를 느끼는 게 가능할까? 이러한 의문을 가지는 것 자체가 기계적 결함의 반증인가? 명령도 없이 사라에 관한 메모리를 뒤적이던 그는 로그를 지우며 침묵했다.

– 팬서4! 래빗을 포획한다!

저격수인 팬서4가 에어쉽 문을 수동으로 벌컥 열었다. 그의 어깨에는 기다란 마취총이 걸쳐 있었다. 깜짝 놀란 이브가 홱 돌아서 그를 쳐다보았다. 그녀와 눈이 마주친 팬서4는 하얗게 굳은 얼굴로 숨을 멈추더니, 가까스로 '탕!' 총구를 당겼다. 이브가 붉은 눈을 번뜩이며 그에게 소리쳤다.

"나가라고 했잖아!"

분노에 찬 소녀의 목소리는 그들 머릿속에 쩌렁쩌렁 울려 퍼졌다. 대기가 물결을 치며 파동을 일으켰다. 소용돌이치듯 일어난 광풍은 요원들의 이마를 때리며 흩어졌다. 머리가 깨지는 듯 강력한 두통이었다. 반고리관이 붕 뜨는 듯 균형 감각이 사라졌다. 안 그래도 괴로워하던 지상의 대원들은 주저앉더니 토악질을 하기 시작했다.

이브는 오른쪽 어깨에 꽂힌 마취탄을 보더니 분노에 찬 눈으로 에어쉽을 노려보았다. 그녀는 어깨에 마취탄이 꽂힌 채로 지붕 위를 달렸다. 그리고 단번에 도약하여 팬서4가 타고 있는 에어쉽으로 뛰어들었다.

말도 안 되는 거리를 날아서 뛰어드는 이브의 모습에 팬서4는 황급히 총을 내리고 팔을 들어 막았다. 극심한 두통으로 머리가 띵띵 울려서 정신을 차릴 수가 없었다. 순식간에 에어쉽 발판에 올라탄 이브는 여전히 오른손에 토끼 인형의 귀를 쥐고 있었다. 그녀는 나머지 한 손으로 휘청거리는 팬서4의 머리를 밀었다.

"으악!"

그는 기우뚱거리며 중심을 잃더니 에어쉽 밖으로 실족해 떨어졌다.

"마크!"

건너편 에어쉽에서 상황을 보던 팬서5가 마취총을 들더니 재빨리 이브를 조준해 쏘았다.

탕!

한 번 더 울린 총격 소리. 가녀린 소녀의 어깨에는 한 번 더 총탄이 꽂혔다.

– 아가씨!

땅 위에 서 있던 타이탄의 외침이 울려 퍼졌다.

숨이 헉 하고 막혀 왔다. 사지에 힘이 쭉 빠지더니 호흡이 슬로우 모션처럼 느려졌다. 이브는 벌어진 눈꺼풀 사이로 멍하니 허공을 바라보았다. 꼿꼿하게 세운 척추는 힘을 잃은 듯 흐느적거렸다. 에어쉽 손잡이를 잡은 손에서 무언가 툭 떨어지는 게 느껴졌다.

눈자위가 뒤집히고 스르르 풀린 목이 뒤로 꺾이자, 이브는 '허억' 숨을 뱉으며 입술을 열었다.

"타, 타이탄…… 어지러워……."

토끼 인형이 귀를 펼친 채 너울너울 떨어졌다. 이브의 긴 머리칼이 장막처럼 펼쳐진 채 하늘을 날았다. 허공에 붕 뜬 그녀의 눈은 초점을 잃은 채 노을 진 하늘을 응시하고 있었다.

— 아담…….

감긴 눈 사이로 보이는 시야가 뿌옇게 흐려졌다. 후드득 떨어지는 눈물방울 사이사이로 울먹거림이 터져 나왔다.

— 무서워. 나 무서워.

아담의 다정한 미소가 떠올랐다. 뺨을 어루만져 주는 상냥한 손길, 잠들 때면 이마에 입을 맞춰 주는 부드러운 입술도.

— 헤어지기 싫어. 헤어지는 건 싫어…….

밑에서 대기하며 지켜보던 팬서5는 날렵하게 이브를 낚아채 에어쉽을 향해 달렸다. 그녀는 정신을 잃은 채 몸을 축 늘어뜨리고 있었다.

– 래빗의 신병을 확보했다. 본부로 귀환한다.

– 팬서3, 무사한가?

타이탄에 의해 다리 부상을 입었던 요원은 절뚝거리며 저택 밖으로 나오고 있었다. 밖으로 나온 그는 목이 부러진 채 사망한 팬서4를 보고 흠칫 굳었다. 나머지 대원들도 허무하게 목숨을 잃은 동료를 애도하듯 바라보더니 이를 악물며 시선을 거뒀다.

– 전원, 본부로 귀환한다.

검은 에어쉽들은 급발진을 하며 상승기류를 일으켰다. 그 뒤로 허겁지겁 뛰어나오는 바딤의 모습이 보였다. 그는 상공에 뜬 에어쉽을 보자마자 절규하며 울부짖었다. 그는 벼랑 끝에 선 채, 에어쉽 꼬리에 잔영처럼 남은 구름을 보며 울부짖었다.

"안 돼! 이브!"

딸을 빼앗긴 사내는 머리를 쥐어 뽑으며 처절하게 무너졌다.

"흐어어어! 이브!"

그는 오열했다. 돌려 달라고 소리쳐도 소용없었다. 갈래갈래 쉰 목소리가 빗발처럼 날아들었지만 에어쉽은 하늘 저편으로 빠르게 멀어져 갔다.

– 지옥행 열차를 탄 기분이군.

식은땀을 흘리며 상처를 지혈하던 팬서3이 중얼거렸다. 팬서2가 쓴 미소를 지으며 답했다.

– 가까스로 살아남아 지옥으로 향하는 기분이 어때?

– 글쎄, 다행이라고 여겨야 하나?

– 다행이라…… 그렇군.

두 사람은 팬서4의 죽음을 다시 상기하며 잠시 대화를 멈췄다. 그러자 팬서5가 일침을 놓으며 껴들었다.

– 농담들은 그만둬.

그녀는 비장한 목소리로 남은 대원들의 경각심을 일깨우듯 말을 덧붙였다.

– 지금 우리는 누군가에게 지옥을 선사하고 오는 길이니까.

검은 표범, 팬서에 탄 각 대원들은 불편한 눈빛을 감추지 못했다. 특히 이브를 데리고 비행 중이던 팬서5는 입술을 깨물며, 주저앉아 광자狂者처럼 포효하는 바딤을 힐끔거렸다.

신이시여.

부디 우리가 그에게 남은 삶의 마지막 파편을 바스러뜨린 것은 아니었기를.

통행 해제는 약 세 시간 후에 이뤄졌다. 초조함에 에어쉽 앞에서 왔다 갔다 맴돌던 아담은 군이 철수하자마자 부리나케 귀가했다.

"타이탄!"

알혼 섬의 출입이 제한되던 와중 무슨 이유에서인지 그는 타이탄과 소통을 할 수가 없었다. 타이탄의 시스템 다운, 원인은 하나밖에 없었다.

해킹.

국가 정보기관 보안 프로그램 수준의 방화벽을 탑재하고 있는 타이탄이었다. 그런 타이탄을 무장해제시켰다는 것은, 상대 역시 일류 프로그래머란 의미였다.

알림

현재 시스템을 복구 중입니다.

복구 31% 완료.

스마트 더스트 활성화 중.

상공에서 저택을 내려다본 순간, 아담은 믿을 수 없다는 표정을 지었다. 멀리서 봐도 한눈에 알아볼 수 있는 사건의 흔적들. 바이칼 호를 바라보고 있는 아치형 창은 산산조각 나 있었고, 승강장에 대기시켜 놓은 에어쉽들은 자리에서 이탈한 채였다.

"아버지!"

에어쉽에서 내린 아담은 곧바로 언덕 위를 향해 달려갔다. 바딤은 그곳에 주저앉은 채 멍하니 하늘을 올려다보고 있었다. 산발이 된 머리칼 사이로 그의 공허한 눈동자가 보였다.

"이브는요?"

스마트 더스트에도 이브의 위치가 잡히질 않았다. 타이탄이 시스템 복구 중이었기 때문에 히스토리도 확인할 수가 없다. 대체 무슨 일이 일어났던 걸까? 바딤은 턱을 딱딱거리며 떨고 있을 뿐, 아무런 반응이 없었다. 아담은 이를 악물었다.

"정신 좀 차려 보세요."

"……."

"제발 정신 좀 차리시라고요!"

그는 울분을 토해 내듯 소리쳤다. 아담은 무릎을 낮춰 바딤과 시선을 마주했다. 그제야 바딤의 눈동자가 힘없이 그에게로 향했다.

"언제까지 이러고 계실 거예요? 계속 도망만 치실 거예요? 그런다고 어머니가 다시 살아 돌아오지 않는다는 걸 알고 계시잖아요!"

아담은 잠시 울컥했는지 말을 멈췄다. 그는 바닥을 짚고 있는 바딤의 손을 쳐다보았다. 굳은살 박힌 커다란 손은 온통 피투성이였다. 유리 조각에 베인 손바닥과 손가락 사이사이에 박힌 흙과 돌멩이들이 피에 엉켜 있었다. 그걸 바라보던 아담은 그의 손을 잡았다. 그리고 주먹을 꽉 쥔 채 바들거리는 그의 손가락들을 하나하나 펴 주기 시작했다.

"이브가 잡혀간 거죠?"

그래, 안다. 이 모든 게 당신에게 있어 너무나 버거운 현실이라는 것을, 한계에 도달했다는 것을. 남편과 아버지라는 명찰을 떼면 당신도 아직 삼십 대 철부지 남자일 뿐이다. 평생을 연구실에서 과학과 놀던 당신에게 있어, 잇속과 탐욕으로 똘똘 뭉친 세상 풍파는 너무 가혹할지도 모른다.

"그냥 손 놓고 계실 거예요? 이브를 이대로 그냥 뺏기실 거냐고요!"

움찔 턱을 든 바딤의 눈에 눈물이 고였다. 이브란 이름에 그는 눈뜨고 악몽을 꾸는 듯 괴로워 보였다.

바딤도 나름 필사적이었다. 지옥 불을 통과하듯 끔찍한 이 현실을 버티고자 그 나름대로 안간힘을 쓰고 있었다.

"포기하지 마세요. 아버지께서 이대로 이렇게 무너지고 포기하신다면."

잠시 숨을 멈춘 아담은 절망에 빠진 그의 눈을 바라보았다. 하지만 지금 그에게 바딤의 고통을 이해해 줄 여유 따윈 없었다.

아담은 고개를 풀썩 떨어뜨리는 바딤에게 정신 차리라는 듯 매몰차게 말했다.

"전 아버지를 절대 용서하지 않을 겁니다."

돌아선 아담은 손가락 끝에 묻은 바딤의 피와 눈물을 옷에 슥 닦아 냈다. 저벅저벅 걷는 그의 등을 바라보면서 바딤은 끅끅거리며 오열하기 시작했다.

아들의 눈초리에 담긴 환멸과 회의가 그에게 있어선 되레 한 줄기 희망과 위안이었다. 나약한 아버지의 엉덩이를 걷어차 줄 정도로 자란 녀석의 존재가 든든했다. 부친의 뺨을 때려서라도 정신을 차리게 할 놈이었다. 바딤은 고개를 주억거리며 흐르는 눈물 사이로 이를 악물었다.

'그래, 무슨 짓을 해서라도 이브를 되찾아야지. 사라, 당신도 이곳에 있었다면 그렇게 소리쳤겠지? 신기하게도 여보, 우리 아이들은 모두 당신을 쏙 빼닮았어. 다행이야, 약해 빠진 내가 아닌 당신을 닮아서. 정말 다행이야…….'

언덕 끝에 오른 아담은 멍한 눈동자에 끝없는 수평선을 담았다. 서걱거리는 입안에 바람이 스며들었다. 메마른 바람결에 바닥에 꽂혀 있던 바람개비가 뽑힐 듯 흔들렸다. 알록달록한 종이 날개가 바람을 타고 스륵스륵 돌아가고 있었다.

다물린 그의 입술이 고개를 숙였다. 머리칼 사이로 스치는 바람개비 날개에 입을 맞췄다. 그러자 떨어지는 눈물에 젖어 돌아가는 종이 날개가 입술에 닿으며 흐느끼듯 바람 소리를 흘렸다.

쉬릭쉬릭.

조각 바람에 숨죽인 울음소리가 섞여 들었다. 스르르 몸을 숙인 아담은 어깨를 들썩이기 시작했다.

황혼에 태양이 잠겼다. 바람이 노래를 멈췄다. 산들바람에 춤추던 바람개비가 움직임을 그쳤다.

백야는 끝났다.

이브가 없는 밤이 시작되었다.

Chapter 4

2080년 10월 25일
뉴욕 타임즈 1면을 장식한 기사 제목
'우주 건설회사 스타시티의 창립 50주년 파티 개막식,
세계 각지의 유명 인사들이 상공에 모이다!'

우주 건설회사 스타시티의 본사는 하와이에 위치했다. 멀리서 보면 크리스털 럭비공처럼 보이는 스타시티의 본사인 비행선은, 지상으로부터 약 1200피트 떨어진 상공에 부유하고 있었다.

현 스타시티의 회장 아브라함은 십 년 넘게 공식 석상에 모습을 비추지 않고 있었다. 그의 병색에 관한 소문이 돈 것도 어느덧 이십 년이었다. 다들 회장의 생사에 관해선 짙은 의구심을 품고 있었으나, 누구 하나 감히 입 밖으로 내진 못했다. 다만 해가 바뀔수록 커져 가는 스타시티의 위상이 아브라함 회장이 아직 굳건하다는 걸 간접적으로 암시해 줄 뿐이었다.

커다란 샹들리에가 걸린 연회장에는 약 삼천 명의 내빈들이 입장했다. 다들 연말 시상식을 떠올릴 법한 차림새들이었다.

"오, 알렉스 군!"

연회장에 나타난 알렉스는 여기저기서 반갑게 말을 걸어오는 사람들과 인사를 나누느라 정신없었다.

"안녕하십니까, 마에스트로? 오랜만에 뵙습니다."

하얀색 정장을 입고 나타난 중년의 남자는 사샤의 아버지인 이반이었다. 멋스러운 은발이 인상적인 그는 클래식 음악계의 거장으로서 세계에서 가장 사랑받는 지휘자 중 하나였다. 이반은 알렉스를 죽일 듯 노려보는 사샤와 그녀를 태연히 바라보는 알렉스를 번갈아 보며 흐뭇한 미소를 지었다. 그의 눈에는 두 사람의 눈싸움이 젊은 아이들의 흔한 사랑싸움 정도로 보였다.

"회장님께서는 잘 지내시는가?"

"예, 다만 아직 몸이 불편하셔서 오늘 자리에 참석하긴 힘드실 듯합니다. 당신께서도 굉장히 아쉬워하고 계시죠."

"저런, 쾌유를 기원한다고 전해 주시게. 그나저나 우리 딸 하고는 서로 이미 아는 사이라던데?"

"그럼요. 사샤와는 학교에서 매일 보는걸요."

알렉스가 천연덕스럽게 웃으며 대답하자, 사샤는 기가 막힌지 코웃음을 쳤다. 그녀는 이반의 팔에 팔짱을 끼며 사근사근한 목소리로 말했다.

"아버지, 우리가 알렉스 시간을 너무 뺏고 있는 것 같아요. 알렉스와 인사를 나누려고 기다리는 귀빈들이 많을 텐데, 우리는 이만 자리를 피해 주는 게 좋겠어요."

"아, 내가 바쁜 사람을 붙잡고 있었군. 반가웠네, 아브라함 군."

짙은 녹색 드레스를 입은 사샤는 잘록한 허리와 풍만한 엉덩이를 자랑하듯 우아하게 몸을 돌렸다. 알렉스는 두 사람이 돌아서자마자 매서운 눈초리로 사샤의 몸을 훑었다.

흥, 여우 같은 계집! 더 이상 아쉽지도 않다.

그때, 별안간 중앙 샹들리에의 불빛이 어두워지더니 홀 중앙에 푸른색 홀로그램으로 된 메시지 창이 떠올랐다.

– 안녕하세요, 내빈 여러분.

네모난 창 안에는 정체불명의 인사말이 떠 있었다. 사람들은 호기심 어린 눈으로 홀 중앙을 향해 기웃기웃 모여들기 시작했다.

– 스타시티의 창립 오십 주년 기념 파티에 오신 것을 환영합니다.

사측에서 핼러윈 데이라고 재미난 이벤트를 마련한 모양이었다. 다들 샴페인과 와인 잔을 들고 즐거워하며 웃음을 터뜨렸다.

정작 주인공인 알렉스는 의아한 눈초리를 짓고 있었다. 그는 찝찝한 표정으로 턱을 긁었다. 이런 어린애 장난 같은 이벤트를 누가 기획한 거지? 전혀 들은 바가 없는데? 어둠 속에 도깨비불처럼 등장한 홀로그램. 핼러윈이라지만 이상하게 기분 나쁜 효과였다.

– 스타시티의 아브라함 회장이 공식 석상에서 모습을 감춘 지가 올해로 십오 년째. 언론은 스타시티의 압력에 못 이겨 입을 다물고 있지만, 사실상 아브라함 회장은 이미 세상을 떴을 것이라고 보는 이가 많습니다. 회사의 주가 폭락을 우려한 스타시티가 진실을 숨긴 채 쉬쉬하고 있다는 주장이죠.

주최 측의 이벤트라고 생각했던 홀로그램 창이 예상과 다른 이야기를 꺼내자, 내빈들은 웅성거리며 속닥이기 시작했다.

– 아브라함 회장은 정말 사망한 것일까요? 여러분의 생각은 어떠신가요?

모니터링을 하던 보안 팀은 갑작스레 직면한 돌발 상황에 우왕좌왕하며 허둥댔다. 그들은 연회장에 침입한 홀로그램의 경로를 추적하기 위해 진땀을 흘리는 중이었다. 안절부절못하며 서성이던 보안 팀장은 알렉스의 굳은 얼굴이 화면에 잡히자, 격양된 목소리로 팀원들을 독촉했다.

"대체 이게 어떻게 된 일이야!"

"조명의 경우, 에너지 관리 시스템 자체가 해킹당한 걸로 보입니다. 현재 통제권을 되찾아 오기 위해 애쓰고 있습니다만……."

"저것부터 어떻게 좀 해 보라고! 저 홀로그램 창부터!"

스타시티의 보안 팀은 세계 최고의 엔지니어와 프로그래머들이 모여 있는 곳이다. 그런데 이들마저도 저 홀로그램이 어디서 튀어나온 것인지, 어떻게 실행되고 있는지 알 수 없다니 도무지 믿기 힘든 상황이었다.

"일단 귀빈들을 밖으로 내보낸 후 연회장을 조사해 봐야 할 것 같습니다. 내부 시스템을 이용한 원리는 아닌 것으로 보여서……."

"미쳤어? 내빈들을 내보내자고? 파티를 아예 망칠 셈이야?"

보안 팀이 그렇게 손가락만 빨고 있을 동안, 연회장에선 몇 년 전 기사가 팝업창처럼 번쩍번쩍 튀어나오고 있었다. 보안 팀장은 연회장을 중계하고 있는 화면에 바짝 다가가 눈을 비볐다. 부릅뜬 그의 동공에는 글자들이 주식거래 시장 숫자처럼 또박또박 맺혔다.

> **'우주 건설회사 스타시티, 뇌 과학 분야에 투자액 200% 올리기로.'**
> **'솔로몬 프로젝트의 성공, 인류는 바야흐로 불멸에 다가서는가?'**

기사 밑에는 다시 하얗게 반짝이는 글씨들이 홀로그램 창으로 떠올랐다.

– 스타시티는 어째서 뇌 과학, 특히 뇌 이식 분야에 관심을 보일까요? 우주 사업 분야와는 전혀 동떨어진 분야인데 말입니다. 혹시 말입니다. 이것은, 사라진 아브라함 회장과 관련 있는 게 아닐까요?

난데없이 무대 조명이 알렉스의 얼굴을 비췄다. 깜짝 놀란 알렉스는 천장의 불빛을 응시했다. 그는 눈이 부신지 얼굴을 찡그리며 곁눈질로 정면의 홀로그램 창을 노려보았다. 그곳엔 그의 얼굴과 함께 게시된 의혹 어린 질문들이 빠르게 떠오르고 있었다.

> **알렉스 아브라함.**
> **- 베일에 싸인 출생.**
> **- 그의 생모는 누구인가?**
> **- 과연 그의 생모는 '존재'하는가?**
> **- 그는 정말 아브라함 회장의 '아들'인가?**
> **- 아니면 회장의 거대한 계획의 '일부'에 불과한가?**

알렉스의 눈자위가 분노로 하얗게 굳었다. 그는 악다문 잇새로 으르렁거리는 목소리를 내뱉으며 주먹을 움켜쥐었다.

"이 새끼가……."

감히 스타시티의 후계자를 건드리다니, 배짱 한번 두둑했다. 찾아서 죽여 버릴 테다.

"어머!"

"저거 알렉스 아니에요?"

"설마…… 요."

그때 홀로그램 속에서 영상 하나가 재생되기 시작했다. 바이칼 호 근처, 뒤로는 진주를 품은 조개 모양의 카페가 보이는 곳. 바로 알렉스가 아담을 구타하던 날의 기록이었다.

아담의 얼굴은 모자이크로 가려진 상태였고, 쇠몽둥이를 든 알렉스는 희열에 찬 표정으로 웃고 있었다. 실성한 듯 잔혹하게 일그러진 그의 눈초리가 점차 확대되며 번뜩였다. 연회장에 있는 사람들의 얼굴에는 경악이 번졌다.

– 비정상적인 폭력성. 공감 능력의 부재.

내레이션을 하는 괴인은 조롱하듯 덧붙였다.

– 우리가 흔히 볼 수 있는 유전자 조작의 부작용들 중 하나죠? 두정엽 내측의 설전부 크기가 일반인들보다 작고, 전두엽과 측두근의 회백질은 경직된 채 구조적 이상을 보이는 것. 다른 말로 사이코패스, 반사회적 인격 장애라고도 하던가요? 그래도 너무 그를 비난하진 마세요. 어쩌면 그는 어려서부터 심한 폭력에 노출되어 있었는지도 모릅니다. 구타, 성희롱 혹은 성폭력, 양육자의 부재 등과 같은 상황에 말이죠.

"누구야! 어떤 새끼냐고!"

알렉스는 괴성을 지르며 홀 중앙으로 뛰쳐나왔다. 그는 홀로그램 창을 부서뜨리고자 허공에 주먹을 연신 휘둘렀다. 그러나 그가 아무리 영상과 글귀들을 없애려고 팔을 휘저어도 실체가 없는 홀로그램은 그를 비웃듯 멀쩡한 형태를 유지했다.

"이거 왜 안 없어져! 왜 안 없어지냔 말이야!"

흥분한 채 고함치던 알렉스는 거친 숨을 몰아쉬며 돌아섰다. 벌겋게 충혈된 그의 눈동자는 희번덕거리며 살기를 내뿜고 있었다. 그는 누군가를 찾듯 두리번대며 좌우로 왔다 갔다 움직였다. 분개해서 씩씩대던 그의 눈초리가 뭔가를 발견하고 우뚝 멈췄다.

방금 전까지 분명 아무도 없던 곳에 거짓말처럼 녀석이 나타나 있었다. 살아 숨 쉬는 조각처럼 완벽한 외모의 소년은 테이블 위에 걸터앉은 채 미소를 머금고 이쪽을 바라보았다.

"너…… 너 이 새끼!"

"이브는 어디에 있어?"

아담은 턱을 괸 채 빤한 시선으로 대뜸 물었다. 미려하다 못해 아름다운 눈초리에는 서늘한 달빛이 고여 있었다.

"내 여동생은 어디에 있냐고 물었어."

흠칫한 알렉스는 인상을 쓰더니 쏘아붙였다.

"그걸 왜 나한테 물어?"

"알렉스, 넌 늘 불안 속에 살고 있지."

아담의 손에는 하얀색 캡슐이 들려 있었다. 그것을 본 알렉스는 얼어붙은 눈으로 주춤 물러섰다.

"무엇이 널 그렇게 두렵게 만드는 걸까? 아브라함 회장에게 자식이라고는 너 하나뿐이야. 명실상부 제국의 유일무이한 후계자지. 오랜 세월 독신이었던 아브라함 회장은 동성애자 혹은 무정자증이란 설마저 있었는데, 어느 날 갑자기 아이를 가질 생각을 하게 돼. 그것도 일흔이 넘은 나이에 말이야. 아이의 생모에 관해선 소문만 무성할 뿐 제대로 알려진 바가 없어. 아니, 애초에 생모가 존재하긴 한 걸까? 알렉스 아브라함, 너는 과연 아브라함 회장의 아들이 맞긴 할까? 회장의 젊은 시절을 아는 사람들은 하나같이 신기하다며 고개를 갸웃거렸어. 네가 젊은 시절의 아브라함 회장을 쏙 빼닮았다고 말이야. 빼닮은 정도가 아니라 흡사 쌍둥이처럼, 아브라함 회장 본인을 보는 듯하다고……."

알렉스는 뻣뻣하게 굳은 채 서 있었다. 그는 창백한 안색으로 마른침을 꿀꺽 삼켰다. 초조한 듯 입술을 축이던 알렉스는 곁눈질로 아담이 들고 있는 하얀색 캡슐을 흘끗거리며 불안해했다.

"천사의 입맞춤은 사신의 축복처럼 끔찍하더라. 나는 일찍이 악몽이란 것을 경험해 본 적이 없었는데, 네 덕분에 진귀한 체험을 했어. 그래서 답례로 나도 특별한 걸 준비했어."

아담은 생긋 웃었다. 아름다운 여우가 웃는 듯했다. 홀린 듯 서 있던 알렉스의 귓가엔 이내 그의 목소리가 안개처럼 몽롱하게 다가왔다.

— 자, 알렉스 아브라함. 네 머릿속엔 뭐가 들었나 한번 볼까?

얼굴 없는 인영들이 연기처럼 훅훅 나타나기 시작했다. 그들은 유령처럼 움직이며 일렁이더니 밀가루를 반죽하듯 형체를 이뤄갔다.

— 네 심연 깊은 곳에는 과연 뭐가 자리하고 있을까?

섬뜩한 속삭임이 살갗 밑으로 스며들었다. 하얀 연기 속에서 남자 한 명이 걸어 나왔다. 단번에 그를 알아본 알렉스는 허우적대며 뒤로 물러나기 시작했다. 그의 이마엔 식은땀이 송골송골 맺혔다

"아, 아버지!"

남자는 알렉스처럼 장골에 듬직한 어깨를 갖고 있었다. 강인한 턱, 긴 팔과 다리. 얼핏 보이는 실루엣만 봐도 알렉스와 꼭 닮은 인영의 주인이었다.

알렉스는 털썩 주저앉으며 이를 딱딱거렸다. 턱이 다물어지질 않는지 안면 근육을 일그러뜨리며 기괴한 표정을 지었다.

'정신 차려! 이건 저 녀석의 농간이야. 엔젤 키스처럼 악몽을 꾸고 있는 것뿐이야!'

그럼에도 너무나 현실적이었다. 저 가증스러운 놈은 자신의 가장 나약한 부분을 송곳처럼 파고들어 헤집고 있었다. 온통 고통뿐인 기억을, 공포뿐인 순간을…….

— 네가 인간이라고 생각해? 알렉스! 넌 그저 나열된 일련번호들 중 하나일 뿐이야.

숨이 막혀 왔다. 체벌의 방은 늘 연기로 가득 차 있었고, 문득 정신을 차려 보면 자신은 온통 거울뿐인 방 안에 갇힌 채 알지도 못하는 죄를 뉘우치고 있었다.

"자, 잘못했어요, 아버지. 잘못했어요!"

알렉스는 울부짖기 시작했다. 대체 뭘 본 건지 그는 두려움에 가득한 눈으로 머리를 무릎에 처박고 울음을 터뜨렸다.

'아브라함 회장인가? 저 가면은 뭐야? 얼굴을 볼 수가 없네.'

아담은 눈초리를 가늘게 흐리며 턱을 괴었다. 흥미로운 광경이었다. 예상대로 알렉스는 오랫동안 폭행을 당해 온 듯했다. 그에게 폭력을 가한 이는 놀랍게도 그의 친부인 아브라함 회장이었다.

이 모든 것은 알렉스가 무의식적으로 떠올린 감정의 편린들이었다. 과거의 기억에서 파생됐지만 그의 상상이 빚어 낸 허구에 불과하다.

회장의 얼굴을 볼 수 없는 이유는 아마도 알렉스가 무의식중에 그의 얼굴을 가렸기 때문일 것이다. 두려움 때문인가? 부친의 얼굴을 똑바로 쳐다볼 수 없어서?

어쩌면 아브라함 회장이 정말 괴팍한 취미를 지녔을지도. 정말 저런 연극용 가면 같은 것을 쓰고 알렉스에게 폭행을 가했을지도 모를 일이다. 부전자전인가? 아비와 아들 둘 다 똑같이 제정신은 아니었다.

— 어리석은 녀석!

"잘못했습니다, 아버지! 용서해 주세요."

알렉스는 바닥에 엎드린 채 머리를 조아렸다. 그는 양손을 모으고 싹싹 빌며 애원했다. 어찌나 손바닥을 세차게 비비는지, 그 소리가 연회장 전체에 울려 퍼질 정도였다.

"제발 살려 주세요. 한 번만 기회를 주세요, 아버지."

살려 달라고 울먹이는 알렉스는 그제야 비로소 아이처럼 보였다. 그동안 커다란 덩치로 동급생들을 괴롭히고 온갖 악행을 일삼던 그의 껍데기 속에는, 불안과 두려움에 떨던 외로운 소년의 모습이 숨어 있었다. 누가 때리는 것도 아닌데 그는 온몸을 동그랗게 만 채 팔로 머리를 가리며 방어 자세를 취했다.

격한 숨을 몰아쉬며 한참을 뉘우치던 알렉스는 땀에 젖은 몸으로 고개를 들었다. 주변이 다시 어두컴컴해져 있었다. 호통을 치던 아브라함 회장의 모습은 어느새 사라지고 보이지 않았다. 대신 그의 눈앞에는 초연한 얼굴로 앉아 있는 아담이 있었다. 기울어진 초승달에 걸터앉은 어린 왕자처럼, 그는 우주를 떠다니듯 자유롭고 유연해 보였다. 아담은 알렉스를 내려다보며 입가에 곡선을 그렸다. 그의 예쁜 미소에는 뭔지 모를 즐거움이 깃들어 있었다.

알렉스는 문득 주위를 둘러보았다. 연회장이 이리도 고요했던가?

"아, 일러 주는 걸 잊었네. 지금 내 모습은 너한테만 보이는 거야. 네 뇌파에만 개입한 자극이거든."

알렉스의 속마음을 읽기라도 한 것처럼 아담은 생긋 웃으며 설명을 덧붙였다. 천사처럼 아름다운 미소. 그의 눈초리는 야들야들 흐르는 요물의 것처럼 소름 끼쳤다.

알렉스는 간담이 서늘해졌다. 저 녀석이 저렇게 뻔뻔하고 유들유들한 놈이었던가? 늘 한쪽 구석에서 조용히 책을 읽던 소년이었다. 예쁘장한 얼굴 때문에 인기는 많았지만 그의 눈에는 그저 병약해 보이는 약골 도련님으로 보였다. 한 대 때리면 코피를 터뜨리며 울먹일 것 같은, 그런 나약한 샌님 중 하나로 여겼는데.

'녀석이 저렇게 잔인한 눈초리를 가지고 있었던가?'

타인을 괴롭히며 힘을 과시할 때의 희열은 누구보다도 잘 알고 있었다. 하지만 아담 페트로비치, 저 녀석은 다르다. 힘을 과시하려는 게 아니었다. 우위를 확인하려는 것도 아니고, 삶의 재미를 느끼려는 것도 아니다.

그는 그저 '개미 한 마리가 버둥거리는 게 뭐 대수인가?' 하는 시큰둥한 눈으로 자신을 쳐다보고 있었다. 턱을 괸 채 조금 무료하다는 듯 혹은 지루하다는 듯이. 타인의 감정에 공감하지 못하는 건 저 녀석도 마찬가지였다. 아니, 애초에 저 녀석은 세상 모든 것에 무관심했다. 저놈이 집착하는 대상이라고는 오직…….

"마지막 기회야, 알렉스. 이브는 어디에 있어?"

알렉스는 움찔거리며 아담을 노려보았다. 그래, 저 녀석이 애지중지한다던 여동생, 이브 페트로비치다. 녀석과는 다른 의미로 괴물 같았던 소름 돋는 계집.

아담은 자리에서 일어났다. 그는 반쯤 감은 눈으로 알렉스를 내려다보며 말했다.

"있잖아, 나도 이렇게까지 화가 나긴 처음이거든? 현재의 난 이성적인 판단이 힘들 정도로 굉장히 감정적인 상태야."

네가? 그렇게 무표정한 눈빛으로 차분하게 말하면서 감정적으로 흥분한 상태라고?

"누군가에게 이토록 살의를 느낀 것도 처음이고. 진심으로 널 죽이고 싶다고 생각했으니까. 지금도 갈등하고 있어. 내가 볼 때 아브라함 회장은 네가 죽어도 크게 개의치 않을 것 같거든. 너는…… 대용품이 꽤 많은 존재인 것 같아. 즉, 네가 이 자리에서 숨져도 회장은 대수롭지 않게 여길 거란 의미지. 어차피 회장에게 있어 '알렉스를 대신할 아이들'은 얼마든지 있을 테니까. 내 말 이해돼?"

"닥쳐!"

"아까 얼핏 엿들었는데 '나열된 일련번호들 중 하나일 뿐'이란 말은 무슨 뜻이야?"

알렉스는 잇새로 숨을 몰아쉬었다. 벌겋게 충혈된 눈은 가쁜 호흡을 담은 채 핏대를 세웠다. 그는 악물었다가 연 입술 사이로 울분에 찬 신음을 내뱉으며 항복하듯 털어놓았다.

"시베리아 연구소로 데려갔댔어."

아담을 죽일 듯 노려보는 그의 눈초리엔 눈물이 차올랐다.

"이제 됐지?"

몸서리칠 정도로 끔찍했다. 물끄러미 쳐다보고 있는 저 녀석이, 생각을 알 수가 없는 저 오묘한 황갈색 눈동자가 아버지만큼이나 두렵게 느껴졌다.

"이제 만족하냐고!"

이제 그만 이 악몽 같은 대화를 멈추고 싶다. 머릿속에 돋보기를 대고 훤히 들여다보는 듯한 놈의 시선을 누가 좀 빼내 줘!

"글쎄."

아담은 천진난만한 얼굴로 생긋 웃었다. 알렉스는 끔찍하다는 표정을 지었다. 연기다. 저 녀석이 저렇게 아이 같은 표정을 지을 리가 없어. 저 녀석은 악마야, 악마라고!

아담은 손에 쥔 회중시계를 내려다보았다. 더 놀고 싶지만 아쉽게도 시간이 없었다. 느려 터진 보안 팀에서 이제야 통제권을 되찾은 모양이었다. 역추적을 시도해 오는 걸 보니 슬슬 놀이를 마무리해야 할 타이밍이다.

"재밌었어, 알렉스 아브라함."

"뭐?"

"생각보다 효과가 좋네. 이건 뭐라고 이름 붙이는 게 좋을까? 천사의 입맞춤…… 그거보단 더 황홀하지 않나 싶은데."

아담은 돌아서며 우아하게 팔을 뻗었다. 그의 손가락 사이사이로 하얀 가루가 반짝이며 흩어졌다. 알렉스는 코끝에서 미묘하게 느껴지는 향에 재빨리 입을 틀어막았다.

엔젤 키스.

저 녀석이 저걸 어떻게 가지고 있지? 설마 제조법을 알아냈나? 그건 불가능하다. 아니, 저 녀석이라면 가능할지도. 그렇다면 설마 엔젤 키스와 비슷한 약물을 만들어 낸 건가? 무서운 건, 이 모든 게 녀석이 보여 주는 환각일 뿐이라는 걸 알면서도 벗어날 수 없다는 것이다.

연기처럼 코로 흡입된 향은 알렉스의 머릿속을 흐물흐물하게 만들기 시작했다. 그의 뇌리엔 조곤조곤 타이르듯 경고하는 아담의 목소리가 경종처럼 울려 퍼졌다.

— 가여운 아브라함 주니어, 앞서 말했다시피 나는 네게 살의를 느끼고 있어. 나에게 감정이란 지정한 대상에 대해 수용하는 책임감과 비슷해. 즉, 나는 네게 체벌을 내려야 한다는 도의적 책임감을 느끼게 됐다는 소리야. 너에 대한 내 감정의 결론은 어떤 방식으로든 결국 실행될 거야. 만약 이브가 무사하지 않다면 그 시기는 더더욱 빨리 다가오겠지. 그러니 기도하도록 해, 알렉스. 네 아버지께 잘못을 뉘우칠 때처럼 그렇게 열심히 기도하는 편이 좋을 거야. 네 부친과 나 사이에 공통점이 있다면, 우리 둘 다 타인에게 온색의 감정을 느끼지 못한다는 것일 테니까.

"닥쳐! 닥치란 말이야!"

소름 끼치는 녀석, 천사의 탈을 쓴 사탄 같으니! 네놈이 우리 아버지와 같은 존재라고? 건방진 새끼! 제까짓 게 날 어떻게 죽인다는 거야!

사샤는 유령에게 쫓기듯 뛰어다니는 알렉스를 딱하다는 듯 쳐다보았다. 그조차도 잠시뿐인 동정이었지만, 이 순간 웃음거리가 된 그가 불쌍해 보이는 건 사실이었다. 알렉스는 아무것도 없는 허공에 대고 실성한 사람처럼 고함을 질러 댔다. 누군가와 대화를 하듯 말을 걸기도 했다. 아무래도 환각을 보고 있는 것 같았다. 그것도 잔뜩 겁에 질린 채로 말이었다. 그를 비웃듯 떠오르던 홀로그램은 이미 사라진 지 오래였거늘.

수군덕대던 내빈들은 하나둘씩 자리를 뜨기 시작했다. 그들 대부분은 얼굴에 아주 불쾌한 기색이 만연했다. 언뜻 보아도 알렉스의 언행은 마약을 한 상태와 비슷해 보였다. 내빈들은 고개를 저으며 쯧쯧거렸다. 회장의 아들이 철딱서니 없는 망나니라는 얘기는 들었지만 이건 상상 이상이었다. 아예 제정신이 아닌 것 같은데, 스타시티의 미래가 어찌 되려나.

"소문이 사실이었나 보네."

사샤는 고개를 홱 돌렸다. 그녀와 비슷한 또래로 보이는 소녀가 팔짱을 낀 채 혀를 차고 있었다. 사샤와 눈이 마주친 소녀는 주근깨 덮인 콧잔등을 찌푸리며 익살스럽게 웃었다. 그녀는 먼저 살갑게 말을 걸었다.

"안녕?"

"아, 안녕."

고불거리는 갈색 머리칼에 연한 갈색 눈동자. 먹색의 원피스를 입은 소녀는 한눈에 봐도 재력가의 자녀로 보였다. 온몸에 두르고 있는 보석들, 최고급 소재의 원피스와 구두. 물론 사샤 역시 그에 뒤질 옷차림은 아니었지만. 두 소녀는 서로를 견제하듯 바라보더니, 동시에 시선을 맞췄다.

"난 사샤라고 해. 사샤 피보바로바."

"제인, 제인 헬렌 왓슨."

그녀는 자랑스러운 어조로 풀 네임을 말하며 입꼬리를 말아 올렸다. 흡사 『작은 아씨들』에서 튀어나오기라도 한 듯해 보이는 제인은 어느 왕국의 공주처럼 오만해 보였다. 사샤는 예의상 미소를 지어 보였다. 고작 자신보다 한두 살 더 어려 보이는 소녀였다. 그런데도 일곱 살 난 이브보다도 철딱서니가 없는 느낌이라니.

'그런데 왓슨이라면…….'

뇌리를 스치는 깨달음에 사샤는 눈을 휘둥그레 떴다.

"램지 왓슨 회장의 손녀?"

사샤가 조부를 알고 있다는 사실에 뿌듯해진 제인은 해맑게 웃었다. 그녀는 사샤가 꽤 마음에 든 기색이었다. 내친김에 사샤의 팔에 팔짱을 낀 제인은 친근하게 몸을 바짝 붙였다. 사샤는 곁눈질로 제인을 바라보며 슬쩍 물었다.

"그런데 소문이라니 그게 무슨 말이야?"

"응? 뭐가?"

"좀 전에 네가 그랬잖아. 소문이 사실이었다고."

그녀는 바닥에 앉아 넋을 놓고 있는 알렉스 쪽을 쳐다보며 되물었다. 그러자 제인은 갑자기 눈초리를 날카롭게 찢으며 쏘아붙였다.

"저 녀석이랑 아는 사이야?"

오만불손인 성격으로 모자라 호불호가 아주 극명한 소녀였다. 사샤는 난색을 감추며 변명했다.

"같은 학교에 다니고 있어. 워낙 유명 인사거든. 스타시티의 후계자라면서."

"흐응."

제인은 거기까지만 들어도 대충 알겠다는 듯 고개를 끄덕였다. 알렉스의 성질머리는 전 세계 사교계의 화젯거리인 모양이었다.

"이건 비밀인데."

제인의 속삭임에 사샤는 귀를 기울이며 몸을 굽혔다. 주위를 흘끔거린 제인은 그녀의 귀에 손을 모으고 소곤소곤 말을 전했다.

"저 녀석 말이야, 아브라함 회장의 클론이래."

"클…… 론?"

"아브라함 회장은 세포가 썩는 불치병에 걸렸대. 그래서 뇌만 축출한 다음 냉동 보존을 하고 있다나 봐. 아브라함 회장은 일찍이 클론을 잔뜩 만들어 놨는데, 최종 목표는 자기 클론에 다시 뇌 이식을 해서 부활하는 거래. 결국 쟤는 그걸 위한 소모품에 불과한 거지. 회장이 뇌 이식만 성공하면 걘 몸뚱이만 내주고 죽을 운명인 거야."

발돋음을 한 채 소곤거리던 제인은 주위를 둘러보더니 편안한 자세로 돌아왔다. 그녀는 뽐내는 제스처로 으쓱거리며 말을 이었다.

"하지만 너도 알다시피 클론은 수명이 짧잖아? 아마 저 녀석 말고도 제2의 알렉스, 제3의 알렉스들이 대기하고 있을 거라더라. 우리 할아버지께서 그러셨는데, 아브라함 회장은 제정신이 아니래. 불로장생에 대한 집착이 이미 도를 넘은 지 오래라고 하시더라고."

불로장생.

클론.

뇌 이식.

“에이, 설마…….”

사샤는 소름이 돋는다는 표정으로 애써 웃음 지었다. 그러자 제인은 못마땅한 눈초리로 그녀를 쳐다보며 쯧쯧거렸다. 궁금하다기에 알려 줬더니 반응이 시원치 않아서 짜증이 난 듯했다.

‘그런데 왓슨 회장의 손녀라면.’

사샤는 흐려진 눈으로 생각에 잠겼다가 조심스럽게 입을 열었다.

“혹시 리 박사라고 알아?”

“리 박사?”

제인은 보송보송한 인중을 검지로 톡톡 치면서 생각에 잠겼다. 그러더니 불쾌한 얼굴로 이마를 찡그렸다.

“그 사마귀 같이 생긴 사람?”

“그래, 그 사람!”

맞장구를 쳐 놓고 뒤늦게 민망함이 몰려왔다. 사샤는 큼큼 목소리를 가다듬으며 붉어진 뺨을 손부채질로 식혔다. 싫은 사람이지만 사마귀라고 비유하자니 좀 미안했다.

“그 남자라면 카인이 아주 싫어하는 것 같던데. 이유는 모르겠지만 둘 사이가 안 좋은 건 확실해.”

“카인?”

처음 듣는 이름이었다. 사샤가 묻자 제인은 기다렸다는 듯 ‘에헴!’ 하고 그에 대한 소개를 덧붙였다.

“엘 카인. 나중에 나랑 결혼할 사람이야. 차기 왓슨 그룹의 수장이 될 남자라고 할 수 있지."

자신보다도 어린 꼬맹이가 벌써부터 결혼할 남자를 운운하다니, 사샤는 기가 막힌다는 표정을 지었다. 제인은 연회장 입구 쪽을 바라보더니 아쉽다는 듯 입맛을 다셨다. 경호원으로 보이는 여자가 이쪽을 보며 서 있었다.

"난 이만 가 봐야 할 거 같아. 그래도 생각했던 것보단 즐거웠던 핼러윈 파티였어. 안녕, 사샤 피보바로바! 다음에 또 만나."

맹랑한 숙녀였다. 하지만 차기 사교계의 퀸은 저 아이가 될지도 모르겠다는 생각이 들었다. 저 어린 나이에 벌써부터 온갖 가십거리는 다 꿰고 있는 걸 보아하니 말이었다. 사샤는 생각에 잠기며 입술을 곱씹었다.

제인 헬렌 왓슨.

그녀는 차기 왓슨 그룹의 안주인이 될 소녀의 이름을 잘 기억해 두기로 했다.

2080년 10월 31일 오전 6시 50분
러시아 시베리아 연구소 특별동 대회의실

10월의 마지막 날, 시베리아 연구소에서는 극비리에 비밀 회담이 이루어졌다. 연구소 특별동에 위치한 대회의실은 이른 아침부터 조심스레 불이 켜졌다. 커다란 타원형의 테이블 위에는 비밀리에 입국한 세계 정상들의 명패가 차례차례 꽂혀 있었다.

스타시티의 후계자 알렉스 아브라함,
정신 질환을 앓고 있다는 풍문! 마약 복용이 원인인가?

회의실에 제일 먼저 도착한 남자는 스마트 워치로 홀로그램 뉴스를 보고 있었다. 그는 느긋하게 앉아 있다가 누군가 들어오자 벌떡 일어나서 인사를 건넸다.

"국장님, 어서 오십시오."

두 번째로 도착한 이는 연맹국의 질병관리센터CDC를 책임지는 벤 프라이든 국장이었다.

"아, 그 왓슨 병원의……."

"네, 리라고 불러 주십시오. 예전에 제노바에서 열린 세미나에서 뵌 적이 있었죠."

프라이든 국장은 그제야 생각난다는 듯 고개를 끄덕거렸다. 그는 리 박사가 앉아 있던 좌석의 명패를 보더니 물었다.

"왓슨 회장은 아직 요양 중이신가?"

유리로 된 명패에는 '램지 왓슨'이라는 이름이 새겨져 있었다.

"예, 아직 거동이 조금 불편하신 터라 제가 대신 참석하게 되었습니다. 차근차근 호전 중이시니 조만간 회장님을 뵙고 안부 전해 드리도록 하겠습니다."

"그래 주게나."

거짓말이다. 왓슨 회장의 건강은 호전되기는커녕 점점 악화되고 있었다. 이제 휠체어 없이는 걷지도 못하는 수준이라고 하던데, 조만간 그룹 경영에서는 완전히 손을 떼게 될 것이다. 하지만 그런 것까지 굳이 일러 줄 필요는 없겠지.

리는 프라이든에게 싱긋 웃으며 자리에 앉았다.

총 서른네 명의 대표들이 착석했다. 시베리아 연구소 제1연구팀의 팀장이 회의 진행을 맡았다. 그가 긴장한 얼굴로 입장하자, 타원형 테이블 중앙에는 가상 입체 프로젝터가 가동되기 시작했다.

"영상을 주목해 주십시오."

입체 영상 속 장소는 이곳 시베리아 연구소였다. 하얀 실험복을 입은 연구원들이 왔다 갔다 하는 게 보였다. 이어서 벽과 천장이 모두 하얀 방이 나타났다. 아무것도 없는 방 중앙에는 네모난 침상만이 하나 놓여 있었다. 그 주위에는 의료 기계들이 즐비해 있었는데, 그 광경이 어쩐지 살풍경하게 느껴졌다.

그 가운데로 무채색의 환자복을 입은 소녀 하나가 등장했다. 그녀는 목줄이 묶인 짐승처럼 팔 여기저기에 주삿바늘이 꽂힌 채 침상 아래에 쪼그리고 앉아 있었다.

"보시는 영상 속에 등장한 소녀가 바로 오늘 회담의 주제인 신종 바이러스 항체 보유자, 이브 페트로비치입니다."

회의에 참석한 대표들의 눈이 하나같이 놀라움으로 동그랗게 커졌다. 잠시 정적이 일었다. 누군가는 너무 몰입한 나머지 입체 형상이 되어 앉아 있는 이브를 향해 손을 대 보기도 했다.

침착하게 앉아 있던 일본 수상이 제일 먼저 손을 들었다.

"아리마 수상, 말씀하십시오."

"그러니까 저 아이가 신종 바이러스의 생존자라는 말씀입니까? 여태까지 어린아이가 감염되었다가 살아남은 경우는 듣도 보도 못했습니다만, 더욱이 항체라니……. 지금까지 생존자들에게서 항체가 추출된 적은 없지 않았습니까?"

"그래서 특별하다는 겁니다. 지금까지 발견된 생존자들에게선 항체가 발견되지 않아 치료제 개발이 어려웠는데, 놀랍게도 이 아이는 항원에 반응해 항체를 생성하는 데 성공했습니다."

"그럼 치료제 개발이 가능하다는 겁니까?"

"긍정적으로 검토 중입니다."

누군가 '맙소사!'를 외쳤다.

"치료제 개발은 누가 합니까? 시베리아 연구소가 할 생각입니까?"

"예? 말도 안 되죠! 이건 러시아 측에서 독단으로 결정할 사항이 아닙니다."

"애초에 이런 중대한 사항을 몇 달 동안 숨긴 이유가 뭡니까? 신종 바이러스는 우리 인류의 존망을 위협하는, 역사적으로도 그 유례를 찾아보기 힘들 정도로 치명적인 사안입니다. 이에 관해 각 정부는 투명하게 정보를 공유하기로 조약을 맺지 않았습니까?"

각 대표들은 저마다 벌떡 일어나 언성을 높이기 시작했다. 그들 사이에서 가만히 사태를 주시하던 리 박사는 마른 입술을 혀로 적셨다. 이대로 가만히 있다가는 혈안이 된 늙은이들한테 밥그릇 다 뺏긴 채 빈 깡통만 안고 갈 판국이었다.

"잠깐, 저자는 누굽니까?"

침묵으로 자리를 지키던 프라이든 국장이 처진 눈을 치켜뜨며 물었다. 그가 주름진 손으로 가리킨 영상 속에는 잿빛 코트를 입은 남자가 주머니에 손을 넣은 채 유유히 복도로 입장하는 게 보였다.

귀족적인 애쉬드 블론드 헤어, 카리브 해를 닮은 푸른 눈동자. 조각처럼 반듯하게 생긴 남자는 천사처럼 온화한 표정을 머금고 있었다.

실험실로 들어선 남자는 곧 어렵지 않게 유리 벽 너머의 소녀를 발견했다. 그녀는 긴 머리칼을 귀 뒤로 넘긴 채 등을 돌리고 앉아 있었다. 밖에서 원숭이처럼 뛰어다니고 논 소녀의 팔은 여기저기 긁히고 구른 자국들 천지였다.

반면 동그랗게 보이는 어깨선은 눈처럼 뽀얗고 깨끗한 피부를 자랑했다.

"카인 씨, 이러시면 곤란합니다. 지금 회의실에선 각국 정상들과 기업 대표들이 모여 회담을 나누고 있는데, 홀로 이렇게 오시면……."

"네, 알고 있습니다."

그는 나지막한 목소리로 대답하며 소녀를 물끄러미 응시했다.

"얼굴을 보고 싶은데요."

소장의 곤란한 처지 따위는 그가 알 바 아니었다. 카인은 서느런 눈초리로 재촉하듯 음영을 드리웠다. 가슴이 선뜩해졌다. 소장은 침을 꿀꺽 삼키며 옆에 서 있던 연구원의 어깨를 툭툭 쳤다. 젊은 여자 연구원은 그의 지시가 내키지 않는다는 듯 한숨을 내쉬었다.

'이 무슨 못할 짓이란 말인가? 실험체로 쓰이는 원숭이나 쥐들에게도 하기 힘든 짓을 저 어린아이에게…….'

그녀는 고개를 외면한 채 붉은 버튼을 눌렀다. 그러자 방 모서리에 설치된 스프링클러에서 미세입자로 된 백색 가스가 '푸슉' 하고 살포되었다. 깜짝 놀란 이브는 천장을 올려다보더니 비명을 지르기 시작했다.

그녀는 가스를 피해 벌떡 일어나 내달렸다. 그녀의 팔에 꽂혀 있던 튜브들이 뒤따라 길게 늘어나는가 싶더니 투둑 떨어져 나갔다.

'많이 아플 텐데.'

연구원은 안쓰러운 표정을 내보였다. 반면 카인은 깊게 감명받은 얼굴이었다. 그는 흥미진진한 눈빛으로 '하!' 하고 웃더니, 입가에 즐거운 기색을 내보였다.

이브는 잔뜩 화가 난 얼굴로 그들을 향해 다가갔다. 그녀의 눈동자는 선홍색 루비처럼 강렬한 붉기가 이글이글 타오르고 있었다.

"인기척을 느끼는 건지, 이쪽에 사람이 서면 바로 알아채더군요."

연구원은 보충 설명을 덧붙이며 곁눈질로 창 너머의 이브를 흘끔거렸다. 시베리아의 하얀 설원을 연상시키는 피부색이었다. 뽀얀 눈밭에 핀 붉은 동백꽃처럼, 소녀는 동양적인 얼굴에 고양이처럼 올라간 눈초리로 그들을 노려보고 있었다. 사납게 치켜뜬 붉은 눈은 아름다운 단검처럼 곧고 예리했다.

검게 흐트러진 머리칼.

붉게 핀 눈동자.

카인의 입가엔 경련이 어렸다. 놀람과 감격이 어우러진 그의 표정은 고통에 일그러진 듯 괴이해 보이기도 했다. 하지만 웃고 있었다. 믿을 수 없다는 듯 희열에 찬 눈웃음은 보물이라도 발견한 듯 황홀해 보였다.

"이 아이는 왓슨 연구소로 데려가도록 하겠습니다."

"예? 그, 그건……."

"타일러 소장."

한층 무거워진 목소리가 공기를 짓누르듯 소장의 이름을 불렀다. 그보다 나이가 갑절은 많아 보이는 소장은 주눅이 든 듯한 얼굴로 애원하듯 그를 쳐다보았다. 이러면 자신의 입장이 너무나 곤란하다는 눈빛이었다.

"러시아 대통령과는 제가 직접 이야기하도록 하겠습니다. 시베리아 연구소는 일단 저 아이에 대한 모든 연구 및 실험을 중단합니다."

"카인 씨, 그게 문제가 아니라 지금 회의실에서 회담이……."

"아, 회담. 그렇지, 그런 게 열리고 있었죠."

그는 소장을 향해 걱정 말라는 듯 생긋 웃더니 갑자기 돌아서서 카메라 쪽을 응시했다.

회의실에서 상황을 지켜보던 대표들은 모두 당황한 듯 눈이 동그랗게 커졌다. 누군가 불쾌하기 짝이 없다는 목소리로 중얼거렸다.

"왓슨 그룹은 우리를 아주 눈뜬장님으로 만드는군요."

대표들의 시선이 리 박사에게로 향했다. 이쪽은 명백한 허수아비였다. 무늬만 왓슨 그룹 대변인이지, 눈가리개 역할이나 다름없었다. 그들은 하얗게 굳은 채 앉아 있는 리 박사를 경멸 어린 눈초리로 쳐다보며 쯧쯧거렸다.

"소문대로 영악하기 짝이 없군요, 엘 카인이라는 남자!"

프라이든 국장이 웃으며 외쳤다. 그의 호탕한 웃음소리에 나머지 대표들은 쓴 미소를 주고받았다.

참 배알도 좋았다. 지금 가장 속이 쓰릴 사람은 벤 프라이든 국장 아닌가? 왓슨 제약회사가 신종 바이러스에 대한 정보를 독점하고 나선 상황에서 CDC는 사실상 무용지물 상태였다. CDC 수장으로서 느끼는 압박과 패배감이 상당할 텐데, 어쩜 저리도 태연하게 웃을 수 있는지 신기할 정도였다.

– 안녕하십니까, 대표 여러분?

엘 카인의 정중한 목소리에 회의실 내 모든 시선이 그를 날카롭게 주목했다. 영상 속의 그는 서늘한 미소를 머금고 있었다.

– 이사회에 소속된 국가 정상 여러분들은 다 모이신 것 같군요. 거기에 연맹보건기구, 세계 3대 제약회사 및 의료 서비스 기업들까지……. 아주 좋습니다. 그럼 짧게 말씀드리도록 하죠. 귀하신 분들을 모시고 시간을 끄는 건 예의가 아니니까요.

리 박사는 깍지 낀 손에 부르르 힘을 주었다. 그렇지 않으면 이 수치심과 모욕감을 억누르기가 힘들 것 같았다.

– 여러분, 이건 사사로운 이익을 따질 사항이 아닙니다. 인류의 존망이 걸린 문제입니다. 여러분들께서는 매년 누구로부터 신종 바이러스에 관련된 정보를 받고 계십니까? 매년 여러분들께 감염자들의 혈액 샘플과 생존자들의 바이오 데이터를 보내 주는 게 누굽니까? 전 세계에서 신종 바이러스에 대해 가장 많은 표본 집단과 데이터를 확보하고 있는 게 누굽니까?

그는 연설하듯 묻더니 천연덕스럽게 웃으며 자답했다.

– 저희 왓슨 제약회사입니다.

아무도 반박할 수 없었다. 그러나 회의실의 고요함이 결코 대표들의 수긍을 뜻하는 건 아니었다. 주름진 미간, 굳게 다문 입술. 그들은 저항 대신 침묵으로 불편한 심기를 대신했다.

– 이 아이는 왓슨 제약회사에서 데려가도록 하겠습니다. 다들 이의는 없으실 거라 믿습니다. 모두 한마음 한뜻으로 인류의 존망을 염려하고 계실 테니까요. 그럼에도 혹시나 반대하시는 분이 계시다면 꼭 말씀해 주십시오. 저희 왓슨은 반대 국가나 기관에서 발생하는 감염자의 수용을 즉시 중단할 것이며, 앞으로 이어질 신종 바이러스 연구 결과에 대해 그 어떤 정보 공유도 없을 것을 미리 공지 드립니다.

엘 카인은 입술만 늘려서 웃었다. 그러더니 정색한 표정으로 빤히 카메라를 응시한 후 실험실을 향해 돌아섰다. 그런 그의 뒷모습을 바라보던 대표들은 바짝 약이 올라 주먹을 움켜쥐었다.

"저건 명백한 협박 아닙니까?"

프랑스 대통령은 황당하다는 듯 소리쳤다. 그의 맞은편에 앉아 있던 영국 수상은 뺨을 긁더니 기가 막힌 듯 허허 웃었다.

"언제 체스나 한판 같이 둬 보고 싶은 친구군요."

"지금 이 상황에 농담이 나옵니까?"

늘 그렇듯 옥신각신하는 프랑스 대통령과 영국 수상의 모습에 다른 대표들은 답답한 표정으로 한숨만 내쉬었다.

한편 이브는 여전히 주먹을 쥐고 서서 유리 벽 쪽을 노려보고 있었다. 그녀를 관찰하던 카인의 눈초리는 인위적으로 생긋 곡선을 그렸다.

"안녕?"

그의 속삭임이 들린 것인지 이브의 눈썹이 꿈틀거리며 올라갔다. 그녀는 어린 아마조나처럼 전투적인 자세로 서 있었다. 그 모습이 놀라울 정도로 사랑스러웠다.

저 핏빛 눈동자는 진짜였다.

죽은 물고기처럼 멍한 감염자들과는 달리, 생기로 반짝이는 레드 베릴의 눈동자.

고귀하고 진귀한 보석이다.

"저, 카, 카인 씨? 회의실의 대표단분들이 전하길, 일단 논의를 나눠 보겠다고 하십니다. 잠시 이쪽에서 기다리심이……."

"기다리다니요?"

"예?"

"지금 당장 이송할 생각인데 뭘 기다립니까?"

"지, 지금 당장 말입니까?"

"저들이 논의를 나눠 봤자 결론은 어차피 동일할 겁니다. 그러니 괜히 시간 낭비하지 맙시다. 고작 늙은이들의 체면 차리기에 불과한 것인데요, 뭐."

빙긋 웃으며 말하던 엘 카인은 소장이 머뭇거리며 눈치를 살피자, 금세 칼 같은 눈초리로 돌변해서 협박했다.

"지금 당장 그녀를 데려가고 싶다고 했습니다, 소장."

"아, 예에."

소장은 바로 돌아서서 허둥지둥 걸었다. 그의 등은 이미 진땀으로 흥건히 젖은 상태였다.

염통이 시체물에 담기는 기분이 이런 걸지도. 저놈이 말 한 마디 한 마디를 내뱉을 때마다 가식적으로 보이는 눈웃음이 어찌나 섬뜩한지, 똥줄이 뽑히는 기분이었다.

엘 카인은 실험실 앞으로 바짝 붙더니 손으로 유리 벽을 천천히 쓰다듬었다. 마치 투명한 차단벽 너머에 서 있는 그녀를 어루만지듯 섬세한 손길이었다. 그는 기대에 가득 찬 미소를 머금은 채 불꽃처럼 타오르는 그녀의 눈동자에서 눈을 떼지 못했다.

결국 그는 못 참겠다는 듯 입을 열었다.

"문을 여세요. 그녀와 직접 대화를 나눠 보고 싶군요."

하얀 방의 문이 열리고, 잿빛 코트의 신사가 입장했다. 소녀는 생각보다 더 여려 보였다. 창백한 안색을 보니 잠도 제대로 못 잔 듯 아주 예민한 눈초리였다. 엘 카인을 본 이브는 몸을 낮춘 채 뒤로 물러섰다. 송곳니를 내보인 채 적개심을 내뿜는 그녀의 행동은 작은 들고양이처럼 날 선 모습이었다.

"너무 가까이 가진 마십시오. 흥분하면 ESP 능력을 발휘합니다."

"ESP? 정확히 어떤 능력을 쓰죠?"

"그 부분에 있어서는 아직 연구 중입니다."

카인은 속으로 비웃었다. 연구한다고 알아낼 수 있는 것이라면 벌써 다 밝혀졌겠지. ESP 능력은 초자연적인 힘이다. 과학으로 설명할 수 있다면 애초에 초능력이라 분류되지 않았을 것이다.

"목소리가 듣고 싶은데, 아저씨한테 인사해 주지 않을래?"

다정하게 말을 건넸지만 이브는 적대적인 눈초리만 보였다. 그는 러시아어로 "안녕?" 하고 다시 말을 걸었다. 이번에도 그녀는 신경질적인 기색으로 입술을 실룩거릴 뿐이었다. 엘 카인은 연구원 쪽을 돌아보며 애석하다는 얼굴로 물었다.

"말을 못하나?"

"기본적으로 영어, 러시아어, 한국어를 할 줄 아는 것 같습니다. 대화는 이해하지만 언어적 반응을 보이진 않습니다."

"아하."

말만 알아듣는다면 입을 열게 하는 건 쉽지. 그는 쇠로 된 의자를 드르륵 끌어와 앉았다. 그리고 허리를 숙인 채 턱을 매만지며 싱긋 웃었다.

"네가 어머니의 배 속에서 감염되었다는 걸 아니? 아, 모친은 이미 죽었다고 했지."

거침없이 말하던 그는 슬쩍 이브의 표정을 살폈다. 그녀의 눈 밑에 미세한 경련이 일고 있었다.

"친부는? 감염되어서 죽었나?"

"검사 결과 음성이랍니다."

"그래? 다행이네."

그는 이브를 향해 친절한 어조로 "그렇지?" 하고 되물었다. 그의 자극에도 이브의 적개 어린 눈초리에는 변함이 없었다. 생긋 웃으며 그녀를 바라보던 카인의 입가가 서서히 다물렸다. 그는 무표정한 얼굴로 이브를 빤히 쳐다보더니 시답지 않은 연기는 집어치운 듯 짜증스러운 눈빛을 지었다.

"있잖아, 자꾸 그렇게 못되게 굴면…… 아버지도 영원히 못 보게 될지도 모른다?"

그는 순식간에 돌변한 눈빛으로 서늘하게 속삭였다. 180도 달라진 그의 태도에 고집스럽게 입을 다물고 있던 이브의 동공이 붉게 확장된 채 굳었다.

"그건 너무 슬프잖아, 그렇지 않니?"

그는 잿빛에 가까운 은발 머리를 쓸어 넘기며 섬뜩한 웃음을 내보였다.

"그러니 나와 함께 가자."

흡사 청혼이라도 하듯 내민 손이었다. 그녀의 얼굴 반을 가리고도 남을 커다란 손, 하지만 구렁이가 건네 준 선악과만큼이나 위험해 보이는 제안.

이브는 동그랗게 커진 눈으로 주춤 물러섰다.

'이 사람…… 무서워.'

본능이 속삭인다. 저 손은 실험실의 주삿바늘보다도 잔혹한 족쇄가 될 것이노라고. 그녀는 고개를 내저으며 한 발 또 물러섰다. 내민 손을 할퀴어 버릴지언정 잡기는 싫다는 눈초리였다.

"또 못되게 굴려고 하네?"

카인은 어쩔 수 없다는 듯 웃었다.

아까부터 느꼈는데 이 사람, 왠지 낯설지가 않았다. 웃는 눈초리나 입매, 이마와 턱선 모양 같은 게 어디선가 본 듯한 느낌이다. 뉴스나 영화 같은 데에 나왔던 사람인가?

"아저씨는 이브를 구해 주려고 하는 거야. 혹시 이브는 아버지가 더 이상 보고 싶지 않은 걸까?"

이브는 멈칫 미간을 구겼다. 그는 발끝을 오므리는 그녀의 맨발을 보면서 쿡쿡 웃었다. 고민에 빠진 듯 이마에 힘을 준 소녀가 못내 귀엽다는 듯이.

"쓸데없는 고민을 하네. 어차피 결국엔 내 말대로 하게 될 텐데……. 그래, 뭐 아기 고양이는 원래 경계심이 많은 법이니까."

그는 느긋한 자세로 몸을 기대며 생긋 웃었다.

같은 시각, 연구소 특별동으로부터 1㎞ 떨어진 지점에서는 에어쉽 하나가 불가시 모드[10]로 착륙한 채 대기 중이었다. 새롭게 짓고 있는 연구원 숙소 건물들 사이에서 미세한 엔진 바람이 일었지만, 누구도 그 실체를 보진 못했다. 지나가다가 본 이들은 그저 얕은 먼지바람이 스치는 것이라 여길 뿐이었다.

– 도련님, 아가씨의 위치가 잡혔습니다.

---

10 불가시 모드: 에어쉽을 보이지 않게 만드는 기술이다. 보통 군용 에어쉽에만 탑재되어 있는 기술로 일반 자가용 에어쉽에 등록하는 건 불법이다. 불가시 모드를 활성화시킬 경우, 에너지 소모가 약 5배가량 늘어난다는 단점이 있다. 최근 태양광에 의한 굴곡 문제는 해결되었으나 물과의 접촉에 의해 윤곽이 드러난다는 점은 여전히 불가시 모드의 취약점으로 남아 있다.

"이브가 실험실에서 나왔다고?"

에어쉽 밖에서 잠깐 동태를 살피던 아담은 타이탄의 목소리에 황급히 안으로 들어왔다.

근 오 일, 아담은 하루에 몇 분도 쉬지 않고 일했다. 그는 며칠새 아주 대대적인 작업을 벌였다. 바로 알혼 섬에 있는 스마트 더스트 시스템을 시베리아 연구소 주변으로 옮기는 것이었다. 물론 쉽지 않은 작업이었다. 다행히도 시베리아 연구소 내 옛 바딤의 연구실에는 그가 쓰던 서버가 남아 있었다. 두 사람은 일단 타이탄의 서버를 그쪽으로 이동시켰다. 그리고 스마트 더스트의 통제 권역을 재설정했다. 새롭게 설정된 권역은 시베리아 연구소 전체와 그 주변 1㎞ 근방. 연구소의 보안 시스템을 해킹하고 들어가는 것쯤은 두 사람에게 그다지 어려운 일이 아니었기에 작업은 생각보다 순조롭게 이루어졌다.

"아버지, 타이탄이 한 보고 들으셨어요?"

– 그래, 들었다. 어쩔 셈이냐?

아담은 고민에 빠진 눈으로 에어쉽 밖을 응시했다. 그때 타이탄이 또다시 입을 열었다.

– 아가씨의 모습 보내 드립니다.

연구소 밖으로 나온 이브의 모습이 스마트 더스트에 의해 실시간으로 잡혔다. 그녀는 연구소 밖으로 나와 대기하고 있는 무인차량 쪽으로 걸어가고 있었다. 달걀 모양의 무인차량은 겉면 전체가 특수 강화유리로 이루어져 있어서 내부를 들여다볼 수 있는 구조였다. 무인차량은 연구소 내에서 다른 연구동이나 에어쉽 승강장으로 이동할 때 쓰이는 교통수단 중 하나였다.

"어디로 가는 거지?"

이브는 차분한 모습으로 걷고 있었다. 그녀의 뒤로 실험복을 입은 연구원과 검은 정장을 입은 수행원이 따라가는 게 보였다. 제일 신경 쓰이는 건 그녀의 손을 잡은 채 나란히 걷고 있는 잿빛 코트 남자의 존재였다. 대체 그녀를 어디로 데려가려는 것일까?

"좀 더 확대해 봐, 타이탄. 둘의 대화는 들을 수 없는 거야?"

– 조정하겠습니다.

잡음이 흘러나왔다. 그러더니 한층 선명해진 화질과 또렷해진 음성이 상황을 중계하기 시작했다.

이브는 자신의 손을 잡고 있는 카인의 손을 말없이 응시했다. 머릿속으로 손목을 뚝 잘라 버리는 끔찍한 상상을 해 본다. 저 남자가 잡고 있는 손이 구더기로 썩어 가는 듯한 느낌을 받았다.

"너무 그렇게 싫어하지 마. 나쁜 사람은 아니니까."

그가 또 입꼬리만 올리며 웃었다. 서늘한 눈매는 섬뜩할 정도로 웃음기 없이 차가웠다.

그녀는 의심스러운 눈초리를 지었다. 이 사람은 거짓된 감정을 연출하는 데 능숙한 사람이었다. 알혼 섬에서 폐쇄적인 생활을 해 왔던 그녀였기에 더욱 잘 느낄 수 있었다. 남들에게 보여 주기 위한 표정 연기 따위는 그녀의 눈에 오히려 이상하게만 보일 뿐이었다.

다만 그는 의외로 어린아이의 눈높이에 맞춰서 대화하는 것에 능숙한 사람이었다. 딸이라도 있나? 그렇다고 보기엔 꽤 젊은 편 같은데.

"탑승하시죠."

연구원은 무인차량 앞에 도착하자마자 손으로 안내하며 말했다. 젊은 남자 연구원은 두려움에 찬 눈으로 이브 쪽을 힐끔거렸다.

수면마취로 재운 것도 아니고, 손발을 묶은 것도 아니었다. 듣기로는 항체가 있긴 해도 감염자와 다름없다는데 초능력이라도 쓰면 어쩌려고 그러지? 그녀를 포획하기 위해 투입되었던 러시아 특수부대 팀에서는 사망자도 발생했다고 들었다. 게다가 그녀의 혈액을 채혈하던 연구원 중 하나는—수면마취까지 해 놨음에도 불구하고— 알 수 없는 기현상으로 인해 고막이 파열되고 시력까지 손상됐다고.

"갈까?"

카인이 상냥하게 물었다. 겁에 질린 연구원은 뒤로 멀찍이 물러난 채 몸을 사리고 있었다. 그런 그를 빤히 보던 이브는 문득 돌아서 하늘을 올려다보았다.

연구소 내의 많은 사람들이 그녀를 쳐다보고 있었다. 수군거리는 수많은 시선들. 그들을 피해 고개를 돌리던 이브는 묘한 평온감에 눈을 감았다.

'이 냄새, 이 느낌, 마치 알혼 섬의 상공 같아.'

알혼 섬에 비치는 햇살은 그의 따뜻한 품속이었다. 싱그러운 바람은 머리를 쓰다듬어 주는 그의 손길이었고, 절벽에 안기는 파도 소리는 밤마다 들려주는 그의 자장가였다.

그리고 그 모든 것을 지켜 주던 알혼 섬의 우산 '스마트 더스트'. 그건 그가 오롯이 그녀만을 위해 만든 마법의 장막이었다.

이브는 무인차량 창문에 가만히 한쪽 손을 대고 바짝 붙었다. 그녀는 유리 벽에 비친 허공을 빤히 들여다보았다. 거울처럼 유리에 반사된 상공은 먼지 한 톨, 한 톨 검열해 보듯이 고스란히 그녀의 동공 속 망막에 맺혔다.

이브는 홱 돌아서더니 마른 입술을 파르르 떨었다. 포도 알처럼 커진 눈동자는 허공을 뚫어져라 응시했다.

— 아담이 근처에 오면 이브는 콧노래가 나와.

— 그래?

— 응, 기분이 너무 좋아서.

— 아마 그건 내가 늘 이브가 좋아하는 걸 사 오기 때문에 그런 게 아닐까? 오늘도 귀신같이 딸기 케이크 냄새를 맡고 알아챘잖아. 이브는 오빠보다 케이크가 더 좋은 거지?

— 아니야! 이브는 아담도, 케이크도 모두 다 좋아.

— 흐음, 이브는 언제쯤 오빠를 세상에서 제일 좋아하게 될까? 나는 이브가 세상에서 제일 좋은데. 이브 없이는 하루도 못 살 거 같은데. 이거 봐, 이브는 또 케이크 먹느라 내 말은 듣지도 않지…….

이브는 카인의 손을 뿌리치더니 머뭇거리며 뒷걸음질을 치기 시작했다. 카인은 의아한 눈으로 그녀를 쳐다보았다. 비틀거리는 그녀는 경황이 없어 보였다. 갈 곳을 잃은 눈동자는 바람에 쓸리듯 흔들렸다. 쓰러지는 갈대처럼 갈피를 못 잡던 몸은 이내 홱 돌아서더니 어딘가를 향해 달렸다. 놀란 카인은 맨발로 뛰어가는 이브를 쳐다보았다. 그녀는 주차된 무인차량의 반대편으로 향하고 있었다.

긴 흑단 머리가 바람결에 휘날렸다. 순식간에 내달린 그녀는 연구동 사이의 텅 빈 공터에 멈춰 섰다. 그리고 가만히 하늘을 올려다보았다.

"케이크 따위 없어도 알 수 있어."

아담과 이브는 한 몸이잖아. 언제나 이어져 있는걸? 아담이 가까이 있을 땐 콧노래가 나와……. 왜냐면 이브가 행복하니까, 이건 아담의 온기니까.

중얼거리는 그녀의 입술 위로 눈물방울이 툭 떨어졌다. 검은 심연에 먹힌 듯한 눈동자는 공허했다.

"그렇지, 아담?"

닿을 수 없는 희망은 가끔 잔인한 부메랑이 되어 돌아온다. 지금 이 순간처럼.

"녀석들이 이브를 옮기려고 해. 지금 당장 빼내야겠어."

– 아담! 멈추거라!

바딤의 목소리가 날카롭게 울려 퍼졌다.

– 현재 이곳엔 세계연맹 이사회 소속인 각국 정상들이 모여 있어. 소란을 피우는 건 너무 위험해. 무모한 짓이야.

아담의 눈동자가 울컥한 감정으로 일렁였다. 그는 눈시울이 빨개진 채 영상 속 이브를 바라보며 애원하듯 말했다.

"이브를 데려와야 해요."

그녀의 눈동자가 빛 하나 없이 까맣게 타들어 가는 태양의 흑점처럼 잠겨 있었다. 흡사 시체의 눈알처럼 죽어 가는 시선이다. 왜 이렇게 말랐어? 혈색도 안 좋고. 어디 아프기라도 한 거야? 그곳에서 대체 무슨 짓을 당한 거야?

"할 수 있어요. 제가 데려올 수 있어요! 그러니까 제발……."

– 너만큼이나 나도 데려오고 싶어. 하지만 지금은 안 된다.

"아버지!"

– 안 된다고 했다.

바딤 역시 가슴이 터질 듯 답답했다. 아담이 아니었다면 자신이 먼저 달려 나갔을지도 몰랐다. 하지만 그에게는 이브 외에도 지켜야 할 존재가 있었다.

'하필 오늘 옮길 줄이야!'

연구실에서 화면을 바라보던 바딤은 주먹을 꽉 움켜쥐었다. 며칠째 잠을 설친 그의 눈 밑엔 그늘이 짙게 드리워져 있었다. 바딤은 퀭한 시선으로 초조한 듯 화면을 응시했다.

"이브, 왜 그러니?"

어느새 다가온 카인이 허리를 굽힌 채 그녀를 바라보며 물었다. 가만히 눈을 감고 있던 이브는 잠에서 깨듯 눈꺼풀을 열었다.

"아저씨랑 가기 싫어진 거야?"

입술만 늘려서 웃는 그의 눈이 섬뜩하게 빛나고 있었다. 그녀는 그를 말없이 응시했다. 웃을 줄 모르는 인형이 자꾸 사람 흉내를 내는 듯한 기분이 들었다. 언젠가 엄마가 보여 준 피에로 인형과 닮았다. 사람과 눈이 마주치면 자동적으로 빨간 입꼬리를 올리며 익살스럽게 웃던 서커스 인형. 그 장난감은 지금도 징그럽고 오싹한 기억으로 남아 있었다.

— 자꾸 그렇게 못되게 굴면…… 아버지도 영원히 못 보게 될지 모른다?

장난치듯 속삭이던 그의 목소리가 문득 떠올랐다. 그녀는 모골이 송연해지는 느낌을 받았다. 초점을 잃었던 눈이 가까스로 정신 줄을 잡았다. 이브는 하늘을 올려다보며 버럭 소리를 질렀다.

"난 괜찮아!"

그녀는 제자리에서 양팔을 흔들고 폴짝 뛰며 울부짖었다.

"나는 괜찮으니까!"

엘 카인은 눈썹을 치켜세우며 그녀를 쳐다보았다. 실성한 것 같진 않은데, 의미를 알 수 없는 행동을 하고 있었다. 아담도 멍한 눈으로 타이탄이 보여 주는 화면을 응시했다.

'그러니까 오면 안 돼! 무서운 피에로가 두 사람을 해칠 거야!'

엘 카인은 눈초리를 옆으로 길게 늘렸다. 그는 주변을 훑어보듯 돌아서며 의심스러운 목소리로 물었다.

"이브, 누가 왔니?"

그의 잿빛 코트를 보던 이브는 입술을 사리물었다. 두 눈에선 눈물이 울컥 차오르더니 뚝뚝 떨어지고 있었다. 참고 또 참았지만, 가족이 곁에 있다는 게 느껴지니 더 이상은 도저히 터져 나오는 설움을 삼킬 수가 없었다.

"마다Mada! 사랑해!"

이브는 쉰 목소리로 고함쳤다. 그녀의 목소리를 듣는 아담은 화면을 뚫어져라 쳐다보았다.

"보고 싶어!"

눈물 콧물 빼면서 엉엉 오열하는 이브를 보면서, 엘 카인의 수행원은 딱하다는 듯 안쓰러운 표정을 지었다.

"모친을 잃은 지가 얼마 안 되었다는군요. 마더Mother를 찾는 거 보니, 어린애는 어린애네요. 표정이 좀 섬뜩했었는데……."

이브의 울음소리에 아담은 후드득 떨어지는 눈물 사이로 숨죽인 채 이를 악물었다.

"이브한테 꼭 와야 해, 마다Mada!"

목소리가 갈라지도록 울부짖던 이브는 비틀거리더니 바닥에 풀썩 넘어졌다. 땅을 짚고 일어서는 그녀의 눈은 눈물범벅이었다. 이브는 벌게진 얼굴로 서러운 눈물을 뚝뚝 흘렸다.

"버리지 마. 이브를 포기하지 마……."

용감하고 씩씩하다지만 겨우 일곱 살 아이였다. 집에서는 한없이 어리광쟁이에 불과한 귀염둥이 막내딸. 태연한 척했지만 속으로는 이대로 영원히 가족을 보지 못하는 건 아닐까 하고 매일 밤 불안에 떨던 참이었다.

'지금 이 상황이 얼마나 무서울까? 얼마나 집에 오고 싶을까?'

– 도련님.

아담은 가까스로 흐느낌을 억누르고 있었다. 파랗게 튼 입술 새로 그의 떨리는 음성이 새어 나왔다.

"이브는 절대 사라를 마더Mother라고 부르지 않아."

– 예, 한국인이셨던 사모님께서 꼭 엄마라고 부르게 하셨죠, 한국말로요.

— 사랑해, 마다Mada!

— 사랑해! 보고 싶어…….

– 도련님, 눈치채셨습니까? 마다Mada의 알파벳을 거꾸로 뒤집으면…….

"그래."

— 보고 싶어…… 마다Mada!

“아담Adam이 돼.”

그는 사리문 잇새로 힘겹게 대답했다. 비장한 눈초리에서 빰을 타고 흐르는 눈물이 턱 끝에 맺혔다.

지금 이 순간을 영원히 잊지 못할 것이다. 눈뜨고 이브를 빼기는 슬픔과 수모를, 무기력한 자신에 대한 분노와 후회를 골수까지 새겨 놓을 것이다.

발버둥 치며 소리 지르던 이브를 결국 보안 팀이 출동하여 결박했다. 흥분하면 ESP 능력이 방출될지도 모른다는 보고에 연구원들은 마취제까지 대동했다. 다행히도 카인은 그들이 쏘려던 마취주사를 가로채더니 바닥에 던져 버렸다.

주사기가 ‘쨍그랑’ 하고 깨지는 소리에 이브는 비로소 얌전해졌다. 그녀의 눈은 공포에 사로잡힌 채 확장되어 있었다. 뻣뻣한 동작으로 걷는 그녀의 입가에 핏물이 맺혔다. 여린 입술을 너무 세차게 깨문 탓이었다.

에어쉽 승강장 앞에는 왓슨 연구소의 과학자들이 대기 중이었다. 그들은 엘 카인을 보자마자 긴장한 듯 뻣뻣한 자세로 고개를 숙였다. 환자 이송용 에어쉽이었다. 내부에는 수면용 캡슐과 의료 기구들이 탑재되어 있었다.

“이브는 그냥 편안하게 자면서 가면 돼. 걱정 마, 아저씨가 옆에 있어 줄 테니까.”

주삿바늘을 본 이브의 얼굴이 창백하게 굳었다. 하얀 액체와 이어진 저 주삿바늘은 이미 여러 번 경험했다. 장시간 재우는 수면마취제다. 저걸 손등에 꽂는 순간, 의식이 하수구 속으로 빨려 들어가는 듯한 느낌을 받게 된다. 그리고 그것은 두 번 다시 깨날 수 없는 공포감마저 안겨 주곤 했다.

"싫어, 안 잘 거야!"

카인이 눈초리를 가늘게 좁혔다. 그의 표정을 본 이브는 시무룩한 얼굴로 고개를 숙이며 중얼거렸다.

"얌전히 있을게. 그러니까…… 주사 놓지 마."

"그래? 착하네."

주먹을 꽉 움켜쥔 이브의 눈에는 닭똥 같은 눈물이 굵게 맺혔다. 치욕스러운 심정에 손이 덜덜 떨렸다. 아직 어리지만 자긍심과 자존심만큼은 누구보다도 높은 아이였다. 그런데 지금 이 순간, 그녀는 인생에서 처음으로 누군가에게 억지로 굴복했다. 그것은 소녀에게 있어 주삿바늘 자국보다도 더 큰 상처였다.

'차라리 죽는 편이 나을까?'

머릿속에 자포자기한 물음이 떠올랐다. 입술 끝이 오만 가지 감정으로 부들부들 떨렸다. 허탈함에 웃으려 해도 자꾸 울음이 번졌다. 광대처럼 우스운 표정의 소녀가 유리창에 비쳤다. 그녀의 눈에 절망이 어렸다.

'이렇게 살 바에는 차라리…….'

힘없이 에어쉽 밖을 보던 이브의 눈이 뭔가를 발견하고 멈췄다. 공허하게 비어 있던 눈동자에 한 줄기 빛이 스며들었다. 유리 벽을 짚은 그녀는 숨죽인 채 미소 섞인 울음을 터뜨렸다.

하늘에 뜬 바람개비들이 오색 빛깔을 이루며 빙글빙글 날아오르고 있었다.

— 반드시 구하러 갈게……. 그러니 이브도 포기하지 마.

"응."

이브는 젖은 얼굴로 고개를 끄덕였다. 다짐하듯, 약속하듯, 스스로를 일으켜 세우듯, 그녀는 재차 턱을 주억거리며 다부지게 대답했다.

"응!"

그녀의 영혼은 알혼 섬의 바람만큼이나 자유롭고 순수했다. 맨발로 흙을 밟으며 뛰어놀던 소녀에게 있어 하얀 벽의 실험실은 독배보다도 잔인한 처사였다. 그러나 사라의 피를 이어받은 그녀는 누구보다도 강한 정신력을 지닌 아이였다.

"기다릴게."

그녀는 유리 벽에 뺨을 댄 채 가만히 눈을 감으며 속삭였다.

사실은 외롭고 무서웠다. 왜 이런 일을 당해야 하는지 화가 나고 원망스럽기도 했다. 그래도 안간힘을 쓰며 울지 않고 버텨 온 이유는 저들에게 약해 보이지 않기 위해서였다.

'무릎 꿇지 않아, 절대 지지 않아, 꿋꿋하게 버틸 거야.'

이브는 유리창에 남은 눈물자국을 손으로 지운 뒤 손등으로 눈을 슥슥 비볐다. 하늘 저편으로 사라지는 바람개비들이 보였다.

"포기하지 않을게."

그러니 아담도…… 이브를 포기하지 마.

"타이탄."

아담은 팔에 눈두덩을 묻은 채 고개를 푹 숙이고 있었다.

– 네, 도련님.

"아버지는?"

– 이쪽으로 이동하고 계십니다.

"이브를 데려간 녀석, 누구야?"

– 아가씨를 수송해 간 에어쉽은 왓슨 제약회사 소속의 기체입니다.

"왓슨 제약회사……."

또 거긴가? 왓슨 그룹, 왓슨 제약회사. 어떻게 무너뜨려야 하지? 이브를 데려간 잿빛 코트의 남자. 어딘지 낯익은 실루엣이었다. 그 녀석이 핵심 인물인 걸까? 세계연맹 이사회의 반발에도 불구하고 배짱 좋게 이브를 쏙 빼 간 녀석이다. 몸집만 크지 속은 어린애인 알렉스와는 차원이 다른 상대일 거다. 아마도 현 왓슨 그룹의 실세는 저 녀석일 테지.

– 우리끼리는 안 됩니다. 조력이 필요합니다. 상대가 너무나 거대해요.

"조력?"

아담이 붉게 충혈된 눈을 들며 물었다.

– 네, 도련님. 인간들이 조직을 이루는 이유는 혼자선 나약하기 때문입니다.

바딤이 에어쉽 문을 열고 등장했다. 아담은 허탈한 눈으로 그를 바라보았다. 바딤도 말없이 그를 쳐다보았다. 두 사람 다 눈두덩이 빨갛게 부어 있었다.

"잠깐 나와 보거라."

그는 혼자 온 게 아니었다. 바딤의 옆에는 검은 정장을 입은 사내 하나가 서 있었다. 그를 알아본 아담의 표정이 얼어붙었다. 그는 벌떡 일어서서 적대적인 눈초리를 지었다.

– 조력자의 등장이군요.

타이탄은 낮은 목소리로 속삭이더니 '핏' 하고 사라졌다.

"'그날' 이후로 처음 보는구나, 아담 페트로비치 군."

연구원으로 가장하고 잠입했던 바딤은 에어쉽으로 돌아오는 길에 브릿지에서 리 박사와 마주쳤다. 마주친 상대가 그였던 건 다행이었을까, 불행이었을까?

다른 대표들과 함께 있던 리는 한눈에 바딤을 알아보았다. 바딤은 가슴을 졸이며 모자를 눌러쓴 채 숨을 죽였다. 서로를 스치는 순간, 리의 입가엔 미소가 번졌다.

무슨 생각인지 그는 경비를 부르지 않았다. 대신 조용히 바딤의 뒤를 따라왔다. 뒤를 힐끔 돌아본 바딤은 뱀처럼 따라붙는 그와 시선을 마주쳤다. 짧은 순간, 두 남자가 교환한 눈빛에선 말없는 교섭이 이루어졌다.

"왓슨 그룹은 남태평양에 인공 섬을 하나 짓고 있어. 그곳으로 본사를 옮길 계획인 것 같더군. 왓슨 회장은 본사 이전과 함께 은퇴를 선언할 생각이야. 즉 새롭게 이전되는 본사의 리더가 차기 왓슨 그룹의 주인이 될 거란 소리지."

아담과 바딤은 각자 서늘한 눈으로 그의 이야기를 듣고 있었다. 둘 다 살기에 젖은 눈초리였다.

"바딤, 일전에 내가 부탁한 거 기억나? 왓슨 그룹의 새 본사 시스템을 설계해 달라고 했잖아."

"그래."

리는 떨떠름한 표정으로 눈치를 살폈다. 모든 걸 빼앗긴 아버지와 아들은 오직 복수의 칼날만을 세우고 있었다. 이들은 절박했다.

이브를 위해서라면 무슨 이야기든 들을 기세였다.

"왓슨 그룹의 새 수뇌부는 혁신이 중점이야. 제일 중요한 건 보안인데, 그 어떤 곳보다도 강력한 보안 시스템이 필요해. 그리고 그 모든 걸 통제할 수 있는 건…… 단 한 사람뿐이었으면 좋겠어."

"단 한 사람? 시스템 관리자를 뜻하는 거야?"

"가능하겠어? 내가 왓슨 그룹 본사의 유일한 관리자가 될 수 있도록 말이야."

"만들어 주면 너는 뭘 약속할 수 있는데?"

바딤이 무표정한 눈으로 되물었다. 리는 당연하지 않느냐는 표정으로 대꾸했다.

"네 딸을 돌려주지. 너희 세 식구가 평화롭게 살아갈 수 있도록 안전한 거처를 마련해 주도록 할게."

"이브를 먼저 빼내 줘. 그럼 시스템이든 스마트 더스트든 뭐든 만들어 줄 테니."

리는 복잡한 표정을 짓더니 담배를 꺼내 물었다.

"바딤, 상황이 복잡해졌어. 네 딸이 항체를 가지고 있다는 걸 왜 숨긴 거야? 그녀는 이제 모든 인류의 희망이야. 치료제 개발을 위해서는 이브가 꼭 필요해."

"그럼 적어도 이브와 정기적으로 만날 수 있게 해 줘."

"신종 바이러스 대책 본부에는 감염자 가족은 물론 생존자 가족도 들어갈 수 없다는 거 몰라? 면회는 일절 금지야."

"이브는 감염자가 아니야!"

"감염자는 아니더라도 일종의 생존자지."

바딤은 리를 노려보며 말했다.

"네가 만들어 달라는 본사 시스템은 인공 섬 전체의 두뇌가 될 슈퍼컴퓨터야. 하루아침에 뚝딱 만들 수 있는 게 아니라고! 무엇보다 내가 널 어떻게 믿지? 너 같으면 너처럼 야비한 녀석을 두 번 믿을 수 있겠어?"

"바딤."

리는 한숨을 내쉬며 바딤의 어깨를 쥐었다. 마치 오래전 술잔을 부딪치며 웃음을 터뜨리던 그 시절처럼. 그러나 그의 손을 내려다보는 바딤의 눈초리에는 경멸이 묻어나 있었다.

"이것 하나만은 확실해. 너와 내가 같은 적을 두고 있다는 거. 적의 적은 내 친구라고들 하잖아? 뭐하러 각자 노를 따로 저으려고 해? 우린 같은 배를 타고 더 빠르게 도달할 수 있어. 함께 힘을 합친다면 말이야."

조용히 두 사람의 대화를 듣고 있던 아담은 문 열린 에어쉽 의자에 걸터앉은 채 입을 열었다.

"타이탄, 기록했어?"

– 예, 모든 대화 내용과 영상 자료를 녹화했습니다.

리는 당황했는지 눈을 깜빡였다. 타이탄이라면 페트로비치가의 홈 AI이자 바딤의 비서인 인공지능 말인가?

"가상 서버에 백업시켜서 옮겨 놔."

– 네, 도련님.

아담은 턱을 괴더니 리를 향해 고개를 비스듬히 들었다.

"아시겠지만 난 아버지와 달라요."

확실히 제 아비보다 꼼꼼하고 철저한 녀석이었다. 한순간도 방심할 수 없는 놈 같으니. 어린 녀석의 눈빛이 매번 느끼지만 꼭, 소년의 탈을 쓴 요물처럼 섬뜩하고 시리다. 그런데도 묘하게 눈을 뗄 수 없는 마력이 깃들어 있었다.

"나는 인류의 존망이나 사회적 관습, 윤리니 홍익인간의 이념이니 과학 발전의 기여…… 그런 것들엔 전혀 관심 없어요."

아담의 눈동자는 공허하다 못해 텅 비어 보였다. 블랙홀처럼 깊이를 알 수가 없었다. 가물가물하게 감았다 뜬 눈이 비뚜름하게 리를 응시했다.

"그쪽이 원하는 게 무엇인지는 잘 알았어요. 협조해 드리죠. 그러니 그쪽도 우리와 한 약속 지켜요."

"그건 걱정하지 않아도 돼. 나도 이 이상 바딤에게 빚지기는 싫으니까."

리는 바딤의 눈치를 살피며 대꾸했다. 그러나 한파처럼 찬 바딤의 눈초리는 여전히 서늘한 선을 긋고 있었다.

아담은 비스듬히 내리뜬 눈을 가늘게 흐렸다.

"만약 배신하면."

그의 목소리가 밤하늘에 깔린 달빛처럼 은은하게 속삭였다.

"아저씨가 탄 배는 전혀 다른 곳을 향하게 될 거예요. 아주 깊고 어두운 강물을 마실 수 있는 곳으로…… 말이죠."

• • •

2082년 1월 15일.

왓슨 그룹의 정기 총회가 열리던 날이었다. 전 세계 언론사들은 왓슨 본사 건물 앞에 모여 열띤 취재 경쟁을 벌였다. 오늘 이사회 안건이 '본사 이전'이라는 주제이기 때문이었다.

말발굽 모양의 테이블에는 약 스물다섯 명 남짓의 중역들이 앉았다. 그 가운데 좌석의 주인인 왓슨 회장의 자리는 어김없이 빈 상태였고, 그의 대리로 참석한 엘 카인이 옆 좌석을 지키고 있었다.

"본사 이전 날짜가 앞당겨진다는 게 사실입니까?"

"사실입니다."

"왓슨 연구소가 먼저 들어간다는 이야기는 또 뭡니까? 치료제 개발을 거기서 한다는 겁니까?"

"본사 이전이 공식적으로 이루어지는 건 적어도 내후년 이후입니다. 그전에 왓슨 연구소의 신약 개발팀과 신종 바이러스 클리닉 센터부터 이동시킬 계획입니다. 치료제 개발에 박차를 가하기 위해서, 라고 일단 말씀드리도록 하죠."

현재 왓슨 제약회사가 항체를 가진 여자아이를 확보했다는 것은 이미 전 세계 내로라하는 기업 수장들이라면 공공연하게 알고 있는 사실이었다.

"신약 개발 1차 임상 시험은 어떻게 되는 겁니까?"

"예정대로 진행합니다."

"새로 이전하는 본사의 보안 시스템은 안전한 겁니까?"

"그 부분에 있어서는 여기 계신 리 박사님께서 설명을 해 주실 겁니다."

엘 카인은 자연스럽게 활촉의 방향을 리에게로 보냈다. 왼편 중간 자리에 앉아 있던 리는 자리에서 일어나더니 중역진들을 향해 가볍게 목례를 했다. 그가 고개를 끄덕이자 회의실 테이블 중앙에 홀로그램이 떠올랐다.

"오늘 여러분들에게 왓슨 그룹의 미래이자 인류의 희망이 될 낙원, '로스트 헤븐'을 소개하고자 합니다."

"로스트 헤븐?"

로스트 헤븐
The Lost Heaven

"왓슨 그룹의 본사가 들어갈 인공 섬의 이름입니다. 일찍이 인류가 잃어버린 지상의 낙원을 다시 구축하겠노라는 의지를 담았죠. 왓슨이 인류의 새로운 희망이 되겠다는 의미기도 합니다."

홀로그램 속에는 인공 섬 로스트 헤븐의 위성사진이 3D 입체 형상으로 떠올랐다. 거대한 섬의 설계도면은 회의실 전체를 아우르며 천천히 360도 회전하기 시작했다. 중역들은 처음 공개되는 인공 섬 로스트 헤븐의 모습에서 눈을 떼지 못했다.

"왓슨 그룹의 본사는 이곳 에덴 타워에 들어서게 됩니다. 에덴 타워는 로스트 헤븐의 동쪽 언덕 위에 위치하고 있습니다. 섬 전체의 관제탑 같은 역할을 하는 곳이죠. 에덴 타워 상층부에는 입실론들이 거주할 특별 도시가 세워질 겁니다."

리 박사가 손으로 홀로그램을 터치하자, 로스트 헤븐 동쪽 화면이 확대됐다. 거대한 에덴 타워의 꼭대기에는 토성의 띠처럼 둥근 고리의 형상을 한 공중 부유 구조물이 둘러져 있었다. 거기가 바로 입실론 거주 지역이었다.

"로스트 헤븐은 지구상에서 유일하게 신종 바이러스로부터 안전한 장소가 될 것이고, 오직 선택받은 이들만이 입주할 수 있는 생크추어리[11]로 남게 될 겁니다."

한편 회의실 밖에는 상아색 원피스를 입은 소녀가 지루한 표정으로 이곳저곳을 돌아다니며 구경하고 있었다. 그녀의 뒤로는 경호원으로 보이는 여성 세 명이 뒤따라 다녔다.

"무슨 회의가 이렇게 길어?"

"그만큼 중대한 사항이겠지요."

왓슨 본사—왓슨 제약회사—의 내부 구조는 단순했다. 고층 건물 중심은 정사각형 모형으로 1층부터 39층까지 뻥 뚫려 있었고, 다섯 개의 유리관들이 박혀 있었다. 긴 육면체의 유리관 안에선 초고속 엘리베이터들이 쉼 없이 움직였다. 고소공포증이 있는 사람들에게 있어 본사 건물은 고문이나 다름없었다. 복도를 걸을 때마다 왼쪽으로 보이는 아찔한 광경에 숨이 멎을 지경이었다. 난간 너머로 휑하게 뚫린 공중은 꼭대기에 달린 크리스털 장식 등으로 아름다웠지만, 동시에 오스스 소름이 돋았다.

추락 사고가 없던 것도 아니었다. 재작년에 32층에서 연구원 한 명이 난간 너머로 떨어졌는데, 다행히 상처 하나 없이 구조됐다. 특별히 운이 좋았던 건 아니었다. 층층마다 설치된 구조용 동작 센서 덕분이었다. 사람 혹은 사물의 낙하가 감지되면 그 즉시 3층마다 설치된 안전그물이 거미줄처럼 튀어나온다.

---

11 생크추어리Sanctuary: 성역.

"제인 아가씨, 그렇게 몸을 빼시면 위험합니다."

뒤쪽에 서 있던 경호 팀장이 조심스럽게 나무라자, 난간 너머를 내려다보던 제인은 못마땅한 얼굴로 콧잔등을 찌푸렸다. 그녀는 지루하다는 눈빛으로 대리석 난간에 턱을 괴었다. 약 80미터 아래인 1층엔 개미처럼 오가는 직원들의 모습이 보였다. 한심한 일벌레들. 평생 이곳까지 올라올 일은 없을 하층, 아니, 하충蟲들.

제인은 곁눈질로 옆에 서 있던 경호원, 진을 쳐다보더니 짓궂은 미소를 지었다.

"한번 뛰어내려 볼래?"

"예?"

진은 놀란 얼굴로 되물었다. 캐나다 출신인 그녀는 6피트가 넘는 키에 다부진 체격이었다. 웬만한 성인 남성 정도는 가볍게 제압할 수 있을 정도의 우수한 인력이었다.

"왜? 무서워? 괜찮아, 떨어져도 안 죽어. 실험 삼아 고양이도 한 번 던져 봤는데 무사했거든. 동작 센서가 너무 예민해서 날벌레에도 반응하는 수준이래."

"아, 아가씨……."

당황한 진은 뒤에 서 있는 팀장의 눈치를 살폈다. 막무가내인 그녀를 말려 달라는 눈빛이었다. 그러나 팀장도 어쩔 수 없다는 표정만 내보일 뿐이었다.

"내 말 안 들려? 왜 쟤 눈치를 봐? 뛰라니까? 이런 거에도 쫄면서 어떻게 내 경호를 하겠다는 거야? 그러고 보니 너 아직 신고식도 안 치렀지? 이걸 네 신고식으로 치면 어때?"

"죄송합니다, 아가씨. 제가 고소공포증이 있어서요. 다른 걸로 대체하면 안 되겠습니까?”

“고소공포증? 그럼 평소에 에어쉽은 어떻게 타고 다녀? 땅에 붙어 있는 시간보다 하늘에 떠 있는 시간이 더 많은 날엔 어떡할 건데?”

제인은 말없이 굳어 있는 경호원을 빤히 쳐다보았다. 그녀는 별안간 험악해진 얼굴로 소리쳤다.

“뛰라고!”

진은 엉겁결에 한쪽 다리를 난간 위에 걸쳤다. 담담해 보이던 그녀의 얼굴에 식은땀이 성글성글 맺히기 시작했다.

“안 뛰면 해고인 줄 알아. 이쪽 업계, 말 한번 잘못 돌면 밥줄 끊기는 거 알지?”

제인의 싸늘한 목소리가 가시처럼 와서 박히자, 그녀는 눈을 질끈 감았다.

“아아아악!”

비명 소리와 함께 요란한 센서 알람이 울려 퍼졌다. 층층에 설치된 붉은 경고등이 번쩍번쩍 사이렌처럼 돌아가고 안전그물이 에어백처럼 펑펑 터져 나왔다.

난간 너머를 흘끗 내려다보던 제인은 실룩이며 눈썹을 꿈틀거렸다. 약 5m 아래, 그물에 걸린 진이 거미줄에 걸린 곤충처럼 버둥거리고 있었다.

생명줄인 양 그물을 붙잡고 몸을 일으키던 그녀는 아래를 쳐다보더니 그대로 얼어붙었다. 공포심에 손아귀 힘마저 빠진 그녀의 엉덩이가 그물 중앙으로 주르르 미끄러졌다. 허둥지둥 줄을 잡던 진은 식은땀을 흘리며 위를 쳐다보았다. 그녀는 제인과 눈이 마주치자 열렬히 손을 흔들었다. 겁에 질린 눈으로 힘껏 웃어 보이는 얼굴이 안쓰러울 정도였다.

"재미없어."

제인은 주근깨가 잔뜩 박힌 뺨을 실룩이며 팽 돌아섰다. 지루해, 이 시간이 너무 따분해. 도대체 회의는 언제 끝나는 거지? 그깟 회의가 뭐라고 날 이렇게 기다리게 만드는 거야?

어느새 23층과 24층 난간 주변엔 본사 직원들이 잔뜩 몰려와 있었다. 그들은 경비원들에 의해 구출되는 진을 보며 제인이 서 있던 25층 난간을 힐끔거렸다.

엘리베이터 문이 열리고 하얀색 드레스 자락이 바닥을 사락사락 쓸며 걸어오기 시작했다.

"경호원들 괴롭히는 솜씨는 여전하구나."

상아색 피부에 자그마한 체구, 갸름하지도 동그랗지도 않은 얼굴, 먹색 붓으로 칠한 듯한 머리칼에 야리야리한 눈매, 일본 여자들 특유의 간드러지는 목소리 대신 허스키한 음성으로 단어를 적시듯 말하는 여자.

열다섯의 제인은 불쾌한 눈초리로 정면을 바라보았다.

"안녕, 제인. 카인을 만나러 왔니?"

그리스 여신을 떠올리게끔 하는 이브닝드레스가 여자의 목을 고혹적으로 감쌌다. 아직 어린 그녀에게는 어울리지 않을 어른 여자의 옷.

"밧세바."

이름도 짜증 나.

"……였나?"

"본명은 아니지만 그렇게 불러도 좋다고 일전에 말한 적 있지."

여자는 작은 입술을 오므리며 기묘하게 웃었다. 동양 여자 특유의 긴 눈매가 더 가늘게 휘었다.

"카인이 지어 준 이름 같은 거니까."

"기르는 짐승에게도 이름은 붙여 주는 법이야. 하다못해 밧세바는 이름이 아니라 프로젝트 명이라며? 개목걸이가 그렇게 좋다니 할 말이 없네. 카인에게 있어 넌 실험체에 지나지 않는데."

제인은 경멸조로 날카롭게 쏘아붙였다. 밧세바는 가볍게 웃었다. 가녀린 체구에 맞지 않게 호탕한 웃음소리였다.

"실험체와 사랑을 나누는 남자라니, 섹시하지 않니?"

제인은 귀까지 빨개진 채 밧세바를 노려보았다. 밧세바는 되레 그런 제인이 귀엽다는 듯 미소 지었다. 연상답게 여유가 넘치는 눈빛이었다.

그래, 저는 카인과 몸을 섞었다 이거지? 잠자리를 한 연인이라 이거지? 그것만큼은 어떻게 해도 앞지를 수 없었다. 자신을 여자로 봐 주지 않는 카인에게 키스를 해 달라고 졸라도 늘 돌아오는 건 뺨에 닿는 입맞춤뿐. 난 언제쯤에야 그에게 여자가 될 수 있는 거지? 언제쯤에야…….

제인은 경호 팀장 쪽을 돌아보더니 애꿎은 화풀이를 하듯 고함쳤다.

"실험체 따위가 이렇게 멋대로 본사 안을 돌아다녀도 되는 거야? 병균이라도 퍼지면 어쩌려고!"

"어머, 그러는 왓슨 양이야말로 이렇게 멋대로 돌아다녀도 괜찮겠어?"

밧세바는 팔짱을 낀 채 허리를 숙였다. 확 다가온 그녀의 얼굴에 제인은 깜짝 놀라 주춤 물러섰다. 코앞에서 밧세바의 숨결이 느껴지자 제인은 겁에 질린 표정으로 다급히 숨을 멈췄다.

"그러다가 감염이라도 되면 어쩌려고? 네 말대로 '실험체'가 이렇게 눈앞에 서 있는데 말이야."

밧세바는 생긋 웃더니 얼어붙어 있는 제인의 입술에 가볍게 쪽 입을 맞췄다. 제인의 갈색 눈동자가 경악으로 부들부들 커졌다.

"타액으로도 감염 가능하다지? 신종 바이러스 말이야."

"너……."

온몸의 솜털이 쭈뼛 곤두선 채 얼어붙었다.

"죽여 버릴 거야!"

밧세바는 후후 웃었다. 도자기처럼 하얀 얼굴에 반달로 휜 눈매가 조롱하듯 가느다란 선을 그렸다.

"두고 봐, 가만두지 않을 거니까! 아아악! 짜증 나!"

제인의 울음 섞인 목소리가 복도에 쩌렁쩌렁 울려 퍼졌다. 아래층에 있던 직원들이 놀라서 천장을 올려다볼 정도였다. 한달음에 화장실로 간 제인은 흐르는 물에 입술을 씻으며 웩웩 구역질을 했다.

"주치의! 주치의 불러! 그리고 할아버지한테 전화 넣어! 저 일본 계집애 당장 없애 버리라고!"

제인의 빽빽거림은 끊일 줄 몰랐다. 그녀는 분해 죽겠는지 흐느끼기도 했다.

돌아선 밧세바는 통쾌하게 웃으며 어깨를 으쓱거렸다.

"바보 같기는."

그런 그녀의 입가엔 서서히 씁쓸한 미소가 어렸다. 무엇이 그리 샘이 난다고. 사실 질투를 하고 있는 건 그녀 쪽이었다. 왓슨 회장이 엘 카인을 후계자로 키우는 게 기정사실화되면서, 손녀딸인 제인의 신랑감으로 그를 점찍은 게 아니냐는 소문까지 돌기 시작했다.

'제인 왓슨이 엘 카인을 흠모하는 것이야 이미 유명했고…….'

그녀는 난간 위를 올려다보며 처연해진 눈을 깜빡였다. 왓슨 본사의 꼭대기 층. 왓슨 그룹의 회장실이 자리하고 있는 곳이다. 현재는 엘 카인이 회장 대리로 들락거리며 공공연하게 그의 업무실로 쓰고 있지만, 어쨌든 왓슨 내에서 가장 큰 권력을 가진 자만이 앉을 수 있는 장소였다.

그는 더 이상 그녀를 찾지 않았다. 발길을 끊은 지도 어느덧 일 년이 넘은 상태. 설상가상으로 그는 최근 그녀에게 유배를 선포했다. 다른 입실론들과 함께 내달 로스트 헤븐으로 이주할 준비를 하라는 것.

비공식적 최초의 바이러스 감염자, 밧세바.

그녀가 어디서 어떻게 감염되었는지는 아직도 세간의 미스터리였다. 현재 그녀 나이는 스물넷. 만약 카인을 만나지 않았다면 한창 촉망받는 과학자로서 커리어를 쌓고 있었으리라.

'세상 전부가 몰라도 엘 카인, 당신과 나는 알지. 내가 어떻게 감염되었는지를.'

신종 바이러스에 걸려도 살아남는 여자들이 있다. 왓슨 연구소는 그녀들을 입실론이라 부른다. 기적처럼 살아남은 여자들은 왓슨 제약회사로 왔다. 신종 바이러스 연구와 치료제 개발에 도움이 되기 위해서, 혹시 모를 재발에 대비하기 위해서, 그리고 왓슨이 건네는 보수를 차마 거절하지 못해서.

그러나 그들은 알지 못한다. 신종 바이러스에 있어 생존자는 없다는 것을. 살아남은 그녀들 몸엔 항체가 없다. 바이러스는 사라진 게 아니라 잠시 몸을 도사리고 있는 것뿐이다. 숙주인 그녀들을 공격하지 않고 공생하는 상태라는 게 맞는 말이었다.

바이러스를 보유하고 있는 것만으로도 그들은 갑절이 넘는 에너지를 쓰게 된다. 전신에 도는 기이한 활력, 혈색은 없는데 맑아지는 피부 톤, 종종 특이한 초능력을 발휘하는 여자들도 있었다. 그리고 얼마 지나지 않아 그녀들의 시계는 남들보다 빠르게 흘러가기 시작한다.

– 39층, 회장실입니다.

엘리베이터의 문이 열리고 밧세바는 고민하는 눈초리로 발걸음을 망설였다. 그녀의 검은 눈동자는 두려운 기색으로 굳게 닫힌 유리문을 바라보았다.

그때 문 뒤에서 한 남자가 나타났다. 그는 엘리베이터 안에 서 있는 그녀를 보더니 조금 커진 눈으로 걸음을 멈추었다. 남자는 얕게 헛기침을 한 뒤 정중한 어조로 말했다.

"회장님께선 현재 부재중이십니다."

"당신은?"

"우리야 세르게이라고 합니다."

삼십 대 중반 정도 되어 보이는 거구의 남자였다. 남미 출신 같아 보이기도 하고, 억양을 보아하니 북미 출신 같기도 하고. 갸웃거리던 그녀는 '아!' 하며 뭔가를 기억해 냈다.

"새로 왔다던 경호 실장?"

"예."

아마도 군인 출신일 것이다. 그는 아주 잘 훈련된 도베르만처럼 충성스럽게 문 앞을 지키고 있었다.

"카인 씨를 보러 왔어요. 들어가도 되죠?"

"아, 그건 죄송하지만……."

우리야는 그녀의 앞을 막아서며 말을 줄였다. 험상궂어 보이는 얼굴에 잠시 난색이 스쳤다.

"오늘 이사님 일정에 밧세바 님과의 약속은 없는 걸로 알고 있습니다."

"내가 누군지 아는 걸 보니……."

그녀의 입김이 우리야의 목덜미를 스쳤다. 그의 몸이 긴장으로 뻣뻣하게 일어섰다. 밧세바는 부드러운 손길로 그의 어깨를 살며시 잡았다.

"이렇게 내 앞을 막는 게 얼마나 무례한 짓인지도 잘 알고 있겠군요."

그때 옆 엘리베이터 문이 열렸다. 안쪽에서 진회색 정장을 입은 남성이 반듯한 걸음으로 내렸다. 짧게 자른 애쉬드 블론드 헤어가 주홍빛 실내조명에 빛났다. 엘 카인은 두 사람을 발견하고선 갸웃거리며 걸음을 멈췄다.

"어쩐 일이야, 밧세바?"

그녀는 긴 드레스 자락을 쥐어뜯듯 잡았다. 입술이 버석했다.

"오랜만이에요, 카인."

"오랜만?"

그는 무심한 얼굴로 아래쪽을 흘겨보며 중얼거렸다. 진심으로 기억을 더듬는 중인지, 아니면 귀찮다는 어조인지 가늠이 되질 않았다. 늘 속내를 알 수 없는 남자였다.

"잠시 들어가도 되죠? 올라온 걸 보니 회의는 끝난 것 같네요."

밧세바는 혹시 거절당할까 봐 대답을 듣기도 전에 걸음을 옮겼다. 등 뒤에서 충성스러운 도베르만의 곁눈질이 느껴졌다. 그는 이브닝드레스를 입은 그녀의 파인 등과 자그마한 엉덩이를 홀린 듯 쳐다보더니 갈증 나는 듯 혀로 입술을 축였다. 스르륵 닫히는 문틈 사이로 밧세바의 드레스 자락이 '사락' 빨려 들어가며 모습을 감췄다. 곡선을 그리며 사라지던 실크 드레스는 가녀린 몸매의 잔영이 되어 아른거렸다. 감칠맛을 남긴 그녀의 향기에 그는 입맛을 다시며 아쉬운 표정을 지었다.

"이제 난 완전히 버려진 건가요?"

엘 카인은 밧세바를 물끄러미 바라보았다. 그의 눈초리는 고인 웅덩이처럼 수울했다. 연한 하늘빛 눈동자는 모순되게도 늘 그렇게 어둠에 잠겨 있다. 그곳에 발을 담그는 자는 누구든 다시 빛을 거머쥘 수 없다. 그의 시선에 갇힌다는 것은 절망, 그 자체였기에.

"한 해를 꼬박, 껍질을 벗기듯 자문하고 나서야 깨달았어. 당신이 원했던 게 무엇인지. 당신 곁에는 늘 여자가 많았죠. 나 말고도 당신과 잠자리를 가진 여성은 수도 없었으니까. 당신은 로테이션을 돌듯 돌아가면서 우리들과 사랑을 나눴어. 나도 그중에 하나였고……. 물론 그중에서도 제일 오래간 편이긴 했지만, 그건 내가 살아남았기 때문이야. 그렇죠?"

"……."

"아이를 가질 가능성이 없어 보이자 당신은 미련 없이 날 잊었죠. 내가 너무 늙어 버린 거야."

"넌 이제 고작 스물넷이야. 뭐가 늙었다는 거야?"

그가 웃음 밴 목소리로 물었다.

"예전의 나이는 상관없어요! 입실론들에게 있어 시간은 달음박질을 하듯 흘러가 버리니까. 누가 지금의 날 스물넷으로 보겠어요? 서른넷이면 몰라도."

밧세바의 눈에 물기가 차올랐다. 흐르는 누액이 담담했던 마음까지 비참하게 허문다. 그녀는 앙상한 뼈마디가 보이는 손으로 뺨을 훔쳤다.

"마지막으로 안아 줘요."

카인은 조각처럼 반듯한 이마 위로 눈썹을 치켜세웠다.

"그럼 군말 없이 로스트 헤븐으로 갈게요. 당신 말대로 최초의 입실론으로서 품위를 지키며 살 테니까…… 비밀은 지킬게요."

그의 입가에 미소가 어렸다.

"역시 넌 영리해."

말실수라도 한 걸까? 눈앞에 보이는 그의 섬뜩한 미소가 등골을 송연하게 적셨다. 카인이 저렇게 웃을 때면 늘 처벌이 뒤따랐다. 걱정과 달리 그는 다가와 그녀를 포근히 안아 주었다. 그리고 달래듯 속삭였다.

"하지만 이번에는 잘못 이해한 것 같아. 넌 살아남은 게 아니야. 내가 살려 준 거지."

"……."

"넌 다른 여자들처럼 미련하게 사랑 타령 따윈 하지 않았어. 영특하게 눈치를 잘 살펴 왔지. 그런 너에게 오히려 난 감정과 가까운 것을 느꼈어. 감정이란, 내가 저지른 행위가 남긴 찌꺼기 같은 거잖아. 떼어 내려 해도 붙어 있는, 감각적인 기억의 편린 같은 것. 그걸 사람들은 뭐라고 하더라…… 음, 뭐 어쨌든 그래서 난 널 살려 두었어. 이해가 돼?"

그녀는 악다문 잇새로 숨을 붙잡았다. 행여 울음을 터뜨릴까 봐 앞니로 아랫입술을 눌렀다. 속이 문드러져 가는 것만 같았다. 그는 지난 몇 년간 그들이 나눴던 사랑을 '찌꺼기'라고 표현했다.

"마지막으로 안아 달라는 것에 무슨 의미가 있는지는 모르겠지만, 좋아. 나는 여전히 널 해칠 생각은 없으니까."

밧세바는 가느다란 팔로 카인의 목을 끌어안았다. 가만히 눈을 감은 그녀의 속눈썹에 결국 눈물방울이 맺혔다.

"사랑해, 엘."

혼효 속에 가느다란 숨을 섞어 속삭였다. 잠시 멈췄던 손길이 그녀의 호흡을 움켜쥐었다. 반항하듯 내뱉은 고백에 화가 난 모양이었다. 옥죄어 온다. 목을 조르는 힘이 가해질수록 열락이 바짝 근육을 조였다.

그녀는 이미 어둠을 삼켰다. 그것은 그녀의 눈알을 파먹고, 내장을 녹이고, 사지를 바스러뜨리고 있었다. 헐떡이는 순간순간, 활개를 저으며 몸을 들썩이고 비틀어 본다. 썩어 문드러진 몸뚱이여도 있는 힘껏 파닥거려 본다.

이대로 피를 쏟은 채 죽는다 해도 상관없다. 더 이상 당신의 찌꺼기로 살아가고 싶진 않으니까.

혓바닥만 남은 채 암흑 속의 그를 핥았다.

"사랑한다고요."

차라리 나를 그녀들처럼 죽여 줘.

죽여 줘, 죽여 달라고!

나를 죽여 줘, 엘 카인…….

눈을 뜨자, 어둠은 사라지고 없었다.

밧세바는 몸을 일으킨 채 한참 동안 허공을 바라보았다. 가물가물한 눈을 몇 차례 깜빡이고 나서야 허벅지를 더듬더듬 어루만졌다.

찌꺼기가 남았다.

그녀는 바닥에 떨어진 드레스를 대충 휘감고 걸어 나왔다.

"카인 씨는요?"

"먼저 나가셨습니다. 밧세바 님은 제가 연구소까지 모셔……."

"제인 왓슨에게 갔나요?"

우리야는 잠시 빗뜬 눈으로 그녀를 내려다보았다. 그는 짤막하게 대답했다.

"예."

"그렇군요."

엘 카인은 고아였다. 그의 후견인이 되어 준 것은 램지 왓슨 회장, 정확히 말하면 램지의 손녀딸인 제인이다. 소문에 불과하지만 제인 왓슨은 엘 카인의 은인과 다름없다고 한다. 왓슨 그룹 소유의 섬에서 표류한 채 쓰러져 있던 그를 그녀가 발견하고 구해 줬다는 것이다. 이후 그녀는 조부인 램지에게 졸라 그를 왓슨가로 데려왔다.

엘 카인은 철저하게 손익에 의해 움직이는 남자였다. 그가 이유도 없이 어린애에 불과한 제인을 상대할 리는 없었다. 그녀를 손아귀에 넣고 왓슨 그룹 전체를 삼키려는 심산이 분명하다.

제인 헬렌 왓슨.

불쌍하지는 않다. 그녀 역시 스스로를 불쌍하다고 여긴 적은 없으니, 후회는 하지 않으리라. 이게 어리석은 선택이란 걸 알고 있음에도.

그녀는 생각에 잠긴 채 에어쉽 승강장으로 향하는 엘리베이터 앞에 섰다. 39층, 엘리베이터 문에 박힌 사파이어가 빛나고 문이 열렸다. 누군가 내렸다. 그를 본 밧세바의 눈이 커졌다.

"박사님?"

그녀를 발견한 리의 표정이 일그러졌다. 그는 그녀의 어깨 너머를 쳐다보았다. 대리석 바닥으로 이어진 회장실 입구가 보였다. 리는 언짢은 눈초리로 대뜸 물었다.

"카인 대표와 있었어?"

"네."

그녀는 이런 상황에 익숙한 듯 차분하게 대답했다. 붉으락푸르락한 얼굴로 입을 떼던 리는 답답하다는 얼굴로 고개를 돌렸다. 늘 그래 왔듯 말싸움으로 이어져 체력만 소진할 뿐이었다.

"곧 1차 임상 시험을 할 거야. 치료제가 완성되면 제일 먼저 너한테 투여할 거니까……."

"필요 없어요."

"왜?"

그는 밧세바의 어깨를 움켜쥐었다. 피로로 노랗게 뜬 눈에 짜증이 어려 있었다.

"대체 왜? 설마 아직도 엘 카인을 믿고 있는 건 아니겠지?"

"아니요. 그 사람이 어떤 사람인지는 누구보다도 내가 제일 잘 알아요."

그녀는 리 박사의 부릅뜬 눈동자를 외면하며 고개를 돌렸다. 힘없는 목소리가 흘러나왔다.

"그래도 어쩔 수 없어요."

"왜 어쩔 수 없는데?"

"이제 와서 평범한 사람으로 돌아가라고요? 그런 게 가능할 것 같아요?"

밧세바는 괴로운 눈빛으로 뺨을 실룩이며 웃었다.

"난 선택받았어요. 바이러스로부터 선택받은 거죠. 그들은 잠재력 있는 여자들만 살려 줘요. ESP라는 초능력을 발휘할 수 있는 여자들만요. 그래서 우리의 죽음도 연기해 준 거죠. 쓸모가 있으니까."

"엘 카인이 그래? 넌 선택받은 거라고?"

"그런 건 중요하지 않아요. 박사님 마음은 늘 감사하지만, 저는 안 돼요. 아시겠어요?"

"너야말로 내가 누구 때문에 이러는지 정말 모르겠어?"

"알죠."

그녀는 힐끔 고개를 들었다. 리 박사의 안타까운 얼굴이 보였다. 그의 눈동자는 처절할 정도로 그녀만을 향하고 있었다. 그럼에도 그녀의 눈빛은 변하지 않았다.

"박사님 자신을 위해서잖아요. 알아요, 박사님께서 절 좋아하신다는 거. 제가 박사님 밑에서 인턴을 할 때부터 한결같은 마음이셨다는 것도요. 하지만 '저를 위해서'라고는 하지 마세요. 박사님은 절 만나기 이전부터 본인의 가치를 증명하고 싶어서 안달 난 상태셨죠. 그 소녀, 항체를 가졌다는 아이 말이에요. 박사님도 접촉을 시도하셨다면서요?"

"이브?"

"그래요. 그때 박사님은 누구를 생각하고 계셨어요? 정말 저를 위해서 그 아이를 만나고자 하셨어요? 엘 카인보다 그 아이를 먼저 손에 넣어서 이사회와 회장님으로부터 점수를 딸 생각을 하고 계셨던 건 아니고요?"

밧세바는 아무 말 못하고 서 있는 리 박사를 보며 쓰린 미소를 머금었다. 그녀는 엘리베이터에 올라탔다. 말없이 한쪽에 서 있던 우리야가 그녀를 따라 걸어 들어왔다. 그러자 리 박사가 황급히 엘리베이터 문을 움켜잡은 채 고개를 들이밀었다.

"너는 내가 정말 오로지 야망만을 위해서 그랬다고 생각하니? 네가 왓슨으로부터, 엘 카인으로부터 벗어나고 싶다고 한다면 나는, 나는 모든 걸 버리고서라도……."

"저를 선택하시겠다고요?"

"그래!"

"정말 그러실 수 있으세요? 부와 권력, 명예 그 모든 걸 잃는다 해도요?"

리의 눈빛이 멈칫거리자 밧세바는 입가에 조롱 섞인 미소를 띠었다.

"제가 아는 박사님이라면 절대로 못해요."

그는 엘리베이터 문을 잡고 있던 손을 스르르 놓았다. 끝까지 저를 조롱하고 못 믿는 그녀에 대한 원망인 걸까? 아니면 끝끝내 그녀에게 확신을 줄 수 없는 자신에 대한 책망일까? 그의 검은 동공에 맺힌 혼란이 맥없이 풀어지고 있었다.

우리는 닮았다. 날갯짓을 퍼덕이며 날아오르려 버둥거리는 꼬락서니가 꼭 쌍둥이처럼 유사하다. 그래서 당신이 싫다. 마치 거울 속을 들여다보는 것 같아서. 잡을 수 없는 것을 향해 안간힘을 쓰는 모습이 너무 비슷하잖아.

밧세바는 닫히는 엘리베이터 사이로 보이는 리의 등을 바라보며 중얼거렸다.

"현실성 없는 가정이지만, 만에 하나라도 박사님께서 정말 오롯이 절 위한 선택을 하신다면……."

그가 마지막 희망을 붙잡듯 홱 돌아섰다. 밧세바는 잠시 할 말을 잃은 듯 입을 닫았다. 그의 충혈된 눈가에 언뜻 눈물이 고여 있었다.

"그때는 박사님 곁에 머물게요."

그 순간, 그의 눈이 휘둥그레 커졌다. 그는 말없이 그녀를 빤히 쳐다보더니 괴로운 듯 눈초리를 흐렸다. 연민이었는지도 모른다, 일순 그런 말을 내뱉고 만 것은. 아니, 죄책감일지도. 아니, 그것도 아니다. 이건 엘 카인에 대한 분노다. 당사자는 알아주지도 않을 치졸한 복수 같은 것.

문이 닫히자 유리관 속 엘리베이터는 순식간에 옥상 승강장에 도달했다. 도베르만을 닮은 남자가 흘끔 훔쳐보는 게 느껴졌다. 밧세바는 인상을 쓰며 그를 쏘아보았다. 그러자 우리야는 황급히 정면을 바라보았다. 그는 긴장한 듯 양 허벅지에 주먹을 딱 붙인 자세로 서 있었다.

"가죠."

그녀가 앞서 걸었다. 하얀 에어쉽이 그들을 기다리고 있었다. 에어쉽에 올라타던 밧세바는 멈칫하더니 우리야에게 물었다.

"당신도 로스트 헤븐에 갈 예정인가요?"

"그렇습니다."

"군인이었죠?"

"예."

"뭔가 잘못을 저질렀나 보네요. 멀쩡한 군대를 놔두고 사기업 경호실에 온 걸 보니."

"……."

"로스트 헤븐에 가서는 뭘 할 생각이에요? 그곳에서도 경호 실장인가요?"

"군대를 만들어 볼까 합니다."

"군대?"

"섬을 지킬 용병대죠."

그는 잠시 침묵하더니 묵직한 음성으로 덧붙였다.

"멀쩡한 군대는 좀 지루하더군요."

"낙원에 군대라……. 재밌는 조합이네요."

그녀는 섬호처럼 가느다란 눈초리로 이죽거리며 그를 흘겼다.

"예, 저도 기대됩니다."

그녀가 비꼰 걸 이해하지 못한 건지 그는 흡족한 미소를 지었다. 밧세바는 눈살을 찌푸렸다.

불쾌한 남자, 메스껍다.

"연구소에는 혼자 가도록 하죠."

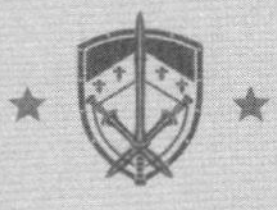

Chapter 5

타이탄의 손상된 메모리에 남겨진 기록

2082년 2월 1일.
타이탄을 모델로 한 슈퍼컴퓨터 왓슨 1세 완성.
로스트 헤븐 내 스마트 더스트 설치 완료.
제1차 베타 테스트 실시.

2082년 3월 1일.
제2차 베타 테스트 실시.

- 관리자 이름을 입력해 주십시오.

Adam

- 첫 번째 보안 질문을 입력해 주십시오.

이브가 좋아하는 음식은?

매일 밤 꿈을 꾼다.

그곳에서 그녀는 알혼 섬의 나비가 되어 날고 있다.

"안녕, 이브?"

어떻게 자리에 앉았는지 기억나지 않는다. 눈을 떠 보니 그 남자가 있었다.

"또 체중이 빠졌네."

"……."

"자꾸 식사 거부하면 또 억지로 영양제를 투입할 수밖에 없어. 이브는 주삿바늘을 싫어하잖아?"

엘 카인은 일주일에 한 번씩 그녀를 찾아왔다. 그리고 대화를 했다. 대개는 제 할 말만 쏟아 낸 채 말없이 그녀와 눈 맞춤을 시도하는 것이 전부였다.

"이곳은 어때? 전에 지내던 곳보다 마음에 들어?"

이브는 텅 빈 눈으로 바닥을 쳐다보았다. 그녀는 곁눈질로 흘끔 사면을 훑었다. 하얀 벽, 곳곳에 설치된 스크린, 중앙에 위치한 하얀 침대에는 인공 수면 장치가 설치되어 있다. 유리 덮개가 달린 침대는 시체를 넣는 대리석 관처럼 보였다. 우아하고 아름다운 관. 그녀는 저곳에 누울 때마다 죽음을 상상했다.

"드리밍 플라워[12]라는 테크놀로지를 들어 봤니?"

그는 그녀의 수면 기록을 살펴보며 물었다.

"꿈을 기록하고 형상화시키는 기술이야. 최면 상태에도 적용시

---

12 드리밍 플라워The Dreaming Flowers: 사람의 무의식 세계를 가상 형상화시키는 기술.
뇌 프린팅 기술에서 한발 진보한 테크놀로지로 평가받고 있으며, 2081년 익명의 과학자 'K'가 완성했다.
이후 왓슨 그룹은 익명의 과학자 K로부터 드리밍 플라워 테크놀로지를 구입하여
로스트 헤븐 내 환락가에 적극 활용한다. 이들은 인간의 원초적인 욕망을 가상현실 속에 구현시키는 데
드리밍 플라워를 접목시켜, 가상현실 속의 섹스를 실제 서비스로 공급하기 시작한다.

킬 수 있다고 하던데, 그걸 들여올까 고민 중이거든. 아마 여러모로 쓸모가 있을 것 같아."

엘 카인은 귀족적인 말투를 구사했다. 몸짓이나 고갯짓, 눈짓 하나하나가 우아하고 선이 아름답다. 그런 점은 문득 아담을 생각나게 했다. 그러고 보니 가끔 웃는 모양새라든지 서늘하지만 예쁜 눈매와 이목구비는 전체적으로 아담을 닮았다. 불쾌하고 구역질 나지만 특유의 유려한 외모와 분위기가 닮은 것은 인정할 수밖에 없었다.

"사람들은 그런 무의식적인 세계를 궁금해하잖아. 매일같이 본인들의 욕망에 충실한 삶을 살면서도 그걸 감추고 싶어 하지. 그러면서 남의 것은 엿보고 싶어 하고 말이야. 그런 게 전혀 이해가 되질 않았었는데 이제 조금 알 것 같아."

그녀는 그가 하는 이야기의 80퍼센트는 보통 듣고 흘려버렸다. 어차피 그 역시 딱히 그녀의 대꾸를 바라고 주절거리는 것도 아니었다. 이젠 그 이유를 알았다. 그에게 있어 그녀의 의사는 중요하지 않다. 그저 본인의 생각을 관철시킬 뿐, 어차피 그녀에게 선택의 자유 따윈 주지 않을 테니까.

"나는 네 머릿속이 궁금해, 이브."

엘 카인은 그녀를 향해 얼굴을 바짝 붙여 오며 말했다. 검붉은 눈동자가 그를 바라보았다. 피에 잠긴 눈초리는 블랙홀처럼 빨려갈 듯 깊었다. 아무런 감정도, 생각도 읽을 수 없는 눈.

"무슨 꿈을 꾸는지, 그곳에서 넌 누구를 만나고 누구와 대화하는지, 매일 밤 네가 그리 애타게 부르는 사람은 누군지, 그자의 이름이 뭔지, 그곳에 내가 나타난 적은 없는지……."

그의 목소리가 점차 사납고 날 선 채 가라앉았다. 검을 움켜쥔 손이 숨을 고르듯, 그는 잠시 말을 멈추고 그녀를 쳐다보았다. 그는 대상도 알지 못한 채 질투를 하고 있었다. 연하늘빛 눈동자가 먹구름 끼듯 흐려졌다. 탁한 감정으로 일렁이는 눈동자가 무서울 정도로 격해지고 있었다.

"이브가 빨리 자랐으면 좋겠어."

그의 속삭임이 귓가에 스치자 살갗에 오도독 소름이 돋았다. 그의 눈초리에 고인 열망이 역겨웠다.

"이브는 여기서 나갈 수 없어. 아무도 데리러 오지 않을 거야. 그러니까 이제 기다리는 건 그만둬. 널 지치게 할 뿐이야."

"틀렸어."

그녀는 낮게 중얼거렸다. 카인의 눈이 커졌다. 뜻밖에도 입을 연 그녀의 모습이 기쁜지 그의 입가에 경련이 일었다. 곡선인지 일그러짐인지 알 수 없는 미소가 해사하게 번졌다. 그러나 그녀의 공격적인 눈초리에 그의 표정은 다시 굳어 갔다.

"이브를 구하러 온다고 했어. 그러니까 여기서 나갈 거야. 아저씨랑은 같이 있지 않아."

"누가 온다고 했는데?"

그녀는 다시 입을 다물었다. 그녀의 고집스러운 눈빛을 보던 그의 입술 새로 서늘한 음성이 새어 나왔다.

"거슬리네."

모친은 죽고 부친은 살아 있다고 했던가.

희망의 싹은 잘라 버리는 편이 좋다. 그녀가 부질없는 기약에 기대지 않도록.

그는 일어서면서 이브의 머리를 쓰다듬기 위해 손을 뻗었다. 그러자 그녀가 고양이처럼 가르랑거리며 이빨을 세웠다. 손가락을 물어뜯을 기세로 사납게 눈을 치켜뜬 그녀의 모습에 엘 카인은 사랑스럽다는 듯 웃었다.

"이브는 나만 있으면 돼. 알았지?"

그는 콧노래를 부르며 퇴장했다. 이브는 불안한 눈빛을 감추지 못했다. 무슨 짓을 하려는 걸까? 일순 살기를 번뜩이던 그의 눈초리가 잊히지 않는다. 손가락 끝을 바들바들 떨던 이브는 눈물을 참기 위해 입술을 오므린 채 깨물었다.

"아담은 반드시 올 거야."

에덴 타워의 최하층, 그곳에 갇힌 나비는 접힌 날개를 파닥이며 몸을 웅크렸다.

에덴 타워의 최상부 '태양의 도시' 입실론 거주 지역.

에덴 타워 꼭대기에 위치한 둥근 고리형의 도시에서는 한참 평화로운 다과회가 열리고 있었다. 입실론들은 모두 공중 정원에 모여 새로운 주거지에 대한 평가를 나눴다. 그들은 대체적으로 로스트 헤븐의 생활에 만족하는 눈치였다.

그런 그녀들 사이에서 밧세바는 한심하다는 표정을 지었다.

한 이천 년 후쯤이면 어떨까? 미래의 인류는 로스트 헤븐을 과거 아틀란티스처럼 전설 속 파라다이스로 기억할지도 모른다. 그리고 후세의 고고학자들, 혹은 탐험가들 중 누군가가 중세 수도원의 탑에 갇힌 여인들처럼 이곳에서 여명을 부지한 우리들의 역사를 발견해 줄지도 모르지.

로스트 헤븐의 꽃이라는 우리들의 가련한 운명을.

"우욱!"

"밧세바 님!"

정원을 거닐던 입실론 하나가 급히 달려와 그녀를 부축했다.

"괜찮으세요? 속이 불편하신가 봐요."

현재 로스트 헤븐에서 활성화된 구역은 본사가 들어올 에덴 타워와 연구동들이 모여 있는 클리닉 센터뿐이었다.

밧세바는 방으로 돌아와 잠시 제자리걸음을 하며 생각에 잠겼다.

"달력 좀 띄워 봐."

1월부터 한 달, 두 달, 십 주…… 월경이 없다.

그녀의 눈이 얼어붙은 채 커졌다.

"그럴 리가……."

고민 끝에 그녀가 연락을 취한 사람은 리 박사였다. 그래도 로스트 헤븐 내에서 믿을 만한 존재는 이 남자뿐이었다. 어차피 로스트 헤븐 내에서 행하는 모든 검사는 왓슨과 스마트 더스트의 감시를 받을 테니까.

"축하해, 쌍둥이야."

그는 무미건조한 목소리로 말했다. 침대 위에 누워 있던 밧세바는 멍하니 천장을 올려다보고 있었다. 충격과 환희가 교차한 그녀의 얼굴은 떨떠름한 표정이었다.

"벌써 십 주짼데 정말 몰랐단 말이야?"

짐작도 하지 못했다. 이제 와서 아이라니…… 임신이라니?

그녀는 자신도 모르게 아랫배를 어루만졌다. 리 박사는 피곤한 듯 눈을 주무르며 물었다.

"엘 카인이니?"

"네."

그녀는 망설임 없이 대답했다. 그 모습에 그는 가슴이 묵직해졌다. 예상은 했지만 막상 확인 사살을 당하니 입속이 쓰렸다.

'바보 같이, 바보 같이…….'

누구를 향한 비난인지 모를 중얼거림이 새어 나왔다. 좌절한 채 주먹을 쥐던 그는 고개를 붕붕 저으며 정신을 차렸다. 패닉에 빠져 있을 때가 아니었다. 그녀가 의지할 곳이라고는 자신밖에 없을 테니까.

리는 얼굴을 쓸어내리며 심호흡을 했다. 다시 검사 기록을 살폈다. 고민에 잠긴 그의 손이 책상을 톡톡 두들겼다. 그는 서랍을 열어 손바닥만 한 거울을 세웠다.

"최근 뭔가 느껴진 건 없었고?"

밧세바는 거울에 비친 그녀의 얼굴을 응시했다. 그곳에는 불과 몇 달 만에 안색이 눈에 띄게 나빠진 여자가 앉아 있었다. 주름이 늘었다. 피부색은 칙칙해졌다. 눈 밑은 늘어지고 안질도 흐렸다. 입매는 점점 축 처지는 것 같았다.

"점점 빨라지네요."

세월의 흐름이.

젊음의 소진이.

꽤 담담한 태도였다. 하지만 불안한 눈빛은 그녀의 자세처럼 꼿꼿하지 못했다. 육 개월 만에 한 검사였다. 보통 삼 개월에 한 번씩 받는 것이 일반적인데 밧세바는 점점 검사를 미뤘다. 그건 아마도 그녀가 더 이상 거울을 보지 않는 것과 비슷한 연유에서일 것이다.

"그래, 점점 빨라지고 있어."

"늦추는 방법은 없다면서요."

"아직은."

그녀는 애써 미소를 머금었다.

"그래도 애를 낳기 전까진 괜찮겠죠."

리는 잠시 침묵했다.

"일단 태아의 유전자 검사 결과부터 설명할게."

한숨부터 흘러나왔다. 그는 투명한 책상에 뜬 검사 결과를 보며 어떻게 말문을 떼야 할지 고민스러운 얼굴을 했다.

"왜 그래요?"

"아이를 꼭 낳아야겠니?"

그의 질문에 밧세바는 굳은 얼굴로 그를 쳐다보았다.

"왜요? 무슨 일인데요?"

그녀는 몸을 일으켜 리의 옆으로 다가왔다. 그리고 데이터를 지그시 노려보았다. 일찍이 학자의 길을 접을 수밖에 없던 그녀였지만 이 정도 결과는 해석할 수 있었다. 일단 아이들의 상태가 정상은 아니었다. 그녀의 눈빛이 점점 어둡게 가라앉았다.

"이런 유전자 변형은 처음 봐. 살아서 태어나면 다행이겠어. 그럴 가능성은 거의 없어 보이지만."

리 박사는 곁눈질로 밧세바의 표정을 살폈다. 데이터 화면을 응시하는 그녀의 턱 끝이 잘게 떨리고 있었다. 사리문 잇새로 단호한 목소리가 흘러나왔다.

"난 낳을 거예요."

"말했잖아. 아이가 무사히 태어나는 건 불가능하다고. 제일 먼저 눈에 띄는 게 WNT3 변형인데, 이 아이 같은 경우 팔다리마저 제대로 붙어 있을지 의문이야."

아니, 팔다리는 없을 거다.

WNT3 유전자 돌변연이는 테트라 아멜리아 증후군을 일으킨다. 태어날 아이는 팔다리는 물론이고 신체 각 기관에 심각한 기형이 존재할 것이다. 특히 폐는 기능을 하기라도 한다면 다행이다.

밧세바는 데이터를 닫고 돌아앉더니 울음을 터뜨릴 것 같은 얼굴로 물었다.

"혹시 나 때문인가요? 내가 입실론이라서?"

"아니라고는 할 수 없지. 어쨌든 입실론이 임신을 한 경우는 처음이니까."

"쌍둥이라면서요. 나머지 하나는요?"

"이 아이는 일단 조금 더 지켜봐야 할 것 같아."

물론 이 아이도 정상은 아니다. 하지만 다른 한 아이처럼 생명에 지장이 가는 수준은 아니었다. 굳이 그녀에게 미리부터 알릴 이유는 없었다. 지금 이 상황만으로도 그녀는 충분히 충격과 공포의 도가니 속일 테니까.

"나는 그것보다 바이러스가 더 걱정이야."

"바이러스요?"

"신종 바이러스와 입실론은 공생 관계야. 바이러스는 숙주인 입실론을 공격하지 않는 것일 뿐 소멸된 건 아니지. 태아에게 영향이 미칠 수도 있어."

그는 잠시 망설이더니 조심스럽게 말을 꺼냈다.

"치료제는 사실상 이미 완성 단계야. 복용하면 일단 바이러스 감염 걱정은 안 해도 될 거야. 임산부가 복용한 사례는 없지만."

"임상 결과 부작용이 발견되었다고 들었어요."

리 박사는 그걸 어떻게 아느냐는 표정을 지었다. 밧세바는 어깨를 으쓱거리며 대답했다.

"엘 카인 다음으로 에덴 타워 꼭대기에 앉아 있는 사람이 바로 나라고요. 입실론들 모두가 내게 와서 밤마다 속닥거리는데 이 정도 정보쯤은 당연한 거죠."

어느새 그녀는 태양의 도시 수장 노릇을 하고 있었다. 어찌 보면 정보력에선 이제 그와 거의 동등한 입장이 된 셈이었다. 자리가 사람을 만든다고 하던가? 그녀는 전보다 더 의연하고 담대해졌다.

— 그래서 그 일본인 인턴에게 반했다고?

— 관심이 있다는 거지.

— 뭘 망설여? 대시해 봐.

— 너무 어려. 이제 열아홉이야.

— 진짜 좋아하나 보네.

— 날 무슨 쭉정이 보듯 한다고.

언제인지 기억도 잘 나지 않는 바딤과의 대화가 뇌리를 스쳤다. 되돌아가서 고칠 수 없는 과거의 편린이 갈비뼈 언저리를 시큰시큰하게 만든다. 한없이 어리고 귀엽던 소녀였는데, 지금은 누가 봐도 동년배 혹은 가까운 선후배의 모습이었다. 그의 입가에 서글픈 미소가 맺혔다.

"부작용이라기보다는 반작용이라고 보는 게 옳을 거야."

"그게 무슨 소리예요?"

"치료제를 복용한 입실론들 중 상당수가 몇 달 뒤에 숨졌어."

"공식 석상에서는 참가자들 모두 완치됐다고 발표하셨잖아요."

"완치는 됐었지. 그리고 죽었어."

"왜요?"

"네 말대로 치료제 임상 시험 결과, 두 가지 문제점이 나타났어. 첫 번째는 치료제를 복용한 입실론들 대다수가 ESP 능력을 상실했다는 것."

밧세바는 예상했다는 듯 침착한 얼굴이었다.

"두 번째는……."

그녀는 침을 꿀꺽 삼켰다. 리 박사의 눈이 잠시 그녀의 손을 응시했다. 곱고 하얀 손. 그러나 마디마디 주름지고 접힌 자국들이 눈에 띄었다.

"입실론이었을 때보다 약 두 배에서 열 배 가까이 빨라지는 노화. 노화의 가속 정도는 개인마다 달랐어. 그 원인은 아직 밝혀지지 않은 상태고."

임상 시험을 거친 입실론들 중 약 15퍼센트가 한 달 안에 숨졌다. 사인은 급격한 노화로 인한 심정지 혹은 심근경색. 나머지 인원의 사분의 일은 의식이 없는 상태다.

"마치 묶어 두었던 시간의 흐름이 한꺼번에 닥친 것처럼 순식간에 늙더군."

일말의 희망을 품고 있던 그녀의 눈동자가 바스러지는 꽃잎처럼 시들며 가라앉았다.

"너도 알다시피 입실론들에게서 공통적으로 나타나는 현상은 급격한 노화야. 입실론은 바이러스와 함께 ESP라는 초능력을 가지게 되는데, 노화는 그 능력에 대한 대가라는 게 지금까지 우리가 세운 가설이었어. 그렇다면 치료제를 복용하고 바이러스가 소멸한 이후에는 어떨까? 처음에는 바이러스와 함께 ESP 능력도 사라지고 노화 속도도 원상태로 되돌아올 거라 생각했어."

"하지만 오히려 정반대의 현상이 나타났다……."

밧세바는 리 박사 대신 중얼거리며 어두워진 시선을 아래로 깔았다. 리 박사는 안타까운 눈빛으로 잠시 말을 멈췄다가 이었다.

"네가 일전에 그랬지? 넌 바이러스로부터 선택받았다고."

— 그들은 잠재력 있는 여자들만 살려 줘요. ESP라는 초능력을 발휘할 수 있는 여자들만요. 그래서 우리의 죽음도 연기해 준 거죠. 쓸모가 있으니까.

"만약 네 말대로 정말 바이러스가 이미 죽었어야 할 여자들에게 시간을 벌어 주고 있던 거라면 그 이유는 뭘까? 왜 숙주인 여자들에게 초능력과 미모를 선사한 거지?"

밧세바는 말없이 아랫배에 손을 얹었다.

정상이 아닌 태아들.

기적적으로 가진 아기들이지만 제대로 살아서 나오기도 힘들다고 했다.

최근 바이러스는 자멸하듯 그녀의 시곗바늘을 돌리고 있었다. 그들은 분명한 목적을 위해 선택받은 여자들을 살려 둔다. 그러나 목적 달성에 실패하거나 성공할 가능성이 희박해지면 늦춰 놨던 시곗바늘을 놓아 버린다. 쓸모가 없어진 골동품을 처리하는 것처럼.

"나도 실패작이라 여긴 걸까요?"

그녀가 거울 속을 쳐다보며 중얼거리자, 리 박사는 계속 배를 쓰다듬는 밧세바의 손을 쳐다보았다.

"박사님 말대로라면 우린 이미 죽은 사람들이네요. 송장과 다름없는 몸이 임신을 해서 죄 없는 아가들이 이렇게 됐나 봐요."

"그런 뜻이 아니라……."

"그래도 낳고 싶어요."

울컥한 목소리로 말한 밧세바의 얼굴엔 눈물이 차올라 있었다. 그녀는 애원하듯 물었다.

"우린 정말 구원받을 길이 없나요?"

"그, 그게…… 치료제는 아직 더 개발 중이니까……."

리 박사는 더듬거리며 붉어진 눈시울을 손으로 슥 문질렀다. 사실상 완성 단계라고 말한 자신의 입을 때리고 싶은 심정이었다. 밧세바는 그런 그를 쳐다보며 체념하듯 고개를 떨어뜨렸다.

입 밖에 내진 않지만 입실론들 대부분이 본능적으로 감지한다. 죽음의 유예 판정. 자신의 몸 안에서 일어나는 일이었다. 모르려야 모를 수가 없었다.

그녀는 가라앉아서 쉰 목소리로 말했다.

"대가라는 말이 맞아요. 영혼을 판값이죠. 우리는 어디에도 속할 수 없는 존재가 되어 버린 거예요. 잔존물 같은 삶……. 누구를 원망하겠어요? 내 빛나던 청춘, 하얀 도화지 같던 인생을 망친 건 바로 나 자신인 것을."

리는 말문이 막힌 듯 입을 다물었다. 위로를 해 주고는 싶은데 그 어떤 말도 꺼낼 수가 없었다. 그녀의 공허한 눈동자에 담긴 어둠은 짙고 깊었다. 무엇을 끌어안고 있는지, 얼마나 잠겨 버렸는지 헤아릴 수 없을 정도로, 그녀는 아득한 구렁 속에 있었다.

그는 곰곰이 생각에 잠긴 눈으로 말했다.

"아이들은 면역이 있을지도 몰라."

사라는 임신한 상태에서 감염이 된 걸로 추측하고 있다. 그녀의 감염 경로는 아직도 미스터리였다. 그러나 확실한 건 사라의 경우 감염 이후 몸이 급격히 쇠약해졌던 것과 달리, 이브는 바이러스로부터 무사했다는 것이다.

"면역이라……."

밧세바는 추운지 몸을 떨며 일어섰다.

"이만 가야겠어요. 자리를 오래 비우면 의심을 받을 거예요."

리도 동의했다. 그는 검사 결과를 끄다가 문득 물었다.

"네 ESP 말이야. 정확히 무슨 능력이었지?"

입실론들이 가지고 있는 ESP 능력은 일급 기밀이었다. 그녀들의 개인 주치의인 인공지능 의료 서비스 기기만이 정보를 보관할 수 있으며, 입실론에 관한 기밀 파일을 열람할 수 있는 권한은 엘 카인을 비롯해 극소수의 연구원들만 갖고 있었다. 아쉽게도 리는 그에 해당되지 않았다.

"단기 기억 조작이요."

밧세바는 의외로 순순히 대답해 주었다. 그녀도 알고 있었다. 그가 전에 들어 본 척하며 넘겨짚고 있다는 사실을. 이제 와서 굳이 뭘 숨기나 싶었다. 어쨌든 그녀에게 있어 그는 앞으로도 요긴한 도움을 줄 인물이었다.

정작 대답을 해 주니 놀랐는지 그의 눈이 커졌다. 저럴 때 보면 저 남자도 의외로 허점투성이다.

"왜 그 능력을 엘 카인에게 쓰지 않는 거야?"

"카인에게요?"

"능력을 써서 그가 널 좋아하게 만들면 되잖아."

밧세바는 황당한지 웃음을 터뜨렸다.

"할 수 있으면 벌써 했겠죠."

그녀는 과거의 기억을 떠올렸다. 아직도 잊을 수가 없었다. 그에게 첫 ESP 능력을 시도했던 그날의 기억을. 그 충격과 공포란…….

"그에게 우리 능력은 통하지 않아요. 일벌이 여왕벌 공격하는 거 봤어요?"

그녀는 그렇게 쏘아붙이더니 우울해진 눈빛으로 허공을 응시했다. 잠시 후 밧세바는 짧게 목례한 뒤 나갔다. 리는 그녀가 떠난 뒤로도 한참 동안 생각에 잠긴 채 서 있었다.

'능력이 통하지 않는다고?'

그는 흐려진 눈빛을 가늘게 좁히더니 미간을 구겼다. 아랫배를 계속 매만지던 밧세바의 모습이 떠올랐다.

설마 하는 생각이 뇌리를 스쳤다. 그는 책상을 내리치며 욕설을 내뱉었다.

엘 카인.

그 남자를 만나야 했다.

• • •

"오셨습니까? 리 박사님."

엘 카인은 빙그르르 돌아앉았다. 그는 가죽 의자에 몸을 깊숙이 묻은 채 손깍지를 끼고 리를 올려다보았다. 눈높이의 위치는 중요하지 않다. 이 남자는 아주 단순한 동작으로 상대를 제압할 줄 알았다.

리는 뒷짐을 지고 살짝 고개를 숙였다. 그녀를 위해 고개를 숙이는 건 부끄럽지 않았다. 지금 느끼는 치욕은 패배감이다. 그에게 주먹 하나 시원하게 날릴 수 없는 상황과 위치에 대한 좌절감.

"밧세바가 임신을 했습니다."

"그래요?"

엘 카인은 담담한 어조로 되물었지만 적지 않게 동요하고 있었다.

"그녀는 이사님께 말씀드리지 않을 생각인 것 같지만, 알고 계셔야 할 것 같아서요."

"확실합니까?"

"물론입니다. 제가 직접 진단을……."

"아니, 내 아이인 게 확실하냐는 말입니다."

리는 잠시 그를 쳐다보았다. 엘 카인은 의문 어린 눈빛을 던지고 있었다. 기쁨이라고는 조금도 보이지 않았다. 짜증, 혹은 분노. 어쩌면 더 무서운 생각을 하고 있을지도 모른다.

"본인이 확신하더군요. 저야 이사님의 DNA 정보가 없으니 매치해 볼 수는 없었습니다만."

"지우라고 하세요."

"예?"

그는 잘못 들었나 싶어 되물었다.

"아이, 지우게 하라고 했습니다."

"하, 하지만 그 아이들은 이사님의……."

"그래서 지우라는 겁니다. 다른 수컷의 아이였으면 내가 왜 상관하나요?"

그는 말실수를 했다고 생각했는지 "아." 하고 숨을 멈추더니 빙긋 웃으며 정정했다.

"다른 남자의 아이였으면 말이죠."

"밧세바는 낳고 싶어 합니다."

"안 됩니다."

엘 카인은 흘끗 책상 위에 떠올라 있는 스크린을 응시했다. 슬쩍 곁눈질로 훔쳐보니 사진인지 그림인지 모를 누군가의 모습이 켜져 있었다. 자세히는 못 봤지만 여성이었다. 그것도 아직 덜 자란 어린 소녀.

'제인 왓슨인가?'

리가 추리를 하던 사이 카인이 다시 대꾸했다.

"내 아이를 낳을 여자는 이미 정해져 있거든요. 그러니 리 박사님께서 책임지고 포기시키세요. 제가 직접 하는 건 모양새가 좀 그러니까요. 그건 보통…… 대개의 사람들이 잔인하다고 생각하는 경우잖아요. 그렇죠?"

리는 믿을 수 없다는 눈으로 그를 바라보았다. 모랄moral이란 게 없는 건가? 아니, 사람이 맛긴 한 걸까? 다른 남자의 아이였다면 상관 안 했을 거라고? 자신이 직접 하면 그건 모양새가 안 좋지 않겠냐고? 이 남자는 양심의 가책이라든지 측은지심 같은 건 전혀 못 느끼는 건가? 몇 년간 살을 섞었던 여자와의 사이에 생긴 아이였다. 마치 남의 얘기를 하듯 기계처럼 대답하는 그의 모습에 치가 떨려 왔다.

"당신…… 정체가 뭡니까?"

의자를 돌리던 엘 카인은 어깨 너머로 흘끗 시선을 던졌다.

"뭐라고 했죠?"

"신종 바이러스. 그거 당신이 퍼뜨린 겁니까?"

친절한 표정을 유지하던 그의 얼굴이 서서히 미소를 지웠다. 한층 가늘어진 그의 눈초리에 언뜻 오싹한 기운이 스치듯 감돌았다.

"왜 그렇게 생각합니까?"

"최초의 감염자는 밧세바, 그녀였죠. 그녀가 바이러스에 노출될 만한 일은 아무리 생각해도 당신밖에 없습니다. 유일하게 성관계를 맺은 사람이었고, 동거하다시피 같이 생활했던 남성이었습니다. 그런데 신기하게도 당신은 바이러스에 감염되지 않았습니다. 아무리 생각해도 이상합니다. 지금까지 신종 바이러스에 노출된 남성은 단 한 명의 예외도 없이 모두 사망했습니다. 그런데 당신만 무사합니다. 오직 당신만! 이게 우연입니까? 당신은 전 세계에서 유일한 남성 생존자입니다. 아니, 애초에 감염된 적이 있기는 했나 싶습니다만, 운이 좋았던 걸까요? 운만으로도 감염을 피할 수 있는 겁니까?"

"……."

"당신이 왓슨 제약회사에 오자마자 제일 먼저 한 일은 신종 바이러스 대책 팀을 만든 것이었습니다. 그리고 자연스럽게 입실론들을 모았죠. 생존자들의 데이터를 수집하고 치료제 개발을 한다는 목적하에 말입니다. 그런데 그녀들은 하나같이 당신과 접점이 있더군요. 1차 접촉이 아니더라도 2차, 3차 접촉 끝에는 늘, 엘 카인 당신이 있었습니다. '신종 바이러스에 노출된 남자는 무조건 사망한다.' 이 전제가 당신을 보호해 준 겁니다. 어쩌면 당신이 바로 신종 바이러스의 시발점일지도 모르는데!"

리는 숨을 몰아쉬며 엘 카인을 노려보았다.

"흥미로운 가설이군요."

팔짱을 낀 그는 어느새 일어서 있었다. 그는 움푹 파인 뺨으로 일그러진 미소를 지었다. 꽤 즐겁다는 표정이었다.

"리 박사님, 당신은 역시 우수한 인력입니다. 이대로 잃기는 아까울 정도로요."

리는 이를 악물었다. 가설이 맞아들었다는 생각이 들자, 점점 더 분노가 치밀어 올랐다. 이 녀석만 아니었다면 그녀는 지금쯤 전혀 다른 인생을 살고 있었을 것이다. 빛나는 웃음이 가득했을 그런 인생을.

"진짜 당신이 신종 바이러스를 퍼뜨린 겁니까? 맞다면 왜요? 대체 이유가 뭡니까? 무슨 짓거리를 꾸미고 있느냔 말입니다!"

— 아이들은 면역이 있을지도 몰라.

— 면역이라…….

뭔가를 곱씹듯 생각하며 중얼거리던 밧세바. 그녀의 눈동자 속에는 두려움과 공포가 깃들어 있었다. 그녀는 대체 엘 카인에 대해 무엇을 숨기고 있는 것일까? 이 남자를 그토록 두려워하면서 끊어

내지 못하는 이유가 뭘까?

"박사님은 종교가 있습니까?"

엘 카인은 느닷없이 방을 한 바퀴 돌기 시작했다. 이곳은 에덴 타워의 최상층, 낙원의 관리자실이었다. 아직 단장이 마무리되지 않아 조금 휑한 느낌이 있지만, 벽 곳곳에 고가의 그림들이 걸려 있는 게 보였다. 미술품의 대부분은 신화 속 장면을 묘사하고 있는 것들이었다. 아마도 엘 카인이 직접 고르고 구매했을 법한 작품들. 천천히 걷던 그는 한 장의 그림 앞에서 멈춰 섰다.

"제우스라는 신의 여성 편력은 유명합니다. 그는 본모습을 숨긴 채 수많은 여자들과 동침을 했죠."

그가 눈빛으로 가리킨 회화 속에는 광채를 두른 제우스와 그의 앞에 싸늘한 주검이 된 여자가 그려져 있었다. 제우스는 그녀를 측은하게 바라본다.

'그러게 왜 그랬어? 왜 나로 하여금 깰 수도 없는 스틱스 강의 맹세를 하게 했어? 헤라가 널 부추겼겠지. 그녀는 질투가 심하니까. 그렇다고 그 꾐에 홀라당 넘어가다니, 이 어리석은 여자야. 네 호기심이 널 죽음으로 몰아넣었구나!'

"이 그림은 제우스와 그의 연인인 세멜레의 이야기입니다. 제우스의 실체가 보고 싶었던 그녀는 그에게 소원을 하나 들어 달라고 하죠."

'스틱스 강에 대고 맹세를 해 주세요. 무슨 소원이든 반드시 들어주시겠다

고요!'

'좋아, 스틱스 강에 대고 맹세를 하지. 자, 아름다운 세멜레, 대체 네 소원이 무엇인데 그러느냐?'

'제우스 님의 실체를 보고 싶어요. 제우스 님의 그 유명한 벼락도 함께요.'

"스틱스 강의 맹세는 신도 깰 수 없는 것이라고 합니다. 어쩔 수 없이 제우스는 천상의 모습을 내보이고, 세멜레는 그 자리에서 재가 되어 죽습니다. 신들은 때때로 인간을 벌하곤 했는데 이유는 언제나 간단했습니다. 그들의 언행이 주제를 모르고 선을 넘었기 때문이죠. 인간은 늘 신과 닮고 싶어 했어요. 절대자들과 조금이라도 더 가까워지기 위해 필사적으로 손을 뻗는 그들의 모습은 꽤나 사랑스럽답니다."

그는 잠시 쿡 웃었다. 리 박사는 소름 끼친다는 표정이었다.

"그래서 자꾸만 그들에게 헛된 욕망을 심어 주는지도 모릅니다. 좌절했을 때의 그들 표정은 정말이지, 신을 아주 즐겁게 해 주거든요."

리는 이해가 되지 않는다는 눈으로 그를 쳐다보았다. 지금 그는 회화 속 신화 이야기를 하고 있는 것인가? 아니면…… 본인의 이야기를 하고 있는 것인가?

"나는 바이러스를 퍼뜨린 적이 없습니다."

엘 카인은 미술품에 그려진 세멜레를 가엽다는 듯 응시했다. 누구를 빗대어 생각하는지 그의 눈동자에는 고조된 감정이 비쳤다. 겉보기에는 안쓰러워하는 눈빛. 그러나 즐거워하고 있었다. 그것은 연민을 가장한 조롱이었다.

"제우스는 그녀를 사랑해서 본모습을 보여 줬습니다. 그런데 그 여자가 죽어 버린 겁니다. 제우스는 그녀를 죽일 생각이 없었을 겁니다. 하지만 죽을 수 있다는 건 알고 있었죠. 너는 내 본모습을 견딜 수 없을 것이라고 몇 번이나 경고도 했습니다. 다른 소원을 들어주겠다고 달래 보기도 했습니다. 하지만 그럴수록 세멜레는 더 강하게 요구했습니다. 오히려 눈앞에 서 있는 그가 제우스가 아닐지도 모른다는 괘씸한 의혹마저 가지게 되었습니다."

엘 카인은 돌아서서 다시 리 박사를 응시했다. 고요한 그의 눈빛은 무심해 보였다. 그는 목소리를 낮춘 채 오싹한 어조로 빠르게 말을 이었다.

"나도 처음에는 경고했습니다. '죽을 수도 있는데 괜찮겠어? 나는 널 죽이고 말 텐데. 농담이 아니야. 넌 죽고 말거야. 그런데도 정말 나를 원해?' 그런데 그녀들은 하나같이 이렇게 대답하더군요."

— 엘 카인!

— 아름다운 엘 카인, 사랑해.

— 당신을 위해서라면 죽어도 좋아! 사랑해, 사랑해!

— 차라리 날 죽여 줘…….

"그렇다는데 어쩌겠습니까? 죽어도 좋다는데, 본모습을 알게 된 순간 한 줌의 재가 될지언정, 끓어오르는 호기심과 소유욕을 참을 수가 없다는데."

그는 한쪽 입꼬리를 일그러뜨리며 웃었다. 시원하게 터뜨리는 웃음소리는 공허하고 황량했다. 그것은 방 안을 광기로 가득 채웠다. 정신이 어지러웠다. 리는 주춤 뒤로 물러서며 관자놀이를 짚었다.

"저, 저는 이만 나가 보겠습니다."

웃음을 뚝 멈춘 그가 리 박사를 빤히 쳐다보며 고개를 갸웃거렸다.

"어디를요?"

"그러니까…… 회의가 있다는 걸 잊고 있었습니다. 내일…… 그래요, 내일 다시 찾아뵙죠."

나가야 했다. 당장 저 남자로부터 벗어나야 한다. 이 길로 나서서 밧세바를 데리고 도망치자. 그는 그녀를 죽이고 말 것이다. 그리고 자신도 결코 무사하진 못할 것이다.

엘 카인은 얇게 저민 눈초리로 도망치는 리 박사의 뒷모습을 바라보았다. 그의 날카로운 시선이 서느렇게 직선을 그렸다.

"우리야."

"예."

어둠 속에서 뚜벅뚜벅 걸어 나온 남자가 차렷 자세를 하고 멈췄다. 리는 숨을 헉 들이켜며 뒷걸음질을 쳤다.

"드리밍 플라워, 아직 테스트 전이죠? 리 박사님께서 직접 체험을 해 보고 싶다고 하시는데, 안내해 드리도록 하세요."

리 박사는 공포에 질린 눈초리로 머뭇거리며 오지 말라는 제스처를 취했다. 드리밍 플라워? 그게 뭐지?

"가시죠."

우리야는 그의 양팔을 잡더니 사정없이 끌고 가기 시작했다. 리 박사는 몸부림을 치며 거세게 반항하기 시작했다.

"이거 놔! 난 체험해 보고 싶다고 한 적 없어. 그런 적 없다고!"

그러나 그의 체구보다 갑절은 큰 우리야의 손에서 벗어날 수는 없었다. 리 박사는 무표정한 얼굴로 서 있는 엘 카인을 노려보며 눈자위를 뒤집었다. 그는 핏대가 선 목으로 고래고래 고함을 질렀다.

"멈춰! 내게 대체 무슨 짓을 하려는 거야!"

엘 카인은 말없이 커튼을 걷었다. 정면의 창가로부터 서녘의 빛이 붉게 타오르듯 번쩍 비쳤다가 사라졌다. 리 박사는 눈부심에 얼굴을 찌푸렸다.

"이거 놓으라고! 이거…… 으윽!"

'퍽' 하고 복부에 가해진 타격과 함께 시야가 휘청거리며 흔들렸다. 가물가물 닫혀 가는 눈꺼풀 사이로 우리야의 냉랭한 눈초리가 보였다. 리는 부들부들 떨며 침이 뚝뚝 고인 입으로 중얼거렸다.

"엘 카인, 대체…… 네놈 정체가…… 괴, 괴물 같은……."

엘 카인은 그런 그를 한심하다는 듯 쳐다보며 돌아섰다. 그의 나직한 목소리가 카펫처럼 깔리며 스며들었다.

"치워."

경멸이 담긴 그의 눈초리는 호흡을 조일 듯 매서웠다. 그 눈을 보지 말았어야 했다. 그것을 본 자들의 말로는 파멸뿐이다. 재가 되어 순식간에 사라지게 된다.

밧세바가 말하던 게 바로 이거였어.

네 존재는 아무것도 남지 않은 채 광기 어린 외침만 아우성으로 기억될 것이라고, 평생 어둠을 끌어안고 살게 될 것이라고.

진실을 알아도 내뱉을 수 없게 된 지금, 목구멍에 차오른 숨이 불덩이를 삼킨 것처럼 뜨겁다.

잔존물.

어디에도 속하지 않는 존재.

슬프게 중얼거리던 밧세바의 모습이 뇌리를 스쳤다.

'그렇군……. 이것이 내가 영혼을 판 대가인가?'

• • •

> **Breaking news: 다음은 경제 속보입니다. 스타시티 아브라함 회장의 담당 의료진이 한밤중에 비상 소집되었다는 소식입니다. 아브라함 회장 건강에 적신호가 켜진 걸까요? 얼마 전만 해도 스타시티 홍보팀은 '새로운 도약'이라는 주제로 안드로이드 개발 시장에 적극적인 관심을 표한 바 있습니다. 안드로이드 개발 사업은 아브라함 회장이 직접 진두지휘에 나설 예정이며, 새로운 회사의 이름은 '위즈덤'이 될 것이라고 발표해 화제가 되기도 했는데요. 한편으로는 아브라함 회장의 외아들인 알렉스 아브라함마저 건강 위독설이 제기되면서, 위즈덤을 이끌어 나갈 인물이 누가 될지에 관해 첨예한 논쟁이 오가고 있습니다…….**

"뭘 보고 있니?"

커피를 타던 바딤은 흘끔 어깨 너머를 훔쳐보며 물었다. 아담은 담요 위에 맨발로 앉은 채 수많은 홀로그램들 속을 들여다보고 있었다.

그곳은 천재 물리학자이자 프로그래머인 'K'의 세계. 푸른 가상 세계 속의 입자들은 그에게 끊임없는 정보를 물어다 주는 매개체들이었다.

"왓슨 본사에서 재밌는 일이 벌어지고 있어서요."

"재밌는 일?"

설마 또 이브에게 무슨 짓을 하고 있는 건 아니겠지. 급속도로 불안해진 바딤은 커피 잔을 내려놓고 허둥지둥 아담의 곁으로 다가왔다.

"무슨 일인데?"

"드리밍 플라워가 약 일 년째 활성 상태예요. 대상은 성인 남성이고, 설정 값은 모두 최고 수치에 가상 좌표를 무한대로 찍어놨네요."

"드리밍 플라워라면 네가 전에 공개 입찰로 팔았다던 그거?"

"네."

"왓슨 그룹에서 구입해 갔으니 그들이 사용하는 건 당연한 일이겠지."

아담이 말한 걸 곱씹던 바딤은 눈살을 찌푸리더니 말했다.

"잠깐만. 그 수치를 사람한테 적용하고 있다고? 최고 수치면 뇌가 터지고도 남을 텐데?"

"제정신은 아니겠죠."

실험실 쥐처럼 생체 실험을 당하는 게 누군지는 모르겠지만 아담은 잠시 이름 모를 대상에게 연민을 느꼈다. 자신이 만든 것이니 의당 그런 감정을 느껴야 한다고 생각한 것일지도. 솔직히 저 이름 모를 남자가 죽든 말든 그가 알 바는 아니었다.

바딤도 이브와 관련된 일이 아니란 걸 확인하자마자 대수롭지 않게 여기는 분위기였다. 그는 다시 커피 향을 쫓아 킁킁거렸다. 커다란 덩치로 곰처럼 몸을 굽히는 바딤을 보며 아담은 눈을 흘겼다. 피식. 바람 빠지는 웃음소리가 새어 나왔다. 쿡쿡거리는 소리에 바딤은 눈초리를 실그러뜨리며 돌아보았다. 그와 눈이 마주친 아담은 무표정한 얼굴을 가장하며 모르는 척 앞을 쳐다보았다.

"왜 웃냐?"

망할 놈의 아들 녀석이 또 자신을 비웃었다. 아무 일 없는 척하는 표정 연기가 압권이었다. 단정한 옆선에 골몰한 시선, 저놈이 또 제 아버지 말을 무시하네?

"왜 웃냐고."

바딤이 다가와 발로 그의 허벅지를 툭툭 걷어차며 물었다. 그러자 아담은 예쁜 얼굴로 고개를 갸웃거리며 천진하게 되물었다.

"제가요?"

"이 자식이!"

거칠게 내려놓은 머그잔 속에서 커피 물이 튀었다. 바딤은 아담을 뒤에서 덮치더니 그를 어깨 위로 번쩍 들어 올렸다. 늘 태연한 아담이었지만 이번만큼은 당황한 기색이 역력했다. 바딤은 그대로 평소 연마한 레슬링 기술을 넣었다. 그는 몸을 뒤집어 'U' 자로 구부리며 아담의 몸을 소파 위로 처박았다. 덩치는 크지만 의외로 몸은 유연한 바딤이었다. 아담의 입에서 짧게 비명 같은 것이 튀어나왔다. 그는 담요와 소파 사이에 드러누운 채 멍한 얼굴로 천장을 올려다보고 있었다.

"사내자식이 왜 이렇게 가벼워? 요즘 운동은 하는 거냐?"

바딤은 킬킬거리며 놀리듯 물었다. 하지만 장난을 치듯 건넨 말과 달리 그의 눈빛엔 곧 걱정이 어렸다. 조만간 열다섯이 될 아담은 또래 아이들보다 현저히 작았다. 키도 작고 얼굴도 작고 발도 작다. 그리고 가늘었다. 손목도 가늘고 허리도 가늘고 손가락도 가늘다.

너무 햇빛을 안 보나? 매일 운동은 꼬박꼬박 하는 것 같은데 대체 왜 이렇게 호들랑하니 섬섬약질인 거야? 투명한 피부에 조각 같은 얼굴선. 머리만 기르면 딸이라고 하고 다녀도 믿을 정도였다. 한창 사춘기 무렵일 나이였다. 그럼에도 고마운 것은 아담 본인이 중성적인 외모에 전혀 콤플렉스를 가지지 않는다는 점이었다.

'평범을 뛰어넘은 아이긴 하지.'

바딤은 말없이 누워 있는 아담을 슬쩍 보더니 툭 건드리며 물었다.

"아프냐?"

"네."

재깍 튀어나온 대답.

"엄살은."

그러나 말과 다르게 그의 눈초리는 다시 슬그머니 아담의 눈치를 살폈다. 요즘 느낀 거지만 이 녀석은 은근 남을 괴롭히는 걸 즐긴다. 타인에게 철저히 무관심한 녀석인데, 그 무관심이 흥미로 이어질 땐 꽤 짓궂어진다고 해야 하나? 그게 악의로 이어지면 상당히 잔혹한 성미도 발휘했다. 가끔은 아버지인 자신도 두려워질 정도로.

이윽고 바딤의 시선이 누워 있는 아담을 따라 천장으로 향했다.

거기에는 붉은 글씨가 남겨져 있었다.

| 2080.07.21

바딤은 담배를 꺼내 물었다. 한숨과 같은 연기가 흘러나왔다. 벌써 삼 년이 넘는 시간이 흘렀다. 평화로워 보이지만 그들의 집에는 여기저기 구멍이 나 있었다.

사라가 내고 간 구멍.

이브가 남기고 간 구멍.

그날의 충격이 남기고 간 구멍.

바딤은 더 이상 술을 마시지 않았다. 아담은 더 이상 케이크를 사 오지 않았다. 바딤은 사라의 옷가지들을 정리한 뒤 온실의 문을 걸어 잠갔다. 아담은 이브의 담요와 인형을 박스에 넣고 다락방에 올려놓았다. 술잔이 깨지는 소리도, 깔깔거리던 웃음소리도 사라진 나발루니예 언덕에는 고적한 침묵만이 감돌았다.

“그런데 말이다.”

“네.”

“왜 닉네임을 K라고 지은 거냐? 드리밍 플라워를 팔 때 K라는 가명으로 팔았잖아.”

“아, 그거.”

잠시 허공을 골몰히 응시하던 아담은 장밋빛 입술을 잠시 깨물었다. 행성을 담은 그의 눈동자가 석양빛에 가만히 물들고 있었다.

"익숙해서요."

"익숙하다고?"

"꿈에서 들었는데, 누가 저를 그렇게 부르더라고요."

"누가?"

"절 공격하는 녀석이요."

바딤은 기가 막힌지 코웃음을 쳤다.

"어린애구먼."

하지만 돌아선 그의 눈빛은 곧 웃음기를 지웠다. 아담은 잠을 자지 않는다. 그러니 당연히 꿈도 꾸지 않는다. 꿈이라는 게 뭔지 알기나 하나 싶다.

드리밍 플라워를 임상 시험할 당시, 아담은 자진하여 스스로를 실험 대상으로 참여시켰다. 임상 시험을 마치고 너무나 고요하게 앉아 있는 아담을 보며 바딤은 아무것도 묻지 않았다. 잠도 자지 않는 아이니 당연히 드리밍 플라워도 실패했거니 싶었을 뿐.

혹시 그때 뭔가를 본 것일까?

드리밍 플라워는 무의식 속에 자리한 욕망 혹은 두려움을 보여준다. 그것은 흔히 대상자의 경험이나 기억에서 빚어진 조각들로 평소에는 수면 아래 깊숙이 잠겨 있다.

"그래서 어떻게 했어?"

"뭘요?"

"널 공격한 녀석 말이야. 설마 맞고만 있던 건 아니겠지?"

아담은 기억을 떠올리며 가만히 시선을 옮겼다. 허공을 응시하는 그의 눈동자는 부유하는 행성처럼 오묘한 빛을 띠었다.

"뭔가 거대한 폭발 같은 게 있었어요. 그 녀석을 말리기 위해서 누군가 인위적으로 일으킨 것 같았는데…… 결국 다 함께 추락했죠."

바딤의 눈이 커졌다.

폭발과 추락.

갑자기 가슴이 두근거리며 뛰었다.

"다 함께? 몇 명이나 있었는데?"

"모르겠어요."

"추락한 뒤로는? 어떻게 됐어?"

바딤은 바짝 다가와 물었다. 아담은 의아한 기색으로 그를 쳐다보았다.

"그게 끝이에요."

그는 더 이상 기억나지 않는다는 표정으로 어깨를 으쓱거렸다. 기대에 차 있던 바딤의 얼굴이 좌절한 듯 무너졌다.

"잘 생각해 봐. 어디서 추락했는데? 누구와 함께 있었는데?"

"기억 안 나요."

"드리밍 플라워로 한 번 더 시도해 보면 기억나지 않을까?"

"아시잖아요. 저한테는 그 무엇도 두 번 통하지는 않는다는 걸."

얄궂은 대답에 바딤은 한숨을 내쉬며 앉았다. 이상하게 꿈 이야기에 집착하는 그를 보며 아담은 의심스러운 눈빛을 지었다.

"왜 그러시는데요?"

"아무것도 아니야. 그냥 혹시나 해서."

그래, 정말 혹시나 해서 물었다. 혹시 그날의 미스터리를 풀 수 있을까 싶어서. 운석 폭발과 함께 등장한 신비로운 소년의 정체는 그에게 있어서 아직도 풀 수 없는 미궁 속의 수수께끼였다.

"신경 쓰지 마라. 그냥 물어본 거니까."

익명의 과학자 K가 된 뒤로 아담은 혼자만의 시간이 많아졌다. 그가 집에 머무는 시간도 많아진 만큼 두 사람이 대화하는 빈도수도 많아졌지만, 이브와 사라가 없는 집은 무채색의 공간처럼 적적하기만 했다.

"학교…… 다시 가고 싶지는 않니?"

"별로요. 어머니께서 원하신 게 아니었다면 처음부터 가지도 않았을 거예요."

그렇게 말한 아담은 다시 바닥에 깔린 담요에 털썩 앉더니 은하수처럼 부유하는 홀로그램들 속을 들여다보았다. 고독해 보이는 뒷모습. 바딤은 잠시 망설이다가 그의 머리를 쓰다듬었다.

"어쨌든 너무 무리하지는 말거라."

돌아선 그는 중얼거리며 덧붙였다.

"너도, 이브도 내겐 다 소중한 자식이니까."

아담은 낯선 표정으로 바딤을 쳐다보았다. 그는 눈을 느릿하게 깜빡이더니 말없이 고개를 끄덕였다. 바딤은 픽 웃었다. 가끔은 어리광을 부려도 좋을 텐데, 하여간 냉정한 녀석.

그래도 얼핏 보였던 아담의 멋쩍어하는 태도에 얕은 웃음이 새어 나왔다. 이젠 그도 잘 안다. 냉철하고 이성적인 아들은 감정을 보이는 게 너무나 미숙할 뿐이라는 걸. 아마 사라는 진작부터 알고 있었을 것이다. 산만한 손가락 움직임, 턱을 괴며 시선을 회피하는 자세, 모두 아담이 난색을 표할 때 나타나는 미세한 변화들이었다.

부모이기에 읽을 수 있는 아이의 작은 변화는 가슴에 형언할 수 없는 감동을 안겨 준다. 그는 이제야 비로소 낯설고 신비롭기만 했던 소년의 진짜 부모가 된 심정이었다.

"아버지도 제게 있어 소중한 분이세요."

한참을 망설이며 맴돌던 혀끝에서 나온 말이었다. 아담은 부채처럼 펼쳐진 홀로그램 속에 표정을 감춘 채 앉아 있었다. 바딤은 의외라는 얼굴로 멍하니 있다가 얼굴 표정이 환해졌다.

"……세 번째로요."

그 말에 싱글벙글 웃던 그의 얼굴이 다시 굳었다. 미간을 좁힌 그는 아담을 흘겨보더니 "세 번째?" 하고 되물었다. 아담은 뻔하지 않느냐는 눈빛으로 그를 돌아봤다. 그는 섬세한 얼굴을 기울이더니, 귀찮다는 기색으로 설명을 이었다.

"이브와 어머니 다음이니까 당연히 아버지는 세 번째……."

"알아! 아는데 그 말을 굳이 붙여야겠냐고!"

"착각하실까 봐요. 혹시라도 제가 아버지를 이브보다 더 우선순위로 친다고……."

"그만해, 그 정도면 됐어."

바딤은 커다란 손으로 아담의 입을 덥석 막아 버렸다. 그럼 그렇지, 이 얄미운 녀석이 웬일로 감동적인 말을 하나 했다. 그는 아담을 찌릿 노려보더니 성큼성큼 걸어갔다. 바딤의 등을 가만히 보던 아담은 그를 따라 몸을 일으켰다.

'삐지셨나?'

사라나 이브와 달리 속이 두부처럼 여린 남자였다. 토라지기로는 세계 제일이다.

"이브 영상 볼 건데 같이 보실래요?"

아담은 질문을 던지기 무섭게 영상을 실행시켰다. 흘끔거리며 시선을 던지던 바딤은 못 이기는 척 찔끔찔끔 다가왔다. 그는 어느새 아담의 어깨를 조르듯 흔들며 이것저것 요청을 넣었다.

"처음 수영복 입고 물놀이한 거, 그거 틀어 봐! 그때 내가 입혔잖아. 그 꽃무늬 디자인도 내가 직접 했는데…… 진짜 귀여웠어, 그치?"

"전 다른 거 볼 건데요."

"다른 거 뭐?"

"이브가 처음 말문 텄을 때요."

"아 됐어, 넌 허구한 날 그거만 보더라. 혹시 아빠보다 아담을 먼저 말했다고 그러는 건 아니겠지?"

"그다음이 엄마였고…… 아빠는 언제 말했더라. 혹시 기억나세요?"

바딤은 입을 삐쭉 내밀었다. 본인도 기억이 나지 않는 모양이었다. 너무 굴욕적이라 인위적으로 잊었는지도. 천진한 얼굴로 예쁜 눈을 깜빡이던 아담은 입가에 슬쩍 곡선을 띄웠다.

"수영복 보죠. 사실 저도 그걸 보고 싶었어요."

어후, 얄미운 녀석.

천사 같은 얼굴로 매번 사람 약을 바짝 올리니, 팔짝 뛸 노릇이었다.

"아담? 박사님? 계세요?"

예고 없이 등장한 목소리에 아담과 바딤은 서로를 쳐다봤다. 그리고 이내 별일 아니란 듯 다시 영상에 집중했다. 이 집에 그들을 제외하고 자유로이 드나들 수 있는 인물은 어차피 딱 한 명밖에 없었다.

사샤는 머리에 쓴 하얀 손뜨개 모자를 벗으며 상기된 얼굴로 집 안에 들어섰다.

"나 참, 손님이 왔는데 두 사람 다 나와 보지도 않아요?"

사샤의 불만에 저택 홈 AI 시스템이 허공에 나타나 그녀를 맞이했다.

– 사샤 아가씨의 출입 권한에 대해서는 박사님께서 전적으로 제게 위임하셨습니다. 박사님과 도련님께서는 굳이 매번 아가씨의 신원을 확인하기 위해 나와 보실 필요가 없다고 판단하신 바…….

"시끄러워, 타이탄."

사샤는 눈을 흘기며 쏘아붙였다. 휙 지나가던 그녀는 눈썹을 치켜세우더니 멈춰서 말을 고쳤다.

"아, 이젠 왓슨이라고 불러야 하나?"

– 편하신 대로 부르십시오. 박사님께서도 가끔 혼동하시니까요.

"지금은 왓슨이지만 너는 타이탄이기도 하잖아. 아니야?"

– 맞기도 하고 틀리기도 합니다. 곧 폐기될 왓슨 2세와 이미 폐기된 왓슨 1세는 모두 타이탄을 모델로 설계됐고, 전 왓슨 2세를 잇는 새 모델이니까요. 다만 제가 그들과 다른 점이 있다면 여성형 모델이라는 점이죠. 아직 완성형은 아닙니다.

사샤는 복잡하다는 표정을 지었다. 싱거운 유머를 치는 거라든지 저 고리타분한 말투는 영락없는 타이탄인데, 왓슨 1세부터 매번 지들은 다르다고 우겨 대니 할 말이 없다. 무슨 놈의 인공지능들이 이렇게 자의식이 강한 건지. 그런데 여성형이라고? 성별은 왜 갑자기 바꾼 거람?

"그나저나 대체 박사님하고 아담은 뭘 하느라고……."

거실로 입장한 그녀의 눈이 황당함에 물들었다. 예상대로 둘 다 집에 있었다. 놀고 있었으면서 나와 보지도 않았다는 거지? 그녀는 팔짱을 끼고 서서 두 사람을 노려보았다. 두 부자는 뭐에 홀린 사람들처럼 소파에 앉아 영상을 시청하고 있었다. 그녀도 몇 번이나 본 적 있던 이브의 수영장 편이었다. 사샤는 한숨을 내쉬었다. 저럴 때 보면 바보 이인방이 따로 없다.

"아무리 봐도 날 쏙 빼닮았어."

"네?"

아담이 황당한 어조로 되물으며 바딤의 북슬북슬한 얼굴을 쳐다보았다. 어떻게 저런 식으로 이브를 모욕할 수가 있지? 일단 혈연적으로는 이브가 그의 딸이란 건 인정한다. 물론 혈연관계라는 것에 그 어떠한 의미도 두진 않지만—왜냐하면 때때로 바딤이 혈연을 내세워 이브와 자신이 더 가깝다는 유치한 주장을 해 대기 때문에— 그걸 바탕으로 이브의 외양이 그와 닮았음을 주장하는 것은 아담에게 있어 참을 수 없는 고통이었다.

아담은 혐오스럽다는 눈초리로 미간을 찌푸렸다. 바딤은 그런 아담을 보며 낄낄 웃었다. 치솟아 오르는 짜증을 감추지 못하는 그의 모습이 통쾌해 죽겠다는 표정이었다. 유치하지만 아들 녀석에게 가끔은 한 방 먹이고 싶은 아비의 심정이랄까? 하여간 이브에 관해서라면 매번 까칠해지는 녀석이었다. 그런 점이 꽤 귀엽지만.

"우리 딸, 보고 싶네."

웃음을 터뜨리던 바딤의 입에서 쉰 목소리가 흘러나왔다. 그 옆에 앉아 있던 아담의 눈빛도 서서히 가라앉았다. 순식간에 분위기가 얼음장처럼 식었다. 흐린 눈으로 중얼거리던 바딤의 눈초리가 늪에 잠긴 듯 어둑어둑해졌다.

두 사람이 매일 영상을 보는 이유. 단순한 그리움에서만은 아니었다. 절치부심의 태도로 매일같이 잊지 않기 위해서다.

리 박사는 돌연 연락을 끊었다. 아예 자취를 감췄는데 도무지 행적을 찾을 수가 없었다. '또 속은 것일까?'라는 생각에 배신감을 느끼기보단 뒷목이 서늘해졌다. 직감적으로 그에게 무슨 일이 생겼다는 예감이 들었다.

"리 녀석, 대체 어떻게 된 거지?"

"그분이라면 숙청당했다는 소문이 돌던데요?"

불쑥 등장한 목소리에 아담과 바딤은 뒤로 홱 돌아보았다. 아담은 경보 시스템을 작동시켰다. 바딤은 주먹을 쥐며 일어섰다. 그러자 사샤가 황급히 두 사람의 앞을 가로막으며 진정시켰다.

"저랑 같이 온 손님이에요. 소개부터 했어야 했는데 그만 깜빡했어요."

그녀의 말이 끝나자 현관 쪽에서 창백한 인상의 청년이 모습을 드러냈다. 낯익은 얼굴이었다. 과거 알렉스의 옆자리를 지키던 모범생과 꼭 닮았다 싶을 정도로.

"요한 가르두치."

검은색 니트를 입은 아담이 뒤쪽에서 걸어 나오며 물었다.

"네가 우리 집에는 어쩐 일이야?"

"오랜만이야, 아담."

그의 인사에 아담은 냉담한 반응을 보였다. 요한은 난감한 미소를 머금었다.

아담은 삼 년 전과 변한 게 없어 보였다. 다른 별에서 온 어린 왕자처럼 남달랐던 소년. 키가 한 뼘은 더 클 나이인데, 그는 여전히 작고 호듯했다. 조각품처럼 섬세하고 아름다운 얼굴선. 남자한테 가슴이 뛴다고 하면 변태라고 하겠지만, 녀석에겐 기묘하게 사람의 마음을 울렁거리게 하는 뭔가가 있었다. 성적인 감흥을 떠나, 존재 자체의 신비로움이었다. 여전히 정체를 알 수가 없는 녀석이다. 껄끄럽고 불편하지만 눈을 뗄 수가 없는 소년, 아담 페트로비치.

"의뢰를 하러 왔어."

"의뢰?"

"익명의 과학자 K에게."

그의 말에 주변 공기가 팽팽한 긴장감으로 부풀었다. 사샤는 난처한 표정으로 동공을 갈팡질팡 움직였다. 바딤은 그녀에게 어떻게 된 상황인지 묻는 눈초리를 던졌다.

"제가 말한 게 아니에요. 요한은 아담이 익명의 과학자 K란 걸 이미 알고 있었어요. 절 찾아와서는 K에게 의뢰할 것이 있으니 데려다 달라고 했어요. 어쩔 수 없었어요. 안 그러면 왓슨 그룹에 모든 걸 폭로하겠다고 해서요."

아담은 "흐음, 폭로?"라고 중얼거리며 요한을 빤히 응시했다. 늪에 잠긴 저격수의 총구처럼 고요하고 섬뜩한 시선이었다. 요한은 등골이 오싹하게 반으로 접히는 느낌에 침을 꿀꺽 삼켰다. 당황한 그는 두서없이 변명을 하기 시작했다.

"스타시티 창립 오십 주년 파티, 기억해? 그날 알렉스는 마약 따위 하지 않았어. 알렉스에게 그날 있었던 일에 대해 물어봤는데 환영을 봤다더라. 그리고 아담, 너를 만났다고 했어. 거기 있던 모든 사람들은 그가 미친놈처럼 혼자서 지껄였다고 했지만, 자기는 분명 너와 대화를 나눴다고. 그런데 그 느낌이 엔젤 키스에 취했던 때와 너무 흡사했다는 거야. 그러고 얼마 후 난 공개 입찰 사이트에서 익명의 과학자 K가 만든 드리밍 플라워라는 걸 발견했어. 공개 시뮬레이션을 보자마자 그런 생각이 들더라. 이건 알렉스가 설명했던 것과 완전 똑같잖아?"

아담은 큐브 조각을 만지작거리며 눈을 반쯤 감은 채 시선을 깔았다. 다른 두 사람이 위기를 느끼고 긴장에 휩싸인 것과 달리, 정작 당사자인 그는 관심이 있는 듯 없는 듯 알 수 없는 표정이었다. 그게 오히려 요한의 애간장을 더 바짝 태웠다. 마른 입술을 축축하게 적시던 그는 초조한 기색으로 말을 이었다.

"알렉스는 폐기 처리된 것 같아."

세 사람의 시선이 흠칫 모였다. 이번에는 아담도 조금 의외였는지 눈초리를 치켜세웠다. 그의 시선을 끄는 데 성공한 요한은 안도의 미소를 머금었다.

"폐기 처리?"

사샤는 오싹 소름이 돋은 얼굴로 되물었다.

"사람을 폐기 처리한다니, 무슨 기계도 아니고."

"글쎄. 그걸 정말 사람이라 부를 수 있을까?"

요한은 비틀린 표정으로 자문하듯 중얼거렸다. 과연 아브라함 회장에게 있어 인간의 존엄성이란 게 유의미한 개념일까? 그가 숭배하는 건 오로지 과학기술과 지식뿐이었다.

— 아브라함 회장의 클론이래.

비밀스럽게 속삭이던 제인 왓슨의 목소리가 머릿속을 스쳤다. 사샤는 파리해진 입술로 불안한 듯 몸을 떨었다. 갑자기 속에서 구역질이 올라왔다.

"훈육의 방에 간 뒤로 이 년 넘게 소식이 없어. 보통 길어야 한 달이었는데."

"이 년 넘게?"

"그래, 창립 기념일 이후로."

요한은 꽤 초조해 보였다. 까슬까슬한 피부 위로 쉴 새 없이 움직이는 그의 동공은 쫓기는 사람처럼 계속 주변을 확인했다. 사샤는 대충 사정을 알고 있는지 그를 지켜보고 있었다.

"일단 의뢰부터 들어 볼까?"

바딤이 빙그레 웃으며 말했다.

"협박성 의뢰를 하러 온 사람치고는 제 발 저리는 모습인 게, 뭔가 사연이 있나 보네."

정곡을 찌르는 그의 말에 요한의 낯빛은 급격히 어두워졌다. 사샤는 떨떠름한 표정을 지었다. 그녀는 처음으로 아담이 아닌 바딤도 의외의 날카로운 면이 있다는 생각을 했다.

이윽고 네 사람은 정사각형 테이블 앞에 서로를 마주 보고 앉았다.

"스타시티는 단언컨대 세계 최고의 과학기술을 보유한 기업체일 겁니다. 지금 아브라함 회장이 집착하고 있는 게 뇌 과학과 안드로이드 개발 분야인데…… 언론에는 보도된 적 없지만 그는 줄곧 생체 실험을 하고 있어요."

"생체 실험을 안 하는 기관이 있다면 그게 더 희한한 거겠지."

바딤이 비관조로 덧붙였다. 그게 신기하다면 네가 너무도 순진한 거라는 듯이. 과거 시베리아 연구소에 있을 때 이미 온갖 끔찍한 일을 다 목격했던 바딤이었다. 세상에서 제일 폐쇄적이고 비밀스러운 곳에 발을 담갔다 나온 사내로서, 그 자신도 저들을 떳떳하게 비난할 자격은 없었다.

"소문이지만 스타시티가 화성 신도시를 건축할 때엔 외계인을 납치해서 생체 실험을 했다는 이야기도 있고, 아브라함 회장 자체가 외계인이라는 설도 있고…… 알려지지 않은 괴담은 셀 수 없이 많아요."

"제일 유명한 게 '아브라함 회장은 불로장생의 연구를 하고 있다'라는 거였지?"

"박사님께서도 아시는군요. 그건 이미 실행 단계에 있습니다. 심지어 최종 단계에 아주 근접해 있죠. 하지만 문제가 생겼어요."

"문제?"

"누군가 최근 아브라함 회장의 새 몸체가 될 클론들을 다 못 쓰게 만들어 버렸거든요."

"누가?"

고개를 숙이고 있던 요한의 입가에 경련이 일었다. 자세히 보니 그는 손바닥에 얼굴을 묻은 채 웃음을 터뜨리고 있었다. 실룩이며 웃던 그의 입가가 일그러지더니 조용히 흐느끼기 시작했다.

엎드린 그의 정수리를 보던 세 사람은 놀라서 입을 다물었다. 여기저기 머리숱 없는 빈 공간이 보였다. 게다가 드문드문 스스로 쥐어뜯은 것처럼 보이는 흔적도 있었다. 어깨를 들썩이던 요한이 고개를 들었다. 두려움에 가득 찬 눈초리였다.

"아버지처럼, 알렉스처럼 살 수는 없었어요. 저희 아버지께서는 십 년 전에 뇌 수술을 받으셨습니다. 그 이후론 인공뇌를 단 채 살고 계시죠."

"인공뇌?"

요한은 입가를 일그러뜨렸다. 깊은 원한에 사무친 그의 미소는 복수심에 가득 차 있었다.

"인공뇌를 단 사람은 로봇과 다름없습니다. 성격, 행동 양식을 다 지정해 놓은 상태에서 기억만 복사해서 넣는 거니까요. 그냥 우리 아버지의 몸과 기억을 갖고 있는 로봇인 거죠."

바딤은 팔짱을 낀 채 듣고 있었다. 인공뇌는 아직 불완전한 기술이라 보편화된 수술이 아니었다. 사실상 대다수의 의료진들은 추천하지 않는 치료법이었다. 간혹 반려동물인 개나 고양이 등에게는 인공뇌를 주입하기도 한다고 듣긴 했다만.

요한은 손등으로 얼굴을 훔쳤다. 그의 눈시울이 빨갛게 젖어 들었다.

"저도 곧 같은 수술을 받게 될 겁니다. 아버지처럼 인공뇌를 달고 살게 되겠죠."

"뭐? 너는 왜?"

"몇 년 전부터 생긴 두통 때문에 진단을 받으러 갔더니 뇌종양이라고 하더라. 지금은 약물치료 중이지만 결국엔 수술을 받는 것밖에 방법이 없대. 수술하면 뇌에 부분적 손상을 입을 확률이 70퍼센트 이상이라 하고……. 나는 그냥 내가 운이 나쁜 줄 알았어. 대충 이렇게 그 자식의 똥개로 사는 것 외엔 방법이 없다고 생각했지.

아브라함 집안의 몸종으로 사는 게 우리 집안의 팔자라 생각하며 체념했으니까. 그러다가 알렉스가 폐기되어 사라지고 본사에서 일하게 되면서 진실을 알게 된 거야. 스타시티의 이사회 소속 간부들 중 절반 이상이 우리 아버지처럼 뇌 수술을 받았다는 걸."

지난 이 년 간, 요한 가르두치는 아버지의 뒤를 따라 스타시티에서 일을 해 왔다. 그는 우수한 인재였다. 그는 곧 인정받아 스타시티의 본사 홍보팀에 배치됐다. 그의 아버지는 모든 게 아브라함 회장께서 우리 집안을 돌봐 주기 때문이라고 강조했다. 그러나 요한 가르두치의 생각은 달랐다.

"아브라함 회장은 인간을 장난감 병정 인형이라 생각해. 자기 마음대로 이리 끼워 보고, 저리 끼워 보고, 팔다리를 빼 봤다가 머리를 뽑아 봤다가 하는 거지. 제일 소름 끼치는 건 본인의 신체에도 그 짓거리들을 하고 있다는 거야."

"설마 아브라함 회장이 일부러 네 머릿속에 종양을 만들었다는 거야?"

"그래."

"에이, 설마……."

사샤는 믿기지 않는다는 듯 중얼거렸다. 이 정도면 피해망상 수준 아닌가? 아브라함 회장이 그렇게까지 해서 얻는 이득이 뭘까 싶었다. 요한은 그런 사샤의 생각이 빤히 보이는지 힘없이 웃었다.

"겪어 보지 않은 자들은 모르겠지. 상상도 못할걸? 회장이 얼마나 미쳐 있는지. 처음엔 그냥 이사회를 제 맘대로 주무르고 싶어서 그러는 줄로만 알았어. 하지만 본인의 신체와 클론까지 분절하고 폐기하는 걸 보면서 그가 제정신이 아니란 걸 깨달았지. 신新인류라고 해야 되나? 새로운 종의 지배자가 되기를 꿈꾸는 건지, 본인 스스로가 새로운 인류가 되고 싶은 건진 알 수 없지만 불멸을 꿈꾸면서 돌아 버린 건 확실해. 제일 무서운 건 그 인간이 생각하는 게 터무니없음에도 불과하고 불가능하진 않다는 거야. 어떤 형태가 되었든 그 사람에게는 그것을 실현시킬 권력과 재력이 있으니까."

"경찰에게 알리는 건……."

바보 같은 짓이겠지. 상대는 세계 최대 부호인 노인네였다. 사샤는 말끝을 중얼거리며 흐렸다.

"그래서 나한테 원하는 게 뭐야?"

아담은 이제 조금 귀찮다는 얼굴이었다. 긴 이야기도 지겨웠고, 왜 그가 여기까지 찾아와서 자신의 시간을 할애하게 만드는지도 알 수 없었다. 듣자 하니 아브라함 회장한테 걸리면 바로 처형당할 시한부 인생 같은데, 괜히 우리까지 엮이게 하지 말고 알아서 나가 줬으면 하는 바람이었다. 그리고 나서 아까 보다가 끊긴 이브의 영상이나 마저 보고 싶었다.

"아담 페트로비치, 너에 관한 기록은 어디에서도 찾을 수가 없더라. 학적뿐만 아니라 이 세상에 네가 존재했다는 기록 자체가 먼지 하나까지도 소멸된 상태였어."

'당연하지. 대외적으로 왓슨 3세는 바딤 페트로비치가 혼자 만들어 낸 것이고, 익명의 과학자 K와 아담 페트로비치의 접점 따위는 없어야 하니까.'라고 굳이 소리 내어 대답하진 않았다. 아담은 이제 그가 그저 성가실 뿐이었다.

"내 기록도 그렇게 없애 줘. 나에 대한 모든 걸 지워 줘. 그리고 새로운 신원을 만들어 줬으면 해."

"내가 왜 그렇게 해 줘야 하는데?"

"네가 익명의 과학자 K라는 걸 알고 있으니까. 내가 말했지? 리 박사는 숙청당했다고. 그 칼날이 이곳까지 오는 데 얼마나 걸릴 것 같아?"

잠시 섬뜩한 기운이 방 안을 갈랐다. 바딤은 굳은 얼굴로 요한을 쳐다보았다. 줄곧 밋밋한 얼굴로 듣고 있던 아담의 눈초리도 비스듬히 올라가기 시작했다.

벌떡 일어난 요한의 안광에는 광기가 스며들어 있었다. 그는 절망으로 가득 찬 그늘 속에서 한풀이를 하듯 소리쳤다.

"여태까지 네가 만났던 정·재계, 과학계의 지배자들, 혹은 그들 자녀들 중 하나라도 정상인 녀석이 있었어? 모두 다 미친 사이코 새끼들이지. 이번에 로스트 헤븐의 개발 총책임자로 발탁되었다는 남자 말이야. 그놈도 미친놈이라고 하더라. 다들 쉬쉬하지만, 리 박사를 없앤 게 그 남자란 걸 모르는 사람이 없을 정도니까. 그런 인간이 과연 순순히 네 여동생을 내줄 거 같아?"

"……."

"나는 어릴 때부터 먹이사슬 꼭대기에 목숨 줄이 대롱대롱 묶인 채 살아왔어. 그래서 피라미드 정점에 선 인간들의 습성을 잘 알고 있지. 제 손에 쥔 건 차라리 바스러뜨릴지언정 절대 놓아주지 않는 놈들이야. 이쪽 세계는 말이야, 최고에 오르지 못할 거라면 차라리 바닥을 누비는 게 나아. 적어도 자유롭잖아. 사자 발톱에 잡힌 하이에나는 쥐새끼보다도 못한 삶을 사는 거야."

요한은 간절한 표정으로 아담과 바딤을 번갈아 쳐다보았다. 그들 역시 힘든 싸움을 하고 있다는 걸 알고 있었다. 그래서 더욱 이곳으로 와야겠다고 생각했다. 비겁하지만 최후에는 정말 협박이라도 해 볼 계획이었다.

아담은 턱을 괸 채 요한을 물끄러미 응시했다. 물에 잠긴 행성처럼 고요한 시선. 간담이 서늘해진다. 요한은 다시 식은땀을 흘렸다.

"좋아. 네 의뢰, 받아들일게."

갑작스런 수락에 놀랐는지 요한은 굳은 채 그를 쳐다보았다. 돌변한 아담의 태도에 그는 떨떠름하니 할 말을 잃은 듯했다.

"돈은 필요 없어."

"그럼 사례는 어떻게……."

"아브라함 회장은 널 찾아내면 죽이겠지. 뭔가 계획이라도 있어?"

"군대에 들어갈 생각이야. 아브라함 회장은 아마 당분간은, 아니, 어쩌면 꽤 오랫동안 움직일 수 없을 테니 일단 모습부터 바꾸고."

요한은 얼굴을 주무르더니 각오가 담긴 눈빛으로 중얼거렸다.

"기록은 지워도 사람들의 기억을 지울 순 없는 노릇이니까."

흐음. 아담은 책상에 양팔을 올리고 엎드린 채 턱을 괴었다. 아버지는 버릴 생각인가? 하긴, 제 목숨 연명하기도 급급한데 로봇인지 뭔지로 변해 버렸다는 아버지 생각은 할 틈도 없을 테지.

"사자 발톱인지 뭔지에서 꺼내 주도록 할게. 하지만 거기까지야. 이후 네가 쥐새끼로 살든 하이에나로 살든 내가 상관할 바는 아니니까."

바딤은 말없이 두 사람의 대화를 듣고 있었다. 그 역시 갑자기 요한을 도와주겠다고 나선 아담이 이해되질 않았다. 초지일관 관조적인 태도를 보여서 당연히 거절할 줄 알았는데.

하지만 가만히 들어 보니 요한의 말도 일리가 있었다. 만약 리 박사가 정말 정치 싸움에서 밀려 잘못된 것이라면, 그들도 시급히 대책을 세울 필요가 있었다.

"너도 나에게 해 줄 게 있어."

"뭔데?"

아담은 조각처럼 다문 입술을 잠시 잘근잘근 물었다. 그의 눈초리가 언뜻 바딤을 응시했다.

세상에서 제일 소중한 사람을 뺏겼다. 두 번째로 소중한 이도 잃었다. 세 번째로 소중한 사람은 지켜 내고 싶었다. 그 사람마저 잘못되면 그녀가 몹시 슬퍼할 테니까.

"피라미드 꼭대기."

요한의 눈빛이 불안하게 흔들렸다.

"거기로 올라가야겠는데 어떻게 하면 좋을까?"

"그건 좀 힘들 텐데."

"그래서 너한테 묻고 있잖아."

요한은 난감한 표정으로 선뜻 답을 하지 못했다. 그러자 아담이 다시 속삭이듯 말했다. 슬픔에 잠긴 듯한 기색으로, 나긋한 음색을 담아.

"나는 말이야, 사자가 물어 간 토끼가 보고 싶어서……."

그는 역광에 비친 눈동자를 비스듬히 숙였다.

"더 이상은 견딜 수가 없어."

그리움에 젖어 들던 눈빛에 일순 검붉은 기가 어렸다. 깊고 진득한 감정이 요동치듯 솟아올랐다가 수면 아래로 조용히 가라앉는다. 요한은 숨이 조이는 느낌에 호흡을 멈춘 채 멍하니 그를 바라보았다.

잠시 잊었다.

이 녀석도 미친 사이코 새끼들 중 하나였다는 사실을.

단, 여동생 한정으로 발현되는 미친놈이었지만 말이다.

⁝ 서기 2083년 12월

왓슨 제약회사는 신종 바이러스 치료제 개발에 거의 근접했다고 발표했다. 언론사들은 왓슨 그룹의 연구원들이 신종 바이러스 감염에서 살아남은 여아의 몸에서 항체를 추출하는 데 성공했다고 보도했다.

⁝ 「매거진 Todays 편집자의 한 줄 논평」

사실 왓슨 연구원들이 여아의 몸에서 항체를 추출한 것은 최소 2년도 더 전의 일이었고, 치료제 개발은 이미 성공리에 마친 시점이었다. 임상 시험은 일반인과 입실론, 두 그룹으로 나눠서 진행했다고 하는데, 그들이 공개한 결과는 오로지 일반인 그룹 것이라는 이야기가 돌고 있다. 왓슨 제약회사는 이런 의문에 침묵으로 대응하는 상황이다.

또 하나, 왓슨 제약회사의 치료제 개발 소식에 묻힌 안타까운 소식이 있으니, 바로 어느 저명한 과학자의 죽음이다. 신종 바이러스로 인해 아내를 잃고 딸까지 잃었다는 A씨는 노벨 나노학상을 받은 천재 물리학자이자, '로스트 헤븐'의 실질적인 창조자라 할 수 있다. 몇 년 전부터 알코올 중독과 우울증을 앓아 온 A씨는 결국 유서 한 장만 남긴 채 스스로 목숨을 끊고 말았다. 안타깝게도 화재로 소실된 그의 자택에서는 그의 시신조차 찾을 수 없었다고 한다.

⁝ 서기 2084년 2월

신종 바이러스 치료제 지브G-eve 보급 시작.

⁝ 「매거진 Todays 편집자의 한 줄 논평」

왜 이렇게 치료제 보급이 늦어졌을까? 바이러스가 더 퍼지길 기다렸던 게 아니냐는 음모론도 퍼졌지만, 얼마 후 왓슨 일가 내에서도 바이러스에 의한 피해자가 나왔다는 소식에 그런 쑥덕거림은 쏙 들어가고 말았다. 하지만 왓슨 제약회사가 신종 바이러스 치료제로 인해 천문학적인 수익을 얻게 될 것이란 사실은 변하지 않았다. 소문이지만 치료제 지브에는 항체를 공급한 소녀의 이름이 들어가 있다고 하는데, 이에 영감을 받은 영화감독 B씨는 단숨에 새 영화 시나리오를 써 내려갔다고…….

: 서기 2085년 1월

왓슨 그룹은 본사를 남태평양에 건설한 인공 섬 '로스트 헤븐'으로 옮긴다.

:「매거진 Todays 편집자의 한 줄 논평」

왓슨 그룹은 로스트 헤븐에서 일하게 되는 임직원들의 친가족과 입실론들의 가족에게 우선적으로 로스트 헤븐 입주 신청 자격을 부여한다고 공표했다. 하지만 소문에 의하면 입주 신청이 암거래로 이루어지고 있다고도 하는데, 그 액수는 상상을 초월하는 금액이라고 한다.

또한 로스트 헤븐의 설계를 맡았던 과학자가 재작년 목숨을 끊으면서, 누가 그의 후임을 맡게 되는가에 대해 모두의 이목이 모이고 있다. 투데이즈 매거진에서는 단독으로 이에 관한 정보를 입수했다. 로스트 헤븐 관계자가 제공한 정보에 따르면, 왓슨 그룹에서는 이미 작년에 새로운 엔지니어와 계약을 맺었다고 한다. 듣자 하니 익명의 건축가인 그는 최근 업계에서 최고로 알아주는 물리학자에 프로그래머라는 것. 또한 건축설계에도 상당한 재능을 보유하고 있다는데…… 아마 왓슨 그룹에서는 그에게 왓슨 3세의 시스템 설정 마무리까지 일임할 것으로 보인다.

: 서기 2085년 4월

신종 바이러스의 변형 출현.

:「매거진 Todays 편집자의 한 줄 논평」

왓슨 그룹은 올 초부터 자체적으로 용병을 모집하고 있다. 군수산업에까지 뛰어드는 게 아니냐고 각계로부터 따가운 눈총을 받고 있던 와중에, 신종 바이러스의 변형이 출현한 것이다. 사실 앞서 바이러스 감염자들을 상대하던 연맹군이 이들을 무차별하게 사살한 것이 밝혀져 대중의 날 선 비난을 받던 중이었다. 이 시점에 왓슨 그룹은 과거 입실론들에게 그러했던 것처럼, 변형 감염자들을 포획하고 치료하는 데에 앞장서겠다고 발표했다. 연맹군 측으로서는 심기가 불편할 게 틀림없다. 마치 그들이 악의 축이 되어 버린 느낌을 받았을 테니 말이다. 다시 말하지만 왓슨 그룹은 영리하다. 포석을 깔고 대마를 잡는 데 있어 그들은 늘 탁월한 위치 선정을 한다.

서기 2085년 5월

로스트 헤븐

왓슨 연구 단지는 로스트 헤븐 북쪽으로 이전되었다. 새 연구 단지는 친환경적인 환경과 최신 과학 장비로 인해 임직원들의 호평이 쏟아졌다. 그런데 웬일인지 오늘따라 단지 내 분위기가 흉흉했다. 곧이어 담배 갑처럼 늘어져 있는 연구동들 사이사이로 겁에 질린 사람들이 뛰쳐나오기 시작했다.

"키이이익!"

"끼에에에엑!"

짐승의 울음소리 같은 게 새어 나오자 하얀 가운을 입은 연구원들은 서로를 부둥켜안으며 주저앉았다. 덜덜 떠는 그들의 얼굴에는 공포심이 어려 있었다.

와장창!

강화유리가 깨지면서 연구동 밖으로 유리 조각들이 비처럼 쏟아져 내렸다. 무언가 창문 너머로 순식간에 사라지는 걸 본 사람들은 주춤주춤 뒷걸음질을 쳤다.

이윽고 깨진 창문 사이로 남자 하나가 "끄아아악!" 하고 비명을 지르며 추락했다. 나뭇가지 사이사이로 그물처럼 몸이 걸리던 그는 잔디밭 위로 '쿵!' 하고 떨어졌다.

"이봐! 괜찮아?"

떨어진 연구원의 가운은 피로 흠뻑 젖어 있었다. 황급히 달려온 동료 직원은 추락한 연구원의 머리부터 확인했다. 그리고 가운을 벗기던 중 그는 깜짝 놀라며 "우욱!" 하고 구토를 했다. 복부에서 콸콸 쏟아지는 피. 무언가에 잡아 뜯긴 것처럼 내장까지 쏟아진 상태였다.

"살려 줘!"

"아아아악!"

미처 빠져나오지 못한 사람들의 비명 소리였다. 연구동 A의 2층은 그야말로 아비규환 상태였다. 사람들은 숨넘어가는 듯한 목소리로 참혹하게 울부짖더니 이내 잠잠해졌다.

"끼이이이익!"

벽과 천장을 날아다니듯 기어 다니며 사람들을 공격하던 생물체는 이빨 사이로 핏물을 뚝뚝 떨어뜨리며 울부짖었다. 그 모습을 본 건물 밖의 연구원들은 바닥을 기면서 필사의 힘을 다해 도망치기 시작했다.

| 에덴 타워 S관 임원 회의실.

영상을 본 이사회 임원들은 모두 창백한 얼굴로 할 말을 잃은 기색이었다. 타원형의 테이블에는 가상 입체 형상으로 접속한 임원들이 각기 검은 의자에 앉아 있었다.

"저게 대체 뭡니까?"

"델타입니다."

"델타?"

"델타란 신종 바이러스 변형에 감염된 후 살아남았으나 변이를 거친 자들의 명칭입니다."

신종 바이러스의 변형, 그리고 새로운 돌연변이의 출현. 모든 게 아찔한 공포였다.

"그러니까 저게 원래는 사람이었단 말입니까?"

"그렇습니다. 포획한 델타의 신원은 이십 대 후반 흑인 여성으로 간주됩니다."

"어디서 포획한 겁니까?"

"맨해튼, 미국 뉴욕입니다. 뉴욕은 델타가 처음으로 보고된 곳이기도 합니다."

사십 대 중반인 연구소장은 침착한 어조로 설명했다. 그의 검은 동공은 중간중간 흘끔거리며 누군가의 눈치를 살피고 있었다.

"지금 저게 로스트 헤븐 내에서 날뛰고 있다는 거죠?"

"마취가 듣지 않았던 것으로 보입니다. 탈출한 델타는 연구동 내 직원들을 무분별하게 공격했고, 연구원 중 다섯이 사망, 부상자는 그 배를 넘는다는 소식입니다."

긴장 어린 침묵이 내렸다.

현재 그들은 화상회의 중이었다. 임원진 중 몇몇은 제들이 로스트 헤븐 내에 있지 않다는 걸 다행으로 여기며 가슴을 쓸어내렸다. 나머지는 겁에 질린 채 대뜸 물었다.

"그래서 저걸 저렇게 방치하고 있는 겁니까? 용병들은요? 분명 얼마 전에 거금을 들여 용병대를 만들지 않았습니까? 이럴 때 투입 안 하고 뭐합니까?"

"걱정 마십시오. 이사님께서 계신 곳은 안전합니다. 델타가 연구동 밖을 벗어나는 일은 없을 겁니다."

"그걸 어떻게 확신합니까? 아니, 애초에 저런 걸 낙원 내에 들여오면 어쩌자는 거요!"

그때 비어 있던 자리 하나에 불이 켜졌다. '접속'이라는 글씨가 반짝이며 떠오르자, 모두의 이목이 새로운 접속자에게로 쏠렸다.

검은 바탕에 물음표만 뜬 화면. 심지어 명패마저도 공란이었다. 이사회에 저런 자가 있었던가? 임원들은 미스터리한 분위기 속에 등장한 새 접속자를 의심스러운 눈초리로 바라보았다.

– 연구 단지는 로스트 헤븐 내 다른 도시들과 달리 아주 폐쇄적인 구조입니다.

변조된 목소리. 늘어진 테이프처럼 낮고 두꺼운 음성이었다. 성별도, 나이도, 인종도, 직종과 직함도 알 수 없는 의문의 등장인물에 이사들은 의심의 눈초리를 지었다.

– 출입구를 열지 않는 이상 델타가 연구 단지를 벗어나는 건 불가능합니다. 지상에서는 말이죠. 정 걱정되시는 분들은 잠시 섬 밖에 나갔다 오셔도 됩니다.

"지상에서는?"

누군가 불안한 어조로 되물었다.

– 그렇습니다.

"처음 뵙는 것 같은데, 이사회 소속입니까?"

돌연 침묵이 흘렀다. 모두가 불편한 심기로 그의 대답을 기다렸다. 그러나 그는 아무런 말도 없었다. 그때 회의 내내 줄곧 침묵하던 엘 카인이 처음으로 입을 열었다.

"이사회 소속은 아닙니다만, 제가 초청했습니다. 이곳에 계신 여러분들 중 낙원에 대해 가장 잘 아는 분입니다. 단, 익명으로 활동하시는 분이기에 신분을 드러내지 않는 걸 조건으로 하시더군요. 그래서 어쩔 수가 없었습니다."

"어쩔 수 없었다고요? 회의 내용이 유출되기라도 하면 어쩌려고 그러는 겁니까?"

"아, 그 점은 걱정 마시죠. 일찍이 우리와 한배를 탄 분입니다."

다들 그게 무슨 소리냐는 표정을 지었다. 엘 카인은 빙긋 웃으며 말했다.

"이분은 바로…… 로스트 헤븐을 설계하신 분이니까요."

얕은 술렁임이 일었다. 임원진들 중 눈치 빠른 이들은 대충 그의 정체를 알아챘는지 표정이 돌변했다.

익명을 조건으로 활동하는 과학자, 혹은 엔지니어, 혹은 건축가. 뉴턴, 아인슈타인의 계보를 잇는다는 천재 물리학자. 현재 과학계에서 가장 주목하고 있다는 그 인물인가?

"언론에 새어 나가진 않겠죠?"

"델타의 포획 자체를 극비로 해 온 것이라 언론 쪽은 잠잠합니다. 그 점 역시 염려하지 않으셔도 됩니다."

"돌연변이라니요. 이제 겨우 치료제 보급을 시작했는데 이게 웬 날벼락입니까?"

한창 기록적인 판매 이익을 창출해 나가고 있던 시점이었다. 그들은 죽은 연구원들에 대한 애도보다 고꾸라질지도 모를 수익에 대한 애도를 앞세웠다.

"그래서 실험체 이브에 델타의 피를 주입해 봤습니다만, 화면을 한번 봐 주십시오. 이브 체내에 신종 바이러스 변형이 침투하자마자 바로 항체가 생성되는 걸 보실 수 있을 겁니다."

이브는 괴로운 듯 몸을 뒤틀고 있었다. 그런 그녀의 모습마저 사랑스러운 듯, 임원들은 환희에 찬 눈으로 웃음을 터뜨렸다.

"저 소녀만 있다면 왓슨 제약회사는 무적이군요."

"한마디로 불사의 몸, 그런 겁니까?"

"저 아이만 있다면 어떤 질병도 다 정복 가능하지 않을까요? 신종 바이러스에만 국한해 임상을 해 볼 게 아니라 다양한 가능성을 열어 두는 게 좋을 것 같습니다."

황금알을 낳는 거위라도 발견한 양 회의는 축제 분위기였다. 좀 전에 죽어 나간 연구원들의 모습 따위는 어느새 잊은 모양이었다. 임원진들의 얼굴엔 웃음꽃이 피었다.

익명의 접속자는 말없이 이런 상황을 지켜보고 있었다. 그는 껄껄대는 임원들의 얼굴을 하나하나 눈에 담으며, 으그러지는 미간에 힘을 주었다. 한 놈도 놓치지 않고 모두 뇌리에 각인시키는 중이었다.

그는 평온한 눈에 담긴 살기를 죽이며 애써 안연한 자세를 유지했다. 누구도 알 수 없도록, 그렇게 조용히 숨을 바르쥐었다.

그때 테이블 중심에 앉아 있던 엘 카인 앞으로 메시지 창 하나가 떠올랐다. 창 안에는 카키색 군복을 입은 남자가 서 있었다. 그는 새로운 군대 '로스티아벤'의 총지휘관인 우리야 세르게이 장군이었다. 우리야는 차렷 자세로 거수경례를 하며 빠른 속도로 보고를 올렸다.

– 대표님, 우리야입니다. 회의 중에 죄송합니다만, 현재 연구동 A 건물 앞에 특공대원들이 대기 중입니다. 이사회의 최종 명령을 기다리고 있습니다.

엘 카인은 천천히 눈꺼풀을 들었다. 그러자 접속 중이던 열두 명의 임원들이 눈짓을 주고받으며 그의 눈치를 살폈다.

"카인 대표의 뜻이 우리 이사회의 뜻 아니겠습니까?"

"그럼요, 그렇고말고요."

카인의 입가에 옅은 미소가 걸렸다. 정중하지만 당연하다는 듯한 얼굴이었다. 그는 느긋한 태도로 명을 내렸다.

"사살은 불허합니다. 무조건 생포하도록 합시다. 마취탄은 듣지 않으니 실탄 사용을 승인합니다. 심장과 머리를 제외한 곳을 사격하고 인명 피해는 바로바로 보고하도록."

– 예, 알겠습니다.

누군가 조금 우려스럽다는 어조로 끼어들었다.

"델타 포획 때도 인명 피해가 적지 않았다는데 괜찮겠습니까?"

"로스티아벤은 용병들로 이루어진 군대입니다. 전 세계에서 가장 비싼 연봉을 받는 용병들이죠. 받는 만큼 성과를 내야 하지 않겠습니까?"

깍지를 낀 엘 카인이 미소와 함께 정중히 되물었다. 그의 친절한 눈웃음이 더 이상 따지기 힘든 분위기를 조성했다. 께름칙한 표정을 짓던 몇몇 임원들은 어쩔 수 없다는 기색으로 입을 다물었다.

"우리에게는 행운의 여신이 있으니 뭐가 문제겠습니까?"

"하하, 그렇군요."

"그렇다면 우리의 여신은 '이브'인가요?"

나머지 사람들은 약속이라도 한 것처럼 동시에 웃음을 터뜨렸다. 찝찝한 분위기를 날려 버리는 데에는 그저 호탕하게 웃는 것이 최고였다.

"행운의 여신께서 함께해 주시기를."

상황 수습이 로스티아벤의 손으로 넘어간 것을 확인한 임원진은 하나둘씩 로그아웃을 하기 시작했다. 엉덩이에 불이라도 붙은 양 서로 앞다퉈 통신 종료를 했다. 다들 조금이라도 빨리 이 거북한 자리를 모면하고 싶을 뿐이었다.

"여신 이브의 가호가 있기를."

"이브의 가호가 있기를."

마지막으로 익명의 설계자까지 로그아웃을 하자, 가상 회의실에 홀로 남은 카인은 물끄러미 허공을 바라보았다. 그의 얼굴은 표정 없는 가면을 쓴 것처럼 건조했다.

델타.

신종 바이러스의 변형.

입실론과는 다른 돌연변이.

그는 소리 없이 웃었다. 그리고 턱을 괸 채 골몰한 눈으로 어둠에 잠겼다. 정면에 '핏' 하고 무언가 떠올랐다.

| 노아 호크 대위.

이번에 맨해튼에서 델타를 포획하는 데 실질적인 공을 세웠다는 인물이었다. 엘 카인은 미심쩍은 눈초리로 병적에 입력된 남자의 사진을 쳐다보았다. 뺨에 깊게 팬 십자 흉터가 자꾸만 신경에 거슬렸다.

"노아 호크……."

우연이라고 보기에는 타이밍이 너무 기가 막혔다.

"설마 그 노아인가?"

방주의 길잡이 노아.

한 번도 실제 모습은 보지 못했다. 단순히 기억을 못하는 것일 수도 있다. 선도자인 노아의 능력은 베일에 싸여 있었다.

멀쩡히 살아 있었나? 그렇다면 왜 십 년이 넘는 세월간 모습을 나타내지 않았던 거지? 마음만 먹는다면 자신의 생사 따위는 금방 확인할 수 있었을 텐데.

흥미로운 기색을 품던 눈초리는 이내 똬리를 틀 듯 살기를 휘감았다.

그날, 폭발한 방주에서 살아남은 일족이 있었다.

하나, 혹은 그 이상으로.

엘 카인은 델타와 호크의 사진을 번갈아 보며 건반을 치듯 테이블을 두들겼다. 마치 재회의 선물을 건네듯 델타를 잡아 바친 노아와 갑작스레 이빨을 드러낸 정체불명의 그림자.

델타.

입실론과는 거울의 이면을 비추듯 정반대 성향의 감염자다.

"대체 누구의 권속일까?"

그의 나직한 목소리는 의문을 품은 채 기억을 훑었다. 긴 여정을 함께했던 이들의 얼굴을 하나하나 떠올리며, 방주를 폭발시켰던 그 밤으로.

웬일인지 로스트 헤븐 전체가 발칵 뒤집힌 상태였다. 듣자 하니 연구동에서 실험체가 소동을 일으킨 모양이었다. 사람이 죽었다는 소리도 들려오고, 이사회는 종일 대책 마련을 위한 회의 중이었다. 사건을 숨기기 위해 카인은 왓슨 3세에게 잠시 스마트 더스트의 네트워크를 끊으라고 명했다.

"밧세바 님, 어딜 가시는 거예요?"

"설마 도망치시려는 건가요?"

평소 친하게 지냈던 입실론 몇몇이 눈치를 채고 다가왔다. 밧세바는 손가락으로 '쉬이' 하고 목소리를 낮추며 속삭였다.

"지금 아니면 두 번 다시 기회가 없을 겁니다."

그들은 아무것도 모른 채 수다를 떨고 있는 다른 입실론들의 눈치를 살피며 대화를 나눴다. 대다수의 입실론들은 이미 제인 왓슨의 앞으로 줄을 선 상태였다. 가끔 태양의 도시에 와서 여왕처럼 군림하며 지위를 확고히 하는 제인은 이곳에 올 때마다 밧세바를 괴롭혔다. 괴롭힘이라고 해 봐야 하루하루 늙어 가는 그녀를 손가락질하며 비웃거나 뒷방 늙은이라 부르며 무시하는 정도였다.

지금도 밧세바와 그녀 주위의 입실론들을 흘끗거리는 다른 입실론들은 제인에게 고해바칠 이야기를 엮느라 정신이 없을 것이다.

"방법은 있고요?"

그녀들의 질문에 밧세바는 태양의 도시 입구 쪽으로 걸어가며 빠르게 속삭였다.

"지하 대피로입니다. 도시 설계를 맡았던 원래 과학자가 작년에 죽었잖아요. 그 뒤로 대피로 건설은 잠시 중단된 상태고요. 거긴 왓슨의 눈이 닿지 않을 거예요. 대피로는 잠수정 정거장과도 이어져 있다고 들었어요."

"저희도 데려가 주세요."

그녀들은 울면서 밧세바의 팔을 붙잡았다.

"저희도요, 제발요."

"밧세바 님과 함께 가게 해 주세요."

순식간에 모두의 눈시울이 붉어졌다.

“안 됩니다. 너무 위험해요. 나 혼자도 살 수 있을지 솔직히 자신 없어요. 자칫 개죽음만 당하게 될 겁니다. 하지만 우리 꼭 다시 만납시다. 그때까지 부디…….”

그녀는 잠시 말을 멈췄다. 약속할 수 없는 기약이었지만.

“부디 살아남읍시다.”

여기저기서 흐느낌이 새어 나왔다. 어머니처럼 혹은 언니처럼 기대 왔던 그녀가 떠나는 모습은 그녀들에게 있어서 절망을 의미했다. 하루가 다르게 악독해져 가는 제인 왓슨의 패악질을 어떻게 견뎌야 할지, 도저히 자신이 없었다.

그래도 그녀들은 밧세바가 빠져나가는 걸 돕기로 결정했다. 몇몇은 망을 보았다. 몇몇은 이쪽을 견제하는 다른 입실론 무리에게 말을 걸며 주의를 끌기 시작했다.

“무사히 탈출하셔야 해요.”

“꼭 저희를 데리러 와 주세요.”

밧세바는 멀리서 눈빛을 보내는 입실론들과 마지막 눈인사를 주고받은 뒤 에덴 타워 지하로 향했다. 아직 시공 중인 대피로의 입구는 타워 내에서 유일하게 왓슨의 눈이 닿지 않는 곳이었다. 미로 같은 이곳은 모든 도시들과 연결되어 있었다. 그리고 현재로선 유일한 탈출로인 모래의 도시 잠수정과도 통해 있다.

캄캄한 대피로를 걷던 밧세바는 우뚝 걸음을 멈췄다.

어둠 속에 뭔가가 있었다.

크르르르.

괴수처럼 조용히 으르렁거리는 울음소리, 어둠을 타고 벽을 기어

다니는 몸놀림, 거친 숨소리, 미역 줄기처럼 엉킨 머리칼.

'뭐지?'

정체불명의 괴수는 천장에 바짝 몸을 붙인 채 고개를 틀어 그녀를 내려다보고 있었다. 그녀와 눈이 마주치자 괴수는 물끄러미 관찰하는 시선을 던졌다. 밧세바는 얼어붙은 채 석상처럼 지면에 박혀 호흡하는 것조차 잊었다.

동공에 비친 거대한 이빨. 그사이에 낀 살점과 핏덩이가 보였다. 그녀는 본능적으로 감지했다. 저것은 지금 먹잇감을 눈여겨보는 중이었다.

악어처럼 천천히 입을 벌린 델타는 거대한 목구멍 사이로 혓바닥을 내밀었다. 날름거리던 혓바닥이 어금니를 핥았다. 탐색을 마친 델타는 고함치듯 비명을 지르며 개구리처럼 몸을 움츠렸다. 공포에 질린 밧세바는 눈을 질끈 감았다. 정수리를 스치는 날쌘 바람에, 그녀는 죽음을 각오하며 입술을 꽉 깨물었다.

그때였다.

탕!

날카로운 총격 소리와 함께 델타가 퍼덕거리더니 고꾸라지듯 천장에서 추락했다. 그녀는 "끼에에엑!" 하고 울부짖으며 뒷다리를 뒤틀었다.

탕!

다시 이어진 총성.

이번에는 앞다리에 총탄을 맞은 델타가 펄쩍 뛰면서 끽끽거렸다. 고통에 몸부림치며 발버둥 치는 모습이 불에 튀겨지는 도마뱀처럼 안쓰러웠다.

멍하니 선 밧세바는 어둠 속을 바라보았다.

델타의 거친 숨소리 사이로 누군가 뚜벅뚜벅 걸어오는 소리가 들려왔다. 그는 터널처럼 이어진 대피로 저편에서 총구를 겨눈 채 다가오고 있었다. 각 잡힌 걸음걸이, 사냥꾼처럼 매서운 시선. 일류 저격수의 자세다. 제복을 입은 남자는 암흑을 몸에 휘감은 채 등장했다. 그의 얼굴을 확인한 밧세바는 가슴이 덜컥 내려앉았다.

"우리야?"

"여기서 뭘 하고 계십니까, 밧세바 님?"

우리야는 비릿한 미소를 머금고 물었다. 그의 뒤로는 잔뜩 긴장한 채 걸어오는 병사들이 보였다. 그들 중 몇몇은 부상을 당했는지 절뚝거리고 있었다. 정렬하고 선 병사들은 바닥에 누워서 크르렁거리는 델타를 보더니 경직된 자세로 침을 꿀꺽 삼켰다.

밧세바는 그제야 이해가 간다는 표정으로 억지 미소를 지었다.

"설마 연구 단지에서 일어난 소동의 원인이 이거였습니까?"

델타는 지친 듯 축 늘어진 채 바닥에서 숨만 쉬고 있었다. 일반 탄약은 아니었던 모양이다. 자세히 보니 묘하게 사람의 형상을 닮았다. 밧세바는 환멸 어린 눈빛으로 우리야를 쳐다보았다.

"당신들…… 또 무슨 짓을 하고 있는 겁니까?"

"단순한 사고입니다. 실험체 하나가 탈출한 것뿐이죠."

이번에는 우리야가 반대로 그녀를 향해 날카로운 눈초리를 던졌다. 그는 밧세바를 아래위로 훑더니 취조하듯 물었다.

"설마, 밧세바 님께서도 탈출 중이신 겁니까?"

그녀는 동요한 얼굴로 머뭇거리며 물러섰다.

이제 다 끝났다. 우리야는 자신을 강제로 송환할 테고, 엘 카인의 귀에 들어가는 건 시간문제겠지. 제인 왓슨은 이 사건을 빌미 삼아 그녀를 제거하고자 할 것이다. 최근 제인의 말이라면 뭐든 들어주고 있는 엘 카인이 자신을 보호해 줄 리가 없었다. 차라리 여기서 죽어 버릴까? 첨탑의 꼭대기에 다시 갇힐 바에는, 그렇게 살 바에는 차라리…….

지친 눈빛에 절망의 빛이 어렸다.

그 순간, 그녀를 빤히 보고 있던 우리야가 난데없이 뒤돌아 팔을 움직이더니 총탄을 갈기기 시작했다.

탕!

탕탕!

몇 발의 총성과 함께 그의 뒤에 서 있던 병사들이 털썩 바닥에 쓰러졌다. 일제히 미간 정중앙에 정확히 총탄이 박힌 채로 즉사였다.

"당신 지금 뭐하는……."

너무 당황한 나머지 말도 제대로 나오지 않았다. 밧세바는 경악에 찬 얼굴로 우리야를 응시했다.

"안타깝게도 우리 병사들은 모두 이 자리에서 델타에게 목숨을 잃었습니다."

눈 하나 깜짝 안 하고 부하들을 사살한 그는 무표정한 얼굴로 그녀를 바라보았다. 소름이 돋았다. 태연하기 그지없는 남자의 눈빛에, 그리고 높낮이의 변화 없는 그의 어조에.

"그리고 밧세바 님 당신 역시……."

그의 총구가 이쪽을 향하자 그녀는 호흡을 멈췄다. 죽음이란 늘 각오하고 있다고 생각했는데 막상 총구를 마주하니 숨이 막혀 왔다. 심장이 터질 듯 뛰기 시작했다. 폐가 긴장으로 인해 석회처럼 굳어 가는 느낌이었다.

탕!

깜짝 놀란 밧세바는 눈을 질끈 감았다.

"소란을 틈타 빠져나왔다가 델타를 만나 목숨을 잃으신 겁니다."

그녀는 멍한 눈을 깜빡였다. 두 다리 사이를 내려다보니 총탄 하나가 바닥에 박혀 있었다.

"왜?"

놓아주는 건가? 지금 이 상황이 도무지 이해되지 않았다. 더듬거리며 묻던 밧세바는 천천히 뒷걸음질을 치기 시작했다. 우리야는 대답 대신 피 묻은 눈두덩을 닦고 있었다. 그는 총집에 은회색 총을 넣었다. 술래가 숨바꼭질을 하기 전 말미를 주듯 여유로운 행동이었다.

그녀는 주춤주춤 달리기 시작했다. 걸음 사이사이로 눈뜨고 죽은 병사들의 얼굴이 언뜻언뜻 보였다. 자신 때문에 어처구니없는 죽음을 맞이한 그들을 생각하니, 죄책감에 눈물이 울컥 쏟아져 나왔다. 그래도 비겁하게 도망칠 수밖에 없었다. 스스로를 책망하는 목소리가 개처럼 헉헉대는 숨소리 위를 뿌옇게 덮었다. 다행히 어둠은 그녀를 위로하듯 금세 그들의 흔적을 지워 주었다. 등 뒤에서는 계속해서 총성이 들려오는 것만 같았다.

미궁처럼 복잡한 구조의 대피로였다. 그녀는 미세하게 들려오는 기계음을 쫓아 뛰었다. 낮은 소음은 이정표처럼 드르륵드르륵 소리를 내며 길을 인도해 주었다.

팻말도 없는 승강장에 도착하자, 숨이 차서 더 이상 걸을 수가 없었다. 소형 잠수정은 이미 출항 준비를 마친 듯 불 켜진 상태였다. 마치 그녀가 오기를 기다리고 있었던 것처럼. 당신만 탑승하면 유유히 이곳을 떠날 것이라며 손짓을 하는 양 불빛을 비추며 유혹했다.

이상했다.

누군가 준비해 놓은 철로를 밟듯 일이 너무 쉽게 풀리지 않는가? 순간, 그녀의 머릿속에는 총집에 총을 집어넣던 우리야의 뒷모습이 떠올랐다. 등을 떠밀 듯 애써 고개를 외면하며 옷매무새를 정돈하던 그의 모습이.

물끄러미 허공을 보던 그녀는 얼굴을 부여잡으며 털썩 주저앉았다. 손가락 틈새로 터져 나오는 호흡에 울음이 섞여 들었다.

— 저희도 데려가 주세요.

— 함께 가게 해 주세요.

잠시 후, 잠수정 앞에 쪼그리고 앉아 있던 그녀의 앞으로 누군가 천천히 걸어왔다. 밧세바는 힘없이 고개를 들었다. 그녀는 예상했다는 미소로 입매를 비틀었다. 제복을 입은 우리야가 주머니에 손을 넣은 채 그녀를 내려다보고 있었다. 그의 가슴에 달린 금속 별들이 잠수정 라이트에 반짝이며 매끈한 표면을 자랑했다. 그녀는 그것들을 긁어서 떼어 내 버리고 싶다는 생각을 했다. 그리고 저 남자의 눈알에 박아 버리고 싶다고.

"떠날 수가 없어."

그녀의 쉰 목소리가 폐쇄된 공기 속을 잔잔하게 유영했다.

"떠나지 않으면 죽습니다."

"저걸 타면 살게 되나?"

"그렇습니다."

"사는 게 뭔데? 금붕어처럼 숨만 쉬면서 부유하는 게 삶인가?"

그는 물끄러미 밧세바를 응시했다. 갈라진 머릿결 사이로 그녀의 공허한 눈초리가 보였다.

"탈출하면 어디로 가야 할까? 아이들을 이곳에 묻어 두고, 그녀들을 뒷전에 남겨 두고 나는 대체 어디로……."

그녀의 눈이 빨갛게 젖어 갔다. 따끔따끔한데 눈물이 나오지 않았다. 메말라 버린 탓이다. 온몸의 수분이 다 빨려 나갈 정도로 몇 번이나 피를 토한 탓이다.

"당신 말대로 난 여기서 죽는 걸로 하지."

그녀가 헛헛하게 웃었다.

"여기가 좋겠어."

내 종착역은.

"날 원망합니까?"

"당신이 뭔 죄가 있겠어. 다 '그'가 시켜서 한 것을."

우리야의 얼굴이 버려진 폐품처럼 울컥 일그러졌다. 그는 아주 심한 모욕을 당하기라도 한 것처럼 얼굴이 붉게 달아올라 있었다. 그는 밧세바의 손목을 으그러뜨리듯 잡았다. 그리고 억지로 그녀를 일으켜 세우더니 다시 물었다.

"날 원망하느냐고 물었습니다."

그녀는 인형처럼 서서 그를 빤히 쳐다보더니 눈살을 찌푸렸다. 이 남자가 왜 이런 눈으로 자신을 바라보는지 이해되질 않았다. 왜 그렇게 속이 바짝 타는 듯한 눈초리로 쳐다보는 거냐고. 왜 되레 당신이 그렇게 원망스럽게 나를 노려보는 거냐고.

"원망 안 해, 너 따위."

줄곧 침착하던 사내가 씩씩거리며 열기처럼 하얀 숨을 토했다.

"어째서?"

"예를 들어 지나가다 돌멩이에 맞았어. 그럼 당신은 돌멩이를 원망하나? 정작 돌 던진 사람은 따로 있는데 말이야."

"내가…… 돌멩이라고?"

"군인치고는 이해력이 좋네."

얼어붙은 우리야의 눈빛에 살기가 어렸다. 그는 본인의 바지춤을 뜯어내듯 주르륵 내렸다. 굳센 손이 그녀의 가느다란 다리를 벌렸다. 벽에 쓸린 맨 엉덩이가 아팠다. 밧세바는 이를 악문 채 그를 노려보았다.

팔 사이에 그녀를 가둔 그는 입을 맞추려는 듯 얼굴을 맞댔다. 그러자 그녀는 그의 입술을 물어뜯어 버렸다. 밧세바는 바로 후회어린 눈빛을 지었다. 이 남자가 피 냄새에 흥분한다는 걸 잊었다. 우리야는 오싹하게 웃었다. 그는 그녀의 다리를 잡더니 사타구니 사이로 몸을 바짝 밀착시켰다.

황홀한 눈빛이 미간에 힘을 주는 게 보였다. 눅눅하게 엉겨 붙은 그의 입술 사이로 헐떡이는 숨소리가 흘러나왔다. 찰팍거리며 살 부딪치는 소리가 울려 퍼졌다.

'이제 나를 원망합니까?'

그가 귓가에서 다시 묻는 듯했다. 밧세바는 치욕과 분노에 가득 찬 표정으로 고개를 외면했다. 오기로라도 대답해 주지 않을 것이다. 너 같은 건 원망할 가치조차 없다.

바지춤을 정돈하며 돌아선 우리야는 옷깃을 세웠다. 그는 어깨춤을 털더니 가슴에 단 별을 손끝으로 한번 훑듯이 닦아 냈다. 한편 멍하니 선 채 다리 사이를 내려다보던 밧세바는 자조적인 웃음을 내뱉었다.

찌꺼기다.

그가 말한 게 이런 거였어.

“이걸 원했어? 엘 카인의 여자는 어떤 맛인가 궁금했나?”

우리야는 흘끗 곁눈질을 던졌다. 별다른 감흥도 없어 보이는 얼굴이었다.

“다 늙어 가는 여자의 몸뚱이를 안아 보니 어때? 생각보다 별로지?”

그는 말없이 바닥에 ‘탕!’ 하고 총탄을 갈겼다. 깜짝 놀란 밧세바가 겁에 질린 눈으로 그를 쳐다보았다. 그는 눈시울을 글썽거리는 그녀를 보더니 피식 웃었다.

“아직 살고 싶은가 보죠? 죽을 용기도 없으면서 입만 살기는. 군인이었다면 뺨을 갈겼을 겁니다.”

“왜 날 쫓아왔어?”

밧세바는 이를 바득 갈며 물었다. 쉽게 보내 주더니 다시 와서 목을 조르는 이유가 대체 뭘까? 수치심에, 모욕감에, 무너진 자존심에 정말 콱 숨을 끊어 버리고 싶었다. 차라리 죽여 주지, 복수심을 주면서까지 삶에 대한 애착을 바락바락 쥐여 주는 남자의 행동을 이해할 수가 없었다. 그는 그런 그녀의 속마음을 읽었는지 땅을 응시하며 중얼거렸다.

“당신은 날 원망해야 돼. 죽을 때까지 용서하지도 말고.”

"왜……."

그녀의 눈에 눈물이 고였다. 흐느낌이 터져 나왔다. 밧세바는 양손에 고개를 묻으며 쉰 목소리로 울부짖었다.

"난 아직도 밤마다 그 애들의 울음소리를 들어! 팔삭둥이로 여름에 태어난 내 아기들, 분명 살아서 태어났었어! 내가 이름도, 이름도 지어 놨는데……."

정신을 차려 보니 품 안의 천사들은 떠나고 없었다.

"어떻게 죽였어?"

고개를 든 밧세바는 핏대가 선 눈으로 그를 노려보며 쏘아붙였다.

"내 딸, 내 아들! 어떻게 죽였냐고!"

"버렸습니다. 쓰레기 소각장에."

그녀의 눈이 하얗게 굳었다. 흰자위가 부들부들 떨려 왔다. 우리야는 무표정한 얼굴로 말을 이었다.

"아마 최종적으론 불에 타서 죽었겠죠."

"너…… 엘 카인! 둘 다 지옥으로 떨어질 거야! 지 자식을 어떻게 그런 식으로……."

그녀는 숨이 차는지 허억거리며 눈알을 뒤집었다. 목이 탔다. 누가 목을 조르는 듯 숨이 막혔다.

"내가, 내가 똑똑히 지켜볼 거야, 너희들 최후를!"

"좋은 생각입니다. 살다 보면 왜 살아왔는지 깨닫게 되는 날도 올 테죠. 그러니 죽지 말고 지켜보십시오. 꿋꿋이 살아남아서 말입니다. 입실론 밧세바 님."

돌아선 그의 뒤로 처절한 울음소리가 울려 퍼졌다. 목구멍을 손톱으로 찢어 내듯 고통에 삭힌 절규였다.

"흐어어어!"

그녀는 양팔로 몸을 감싸 안으며 바닥에 머리를 쿵쿵 찧었다. 제 자식도 지켜 내지 못한 주제에 죽지도 못하는 운명이 서럽고 비참했다.

"죽어! 다 죽어 버려! 엘 카인! 우리야아아!"

낙원 따위 지옥 불 위로 떨어져 버려!

연구동에서 델타가 소동을 일으켰던 날, 뒤늦게 입실론 하나가 대피로를 통해 탈출했다는 사실이 밝혀졌다.

낙원의 관리자는 시공 중이던 대피로를 즉각 폐쇄 조치했다. 한 달 후 그는 섬 북쪽에 위치한 연구 단지도 폐쇄했다. 그러나 일각에서는 폐쇄된 연구 단지 내에서 여전히 은밀한 실험들이 진행 중이라는 소문이 돌았다.

약 석 달이 지난 2085년 8월. 로스트 헤븐에는 다시 한 번 유례없는 초유의 사태가 벌어진다. 당시 우리야 장군은 로스티아벤의 홍보와 모군 활동을 하기 위해 낙원을 출타한 상태였고, 에덴 타워를 지키던 연구원들과 직원들은 관리자로부터 급보를 받고 서둘러 귀가를 한 상황이었다.

서기 2085년 8월 23일 「뉴욕 타임즈」의 헤드라인
"왓슨 제약회사의 본사와 연구소가 있는 '로스트 헤븐'의 에덴 타워에 침입자 발생! 로스트 헤븐을 관리하는 슈퍼컴퓨터 왓슨을 해킹한 자는 누구인가?"

— 이쪽은 준비 오케이야.

사샤의 목소리를 신호로 아담은 어둠 속에 잠긴 엘리베이터에 올랐다. 가슴이 두근거렸다. 손가락 끝이 떨릴 정도로 호흡도 가팔라졌다. 에덴 타워 전체에서 이브의 심장 고동 소리가 들려오는 듯했다.

"B4F 연구동입니다."

이곳까지 오는 데 장장 오 년이란 시간이 소요되었다. 이렇게까지 오래 걸릴 줄은 누구도 예상하지 못했다. 거대한 손아귀 속에서 돌고 도는 이브. 그리고 그 뒤를 숨차게 쫓아가는 우리들. 닿을 듯 닿지 않는 그녀를 향해 손을 뻗고자 지난 이 년, 그들은 사바나의 맹수처럼 숨을 죽인 채 흔적을 지우는 데 주력했다.

— 피라미드 꼭대기에 위치한 맹수는 오직 하나뿐이야. 그 녀석들은 절대 경쟁자를 같은 위치에 두지 않지. 사자의 눈을 피하고 싶어? 그럼 쥐새끼가 되어야지. 누가 봐도 페트로비치 박사는 위협적인 존재잖아? 리 박사를 생각해 봐, 너무 뛰어난 놈들은 제거되기 마련이야.

— 로스트 헤븐의 정보는 계속 알아야겠어. 그들 손에 왓슨 3세를 넘기고 나면 외부에서 왓슨에 접속하는 건 더 이상 불가능해.

— 기다려 봐. 곧 그들이 알아서 우리 쪽에 손을 내밀 테니까. 듣기로는 로스트 헤븐 프로젝트의 총책임자가 드리밍 플라워를 굉장히 마음에 들어 한다는 소문이야. 그의 측근들은 로스트 헤븐의 설계를 스타시티에 의뢰하자고 했나 봐. 그런데 막상 본인은 익명의 과학자 K를 왓슨 회장에게 강력 추천했다는 것 같아.

리 박사의 실종, 바딤의 죽음, 낙원의 새로운 설계자가 된 익명의 과학자 K, 연맹군에 입대한 요한. 지난 이 년간 그려 온 궤적이 치밀하게 한 층 한 층 계단을 쌓아 갔다.

그리하여 비로소 이곳까지 왔다.

비상 전기가 들어온 최하층. 그 앞을 가로막아 선 인공지능 시스템이 딱딱하게 암호를 물었다.

– 보안 질문에 답을 해 주십시오. 이브가 좋아하는 음식은?

몇 년 전, 그가 설정한 보안 질문이었다. 아담의 입가에는 어쩔 수 없는 곡선이 맺혔다.

— 오늘 저녁은 카레를 하려고 했는데, 이브가 안 보이니 할 수 없네. 파스타로 할까?

— 안 돼! 이브는 카레 먹을 거야.

— 알았어, 알았으니까 거기 가만히 있어.

— 내려갈 테야, 지금.

고집불통 원숭이. 하지 말라는 것만 골라 하고, 혼을 내려 하면 배시시 웃음으로 때워 버리질 않나, 제가 애교를 부리면 다들 녹아서 넘어가는 건 알아가지고. 하여간 영특했다. 하루가 멀다고 넘어지고 굴러서, 늘 까진 무릎에 엉덩이는 흙투성이였던 개구쟁이 공주님. 그럼에도 소중하고, 소중했던 나의 이브.

"너무…… 너무너무 보고 싶었어."

아담의 눈가에 투명한 물이 차올랐다. 그녀는 유리관 속에 잠든 듯 누워 있었다. 그는 그 앞에 털썩 무릎을 꿇으며 고개를 숙였다.

뺨을 타고 흐른 눈물이 무릎을 촉촉이 적셨다.

"늦어서 미안해."

못 본 새 이브의 키는 한 뼘도 더 자랐다. 이목구비도 뚜렷해지고 햇빛을 못 봐서 그런지 피부는 시베리아의 설원보다도 하얘졌다. 여전히 같은 이브긴 한데, 이상하게 낯설고 어색해서 두근거리는 느낌까지 들었다.

– 아담! 재회의 감동은 나중에 느끼도록 하고, 서둘러, 분위기가 이상해.

사샤가 다급하게 속삭였다. 그 말에 그는 고개를 퍼뜩 들고 이브를 안아 들었다.

"지금 나가. 합류 지점 좌표 보내 줘."

어둠에 휩싸인 에덴 타워의 정문이 열렸다. 아담은 두꺼운 유리문 사이로 빠져나왔다. 그는 조심스러운 발걸음으로 주위를 살폈다. 그때 창공에서 타워를 포위하고 있던 에어쉽들이 일제히 그를 향해 환한 불빛을 비추기 시작했다.

"침입자에게 경고한다. 실험체를 내려놓고 양손을 머리 위로 올려라. 경고한다! 실험체를 내려놓고 양손을 머리 위로 올려라!"

순간 펼쳐진 광경에 숨이 턱 막혔다.

'어떻게 된 거지? 이렇게 금방 알아챌 리가 없는데.'

이브를 안은 팔에 오스스 소름이 돋은 것도 잠시, 그는 하늘을 보더니 침착하게 명령했다.

"왓슨, 전 기체에 자폭 시스템 가동."

– 자폭 시스템을 가동합니다.

차례차례 폭파되는 에어쉽 사이로 "아아아악!" 비명이 터져 나왔다. 불씨가 흩날리는 밤하늘을 바라보던 아담은 통신기에 대고 물었다.

"어디야, 사샤?"

– 맙소사! 아, 아담…… 조심해…… 요한이…….

통신기 너머로 '쾅!' 하고 폭발음 같은 게 울려 퍼졌다. 얼핏 들려온 단말마의 비명 소리는 사샤의 목소리였다. 등골이 오싹해졌다.

"사샤? 사샤!"

뚝 끊겨 버린 통신은 더 이상 아무런 응답이 없었다. 잠시 멍하니 선 그는 무작정 앞을 향해 뛰기 시작했다. 이브는 여전히 잠든 듯 그의 품에 안긴 채 눈을 감고 있었다.

'요한이 왜?'

머릿속에 떠오른 질문이 어지럽게 흩어졌다. 해안가로 가면 사샤가 보낸 무인 에어쉽에 합류해 탈출하기로 되어 있었다.

계획이 새어 나간 느낌이다. 저들은 마치 침입자가 올 것을 알고 있었던 양 에덴 타워를 포위하고 있지 않았던가?

'요한이 한 짓인가?'

잇새로 욕설이 흘러나왔다. 망할 자식이 결국 막판에 뒤통수를 친 것이다.

이브 구출 시점으로부터 약 30분 전,
연맹군 내 전략국 태평양전대 소속 잠수함
'헤벨[13]: Abel'

"요한."

"대, 대위님."

"여기서 뭐하고 있는 거야? 석식 시간이 지난 지가 언젠데 아직도 식당에 있어?"

금발의 밀러가 부드럽게 웃으며 물었다. 요한은 급히 돌아서며 등 뒤로 손을 감췄다. 그의 오른손 안에는 엄지만 한 크기의 통신기가 쥐여져 있었다.

"왜 그래? 오늘 종일 굉장히 초조해 보이는데."

"별거 아닙니다. 그냥…… 시험이 얼마 안 남아서 그런 것 같습니다."

"참모가 되는 건 쉽지 않지만, 너라면 문제없이 해낼 수 있을 거야. 모두가 기대하는 재목이잖아, 요한 제이콥스 소위."

임관을 하자마자 정식 보좌관도 아닌 주제에 잠수함, 그것도 태평양전대 핵심 전력이라는 '헤벨'에 탑승한 건 엄청난 행운이었다. 물론 이 모든 것은 아담 덕분이었다. 작년 연맹군이 개최한 가상 시뮬레이션 전략 배틀전. 요한은 그곳에서 최종 우승을 했다. 물론 우승을 한 건 아담이었지만, 그는 이 모든 걸 요한이 한 것으로 위장했다.

요한 제이콥스Johann Jacobs.

천재적인 전략가, 명성 높은 사관학교를 수석 졸업, 각종 지휘전략 게임과 모형 전투 시뮬레이션 대회 우승 경력 등. 다시 말하지만 모든 것은 아담이 만들어 준 거짓 경력에 불과했다. 덕분에 그

---

13 헤벨 : 잠수함 헤벨의 최초 모델 크기는 길이 약 175m, 폭은 약 40m에 달하며 배수량은 3만 톤을 웃돌 정도로 거대했다. 현존 최대 규모를 자랑하는 헤벨은 중대 한 부대 정도는 거뜬히 태울 수 있으며, 격납고에는 아크레인 4기를 비롯해 공격과 수송용 에어쉽 6기를 보유하고 있다.
실질적으로 남태평양전대의 핵심 전력인 헤벨은 각종 어뢰와 미사일을 탑재하고 있으며
도시 하나는 깨부술 정도의 괴력을 자랑한다

는 연맹군의 전략국장으로부터 스카우트 제의를 받았다. 그리고 그 과정에서 마이클 밀러 대위의 강력한 추천이 빛을 발휘했던 모양이었다.

"오늘 처음으로 단독 정찰 나간다며?"

"예."

"나도 같이 갈까?"

밀러의 제안에 요한은 당황한 기색으로 손을 내저었다.

"저 혼자서도 괜찮습니다만."

"그냥 나도 바람을 좀 쐬고 싶어서 그래."

"하지만 함장님께서 아시면……."

밀러는 뭘 그렇게 걱정하느냐는 표정으로 그의 어깨를 툭 쳤다. 그는 같은 또래인 요한을 살뜰하게 챙겨 주는 편이었다. 그런 밀러의 친절이 요한은 못내 부담스럽기만 했다.

두 사람은 각각 은색 아크레인[14]에 올라탔다. 아크레인은 일반 에어쉽의 절반 정도에 해당하는 크기지만 속도는 그의 두 배 이상이었다. 아크레인의 최대 장점은 스텔스와 결합된 불가시 모드인데, 빠른 속도와 작은 사이즈로 인해 굴곡 현상이 거의 없는 편이었다. 때문에 정찰기로 유용하게 활용되고 있었다.

– 대위님께서는 수면 밑보다 상공이 더 좋으신 듯합니다.

– 그렇긴 한데, 헤벨은 나의 집이나 다름없으니까.

통신을 주고받던 두 사람은 아크레인을 발진시켰다. 은색의 기

---

14 아크레인: 연맹군에서 잠수함 헤벨용으로 개발한 스텔스 정찰기. 뉴 에너지를 소비하며 체공 시간에 구애를 받지 않는다. 반중력 기술을 사용하여 기체의 무게를 99% 감소시켜 비행한다. 또한 에어쉽에 비해 불가시 모드를 활성화시켰을 때 굴곡이 거의 없는 편이다. 아크레인의 강점은 잠항 모드가 가능하다는 것과 광범위 통신 마비, 그리고 정밀 격추가 가능하다는 것이다.

체가 수면을 박차고 튀어 올랐다. 마치 돌고래처럼 부상한 아크레인은 그대로 불가시 모드로 진입하며 상공 속에서 투명하게 사라졌다.

— 첫 단독 비행치고 훌륭한데?

— 자동비행 모드입니다.

— 아…….

— 파일럿이 직접 조종하는 것보다 자동비행 모드가 더 안전하다는 건 이미 수차례 증명된 사실입니다.

— 요한 넌 너무 안전지향주의야. 때로는 모험을 즐길 줄도 알아야지, 진정 남자라면 말이야.

— 군인은 그래선 안 됩니다.

— 아, 그래. 군인은 그래선 안 되지…….

밀러는 또다시 할 말을 잃은 듯 신음을 흘렸다. 요한은 피식 웃다가 공허한 눈빛을 지었다.

밀러의 부친은 잠수함 헤벨의 함장이었다. 어쩌다가 다른 부사관에게 듣게 되었는데, 그는 함장의 친아들이 아니라고 했다. 사람 인생이란 참 모를 일이다. 일개 고아에서 운 좋게 군인 엘리트 집안에 입양된 그는 한순간에 수직으로 계층 이동을 했다.

함장은 미혼으로 메리라는 딸이 하나 더 있는데, 그녀 역시 입양아였다. 메리는 음탐사로 밀러와 같은 잠수함에 탑승하고 있었다. 밀러는 여동생인 그녀와 늘 함께 식사를 한다고 했다. 아직 만나 본 적은 없지만 둘이 다정한 오누이 사이라는 건 확실했다.

— 보여? 저게 로스트 헤븐이야. 왓슨 그룹이 만든 지상 최고의 낙원이라는 곳.

– 예.

– 로스트 헤븐에는 스마트 더스트라는 우산이 있는데, 그게 진짜 환장할 노릇이라니까? 파리 새끼 하나까지 다 잡아내는데, 도저히 숨어들 구멍이 없어. 완벽한 요새나 다름없지.

오늘도 다가설 수 있는 범위는 여기까지였다. 밀러는 아쉬운지 쉽게 물러서지 못했다. 여기서 더 깊숙이 들어섰다가는 스마트 더스트에 의해 발각될 것이다. 발각만 되면 다행이지, 문제는 저 스마트 더스트라는 게 그 자리에서 해당 대상을 나노입자 단위까지 해부해 버린다는 것이다. 본체인 슈퍼컴퓨터와 시냅스처럼 나노입자로 연결이 되어 있다는데, 분석 속도가 타키온[15]급이라고.

– 저걸 만들어 낸 녀석은 대체 어떤 사고 회로를 가지고 있을까? 인간의 수준을 넘어선 천재거나 괴물일 텐데.

괜히 뜨끔한 요한은 영혼 없는 웃음을 터뜨렸다. 저걸 만들어 낸 녀석? 사람은 아니라는 데에 내 좆을 걸겠다.

– 봐, 요한. 로스트 헤븐에 무슨 일이 생긴 모양이야. 전투 에어쉽들이 쫙 깔려 있잖아. 게다가 스마트 더스트까지 해제되어 있어!

– 대위님, 귀함하는 게 좋을 것 같습니다.

– 기다려 봐.

밀러가 이런 기회를 놓칠 리 없었다. 로스트 헤븐을 상세히 들여다볼 수 있는 절호의 찬스 아닌가?

– 일단 함장님께 보고부터 드리는 편이 낫지 않겠습니까?

– 그사이에 다시 저들이 우산을 펼치면? 순간적인 오류일지도 모르잖아.

---

15 타키온: 타키온은 1967년 미국의 물리학자 제럴드 파인버그가 붙인 이름으로, '빠르다'라는 의미를 지닌 그리스어다. 이후 2054년 하이젠베르크와 슈테른이 가상입자였던 타키온을 발견해 과학 잡지 '네이처'에 발표했다.

그는 한 바퀴 돌고 온다는 말과 함께 눈 깜짝할 새 사라져 버렸다. 요한은 한숨을 내쉬며 이마를 짚었다. 철딱서니 없는 도련님들의 뒤치다꺼리나 하는 게 내 팔자인가? 그는 조종대 옆 스크린에 뜬 밀러의 위치를 실시간으로 확인하며 조용히 해안가로 향했다.

어둠에 휩싸인 절벽에는 에어쉽 한 기가 바짝 붙어 있었다. 그는 상대 조종사와 통신 연결을 명했다.

"사샤?"

– 요한? 온 거야?

"그래. 아담은 어디 있어?"

– 이제 곧 에덴 타워에서 나올 거야. 그런데 저들이 어떻게 알았는지 에덴 타워를 완벽 봉쇄하고 있어. 대체 어떻게 된 거지?

"그러게……."

– 아무래도 정보가 샌 거 같아. 네가 저 녀석들 주의 좀 끌어 줄 수 있어? 연합군의 아크레인이 나타났다고 하면 병력이 좀 분산될 거야.

요한은 잠시 뜸을 들이더니 난감한 어조로 대답했다.

"그건 좀 힘들 것 같아."

– 어차피 에어쉽으로 아크레인을 쫓아가는 건 무리잖아. 그냥 혼동만 좀 주면 돼.

"미안해, 사샤. 그건 안 되겠어."

그녀는 어리둥절하니 듣다가 "잠시만, 아담으로부터 통신이야."라며 잠시 말을 끊었다. 그러나 요한은 우울한 목소리로 대화를 이어 갔다.

"너희들의 은혜는 잊지 않을게. 하지만 내 과거를 아는 너희들이 있는 한 나는 영원히 자유로울 수 없을 거야."

– 요한? 무슨 말을 하는 거야?

"미안하다. 사샤, 특히 너에게는 정말 면목이 없어."

– 설마 너…… 네가 저놈들한테 정보를 흘린 거야?

사샤는 불안에 젖은 목소리로 "요한! 대답해!" 하고 그의 이름을 불러 댔다. 그러나 그는 더 이상 아무런 말도 없었다.

요한은 말없이 통신을 종료했다. 멀리서 득달같이 날아오는 에어쉽들이 보였다. 이제야 수색대를 보내는 모양이었다. 정보를 줘도 저 모양이니, 미리 언질을 주지 않았더라면 눈뜨고 코 베인 격으로 당했을 게 뻔했다.

그는 아크레인을 슬금슬금 후진시키며 이동했다. 사샤의 에어쉽을 발견한 수색대는 바로 격추 모드로 돌입하여 기관포를 조준했다.

투두두두!

요한은 재빨리 현장을 벗어났다. 수색대의 에어쉽들은 절벽을 향해 난사를 하고 있었다.

투두두두!

쾅!

폭발음과 함께 거대한 진동이 울려 퍼졌다. 사샤의 에어쉽이 격추당했다. 폭발 충격에 아크레인 내부까지 흔들릴 정도였다. 눈을 질끈 감았다 뜬 요한은 차마 밖을 볼 수가 없어서 고개를 돌렸다.

'사샤…….'

미약하게 남은 양심의 조각이 폐부를 찔렀다. 쓰디쓴 파열 같은 게 가슴 전체를 꽈악 쥐었다가 스며들 듯 퍼져 나간다.

원래 배신자들은 본인이 비열하고 교활하다는 걸 잘 안다. 피해자들로부터 용서나 이해 따위는 바라지 않는다. 그들도 염치라는 걸 느낄 줄 알기 때문이다. 그러나 행위 밑바닥에 근본적으로 위치한 그들의 철학은 독락독무獨樂獨舞다.

어차피 뒤돌아서면 타인에 불과한 사람들이다. 삶이란 결국 홀로 즐기고 홀로 빚다 가는 것이다. 그들은 자신의 행위에 대한 용서와 이해를 본인들 스스로가 하면 된다고 생각한다. 내가 나 자신을 용서하고, 이해하고, 그리하여 더 열심히 살면 되는 것이라고 변호를 한다.

'나를 제외하고선 누구도 신뢰하지 말지어다. 그것은 아담, 네가 내게 가르쳐 준 철칙이기도 하니까.'

멀리 절벽 위에서 총성이 들려왔다. 그와 동시에 아크레인이 급발진을 하기 시작했다.

경고

정체불명의 에너지원 감지.
긴급 대피 모드로 전환합니다.

조종석 내부의 경고등이 번쩍거리기 시작했다. 순식간에 속도를 높인 그의 아크레인은 수면을 가르며 총알처럼 날았다. 요한은 황급히 손잡이를 잡았다. 속도 때문인지 기체가 심하게 덜컹거리며 흔들리고 있었다. 흘끗 돌아본 요한의 동공이 조리개를 열며 휘둥그레 커졌다. 거대한 섬광이 수면을 삼키더니 반원을 그리며 폭발하고 있었다. 반동으로 커진 파도가 삼킬 듯 뒤꽁무니를 쫓아오기 시작했다. 은색 아크레인은 황급히 촉새처럼 튀어 올라 수면으로부터 멀리 날아올랐다.

알림

Arkrein automated system activated.
잠항 모드로 변환합니다.
불가시 모드 해제.

요한과 달리 미처 대피하지 못했던 밀러는 쿨럭거리며 눈꺼풀을 열었다. 눈두덩을 주무르며 고개를 든 그는 낮게 신음을 흘렸다. 정신이 멍했다. 앞을 쳐다본 그는 사방이 어두컴컴한 것을 확인하고서야 물속이란 걸 깨달았다.

"요한 말대로 역시 자동비행 모드를 할걸 그랬어."

만약 파도에 휩싸인 채 운 나쁘게 절벽이나 암초에 부딪치기라도 했다면 이미 머리통이 깨진 채 죽었을지도 모른다. 그는 소름이 돋는다는 얼굴로 입술을 파르르 떨었다.

"아벨[16], 요한은?"

밀러는 인공지능에게 요한의 생사부터 물었다. 후임이 잘못되면

16 아벨: 잠수함 헤벨Abel의 인공지능 이름이다. 아벨은 헤벨 그 자체로 볼 수 있으며, 헤벨에 소속된 기체들의 시스템도 아벨의 지휘권에 속해 있다. 아벨의 통제권은 기본적으로 헤벨의 함장에게 있으며, 함장의 부재 시에는 참모들의 동의하에 부함장에게로 통제권이 넘어갈 수 있다.

이유를 불문하고 선임의 책임이다.

"무사해?"

– 통신 장애로 인해 확인이 불가한 상태입니다.

"웬 통신 장애?"

– 모르겠습니다. 오류의 원인을 찾을 수가 없습니다.

"뭐?"

– 기체 내부의 결함일지도 모릅니다. 좀 전의 충격으로 인해 물리적 손상을 입었을 가능성을 배제할 수 없습니다. 기체 시스템에 치명적인 오류가 발견되었습니다. 시스템 복구를 시작합니다.

알 수 없는 말을 던지던 아벨은 제멋대로 시스템 복구를 실행하기 시작했다. 시스템 복구 중에는 스텔스 및 불가시 모드로 변환하는 것 모두가 불가능하다. 꼼짝없이 십 분간은 여기서 이렇게 모습을 드러낸 채 처박혀 있어야 한다는 건데, 설마 발각되진 않겠지?

'그나저나 대체 그들은 누구였을까?'

절벽 위를 뛰던 소년과 소녀.

로스트 헤븐을 둘러보던 밀러는 섬 동쪽에 치솟은 타워 근처에서 흥미로운 장면을 목격했다. 그곳에선 영화 못지않게 손에 땀을 쥐게 하는 광경이 연출되고 있었다. 그는 검게 치솟은 연기 사이로 기체를 숨긴 채 지상을 구경하기 시작했다.

소년과 소녀는 여린 짐승처럼 뛰고 있었다. 기다란 총구가 그들의 뒤를 쫓았다. 총상에 쓰러지면서도 다시 일어나 소년을 구하는 소녀의 모습은 어린 잔 다르크처럼 용맹무쌍했다.

밀러는 숨이 멎은 듯한 표정으로 그녀를 바라보았다. 소녀는 뭐랄까, 경이로웠다. 가만히 바라보고 있자니 무언가 형언할 수 없는 신비로운 기운이 느껴질 정도였다.

그는 어느새 자신도 모르게 그들을 응원하고 있었다. 본인의 상황도 잊은 채 점점 그들에게 깊게 몰입했다.

'위험해!'

저격수를 발견한 밀러는 속으로 외쳤다. 소녀가 소년을 보호하기 위해 총탄을 향해 뛰어드는 게 보였다.

— 아아아악!

— 뛰어!

소년이 절규하며 울부짖었다. 너무나도 처절한 울음소리에 그의 손도 부들부들 떨렸다.

'제발 붙잡히지 마.'

두 아이들은 서로를 끌어안고 절벽 아래로 몸을 던졌다. 밀러는 저도 모르게 그들의 뒤를 좇았다. 말리는 아벨의 경고 따위는 들리지도 않았다.

두 사람의 추락과 함께 거대한 섬광이 터져 나왔다. 수면 아래에서 미사일이라도 터뜨린 건가? 그랬다면 아예 절벽이 무너져 내렸겠지.

이후 정체를 알 수 없는 에너지원이 감지되었다.

아크레인은 조각조각 깨질 것처럼 미친 듯이 흔들리며 파도에 휩쓸렸다. 경고등이 깜빡거리고 아벨은 기체 탈출을 권했지만 밀러는 충격파에 의해 이미 정신을 잃은 후였다.

— 대위님.

한 마리의 고래처럼 유유히 물속을 부유하던 아크레인이 갑자기 불빛을 지폈다. 기억을 더듬고 있던 밀러는 조종석에 기댄 채 귀찮은 표정으로 물었다.

"뭐야, 왜 그래?"

– 화면을 확인해 주십시오.

오로라처럼 번져 가는 핏줄기들이 보였다. 그 사이로 춤추듯 너울거리는 머리칼. 기포 같은 것에 휩싸여 있는 것 같기도 하고, 유령처럼 잔물결 사이로 넘실대며 부유하는 인영은 시체처럼 창백한 안색이었다.

"사람 같은데. 죽은 건가?"

– 의식을 잃은 것으로 보입니다만, 구조하시겠습니까?

그는 잠시 고민했다. 헤벨이 로스트 헤븐을 감찰하고 있다는 건 일급 기밀이었다. 아크레인의 존재가 드러나는 건 최우선적으로 피해야 한다.

"그냥 무시하지."

– 알겠습니다.

"잠깐!"

방향을 보아하니 로스트 헤븐 쪽에서 떠내려 온 것 같기도 하고? 어쩌면 좀 전의 섬광과 관련이 있을지도 모른다. 그런 밀러의 생각을 읽었는지 아벨이 화면을 확대시켰다. 밀러는 대상에 초점을 맞춰 더 자세히 확대시켰다. 조금 흐릿하지만 인영의 형상이 점차 또렷해졌다.

물속에서 연기처럼 떠다니는 검붉은 핏줄기, 그 사이로 보이는 가녀린 몸체, 피로 어둡게 물든 하얀 원피스.

그는 아벨이 비추는 소녀의 모습을 뚫어져라 응시했다.

– 어떻게 하시겠습니까, 대위님?

아벨은 재차 확인하듯 물었다. 말없이 화면을 보던 밀러는 멍한 표정으로 입술을 열었다.

"……해."

– 죄송합니다. 다시 명령해 주십시오.

그는 다급한 눈초리를 던지더니 좀 전과 달리 확고한 음성으로 소리쳤다.

"지금 당장 구조하라고!"

• • •

경고

본 연구 단지는 폐쇄 조치가 내려진 곳입니다.
안전을 위해 관계자 외에는 엄밀히 출입을 금지합니다.

낙원의 관리자가 폐쇄해 버린 연구 단지 입구에는 경고 메시지가 붙여져 있었다. 단 몇 달 만에 살풍경해진 경관은 스산한 분위기를 조장했다. 어두컴컴한 게이트를 지나치자 버려진 에어쉽 한 기가 승강장에 덩그러니 남아 있는 것이 보였다.

사건이 일어났던 A동은 처참했던 당시 상황을 고스란히 간직한 채였다. 말없이 걷던 남자는 잠시 서더니 숨을 깊게 들이마셨다. 미약한 피 냄새가 연구 단지 곳곳에 남은 채 공기 중에 감돌았다. 괜한 흥분감이 몰려온다. 맨해튼에서의 전투로 인한 열기가 아직 채 가시지 않은 탓이었다. 그는 음미하듯 숨을 내뱉었다. 그리고 조금 만족한 미소로 다시 걷기 시작했다. 허리를 약간 구부린 그의 등에는 한 남자가 정신을 잃은 채 업혀 있었다.

대부분의 실험실 문들은 박살 난 채 열려 있었다. 남자는 아무 방으로 들어가 실험대 위에 누군가를 눕혔다. 푸른 비상등이 켜진 건물은 전체적으로 음습하고 어두웠다. 몸을 숨기기에는 최적의 장소였다.

방구석에서 누군가 부스럭거리며 인기척을 내는 게 들려왔다. 남자의 눈초리가 재빠르게 움직였다. 그는 바로 공격할 기세로 몸을 낮춘 채 살기를 곤추세웠다.

부러지고 무너진 화분들 사이에서 누군가 퀭한 눈으로 모습을 드러냈다. 맥 빠지게도 상대는 야윈 몰골을 한 여자였다. 사십 대 초반 정도로 보이는 그녀는 제복을 입은 남자를 바라보며 침을 꿀꺽 삼켰다.

"우리야가 보냈나?"

그는 여자의 차림새를 아래위로 훑었다. 고대 그리스 여신 풍의 긴 실크 드레스였다. 드레스 밑단은 걸레 자락처럼 찢어지고 헤졌다. 그러고 보니 몇 달 전 태양의 도시에서 입실론 하나가 탈출했다는 소식을 들은 기억이 났다. 에덴 타워의 공식 발표로는 죽었다던데, 아니, 실종되었다고 했던가?

잠시 생각하던 남자는 오히려 잘됐다는 미소를 지었다.

"잠시 좀 맡기겠습니다."

"맡기다니, 뭘?"

그는 하얀 실험대 위에 누워 있는 청년을 향해 흘끗 시선을 던졌다.

"일어나면 난폭해질 수 있으니 조심하시고. 본인의 몸에 손대는 걸 극히 싫어하니까 웬만하면 건드리지 마시길."

알몸의 청년은 찢어진 셔츠로 하반신만 가리고 있었다. 밧세바는 황당한 표정으로 그를 내려다보았다. 마치 신화 속에 등장할 법한 남신처럼 아름다운 남자였다. 잠들었는지 숨소리만 내뱉는 그는 조각상이 숨 쉬는 듯 괜한 두근거림을 선사했다.

"이 사람이 누군데?"

그때 어디선가 "아아아악!" 하고 비명을 지르는 고함 소리가 울려 퍼졌다. 제복 차림의 남자는 날카로운 눈초리를 위로 움직여 천장을 쳐다보았다. 몇 초 지나지 않아 동일 인물이 또다시 "으아아아아!" 하고 울부짖었다.

그녀는 당혹스러운 얼굴로 침상에 바짝 붙으며 해명했다.

"그냥 정신 나간 자요. 두려움에 그러는 것뿐이니 신경 쓰지 마시오."

괜히 그가 올라가서 확인이라도 할까 봐 신경 쓰이는 모양이었다. 남자는 말없이 벽 귀퉁이를 쳐다보았다. 잠시 귀를 기울이는 듯했다. 밧세바는 초조한 눈으로 깍지를 꼈다. 잘은 모르겠지만 고함을 지르는 미치광이의 존재가 거슬리는 게 분명했다. 한 번만 더 그의 심기에 거슬리는 짓을 했다가는 위층의 박사를 죽이러 갈지도 모른다.

그녀는 한층 친절해진 어조로 물었다.

"그래서 언제까지 맡고 있으란 거요?"

다행히 그의 관심이 다시 그녀에게로 향했다. 남자는 고민하듯 날짜를 세더니 짤막하게 답했다.

"나흘 후에 다시 오겠습니다."

"근데 당신은 대체 누구요?"

군부의 장교임은 틀림없었다. 로스티아벤의 총지휘관은 우리야 세르게이다. 그런데 한눈에 봐도 우리야 같은 놈 밑에서 구두 밑창이나 핥을 소인배는 아니었다.

사람이라면 누구나 풍기는 아우라가 있다. 이 남자의 아우라는 수풀 뒤에 숨은 늑대처럼 은밀하지만 사납다. 뭔가를 숨기고 있는 느낌의 사내였다. 우리야와는 감히 비교할 수조차 없는 무언가를 속내에 품고 있었다.

"알면 피차 불편해질 겁니다. 제가 굳이 당신의 이름을 묻지 않는 것처럼."

그의 대답에 그녀는 차분한 눈빛을 짓더니 입을 다물었다. 여러 차례 죽을 고비를 넘긴 끝에 눈치와 담력만 늘었다. 타인에게 관심을 갖는 것만큼 어리석은 짓은 없다. 밧세바는 고개를 끄덕였다.

"그럼 그분을 잘 부탁합니다."

남자는 연구 단지를 걸어 나오며 어두운 하늘을 올려다보았다. 을씨년스러운 바람이 연구동을 휩쓸며 스산한 소리를 자아내고 있었다.

'설마 스스로 각성을 해 버릴 줄이야.'

예상 밖의 전개였다. 각본대로 흘러가리라고는 기대하지도 않았지만 이건 정말 뜻밖이었다. 그리 약하게 해 둔 봉인도 아니었는데 말이다. 덕분에 자신만 바쁜 몸이 되었다.

이쪽은 일단 안심이니, 슬슬 다른 쪽을 확인하러 가 볼까?

밀러의 아크레인이 헤벨로 귀환했다. 무사 귀환이라 축하할 법도 하지만, 격납고에 모인 엔지니어들은 쯧쯧거리며 그에게 미리 상황을 귀띔해 주었다.

"요한이 함장님께 불려 갔다는 말씀입니까?"

헤벨의 안위를 책임지고 있는 이곳의 베테랑 엔지니어들은 대부분 사십 대였는데, 격납고를 제집처럼 들락거리는 밀러와 굉장히 친한 사이였다. 그들은 밀러를 제 아들처럼 귀여워하며 종종 담소를 나누고는 했다.

"그렇다니까. 함장님께서 아주 화가 머리끝까지 나신 모양이야."

"차라리 돌아오지를 말지 그랬어, 마이클……."

"그러게. 그냥 그대로 실종되는 게 나을 뻔했네."

"아니면 다리라도 하나 부러져서 오든가. 왜 이렇게 멀쩡한 거야?"

밀러는 홀쭉해진 얼굴로 멍하니 얘기를 듣고 있었다. 이 사람들이 지금 걱정을 해 주는 건지, 아니면 저주를 해 대는 건지, 그것도 아니면 그저 놀리는 건지 감이 오지를 않았다.

그때 아크레인의 내부를 확인하던 엔지니어 한 명이 물고 있던 담배를 퉤 뱉으며 소리쳤다.

"이게 웬 피야? 너 다쳤어?"

"아, 그거……."

자신이 흘린 피가 아니라고 말하려던 밀러는 입을 다물었다. 소녀의 존재를 언급하기가 조심스러웠다. 그녀는 함정에 도착하자마자 비밀리에 의무실로 보내진 상태였다.

"코피가 터져서."

그의 말에 엔지니어들은 어이가 없다는 표정을 지었다.

"코피 자국이 아닌데?"

"그런데 저 녀석도 피라는 걸 흘리긴 하나? 쟤 저번에 격납고 차단벽에 끼었던 적도 있었잖아. 그때도 긁힌 자국 하나 없이 멀쩡했단 말이야."

턱과 뺨에 듬성듬성 수염이 난 중년 남자가 일전의 일화를 꺼내며 말했다. 그는 처진 눈으로 의심스럽다는 듯 밀러를 빤히 쳐다보았다.

"아무리 생각해도 정상은 아니란 말이야. 뼈에 철심을 박았나?"

"몰랐어? 저놈 외계인이잖아."

"크립톤 행성에서 왔는지도 몰라."

엔지니어 다섯 명이 작정하고 놀려 대는데 이길 도리가 없었다. 밀러는 질렸다는 얼굴로 돌아섰다.

"야, 이거 뭔 피냐고! 보고를 올려야 할 거 아냐!"

"그냥 보고하지 마십시오. 사람만 멀쩡하면 됐지, 아벨도 가만히 있는데 왜 아저씨가 난리예요?"

"아저씨? 저 자식이 내가 짬밥이 얼만데 어디서 아저씨 소리야."

"우리가 너무 오냐오냐했지."

밀러의 반항 어린 대답에 엔지니어들은 발끈해서 잔소리를 쏟아냈다. 밀러는 귀를 막은 채 격납고를 나섰다. 하나같이 걱정 섞인 소리라는 걸 알지만, 가끔은 도가 지나쳐서 문제였다.

– 출입문 열립니다.

통로로 이어지는 출구가 열리자마자 누군가 달려와 그의 가슴팍에 폴짝 안겼다. 엉겁결에 껴안은 밀러는 곱슬곱슬한 붉은 머리칼을 보자마자 피식 웃었다. 왜 안 보이나 했더니 문밖에서 기다리고 있던 모양이었다. 고개를 든 그녀는 밀러와 눈이 마주치자마자 훌쩍거리던 눈가를 손등으로 훔치며 버럭 잔소리부터 쏴 댔다.

"오빠 미쳤어? 대체 내가 얼마나 걱정한 줄 알기나 해? 로스트 헤븐에서 무슨 일이 터진 것 같은데, 오빠가 함장님 몰래 아크레인을 끌고 나갔다는 거야! 그런데 그대로 아크레인과 통신이 끊겼다고 해서 다들 오빠한테 큰일이 생긴 게 아니냐고……."

기체의 통신 두절은 대체적으로 기체 실종을 의미했다. 실종된 기체에 탑승하고 있던 조종사의 생사는 대개 부정적인 결론에 도달하고 만다. 그런 의미에서 좀 전까지만 해도 헤벨 내부는 밀러가 탄 아크레인과의 통신 두절로 인하여 초상집 분위기였다.

"무사히 귀환하셔서 다행입니다, 대위님!"

메리의 뒤에서 멋쩍은 듯한 목소리가 새어 나왔다. 그녀의 뒤로 병사들이 안심한 얼굴로 주르르 서 있는 게 보였다.

"다들 걱정시켜서 미안하다."

군복이 어울리지 않을 정도로 수려한 외모. 금발의 대위라는 별명을 가진 밀러는 예쁘장한 얼굴과 달리 모험심이 강했다. 그러나 한편으로는 헤벨에 대한 책임감이 남다른 인물이기도 했다.

"요한은?"

그의 질문에 메리는 에메랄드빛 눈동자를 찌푸리며 새침하게 대답했다.

"문책받고 있겠지. 오늘 첫 정찰이었는데 그 사람이 오빠한테 동행을 부탁했다며?"

"요한이 내게 동행을 부탁했다고?"

밀러가 굳은 얼굴로 팔을 풀자, 메리는 갸우뚱거리며 그를 쳐다보았다. 저벅저벅 걸어가는 그의 발걸음은 화가 난 듯 말없이 병사들을 지나쳤다.

"의무실로 가 봐."

메리의 말에 밀러가 멈칫 뒤로 돌았다. 그녀는 팔짱을 낀 채 한숨을 내쉬며 말을 덧붙였다.

"함장님께서 의무실로 향하시더라고. 요한은 잠시 대기 상태일 거야. 징계는 피할 수 없겠지만 말이야. 그나저나 의무실이라기에 나는 오빠가 다친 줄로만 알았는데……."

메리는 의미심장한 눈빛으로 말을 흐렸다. 밀러는 짐작 가는 바가 있는지 고개를 간단히 끄덕였다.

헤벨의 의무실은 웬만한 군병원 못지않은 시설과 장비를 보유하고 있었다. 의무실에서는 간단한 치료부터 대수술까지 가능한데, 모든 시술은 의료 전용 인공지능에 의해 이루어졌다. 함정 내 의무병은 존재하지 않지만 특수 상황의 경우에는 군병원의 의무장교에게 원격수술을 의뢰하여 진행할 수 있다. 의무실 옆에는 이 인용 회복실도 소유하고 있었다.

밀러는 조금 복잡한 표정으로 의무실 앞에 도달했다. 함장이 의무실로 향한 이유는 아마도 그가 데려온 소녀 때문일 것이다. 아크레인에서 일단 간단한 지혈은 해 두었는데, 괜찮을라나? 이상할 정도로 체온이 낮고 호흡이 느리던데. 사실 아까부터 소녀의 안부가 궁금해 엉덩이가 들썩거리던 참이었다.

고민하던 사이 의무실 문이 '철컥' 하고 열렸다. 문 앞에는 검은 제복 코트를 입은 남자가 코까지 깃을 세운 채 얼굴을 묻고 있었다. 밀러의 눈이 굳은 채 그를 응시했다.

'이런 자가 있던가?'

그와 눈이 마주친 남자 또한 놀란 듯 동공이 커졌다. 이윽고 남자는 눈초리에 미묘한 미소를 머금었다. 밀러는 자신도 모르게 몸을 틀어 그에게 길을 내주었다. 그러자 남자는 고맙다는 듯 고개를 까닥하더니 어깨를 스치며 걸어갔다.

밀러는 멍하니 그의 뒷모습을 바라보았다. 장신의 몸으로 좁은 통로를 압도하며 걸어가던 남자는 코너를 도는 순간 그를 향해 흘끗 시선을 던졌다. 그 순간 얼핏 보인 남자의 뺨의 십자 상흔이 시야에 날아들었다. 폐부가 조여들며 숨이 막혔다. 밀러는 비틀거리며 벽을 짚고 심호흡을 했다. 왜 이렇게 심장이 뛰는 건지 알 수 없었다. 원인 모를 공포심에 정수리부터 발바닥까지 식은땀이 줄줄 흘렀다.

– 어서 오십시오, 마이클 밀러 대위님.

의무실 문이 닫히는 순간까지도 그의 뒷목은 서늘하게 젖어 있었다. 이유는 모르겠지만 찝찝하고 개운하지 못한 기분이었다.

그사이 그가 데려온 여자아이는 수술을 받은 모양이었다. 안쪽으로 돌아오자 정면에 위치한 하얀색 수술대가 내려오고 유리 덮개가 열렸다. 안을 들여다본 밀러의 눈이 휘둥그레 커졌다. 누워 있는 소녀는 복부와 어깨, 그리고 얼굴 전체를 미라처럼 붕대로 칭칭 감고 있었다.

"전신의 피부 조직이 심각하게 손상되었다고 하는구나. 얼굴의 경우는 골격을 다쳐서 어쩔 수 없었다."

부친인 아서 밀러 함장의 목소리였다. 그는 커튼 뒤에서 걸어오더니 뒷짐을 진 채 소녀를 내려다보았다. 은발의 아서는 올해 쉰다섯으로 적지 않은 연령이었다. 그럼에도 그는 젊은 사병들 못지않은 체력과 패기로 헤벨을 지휘했다. 또한 따뜻한 마음으로 헤벨을 그들의 집으로 만들어 준 온후한 함장이었다. 밀러 역시 그를 아버지로서 그리고 함장으로서 깊이 존경하고 있었다.

"일단 수술은 잘된 것 같다만, 여자아이니 경과를 지켜봐야 할 것 같다."

밀러는 의아한 표정을 지었다. 잘 기억나진 않지만 얼굴에는 별다른 이상이 없었던 것 같은데. 오히려 심각한 건 복부 쪽의 총상이었다.

"이마는 왜 저런 겁니까?"

붕대로 감아 놓은 그녀의 이마에서 미세한 빛이 새어 나오고 있었다. 밀러는 곁눈질로 수술대 옆 화면을 훔쳐보았다. 아직 수술 기록이 상세하게 남아 있었다. 화면을 읽던 그는 이해되지 않는다는 어조로 중얼거리며 물었다.

"각막 수술?"

눈도 다쳤었나? 다시 생각해 봐도 안면 쪽에는 별다른 징후나 문제가 없다고 했던 아벨의 보고만이 떠오를 뿐이었다. 침묵으로 일관하던 아서는 밀러의 어깨를 짚더니 무거운 눈빛으로 말했다.

"저 아이가 로스트 헤븐 출신이란 건 극비 사항이다. 현재 너와

나, 그리고 아벨만 알고 있는 상황이지. 아이의 이마에서 나오는 빛의 원인은 현재 아벨이 분석 중에 있다."

그때 함장 전용 라인으로 아벨의 보고가 들어왔다. 허공에 뜬 홀로그램 메시지 창을 바라보던 아서 함장은 "보고하도록." 하고 짧게 승인을 내렸다. 오늘 발생한 사건에 대한 1차 보고였다.

– 로스트 헤븐 근방에서 일어난 섬광 '엘로힘[17]'은 해저에서 발생한 전기에너지가 해수면의 공기 입자와 부딪치면서 생성된 것으로 보입니다. 아크레인과의 통신 두절의 원인은 바로 이 섬광에서 발생한 거대 자기장 때문으로 보고 있습니다.

"해저에서 나왔다는 그 에너지의 원인은 뭔가?"

– 불명不明입니다.

"지진이나 화산 폭발과 같은 자연재해였을 가능성은?"

– 가능성이 있습니다.

함장의 얼굴에 불편한 심기가 어렸다. 아벨이 화면에 띄운 수치상으로는 약 8%의 가능성으로 자연재해일 수 있다고 말하고 있었다. 꽤 낮은 수치다. 그럼 대체 그 섬광은 무엇이었단 말인가? 혹, 로스트 헤븐에서 비밀리에 군사 실험이 이루어지고 있는 것은 아닐까?

– 덧붙이자면, 환자의 미간에서 발하는 빛으로부터 엘로힘과 동일한 에너지 파동이 감지됩니다.

아서 함장과 밀러의 눈이 동시에 소녀에게로 향했다.

– 지휘 본부에 보고하시겠습니까?

"잠깐 기다려."

---

17 엘로힘: 아벨이 붙인 로스트 헤븐의 동쪽 해안가에서 발생한 섬광의 명명.

아서는 고민하는 표정으로 그녀를 물끄러미 응시했다.

"보고는 미루도록 한다. 엘로힘과 이 아이에 대한 내용은 함장 권한으로 최고 보안 등급인 기밀문서에 붙이도록."

– 알겠습니다.

"함장님, 대체 저 아이의 정체가 뭡니까?"

"글쎄다……. 확실한 건 평범한 소녀는 아니라는 거지. 너도 그걸 알고 데려온 거 아니었더냐?"

아서의 말에 밀러는 말문이 막혀 입을 다물었다. 뭐라고 대답하기가 어려웠다. 그저 그녀를 본 순간 살려야겠다는 생각밖에 없었다. 반드시 '내가' 구해야겠다는 사명 의식마저 들 정도로 어떠한 운명이 느껴졌다. 그때 그의 뇌리에 좀 전에 스치듯 지나갔던 검은 코트의 남자가 떠올랐다.

"아, 그자는 누굽니까? 방금 전까지 의무실에 있었던 장신의 남자 말입니다."

순간 바보같이 그냥 넘어갔는데, 다시 생각해 보니 그가 입고 있던 제복은 연맹군의 것이 아니었다. 즉, 아군이 아니란 뜻이다. 아군도 아닌 정체불명의 남자가 전략국의 핵심 전략이자 아직 공개되지 않은 기밀 함정 '헤벨'에 탑승하다니, 납득하기가 힘들었다.

아서는 생각에 잠긴 채 침묵했다. 부친의 신중한 태도가 그의 입가를 바짝 메마르게 했다. 대체 누구이기에 연맹군의 하얀 호랑이 '아서 밀러'로 하여금 이렇게까지 난처한 표정을 짓게 만드는 걸까?

"나는 그를 '검은 함장'이라고 부른다."

"함장이라면 역시 군인이군요. 어디 군 소속입니까?"

아서는 옅은 미소를 지으며 이어 말했다.

"기억나지 않는 모양이구나."

"예?"

"그를 처음 본 날, 네가 저 남자를 그렇게 불렀지 않느냐. '함장'이라고."

밀러는 아연한 표정을 지었다. 혼란스럽고 이해가 가지 않는다는 눈빛이었다. 그는 고개를 홱 돌리더니 정체불명의 남자가 사라진 쪽을 빤히 쳐다보았다.

"워낙 오래전 일이니 그럴 법도 하지. 벌써 십 년도 더 지난 일이니까."

"제가 저 사람을 안다는 말씀이십니까?"

십 년도 더 전의 일이라면 부친인 아서를 만나기 전이거나 그 즈음의 일이다. 어째서 전혀 기억이 나지 않는 거지?

"검은 함장은 내게 널 잠시만 맡기겠다고 했다. 하지만 내가 널 양자로 들인다고 하자 더 이상 찾아오지 않았지. 오늘 저자를 본 게 사실 십수 년 만인 건데……."

정말 놀랍게도 남자는 그 긴 세월간 변한 것이 없었다. 외양적인 젊음을 유지하는 것이야 의학 기술을 빌린다면 어려운 일은 아니지만, 아서가 느낀 건 그런 게 아니었다.

기백이라고 해야 하나? 헤벨의 함장이자 전략국장인 그조차 무릎 꿇게 만드는 카리스마였다. 눈초리에서 뿜어져 나오는 살기랄까, 주변 공기를 압도하는 에너지 같은 게 형언할 수 없는 공포심을 느끼게 만들었다.

아서의 시선이 다시 소녀에게로 향했다. 소녀의 이마에서 빛나는 각인의 빛. 그곳을 어루만지던 남자의 손이 자꾸만 머릿속에 떠올랐다.

— 오랜만입니다, 아서. 이런 걸 운명이라고 하던가요?

장난을 치듯 인사말을 건네던 그의 손에는 옅은 빛이 맴돌고 있었다. 도대체 헤벨의 안까지 어떻게 들어왔는지, 그놈의 귀신같은 솜씨는 여전했다. 그가 아서를 향해 돌아서자 소녀의 수술대가 올라가며 덮개가 닫혔다. 남자는 볼일이 끝났다는 어조로 검은 코트를 몸에 휘감으며 말했다.

— 나흘 뒤에 다시 오겠습니다.

악마같이 웃으며 사라지던 사내는 선택지 없는 말을 남기고 사라졌다. 기시감이 들 정도로 닮아 있는 상황이었다. 십삼 년 전, 다 죽어 가던 금발의 소년을 발견했던 그 밤의 모습과.

"마이클."

밀러의 푸른 눈이 아서를 빤히 응시했다. 아서가 그를 이름으로 부를 때는 직함을 내려놓고 대화를 하겠다는 의미였다.

"예, 아버지."

"너는 특별한 아이였다. 나에게는 과분할 정도로 따뜻하고 아름다운 아이였어."

그는 아주 어렵게 한 마디 한 마디를 꺼냈다. 부디 밀러가 곡해하는 일이 없었으면 하는 마음에 진심을 담아 이야기하는 중이었다.

"검은 함장의 부탁이 아니었어도 나는 널 내 자식으로 받아들였을 것이다. 이것만은 진심이다."

무뚝뚝한 부친이지만 결코 매정했다는 의미는 아니었다. 오히려 아서는 늘 소리 없이 그를 감싸 주었다.

"알고 있습니다, 아버지."

고개를 끄덕이는 밀러를 보며 아서는 망설임 끝에 말했다.

"그래서…… 이 아이 역시 내가 거둘까 한다."

"예?"

밀러는 놀란 얼굴로 저도 모르게 반문했다.

"정확히 말하자면 우리 헤벨이 거두자는 것이다. 어떻게 생각하느냐?"

"혹시 검은 함장이 부탁한 겁니까?"

부친의 입가에 한숨이 맴돌았다. 대답 대신 아들을 응시하던 그의 눈동자가 허공을 응시했다. 오랜 기억과 깊은 사연에 묶인 그의 눈초리는 괴로움에 회오리치며 일렁이고 있었다.

"여동생이 하나 더 생기는 것도 좋겠습니다."

쉽게 대답하지 못하는 아서를 보던 밀러가 먼저 입을 열어 주었다. 검은 함장이 부탁한 것이든, 오롯이 아서의 뜻이든 그건 중요하지 않았다.

지난 십삼 년간 아서는 그에게 있어 훌륭한 아버지였기에.

두 부자는 말없이 대화를 갈무리했다. 어깨를 툭툭 친 손끝만으로도 서로의 깊은 마음을 이해할 수 있기에 더 이상의 말은 필요치 않았다.

아서가 의무실을 떠난 뒤로도 밀러는 한참 동안 의무실에 서 있었다. 머릿속에 거듭 떠오르는 거구의 남자, 검은 함장이라 불렸던 사내가 유령처럼 방에 남아 그의 눈을 응시했다.

'당신은 대체 누구지?'

아서의 말에 따르면 그는 온몸에 심한 화상을 입은 채 바다 위를 표류하고 있었다고 한다. 정신을 잃고 쓰러져 있던 소년이 함장이라 불렸던 사내.

밀러는 파도처럼 고요히 일렁이는 눈으로 하얀 벽을 응시했다. 그리고 잡히지 않는 기억과 숨바꼭질을 하며 회복실에서 꼬박 밤을 지새우고 말았다.

나흘째 되는 날, 마침내 소녀가 정신을 차렸다. 깨어난 그녀는 눈과 입가만 제외한 채 여전히 얼굴 전체에 붕대를 감고 있었다.

멍한 눈을 뜬 소녀의 눈앞에는 두 남녀가 기다리고 있었다. 호기심 가득한 눈으로 그녀를 바라보는 메리와 설레는 눈빛을 감추지 못하는 밀러였다.

"안녕?"

밀러가 먼저 인사말을 건넸다. 검은 멍울처럼 새까만 눈동자가 그를 빤히 응시했다. 밀러는 하늘색 눈동자로 예쁘게 생긋 웃더니 그녀에게 다시 말을 걸었다.

"잘 잤어?"

벌떡 일어난 소녀는 험악한 표정을 지었다. 그녀는 밀러를 지그시 노려보더니 이를 악문 채 그를 향해 주먹을 뻗었다. 방심하고 있던 밀러는 그대로 '퍽!' 하고 안면 타격과 함께 벌러덩 뒤로 자빠지고 말았다.

알림

대기 중인 모든 병사들과 장교들은
한 명도 빠짐없이 대회의실로 집합하도록 합니다.
본 지령은 함장실로부터 내려진 명령입니다.

"아무것도 기억을 하지 못한다고?"

"그렇대. 본인 이름, 나이, 국적, 부모님, 살던 곳, 아무것도 말이야. 분석 결과 아벨 말로는 한국계와 러시아계 혼혈이라고 하더라고. 한국계 성씨로는 정 씨, 유 씨, 임 씨 성의 소유자들과 유전자 공통분모를 보이는데 특히 정 씨와 DNA 일치 비율이 월등히 높았다고 해. 러시아 쪽 DNA 맵핑으로는……."

메리의 보고를 듣던 밀러는 뺨을 슬슬 문질렀다. 그를 쳐다보던 메리는 혀를 내두르더니 잠시 보고를 멈추고 말했다.

"그 조그마한 애한테 주먹을 맞고 넘어가다니, 좀 심한 거 아니야?"

"정, 유, 림."

밀러는 대답 대신 뭔가 생각이 났는지 번뜩 외쳤다. 메리는 중간에 자신의 말을 뚝 잘라먹은 채 알 수 없는 소리를 하는 밀러를 미친놈처럼 쳐다보았다.

"어때?"

"그게 뭔데?"

"이 아이 임시 이름."

"정유?"

"아니, 정유림이라고. 한국은 성을 앞에 붙인다며. 어때?"

"음, 유림이라. 나쁘지 않은데?"

통로를 걸어가던 두 사람은 회복실 문을 열고 들어왔다. 그러자 아서 옆에 얌전히 서 있던 소녀가 눈초리를 치켜세우며 둘을 쏘아보았다. 얼굴에 칭칭 감은 붕대 뒤로 찰랑거리는 흑발에서조차 찌릿찌릿한 살기가 느껴지는 듯했다. 메리는 부르르 떨더니 밀러에게 소곤소곤 귓속말을 전했다.

"성질이 좀 고약해 보이지 않아? 잔뜩 경계하는 길고양이처럼 털을 삐죽삐죽 세우잖아. 그런데 얘 오빠 되게 싫어한다. 내가 아니라 오빠만 빤히 노려보는 것 같은데? 생긴 게 마음에 안 드나?"

밀러는 킬킬거리는 메리를 흘끗 째려보았다. 그는 조금 서글픈지 연한 머리칼을 만지작거리며 중얼거렸다.

"내가 그렇게 못생긴 얼굴은 아니잖아."

"못생기긴, 너무 잘생겨서 문제지."

전략국 내에서 미남으로 소문난 밀러였다. 심지어 옆 동네인 정보국에서조차 그가 작전본부에 들를 때면 심심치 않게 '금발의 대위'를 구경하러 오는 판인데. 메리는 괜히 제가 자존심 상하는지 흑발의 들고양이에게 '메롱' 하고 혀를 날름거렸다. 그러자 소녀는 그녀를 아래위로 훑더니 코웃음을 쳤다. 그리고 보란 듯이 아서 함장의 팔에 팔짱을 꼈다.

"어머, 쟤 봐라? 우리 아버지한테……."

아서는 인자하게 웃으며 소녀의 머리를 쓰다듬고 있었다. 그 광경을 보던 메리는 울상이 되어 옆에 서 있던 밀러를 쿡 찔렀다. 그녀는 불쾌해 못 참겠다는 어조로 소곤소곤 물었다.

"정말 저 심보 나쁜 고양이가 내 여동생이 되는 거야? 정말로?"

밀러는 대답 대신 소녀의 앞으로 다가가 무릎을 굽혔다. 두 사람의 눈높이가 딱 맞았다. 그러자 고양이처럼 사납게 올라간 그녀의 눈초리가 조금 의아한 듯 아래로 처졌다.

"나는 마이클라고 해. 마이클 밀러 대위."

"……."

"오늘 나하고 메리가 네 이름을 생각해 봤는데, 유림이라고 지어봤어. 네 성씨는 정 씨일 가능성이 높다고 하더라고. 아마 어머니나 아버지 중 한 분이 한국인이셨을 거야."

소녀는 그의 연하늘색 눈동자를 물끄러미 응시했다. 줄곧 심술을 부리던 그녀의 검은 눈동자 깊은 곳에 불안이 어려 있었다.

"마음에 드니?"

아무 말 않는 그녀의 모습을 보다 못한 아서가 웃으며 말을 건넸다.

"유림, 나는 아주 예쁜 이름 같구나."

그녀는 고개를 갸웃거리더니 메리를 쳐다보았다. 팔짱을 낀 채 서 있던 메리는 한숨을 내쉬더니 내키지 않는다는 표정으로 입을 열었다.

"헤벨에 온 걸 환영해, 작은 고양이."

대회의실에 모인 병사들은 작은 소녀와 함께 나타난 아서 함장을 의아한 눈으로 쳐다보았다. 그들은 뒤이어 등장한 풍성한 뷔페 음식과 술병들에 이게 웬 떡이냐며 함성을 터뜨렸다.

“오늘 우리 헤벨에 새로운 식구가 생겼습니다! 이런 날 술과 음식이 빠질 수 없죠? 아, 정작 주인공은 미성년자라 마실 수가 없다고 합니다만 그건 우리에게 있어 별로 중요한 문제가 아니니까요…….”

맨 앞자리 구석에 앉아 있던 메리는 턱을 괸 채 앉은 밀러의 옆구리를 쿡 찔렀다. 밀러가 왜 그러냐는 얼굴로 쳐다보자 그녀는 배시시 웃으며 말했다.

“왠지 아버지께서 오빠를 처음 데려온 날과 닮지 않았어?”

밀러의 입가에 소소한 미소가 어렸다. 사실 그도 같은 생각을 하고 있던 중이었다. 기억을 잃은 아이, 불안에 젖은 눈빛, 따뜻한 손이 이끌어 준 곳에 모인 사람들. 새 가족은 왁자지껄한 분위기 속에서 그를 반겨 주었다.

“다들 먹고 노느라고 내겐 신경도 쓰지 않았지.”

밀러의 중얼거림에 메리는 웃음을 터뜨렸다. 오늘 저 까칠한 고양이도 비슷한 감정을 느끼고 있을 것이다. 그렇게 자연스레 헤벨의 일원이 되는 거니까.

그 소란 속에서 홀로 굳은 채 서 있는 인영이 있었다. 그는 사람들에게 둘러싸인 채 앉아 있는 유림을 보며 불안한 듯 주먹을 움켜쥐었다.

‘설마 아니겠지.’

얼굴에 칭칭 감은 붕대. 눈초리와 입만 간신히 보일 정도였다. 하지만 보이는 눈동자 색깔이 검다. 이브는 분명 붉은 눈이었어. 그것만큼은 지금도 기억했다. 피처럼 선명하게 빛나던 동공.

요한은 덜덜 떨리는 손을 뒷짐 지며 감췄다.

'그래, 아닐 거다.'

더 이상 이런 불안 속에 살고 싶지 않아 저지른 일이 아니었던가? 아담과 사샤는 죽었다. 확실하게 확인한 건 아니지만 죽었을 가능성이 매우 높았다. 이제 요한 가르두치에 대해 아는 사람은 더 이상 세상에 존재하지 않는다는 의미였다.

'난 살아남았어.'

식은땀 속에 하얀 미소가 피어났다. 지긋지긋한 맹수 정글의 피라미드 속에서 드디어 벗어난 것이다. 저쪽에서 밀러가 손을 흔드는 것이 보였다. 그는 요한을 향해 웃으며 술잔을 들었다. 요한 역시 앞 테이블 위에 놓인 술잔을 높이 들어 올렸다. 밀러가 잔을 부딪치는 시늉을 하며 술을 털어 넣자 요한도 스스로를 향해 축배를 들며 속으로 외쳤다.

'요한 제이콥스! 기뻐해, 넌 이제 해방이야. 비로소 자유를 손에 거머쥔 거라고!'

• • •

어둠은 그들과 아주 가까운 존재였다. 파괴와 분노는 그들의 본성이었고 혼돈과 무질서는 그에 따른 산물이었다. 스스로를 고립시킨 일족은 점점 더 태초의 형태에 가까워져 갔다. 일족은 그게 곧 강해지는 길이라 생각했다. 그러나 그건 자만이고 오산이었다.

아득한 여정 속에서 방주의 길잡이는 아이들에게 태초부터의 긴 역사를 속삭여 주었다. 지루하고 고루하기 짝이 없는 이야기. 그러나 아무리 흘려들어도 수천 번, 수만 번을 거듭해 듣다 보면 결국 외우기 마련이었다.

비스듬히 열리는 눈꺼풀 사이로 한 여자의 인영이 너울거리며 잡혔다. 본능적으로 잡고자 손을 뻗었다. 그러자 여자가 흠칫 놀라며 뒤로 샤샤샥 뒷걸음질을 쳤다.

"맙소사, 아직 살아 있나 봐. 몸이 불덩이 같더니 이젠 얼음장처럼 차가운걸?"

"고, 곧 의식을 차릴 것 같아. 이, 일어나기 저, 전에 얼른 숨자, 응? 바, 밧세바 서둘러……."

벽 뒤의 바퀴벌레처럼 모여서 속삭이던 인영들이 사라지자, 안면에 찬 공기가 부딪쳤다. 누군가 찬물을 끼얹은 것처럼 정신이 확 들었다.

그는 천천히 몸을 일으켰다. 이상한 기운에 어둠 속을 들여다보았다. 달빛이 스미는 창가 쪽에 한 남자가 서 있었다. 검은 코트를 입은 사내는 인기척을 느꼈는지 이쪽을 향해 돌아보았다.

"깨어 나셨습니까?"

그는 침대에서 내려와 자신의 몸을 내려다보았다. 두 뼘은 더 자란 신장과 반듯하게 펴진 어깨. 어색한 몸만큼 머릿속도 멍멍했다. 그 순간, 부채처럼 펼쳐지는 기억이 파도처럼 전신을 휩쓸었다.

— 사랑해, 아담.

갈래갈래 파동 사이로 번져 가던 핏줄기, 시체처럼 붕 떠 있던 몸, 섬광과 함께 파편처럼 부서져 버린 인영.

살갗이 오스스 일었다. 직감적으로 불길한 예감이 전신을 휩쓸며 오싹한 느낌을 선사했다. 그는 비틀거리며 한 걸음 앞으로 걸었다.

"어떻게 된 거지?"

붉게 젖은 눈시울 위로 혼란스러운 눈빛이 보였다. 아름답던 소년의 미성은 그윽한 저음으로 변해 있었다. 달밤의 정취를 담은 듯 은은하면서 깊은 목소리였다.

남자는 이제 눈높이가 비슷해진 그를 물끄러미 응시했다. 조각처럼 아름답고 섬세한 얼굴은 여전했다. 다만 날카롭고 반듯한 콧날과 남자다운 턱 선이 육감적인 매력을 더했다.

"어엿한 성체가 되신 걸 축하드립니다. 제 봉인을 스스로 풀어버리실 줄은 몰랐습니다. 강건해지셨군요."

그는 무슨 소리냐는 표정으로 미간을 구겼다. 이윽고 뭔가를 떠올린 듯, 그의 눈빛이 얽인 실타래를 풀며 일렁이기 시작했다.

그날, 나발루니예 언덕에는 거센 눈보라가 쳤다. 휘날리던 눈발 사이로 등장한 검은 손님. 사내는 칙칙하고 낮은 음성으로 이렇게 말했다.

— 아이를 찾으러 왔습니다.

우산 하나 없던 남자의 코트는 눈송이 하나 없이 깨끗했다. 반면 그의 눈초리는 광풍이 스민 것처럼 위험해 보였다. 특히, 사라의 배를 쳐다보던 시선은 소름 돋을 정도로 위협적이었다. 자신도 모르게 그녀를 보호하려 팔을 뻗을 정도로.

"너였군."

아담은 손으로 지끈지끈한 머리를 주무르며 그를 노려보았다. 그날 저택을 찾아왔던 남자다. 위험한 미소와 함께 일어난 섬광. 그리고 잃어버린 기억과 봉인.

"네 짓이었어. 네놈 때문에 이브가……."

"납치되었다, 라는 말씀이십니까?"

아담의 눈동자는 피처럼 붉게 물들어 있었다. 서늘한 칼날처럼 날 선 핏빛 눈동자에는 섬뜩한 살기가 뚝뚝 묻어났다. 반면 그보다 키가 조금 더 큰 남자는 평화로운 얼굴로 그를 내려다보고 있었다.

"본래 당신의 능력이었다면 그녀를 지켜 낼 수 있었을지도 모르죠. 하지만 엘 카인은 어떻습니까? 그의 추적도 피할 수 있었을까요? 당신이 살아 있다는 걸 엘이 알았더라면 그가 과연 가만히 있었을 것 같습니까?"

"동족 살인은 중죄다."

아담의 말에 남자는 주먹으로 손바닥을 탁 내려치며 "아아, 그렇죠." 하고 감탄했다.

"제 가르침을 잘 기억하고 계시군요. 장합니다. 당신은 의외로 반듯했으니까요. 반면 엘은 그렇지 않았죠. 동족상잔의 죄 따위 알게 뭐냐는 식으로 분란을 조장하고 피바람을 일으켰습니다. 분란이 아니라 반역이라고 해야 맞으려나? 그가 노린 것은 당신의 왕좌였으니 말입니다. 반인叛人의 말로는 대개 둘 중 하나죠. 단죄 혹은 혁명."

"엘이 혁명가다?"

"그건 아직 알 수 없습니다만, 일단은 성공하지 않았습니까?"

"엘과 미카엘은 함께 있나?"

"그건 아닌 것 같습니다."

지루하리만큼 길고 아득했던 여정이었다. 그 긴 세월을 버텨 온 방주는 생각보다 너무 간단하게 부서지고 말았다. 한 녀석의 탐욕과 봉기로 인해.

이전의 기억은 분노를 끌어올릴 만큼 또렷한데 비해, 이상하게도 봉인 후의 기억은 뿌옇게 덧칠된 양 아른아른했다. 안개 저편으로 묻혀 버린 감각, 어째서 이렇게나 먼 예전의 일처럼 느껴지는 것일까?

시베리아의 눈밭 속에서 다가왔던 에어쉽의 뿌연 빛.

나발루니예 언덕과 백야의 바이칼 호.

아치형 창에서 쏟아지듯 떨어지던 달빛.

그리고 이브, 나의 이브.

선홍색 살기로 젖어 있던 눈에서 스르르 힘이 풀리기 시작했다. 서서히 본래의 부드러운 다갈색 빛으로 돌아온 아담은 침상 위에 걸터앉았다.

"노아."

"말씀하십시오."

아담은 무릎에 팔을 대고 턱을 괸 채 남자를 응시했다. 성체가 된 그였지만 여전히 예쁘고 신비로운 모습이었다. 어느 신화에서 여신들을 다툼으로 몰아갔던 미청년처럼.

"이브는 어떻게 됐어?"

아직 아이와 어른을 오가는 말투였다. 담담한 듯 묻는 그의 목소리에는 두려움이 묻어났다. 노아는 잠시 창턱에 스민 달빛을 내려다보았다. 고민에 잠긴 노아의 표정을 흘끗 본 아담의 눈이 공허하게 가라앉았다. 순식간에 잿더미에 덮인 것처럼 빛을 잃는다.

"죽었어?"

그가 다시 속삭이듯 물었다.

봉인이 풀리던 순간, 응집되었던 에너지가 폭발하듯 터져 나왔다. 수면을 삼키고 상공으로 뻗어 나가던 빛줄기는 아마 정면으로 맞았다면 눈이 멀어 버렸을 것이다.

제우스가 세멜레에게 드러냈던 벽력의 섬광처럼, 그것은 평범한 인간에게 있어 치명적이었을 테니.

"어째서 그 소녀에게 그리도 집착하십니까? 고작 평범한 아이일 뿐이지 않습니까?"

절망적이다. 노아가 대답을 회피하고 있다. 불안하게 뛰던 가슴이 허물어지는 모래성처럼 바스러져 간다. 아담은 생기 없는 목소리로 중얼거리듯 대답했다.

"넌 이해 못해."

그녀와 그의 유대는 누구도 침범할 수 없다. 그리고 누구도 이해할 수 없다. 아담과 이브는 영원히 함께한다. 그녀가 없는 낙원은 그에게 있어 황무지에 불과할 뿐이었다.

"제가 갔을 때 그곳에 있던 건 피로 물든 물과 조각난 채 떠다니는 살점들, 그 사이를 부유하던 당신의 몸뿐이었습니다."

바닥을 내려다보던 아담의 눈이 멍하니 얼어붙었다.

"떠다니던 살점들?"

"그렇습니다."

노아는 무표정한 얼굴로 대답하며 그를 내려다보았다. 긴 속눈썹 사이로 고통에 일그러진 눈초리가 보였다. 가느다랗게 떠는 턱선 위로 빨라진 호흡이 새어 나오자, 턱을 따라 흐르는 물기가 후드득 떨어졌다. 붉어진 그의 눈시울엔 눈물이 고여 있었다.

"그럴 리 없어."

"……."

"이브가 죽었을 리 없어."

진득한 감정들이 공전하는 위성처럼 눈초리 끝에 남아 일렁였다. 부정하며 격분하던 그의 호흡이 밀려온 슬픔에 무너지기 시작했다. 노아는 그런 그를 흥미롭다는 표정으로 지켜보았다.

본디 그들 일족은 감정이란 게 있나 싶을 정도로 차갑고 이기적이며 냉혹한 존재였다. 아담도 원래 방주에 있을 때까진 무채색에 가까울 정도로 정적인 편이었다.

"굉장히 감정적이게 되셨군요."

아담은 고개를 푹 숙인 채로 고해하듯 읊조렸다.

"이브의 얼굴이 잘 생각나질 않아."

"찰나의 기억이니까요."

"이브의 얼굴이 떠오르질 않는다고!"

울부짖는 그의 눈에서 투명한 눈물이 주르륵 흘렀다.

봉인이 풀리면서 그의 머릿속은 곤죽이 된 것처럼 뒤죽박죽인 상태였다. 일시적인 현상일 수도 있지만 아주 당연한 결과였다.

"그들의 아이로 지내던 그 시간은 당신에게 있어 찰나에 불과합니다."

— 마다, 사랑해!

— 이브를 데리러 와야 해.

— 이브를 포기하지 마…….

영원 같던 시간이었다.

그녀와 함께했던 순간순간이 별처럼 빛났다. 한순간도 행복하지 않았던 적이 없었다. 이브의 냄새, 웃음소리, 보드라운 손, 눈동자…….

연기처럼 흐릿하게 멀어져 간다.

아득하게 먼 과거의 일처럼.

이렇게 가슴이 쥐여 짜이는 느낌을 뭐라고 표현해야 할지 알 수 없었다. 형언할 수 없는 고통이 폐부를 꽉 움켜쥐었다. 상실의 고통에 처절한 몸부림이라도 치고 싶은데 울음을 터뜨리는 것밖에 할 수 없었다.

잠시 후 고개를 든 아담의 눈동자는 텅 비어 있었다. 소녀가 사랑했던 모든 것이 사라져 버린 얼굴엔 그을린 복수심만이 남았다. 탁한 눈빛에 거무튀튀한 살기들. 천사 같은 이목구비 위에 귀신의 형상이 어렸다.

"이제 어찌하시겠습니까?"

묻는 노아의 음성에는 옅은 기대감이 감돌았다.

"엘 카인은 지금 어디에 있지?

노아는 창문을 가리고 있던 커튼을 열어젖혔다. 그러자 달빛 너머로 등대처럼 서 있는 거대한 타워가 등장했다. 바로 며칠 전에 아담이 이브를 구해 탈출했던 에덴 타워였다. 아담은 손에 깍지를 낀 채 뾰족한 첨탑을 지그시 바라보았다.

'널 잃은 내게 더 이상의 낙원은 없어.'

그는 수면에 잠긴 달처럼 서늘한 눈으로 노아를 쳐다보았다. 아무것도 남지 않은 그의 눈빛은 사막처럼 건조했다.

아담과 눈이 마주친 노아는 다가와 허리를 굽혔다. 핏빛으로 짙어진 그의 눈동자에서 비로소 각성의 광채가 뿜어져 나오고 있었다.

조각 같은 입술 새로 나지막한 목소리가 흘러나왔다.

"엘 카인은 동족 시해자로서 일족 최대의 죄악을 저질렀다. 이에 나는 그를 처단하고 질서를 바로세우고자 한다. 방주의 길잡이는 나를 따르겠는가?"

오랜 시간 숙원하며 기다려 온 순간이었다.

노아는 비로소 돌아온 방주의 주인을 향해 무릎을 꿇고 머리를 숙였다. 그는 짜릿한 희열에 젖은 미소를 감추며 굵은 목소리로 답했다.

"물론입니다…… 마스터."

외전

God is my judge

上. 괴물의 탄생

서기 2063년 1월.

스타시티의 아브라함 회장이 자서전을 출간했다. 대필 없이 그가 직접 집필한 것으로 알려진 이 책은 출간되자마자 전 세계 베스트셀러에 올랐으며, 청소년들의 필독 권장 도서로 지정되었다고 한다.

아브라함 회장은 자서전에 본인이 뉴욕 브롱크스Bronx 출신이라고 밝혔다. 그가 뉴욕 할렘가에서 마약을 팔아 콜롬비아 대학 학비를 마련했다는 건 이미 유명한 일화였다. 밑바닥부터 시작해 세계 정점에 오른 자의 성공 신화. 그의 자서전 첫 페이지는 그의 모친인 레이첼의 이야기로 시작한다.

레이첼의 어린 시절은 남부러울 게 없었다. 그녀의 아버지는 시카고에서 가장 큰 갱단이었던 블랙 몬스터즈의 고위 간부였다. 커다란 저택과 정원, 흑표범처럼 날렵한 스포츠카. 그녀가 기억하던 집은 늘 부유하고 화려했다.

그녀의 부친은 경찰과 교도소 쪽 인맥이 많아서 갱단에 큰 도움이 되는 존재였다. 그러나 백인이라는 이유로 갱단 내에서 늘 따가운 눈총을 받을 수밖에 없었다. 결국 내부 보수파들의 반발로 인해 조직은 둘로 갈라진 채 전쟁을 벌였다. 부친은 그 사건으로 목숨을 잃었다. 그녀의 나이 고작 열두 살 때의 일이었다.

이후 모친은 급히 집을 정리하고 이사를 했다. 그들은 지인과 일체 연락을 끊고 빈민가에 쥐죽은 듯 숨어 지내기 시작했다.

이듬해 어느 날이었다.

레이첼은 모친과 함께 가까운 마트에서 장을 본 뒤 집에 돌아가는 중이었다. 그때 갑자기 허름한 자동차 한 대가 그들 앞에 급정거를 하며 나타났다. 창문이 열리고 난데없는 총격이 시작되었다. 레이첼은 비명을 질렀다. 그러나 경찰을 불러 달라고 소리치는 그녀의 목소리에 응답하는 이는 아무도 없었다. 총성에는 꽤 익숙한 동네 주민들이었다. 그들은 대낮에 거리에서 벌어진 살인 사건에 놀라기는커녕 창문에 블라인드를 치며 조용히 외면했다.

강도들은 그녀를 보자 잠시 고민하는 표정을 지었다. 레이첼은 겁에 질린 눈으로 그들이 손에 쥔 총을 쳐다보았다. 방금 사람 하나를 죽인 것치고는 태평한 분위기였다. 자세히 보니 그녀보다 겨우 대여섯 살 많아 보이는 정도의 소년들이었다. 흑인 소년들은 그녀를 아래위로 훑어보더니 쑥덕거리기 시작했다. 뭔가 기준에 못 미친다는 듯 그녀의 가슴을 손짓으로 평평하게 묘사하기도 했다. 이윽고 그들 중 하나가 비딱한 미소를 짓더니 말했다.

"우리는 나쁜 사람들이 아니야. 블랙 몬스터즈는 어린애들을 해

치지 않아. 조금 더 크면 우릴 찾아오도록 해. 아주 비싸게 쳐줄 테니까."

그들은 부친이 속해 있던 조직 블랙 몬스터즈의 말단 조직원들이었다. 어린 녀석들이 얼마나 지하 경제에 깊숙이 잠겨 있던 건지, 살인과 강간, 인신매매 등을 아주 쉽게 여기고 있었다. 그들처럼 검은 사업을 벌이는 이들은 어딜 가나 존재하는 세상이었다.

바닥에 털썩 주저앉은 레이첼은 덜컹거리며 사라지는 낡은 차의 뒷모습을 뚫어져라 쳐다보았다. 멀어지는 갈색 차의 꽁무니에서 나온 매연이 모친의 시신을 에워쌌다. 몇 분이 지나자 사람들이 한두 명씩 모여들기 시작했다.

"아이고, 이게 웬 난리래?"

"얘, 어디 다친 곳은 없니?"

레이첼은 멍한 얼굴로 쓴웃음을 지었다. 쑥덕거리며 한숨을 내쉬는 주민들의 모습에 자꾸 웃음이 나왔다. 주위에 이토록 많은 사람들이 있었나? 도와 달라고 절규할 때는 개미 한 마리도 보이지 않더니 이제 와 부탁하지도 않은 걱정과 위로를 남기는 그들의 위선이 역겨웠다.

"경찰 불러야 하는 거 아닌가요?"

"그냥 차로 병원에 데려다주는 게……."

어른 행세를 하겠다고 팔짱을 끼고 선 이들 사이에서 레이첼은 아무런 대꾸도 하지 않았다. 경찰 따위 불러 봤자 소용없다는 걸 안다. 어차피 오늘 이 사건의 목격자는 단 한 명도 나오지 않을 테니까. 정작 필요한 순간에 당신들은 또 유령처럼 모습을 감출 게 아닌가?

"됐으니까 상관하지 마세요."

차갑게 쏘아붙이는 그녀의 태도에 주민들은 흠칫하며 물러섰다. 그들은 곧 인상을 쓰며 그녀를 못마땅한 눈초리로 노려보았다.

"불쌍해서 도와주려 했더니 저 싸가지 좀 봐!"

"내 저럴 줄 알았어, 괜히 갱단하고 엮이나?"

"제 어미도 매춘부거나 마약중독자였겠지, 뭐."

손바닥 뒤집듯 바뀌는 시선. 혓바닥에 독침을 꽂은 듯 쏘아대는 말투. 당신들 손에 총은 없지만 사람을 죽일 수 있다는 건 똑같다.

레이첼은 울컥하는 얼굴로 말없이 모친의 시신을 끌어안았다. 그래도 그녀를 가엽게 여긴 누군가가 경찰을 불러 준 모양이었다. 경찰차에 올라탄 그녀는 석양에 잠긴 거리를 보며 숨죽인 채 눈물을 흘렸다.

그날 레이첼은 세상이 침묵하는 법을 배웠다. 사회를 믿어서는 안 된다는 것도 배웠다. 헐벗은 자는 아무도 도와주지 않는다. 헐벗은 자의 옷이 되어 주는 건 헐벗은 몸을 원하는 이들이 쥐여 주는 돈뿐이었다.

이후 그녀는 물어물어 뉴욕에 산다는 이모를 찾아갔다. 서른두 살의 이모는 뉴욕 외곽의 허름한 스트립 클럽에서 일하고 있었다.

"레이첼이라고?"

흑갈색 머리칼에 창백한 안색, 물 빠진 커피색 눈동자에 흐릿한 눈초리. 그녀는 레이첼을 보자마자 언니와 닮았다는 걸 한눈에 알았다. 이어진 모녀의 기구한 이야기에 그녀는 참담한 얼굴로 조카를 끌어안고 울었다. 형부가 죽었다는 건 알고 있었지만 언니의 죽음까지 몰랐던 모양이었다. 그녀는 기꺼이 레이첼을 맡았다. 그렇게 그녀에게는 다시 가족이 생기는 듯했다.

이모는 스트립 클럽 사장으로부터 뒷방을 빌려 잠자리를 해결하고 있었다. 낮에는 자고 밤에는 히스패닉이나 흑인 노동자들을 대상으로 몸을 흔드는 게 그녀의 하루 일과였다. 하지만 돈벌이는 그저 그랬다. 그녀의 주 수입원은 실상 가게 밖에서 정부 노릇을 해주는 노인네들의 주머니였다.

"언니는 내가 무용수가 된 줄로만 알고 있었지. 늘 편지에 그렇게 썼으니까. 브로드웨이에서 공연을 하고, 맨해튼 다운타운의 아파트로 이사를 갈 거라고 말한 적도 있었어."

세탁물을 정리하던 레이첼은 담배를 피우며 말하는 이모를 쳐다보았다. 허공을 응시하는 그녀의 눈동자에 라이트가 깨진 손전등의 불빛이 스며들고 있었다.

"왜 언니에게 말하지 않았냐고? 난 깡패와 결혼한 네 엄마를 미쳤다고 비난했었어. 흑인들하고 불법 조직을 이끄는 형부를 범죄자 취급하고 치욕스럽게 여겼지. 그리고 혼자 고고한 척은 다 하면서 일류 무용수가 될 거라며 뉴욕에 온 거야. 그랬던 내가 어떻게 언니에게 손을 벌릴 수 있었겠어?"

그녀는 깊이 후회하고 있었다. 언니가 그렇게 죽을 줄 알았더라면 진작 찾아가서 잘못했다고 용서해 달라 했을 거라 했다. 그래도 '언젠가는 찾아가야지, 연락해야지'라는 마음으로 살아왔다면서. 미안함보다는 부끄러움에 차마 전화를 걸 수 없었다고 했다. 끝내 자존심에 수화기를 내려놓은 적이 백여 번은 될 거라는 말도 덧붙였다.

"십 년 전 나는 내가 정말 그렇게 될 줄 알았거든. 설마 이렇게 늙은이들 거시기에 매달려 비참하게 살 줄 알았겠니?"

코웃음을 친 그녀는 방바닥에 담뱃불을 비빈 뒤 손전등 스위치를 꺼 버렸다.

잠시 후, 불 꺼진 어둠 속에서 흐느낌이 들려왔다. 레이첼은 귀를 막고 눈을 감았다. 추잡한 노인네들 중 하나가 또 이모를 찾아온 거라 생각했다. 그들이 애무를 할 때면 이모는 아기가 우는 것처럼 저런 소리를 쥐어짜 내고는 했다.

동이 틀 무렵, 까무룩 잠이 들었던 레이첼은 몸을 벌떡 일으켰다. 주변이 고요했다. 어젯밤 허공을 보며 웃던 이모의 얼굴이 떠올랐다. 바닥을 더듬던 그녀는 빈 담뱃갑을 발견했다. 돌연 불길한 예감이 전신을 휩쓸었다. 왜 이제야 깨달은 거지? 간밤에 이모가 피운 담배는 마지막 한 개비였다. 이모는 담배가 없는 걸 싫어해서 늘 미리 사 두고는 했는데.

화장실로 달려온 레이첼은 앞을 가로막는 그림자에 멈칫 멈췄다. 조명에 덜렁덜렁 매달린 몸뚱이가 싸늘한 한기를 뿜어내고 있었다. 고개를 들자마자 그녀는 소리 없이 비명을 내질렀다. 목이 푹 꺾인 채 그녀를 내려다보는 이모의 눈동자가 불 꺼진 등처럼 텅 비어 있었다. 멍하니 서 있던 레이첼의 눈에 눈물이 고이기 시작했다. 레이첼은 입을 틀어막은 채 울음을 터뜨렸다. 이모가 너무 불쌍하고 가여웠다. 얼마나 외롭고 비참했으면 이런 선택을 하고 만 걸까?

이제 겨우 서른넷이었다. 화려한 무대 위의 조명을 꿈꾸던 그녀는 스트립 클럽 뒷방의 좁은 화장실 안에서 생을 마쳤다.

"미안해, 이모."

울먹이던 레이첼은 차가운 그녀의 손을 어루만지며 속삭였다. 어른이라는 이유로 기대기만 해서 미안해. 알고 싶지 않다는 이유로 이모의 아픔을 눈감아서 미안해. 도와 달라는 절규를 못 들은 척 외면해서 미안해. 몸 파는 이모를 더럽다고 생각해서 미안해. 미안해…… 정말 미안해, 이모.

몇 년 뒤 레이첼은 고등학교를 중퇴했다. 이모가 죽은 뒤에도 스트립 클럽 사장은 그녀가 허드렛일을 하는 조건으로 뒷방에서 머무르게 해 줬다.

그런데 얼마 지나지 않아 가게에 불이 나고 말았다. 경찰 말로는 방화라 했다. 단골인 히스패닉 노동자 중 하나가 술에 취해 불을 지른 것이다. 졸지에 모두가 길거리에 나앉았다. 레이첼도 거리로 나왔다. 어디로 가야 할진 잘 알고 있었다. 그녀는 미드 타운 뒷골목의 길모퉁이로 향했다. 그곳에는 이미 다른 여성들이 란제리만 입은 채 서성이며 남자들에게 유혹의 손짓을 보내고 있었다.

레이첼은 공허한 눈으로 웃었다. 그녀는 아주 짧은 찰나에 결정했다. 어차피 휘어진 인생이다. 어디로 굴러 가는지가 뭐 그리 중요한가? 그래, 이제 그만 이 엿 같은 운명에 순응하며 사는 거다. 그녀는 블라우스의 단추를 하나씩 풀며 걸었다. 거리의 여자들 사이로 흘러드는 건 의외로 쉬웠다. 누구도 그녀를 초짜라 의심하지 않았다. 그녀의 몸은 이미 오래전부터 그들과 같은 냄새를 풍기고 있었으니까.

몸을 팔기 시작한 지 채 일 년도 지나지 않아 레이첼은 임신을 했다. 매춘부들은 각종 조언을 해 주며 그녀를 격려했다. 그녀들은 불법으로 시술해 주는 의사, 이럴 때 필요한 것들을 구해 주는 마약상, 그리고 장소를 제공해 주는 핍쇼나 비디오가게 뒷방들을 일러 주었다.

"이런 건 알고 있는 게 좋아. 어쨌든 네 스스로 해결해야 하니까."

"남자들은 어차피 책임 따윈 나 몰라라 할 게 뻔해. 결국 다 우리가 떠안고 살아야 할 짐이 되는 거야."

레이첼은 떨떠름했다. 여자들의 태도는 무서울 정도로 일관적이었다. 덕분에 양심의 가책은 별로 들지 않았다. 하지만 마음 한구석이 무너지기 시작했다는 기분은 지울 수가 없었다.

그녀가 스무 살이 되던 해에 두 번째 아이를 가졌다. 레이첼은 이번에도 바로 약을 복용했다. 그러나 불운하다고 해야 할지 다행이라고 해야 할지 약이 듣질 않았다. 이후 그녀는 몇 번이나 중절수술을 하려 마음먹었으나 이번에는 돈이 없어서 하지 못했다.

1993년 9월, 어느 목요일 밤이었다. 퀸즈의 고가다리 밑에 위치한 성인용품 가게 안에서 갓 태어난 아기의 울음소리가 울려 퍼졌다.

"돈은 그게 다야!"

"레이첼!"

뒤를 쫓는 다급한 목소리를 뒤로한 채, 그녀는 도망치듯 허름한 가게를 빠져나왔다. 꼭 안은 품에는 잠든 사내아기가 안겨 있었다. 인적이 드문 밤거리는 스산했다. 레이첼은 불안한 눈초리로 주위를 힐끔거리며 지하철역으로 향했다. 종종걸음으로 모퉁이를 돌던 그녀는 쓰레기통 옆에 기대서 잠든 노숙자를 발견했다. 꾀죄죄한 남자의 옆에 놓인 구걸용 깡통 두 개가 눈에 띄었다.

레이첼은 조심스레 그의 가까이로 다가갔다. 그러자 부랑자 특유의 오줌 지린내 섞인 악취가 풍겼다. 입술을 깨물던 그녀는 결국 쿨럭이며 기침을 내뱉었다. 그 소리에 깬 남자는 졸린 눈을 게슴츠레 뜨고선 그녀를 쳐다보았다. 그는 금세 검게 썩은 이를 드러내고 씩 웃었다.

짤랑짤랑.

남자는 손톱에 때가 잔뜩 낀 손으로 구걸용 깡통을 흔들며 내밀었다. 레이첼은 인상을 쓰며 깡통 안을 들여다보았다. 찌그러진 통조림 캔 안에는 50센트짜리 동전들 몇 개와 1달러짜리 지폐 서너 장이 있었다.

"아저씨 이름이 뭐죠?"

"이름은 왜?"

불혹을 넘긴 남자는 사람과의 대화도 오랜만인지 쉰 목소리로 대답했다. 그러더니 그는 가증스러운 눈웃음을 치며 말을 덧붙였다.

"대니얼…… 대니얼 아브라함인데."

노숙자들 대부분이 범법자다. 본명을 댔을 리 없었다. 눈치를 살피던 레이첼은 그의 몸을 확 밀치더니 잽싸게 깡통을 낚아챘다.

"이, 이년이!"

"당신 이름을 써 주는 값이야!"

벌써 저만치 달아난 그녀는 악다구니를 쓰며 소리 질렀다.

"그러니 영광인 줄 알라고!"

그날, 레이첼은 아기에게 대니얼 아브라함이라는 이름을 붙여 주었다. 왠지는 몰라도 아기에게는 그녀와 아무런 상관이 없는 이름을 주고 싶었다. 차라리 거리의 부랑자 따위에게서 훔쳐 온 이름이 나을 거라 생각했다. 신께서 분명 시궁창 같은 그녀의 현실보다는 더 나은 삶을 안겨 주실 테니까.

• • •

레이첼은 악착같이 살았다. 비록 모든 게 서툴던 미혼모였지만 그녀 나름대로 기울어진 사다리 같은 삶 위에서 발버둥을 치고 있었다. 대니얼은 그녀에게 있어 단 하나뿐인 지지대였다. 아마 아이가 없었다면 그녀는 진작 이 고된 삶을 포기해 버렸을지도 몰랐다.

대니얼이 기억하는 그의 어린 시절은 늘 여자들에게 둘러싸인 환경이었다. 매춘부들은 낡은 아파트에 아이들을 모아 놓고 함께 돌봤다. 그들은 순번을 정해 놓고 돌아가면서 베이비시터를 했는데, 늘 피로와 스트레스에 지쳐 있던 몸으로 제대로 육아를 할 수 있을 턱이 없었다.

육아 당번인 여자들은 대부분 무기력한 눈빛으로 담배나 빼끔빼끔 피면서 시간을 죽였다. 그녀들은 주머니에 있던 성인용품 중 하나를 툭 던져 준 뒤, 그걸 쥐고 노는 아이들을 바라보기나 할 뿐이었다.

아냐Anya는 도미니크 공화국 출신의 여자로 한때는 에스코트까지 했던 매춘부였다. 사십 대 중반인 그녀는 마담으로 활동하고 있었는데 아이가 넷이나 있었다. 당시 레이첼의 무리 중 한 명이 바로 그녀의 밑에서 일했다. 그런데 그녀가 본인의 육아 당번인 날

몸이 아파서 나오질 못하게 되었다. 그러자 아냐는 흔쾌히 그녀를 대신해 아이들을 봐주겠다고 했다. 털털하고 인상이 좋은 여자였다.

아냐는 흥미롭다는 기색으로 눈을 얇게 빗뜨며 중얼거렸다.

"저 대니얼이란 애는 좀 특이하네."

대부분의 아이들은 히스패닉계인 매춘부들을 엄마로 두어서 피부가 까무잡잡한 편이었다. 그런데 그 사이에 홀로 귀공자처럼 금발에 푸르스름한 눈동자를 자랑하는 아이가 있었다. 유독 눈에 띄는 외모와 분위기였다. 저 애가 레이첼의 아들인가? 오밀조밀하게 생긴 게 제 엄마와 달리 날카롭고 시원한 인상이었다.

"고작 네댓 살인 애가 저렇게 차분하다니 신기해라."

레이첼도 기본적으로 남을 불신하는 경향이 있었다. 머리는 좋은데 사회성이 없는 편이라고 해야 하나, 그래서 혼자 고립되는 타입이었다. 그런 모친의 영향을 받은 것인지 대니얼 또한 늘 아이들과 떨어져서 혼자 놀았다. 그는 주로 구석에 앉아 조용히 책을 읽거나 홀로 레고를 조립하며 시간을 보냈다. 말을 몇 번 걸어 봤지만 무표정한 얼굴 외에는 별다른 반응이 없었다. 아이답지 않은 싸늘함에 오히려 당황한 건 아냐 쪽이었다. 아이를 찾으러 온 레이첼은 아냐의 얘기에 생긋 웃으며 대답했다.

"대니얼은 원래 혼자 노는 걸 좋아해요. 애기 때부터 울지도 않고 얼마나 순했는데요."

"온종일 지켜봤는데 자기 아들은 다른 애들과 도통 어울리지를 않아. 보통 장난감 하나를 두고도 툭하면 싸우는 게 애들인데 얘는 다른 애들 물건엔 아예 흥미가 없더라니까? 간식도 가장 나중에 와서 조용히 집어 먹고 말이야. 그렇다고 해서 욕심이 없는 애는 아니야. 저 눈동자를 보면 알 수 있거든. 저 아이는 일단 지그시 주변을 바라보며 관찰부터 해. 상황 판단을 하려고 하는 거야. 어린 게 시야가 넓기도 하지."

"우리 대니얼이 똑똑하다는 말씀이시네요?"

레이첼이 뿌듯한 얼굴로 되묻자 아냐는 무거운 표정으로 입을 다물었다. 대니얼은 레이첼의 두 다리 사이에 몸을 끼고 나무 뒤로 숨듯 고개만 빼꼼 내밀었다. 어째서 이 작은 아이가 이렇게도 찝찝한 걸까? 아냐는 그녀를 올려다보는 아이의 빤한 시선을 내려다보며 소름 끼친다는 표정을 지었다. 그녀는 홱 돌아서며 레이첼의 귓가에 속닥였다.

"레이첼, 잘 들어. 어릴 때부터 저렇게 머리가 좋은 애들은 대부분 크게 잘못되는 경우가 많아. 좋은 집 자식으로 태어났다면 정·재계에서 주목하는 인물이 됐겠지. 하지만 매춘부의 자식이 저렇게 비상한 건 좋은 게 아니야. 우린 저 아이 손에 쥐여 줄 게 없어. 어릴 때야 고작 책 몇 권으로 만족하겠지만 저 애가 커서도 과연 그럴 수 있을까? 잘 키워야 돼, 레이첼. 욕심 부리지 말고, 부추기지 말고, 거만하지 않게, 검소한 아이로 키워 내는 거야."

아냐는 담배를 꺼내며 코트 깃을 세웠다. 어려서부터 폭력적인 성향을 내보이는 애들이라면 질릴 정도로 목격해 왔다. 환경이 이러하니 그들이 비뚤어지는 것도 어쩔 수 없는 일이었다. 할렘가의 애들은 늘 치열하게 살았다. 빼앗지 않으면 뺏기는 세상이기에 매일이 전쟁이었고, 책보다 칼과 총이 익숙한 그들이 법과 규율을 지키며 산다는 건 어불성설이었다.

그런데 저 아이의 눈은 호수처럼 차분하고 평화로웠다. 바람에 물결조차 치지 않는 수면은 돌을 던져도 파문이 없었다. 기이한 일이었다. 저 호수 밑바닥에는 대체 무슨 괴물이 잠들어 있기에 저리도 폭풍 전야처럼 고요하단 말인가?

"교회에 나오는 건 어때? 아들도 데리고 말이야."

"생각해 볼게요."

시큰둥하게 대답하는 레이첼을 보며 아냐는 어쩔 수 없다는 눈빛으로 담배 연기를 내뿜었다. 그녀는 단추를 채워 온몸을 꽁꽁 싸맨 뒤 마지막으로 흘끗 대니얼을 바라보았다. 소년은 엄마의 옷자락을 꽉 쥔 채 불안한 듯 그녀를 올려다보고 있었다. 아냐는 담배꽁초를 바닥에 비벼 끄며 쉰 목소리로 그에게 말했다.

"대니얼, 네 이름의 뜻이 뭔지 알고 있니?"

그는 경계하는 눈초리로 고개를 가로저었다.

"대니얼은 신자의 이름이란다. '신께서 나를 심판하시리라'는 뜻을 갖고 있지. 네 모든 행동을 하나님께서 지켜보고 계신다는 의미야. 그러니 언제나 겸허한 마음으로 바른 삶을 살아야 한다. 내 말 알아듣겠니?"

말을 마친 아냐는 대니얼의 머리를 한번 쓰다듬었다. 그러자 대니얼은 머리를 거세게 흔들며 그녀의 손을 떨쳐 냈다. 흠칫한 아냐는 뒤로 물러서며 몸을 일으켰다. 무섭게 쏘아보는 눈초리에 목 뒤의 털이 뼈족 곤두서는 느낌이었다.

'무슨 어린애가 저런 살기를…….'

불길한 표정을 짓던 아냐는 마른침을 꿀꺽 삼켰다. 더 이상 말을 않는 게 좋을 듯싶었다. 그녀는 혀를 차며 돌아섰다. 그러고는 총총걸음으로 빠르게 복도를 빠져나갔다. 한편 다른 동료들과 함께 뒤에 서 있던 레이첼은 불쾌한 눈초리로 복도를 노려보며 분개했다.

"미친 거 아냐? 재수 없게 애한테 웬 헛소리를 지껄이는 거야? 전도하려고 별 쇼를 다 하네! 저 여자 자식들 중에 뭐 장애인인가 있다고 안 했어?"

"둘째 딸이랑 막내아들이 지적장애인이야."

누군가 딱하다는 듯 말하자 레이첼은 콧방귀를 뀌며 쏘아붙였다.

"그럼 그렇지. 그래서 저렇게 교회에 목숨을 거는구나? 기도하면 뭐 자기 애들이 멀쩡해질 줄 아나? 하여간 종교를 찾는 인간들은 하나같이 모두 나약해 빠졌다니까."

그녀는 대니얼의 머리를 쓰다듬으며 별일 아니라는 듯 달랬다.

"아들, 저런 쓸데없는 말은 듣지 마! 대니얼은 말이지, 위대한 예언가였단다. 그는 신의 대리인 같은 존재였어. 그에게는 신을 대신해서 인간을 심판할 수 있는 권한이 있었지. 아주 유명한 작명가가 지어 준 이름인데 어디서 부정 타게 지랄이야. 저 아줌마는 우리 대니얼이 똑똑하니까 괜히 질투 나서 저러는 거야. 알겠지? 그러니 다 잊어버리렴."

레이첼은 주문을 걸 듯 속삭였다. 그녀 스스로에게 되뇌는 말 같기도 했다. 대니얼은 말없이 복도 끝을 응시했다. 졸린 듯 감기는 그의 눈동자는 심연의 숲처럼 어둡게 가라앉고 있었다.

이후 아냐는 두 번 다시 그들 앞에 나타나지 않았다. 레이첼은 그녀의 충고에 반발하듯 교육열에 무섭게 타올랐다. 세상에 제 아이에게 욕심내지 않을 부모가 어디 있겠는가? 처음엔 모두 제 자식이 천재인 줄 아는 법이다. 레이첼도 예외는 아니었다. 애를 부추기지 말라는 조언 따윈 이미 새까맣게 잊은 듯 그녀는 입만 열면 앵무새처럼 우리 아들은 특별하다고 말하고 다녔다.

대니얼의 책장에 책이 쌓여 갈수록 그녀가 집을 비우는 시간 또한 길어져 갔다. 레이첼은 늘 피곤한 낯빛으로 돌아왔다. 온종일 엄마를 기다린 아이를 안아 줄 여력도 없었다. 낡은 구두를 벗기 무섭게 그녀는 아무 데나 드러누워 코를 골며 곯아떨어졌다.

그렇게 지쳐 가던 그녀에게 보상처럼 뿌듯한 일이 생긴 건 대니얼이 열 살쯤 되었던 무렵이었다. 대니얼이 전국 수학 경시대회에 나가 입상을 한 것이다. 일반적으로 중고생들이 나가는 대회에서 어린 그가 선전을 한 건 놀라운 일이었다.

레이첼은 크게 기뻐하며 동네 사람들과 지인을 초대해 파티를 열었다. 그녀의 작은 아파트가 북적거리던 날, 대니얼은 레이첼의 옆에 앉아 로봇을 조립하고 있었다. 몇몇 사람들은 작은 식탁 주위에 모여서 그녀의 이야기를 들었다.

"얘 아버지는 교수였어. 뉴저지에 있는 그 프린스 대인가? 하여간 그 유명한 대학의 교수랬지. 이슬람교를 믿는다기에 내가 물은 적이 있어. 그렇다면 어째서 당신 이름은 그 동화책에 나오는 솔로몬인 거야? 그랬더니 그가 막 비웃는 거야. 그러고선 날 무식한 년 취급을 하더라고. 망할 안경잽이 놈! 내가 정말 몰라서 물었을 것 같아? 노상 허름한 바지에 촌스런 안경을 쓰고 헥헥거리던 놈이 내 가슴만 보면 좋아 가지고 말이야. 몸에서는 곰팡이 썩은 내나 풍기는 주제에 감히 날 비웃어?"

주먹을 불끈 쥔 레이첼은 씨근덕대더니 맥주를 단숨에 들이켰다.

식탁에 떨어진 맥주 캔이 명쾌한 소리를 내며 바닥으로 굴렀다.

"하지만 똑똑하긴 했어. 그는 항상 내가 알아먹을 수 없는 이야기를 해 댔는데, 논문인지 학회인지 그런 것 때문에 바쁘다면서 늘 바지춤을 쥐어 올렸지. 대단하긴 하더라. 그러니까 대니얼, 너도 대학을 가야 해. 반드시 대학을 가야 한다고! 알아듣겠니?"

그러자 냉장고 옆에 기대서 듣고 있던 옆집 조나단이 혀를 끌끌 차며 말했다.

"그만둬, 레이첼. 지금 당장 먹고 살길도 막막한 상황에 무슨 소리를 하는 거야? 애 하나 대학 보내려면 돈이 얼마나 드는지 알아? 좀 크면 대니얼도 나가서 일을 해야지. 중·고등학교 중퇴나 안 하면 다행인 거야."

"닥쳐, 대니얼은 교수가 될 거야."

그렇게 말한 레이첼은 "그렇지, 아들?" 하고 물었다. 대니얼은 그런 그녀를 물끄러미 쳐다보더니 고개를 살며시 끄덕였다. 레이첼은 흐뭇한 표정으로 그의 머리를 쓰다듬었다. 고개를 숙인 대니얼의 입가에도 작은 미소가 걸렸다.

그날 그의 기억 속에 담긴 레이첼의 얼굴은 아름다웠다. 그녀는 시종일관 웃음을 터뜨렸다. 대니얼은 그녀의 자랑거리였다. 그녀는 하나뿐인 아들이 교수가 되어 자신을 호강시켜 줄 거라며 떠들고 다녔다. 동료 매춘부들은 술 냄새를 풍기며 대니얼을 꽉 끌어안았다. 잘했다며 엉덩이를 두들기는 그녀들에게 대니얼은 짜증을 내면서도 싫은 기색은 아니었다.

이때까지만 해도 그는 행복했다. 비록 엄마는 늘 바쁘고 옆집 조나단 아저씨는 멍청하고, 가끔 보는 아줌마들은 천박했지만, 딱히 나쁠 것 없는 삶이었다. 당시의 그에게 작지만 아늑한 일상이 존재했다는 사실이 더 중요했다.

훗날 대니얼 아브라함은 작은 의문을 품었다.

'만약 그냥 그렇게 시간이 흘러갔다면 모든 것이 달라졌을까?'

스스로 던진 질문에 아브라함은 냉정한 미소로 고개를 저었다. 작은 일상 따위에 고여 있기엔 그의 수심이 너무도 깊고 어두웠다. 본성이란 그리 쉽게 메워 버릴 수 있는 게 아니었다. 따뜻한 볕에 말라 가던 못을 적실 비만 내려 준다면, 언제든 그의 내심은 범람할 준비가 되어 있었다.

대니얼이 열네 살 되던 해였다.

삼십 대 중반이 된 레이첼은 빠르게 고객을 잃어 갔다. 이제 그녀가 주로 노리는 건 은퇴한 노인네들이었다. 그녀는 지독하게 지쳐 있었다. 대니얼이 들고 오는 수상 트로피도 더 이상 그녀에게 기쁨이 되어 주진 못했다. 아들은 이제 겨우 열넷이었고 대학에 가려면 앞으로 삼 년이나 남았다. 거기에 교수가 되려면 최소 십 년은 더 공부해야 한다는데, 그녀에게 있어선 눈앞이 캄캄해지는 이야기였다.

집에 돌아온 레이첼은 자주 멍하니 옛 사진을 들여다보거나 깜깜한 창밖을 내다보았다. 그녀는 이 동네가 지긋지긋하다며 중얼거렸다. 종종 시카고로 돌아가고 싶다고 했다. 뉴욕은 너무 시끄럽고 어지러운 곳이라면서 현기증을 느끼는 듯 눈을 질끈 감았다.

대니얼로선 이해할 수 없는 소리였다. 시카고는 조부모님께서 살해당한 곳이 아니었던가? 어떻게 그녀에게 있어 뉴욕이 시카고보다 끔찍한 장소가 될 수 있는지 그는 도무지 납득할 수가 없었다.

이듬해 레이첼은 돌연 한 남자와 동거를 하기 시작했다. 그의 이름은 조셉이었다. 조셉은 로어 이스트 사이드[18]에 있는 클럽에서 바텐더를 했는데 마약 유통의 창구 역할을 했다. 그는 레이첼보다 열 살이나 어렸고 매끈하게 생긴 얼굴 덕에 인기가 많았다. 때문에 조셉에게 흠뻑 빠져 있던 레이첼은 항상 불안에 휩싸였지만 내색하지 않으려 애썼다. 가끔 대마나 피던 그녀가 코카인에 빠지기 시작한 건 바로 이 무렵부터였다. 이후 레이첼은 자주 몽롱한 정신으로 주절주절 넋두리를 늘어놓기 시작했다.

"그 남자는 기자였어. 이름은 기억이 안 나. 빼빼 마른 몸에 곱슬머리를 하고선 멜빵바지를 입고 다녔어. 그는 첼시에 있는 어느 잡지사인가 신문사에서 일한다고 했어. 겨우 내 또래 정도인 녀석이었는데 나도 참 순진했지. 그 녀석의 얘기를 곧이곧대로 믿었으니 말이야. 아마 길거리에서 일간지를 나눠 주거나 새벽에 신문 배달이나 다니던 놈이었을 텐데. 돈은 없었지만 꽤 재밌는 남자였어. 나중에 내 이야기를 기사로 실어 준다고 했는데 그것도 보나마나 거짓말이었을 거야."

"제 아버지는 교수라고 하셨죠?"

"교수? 무슨 소리야. 네 아버지란 작자는 사업가였어. 아직도 기억나. 그 남자가 손목에 차고 있던 금시계와 값비싼 구두, 똑 떨어

---

18 로어 이스트 사이드Lower East side: 맨해튼의 동쪽 강을 중심으로 형성된 아랫동네인데 1980년대에는 이민자들과 노동자 계급이 주로 모여 살던 곳이었다. 그런데 2000년대에 실시된 고급주택화 정책으로 인해 노동자 계급은 사라지고 젊은 중산층과 부유층들이 들어오게 된다. 로어 이스트 사이드는 현재 이민자들이 형성해 놓은 다문화에 미국 역사 보존 정책으로 인한 고전적인 미가 합쳐져 굉장히 매력적인 지역 분위기를 갖추었다. 때문에 뉴욕의 젊은 힙스터들이 이곳을 찾아오게 되면서, 이스트 빌리지는 현재 맨해튼에서 가장 핫한 장소 중 하나로 손꼽히고 있다.

지던 정장 바지. 아마 내가 만난 남자 중 가장 부자였을걸? 하지만 그놈은 딱 한 번뿐이었어. 나랑 딱 한 번 떡을 치고는 다신 오지 않았거든. 흥, 좀스럽기는."

레이첼의 말은 매번 바뀌었다. 그녀는 어려서부터 만났던 수많은 남자들의 이력을 다 늘어놓으며 흐린 기억 속을 헤집었다.

"그 빌어먹을 놈의 자식은 마술을 한다고 했어. 브로드웨이에서 공연도 한다 했는데 지금 생각해 보면 그냥 사기꾼 새끼였던 것 같아. 마술사랍시고 웬 이상한 모자와 장갑을 걸치고 온 것부터 수상쩍었는데, 카드를 보여 주면서 재롱을 부리다가 낄낄거리곤 했거든. 미친놈! 나는 그에게 날 고용하라고 했어. 무대 위에서 벗고 쇼를 하는 거라면 자신 있었으니까. 그랬더니 그 남자가 웃으며 말했지. 레이첼, 이건 천박한 스트립쇼가 아니야. 마술쇼라고!"

어떤 남자를 얘기하든지 그녀는 늘 화가 나 있었다. 대니얼은 매일 밤 되풀이되는 그녀의 하소연을 들어 주면서 비로소 깨달았다. 그녀의 분노는 어느 특정한 대상을 향한 게 아니었다.

조셉은 술만 마시면 폭력을 휘둘렀다. 평소엔 멀쩡하다가 술을 마시면 미친개로 돌변했다. 처음에는 물건을 던지고 욕설을 퍼붓는 수준이었다.

어느 날이었다. 술에 취한 그가 던진 재떨이에 레이첼이 맞고 쓰러졌다. 레이첼은 옆구리를 움켜쥐며 고통에 찬 비명을 내질렀다. 조셉은 잠시 당황하는 듯하더니 험상궂은 얼굴로 그녀에게 닥치라고 소리쳤다.

그날부터 그의 손찌검이 시작됐다. 사정없이 날아오는 발길질과 주먹은 레이첼의 온몸을 퍼렇게 물들였고, 보다 못한 대니얼이 그를 말리자 화가 난 조셉은 두 모자를 함께 구타하기 시작했다.

그럼에도 레이첼은 그를 사랑한다고 했다. 그녀는 매일같이 입술이 터진 채로 열 살이나 어린 연인에게 매달렸다. 울부짖으며 가지 말라고 애원하다가 머리채를 잡힌 채 침실로 질질 끌려가기 부지기수였다.

식탁에 앉아 두 사람을 지켜보던 대니얼은 감흥 없는 얼굴로 다시 책에 코를 박았다. 언제부터인가 그는 모친을 위해 나서기를 포기했다. 갈비뼈가 부러져도 금방 발가벗은 채 조셉과 섹스를 하는 레이첼이었다. 말려 봤자 스스로만 허탈하고 바보가 될 뿐이었다. 때리는 조셉이나 맞는 레이첼이나 둘 다 미쳐 있는 건 매한가지였다. 레이첼은 그에게 안긴 채 헐떡이면서 잘못했다고 울부짖었다.

"사랑해, 조셉! 아아, 조셉! 내가 다 잘못했어!"

"흐읏, 레이첼!"

허억거리는 그의 숨소리가 절정에 치닫자, 그녀는 찰팍거리는 엉덩이를 더 세게 아래로 내리꽂았다. 레이첼은 알몸으로 말을 타듯 움직였다. 그녀는 그의 사타구니 위에 올라탄 채 스스로 가슴을 세게 움켜쥐었다. 이윽고 두 사람은 동시에 고개를 뒤로 젖히고 까무러치듯 신음을 내뱉었다.

레이첼은 황홀함에 풀어진 동공을 바르르 떨며 열린 문틈을 응시했다. 그 사이로 연필을 잡고 빤히 쳐다보는 대니얼의 눈초리가 보였다. 경멸 어린 표정과 혐오스럽다는 입매. 그녀는 굳은 얼굴로 아들의 시선을 외면했다. 보지 말라고 그렇게 수없이 말했는데도 저 아이는 왜 항상 똑바로 주시하고 있는 것일까?

"잘했어, 레이첼."

조셉이 레이첼의 엉덩이를 찰싹 때리며 만족스러운 듯 칭찬했다. 그녀는 바짝 엎드려서 그의 것을 입에 물고 핥기 시작했다.

"그래, 그렇게 하는 거야. 개처럼 엉덩이를 들어 봐. 그렇지, 그렇게! 하윽, 좋아…… 역시 넌 많이 해 봐서 잘한다니까…… 으윽, 또 나올 거 같아."

그의 입술 사이로 신음이 잘게 흘러나오자 레이첼은 비로소 안도한 듯 웃었다. 정액으로 막힌 목젖에선 토악질 같은 소리가 새어 나왔지만, 그녀는 더 열심히 입을 벌리고 고개를 상하로 왔다 갔다 움직였다. 잠시 후 몸을 부르르 떤 조셉이 그녀의 뒤통수를 잡았다. 그는 그의 사타구니를 향해 그녀의 머리를 퍽퍽 처박았다.

"뱉지 말고 삼켜, 레이첼."

더 이상은 한계였다.

대니얼은 조용히 일어서서 책을 덮었다.

이해할 수가 없다. 매번 때리는 건 저 녀석인데, 멍투성인 그녀가 왜 잘못했다고 비는 거지? 가해자는 실실 웃고 피해자는 머리를 숙인 채 참회를 한다. 대체 언제까지 이 광대놀음을 보고 있어야만 하는 걸까?

짜증이 솟구쳤다. 차분한 얼굴과 달리 주먹을 쥔 대니얼은 책과 노트를 옆구리에 끼었다.

"시끄러워서 공부를 할 수가 없네."

그는 인상을 쓰며 제 방을 향해 걸었다. 짐승처럼 할딱거리는 저들의 신음 소리가 듣기 싫었다. 섹스란 매춘부들이 돈을 벌어먹는 수단이고, 사랑을 가장한 속임수며, 폭력을 용서받을 구실이었다. 그 사실을 제일 잘 알고 있는 여자가 왜 그것에 속고 있는 것일까?

사람의 욕망 중 제일 천박한 것이 육체적 탐미를 꾀하는 건데 왜 그걸 모르는 거냐고!

"더러워."

대니얼은 귀에 이어폰을 꽂고 문을 닫았다. 그는 화풀이를 하듯 책과 노트를 던졌다. 책상 위에 좌르르 펼쳐진 하얀 노트 위에는 그가 휘갈겨 쓴 문장이 펜촉으로 난도질한 것처럼 쓰여 있었다.

"역겨워 죽겠단 말이야!"

대니얼은 분노에 찬 목소리로 소리쳤다. 저딴 짓거리에 환장하는 저질들과 한 공간에 있다는 사실을 견딜 수가 없었다. 그는 창백한 얼굴로 서 있다가 불현듯 하반신을 내려다보았다. 사타구니에 불룩 솟은 살덩이가 불끈거리며 터질 듯 커지고 있었다. 수치심에 얼굴이 화끈거렸다. 그는 입술을 깨문 채 책상 위에 놓인 두루마리 휴지를 집었다.

'더러워, 더러워!'

대니얼은 벌게진 얼굴로 가쁜 숨을 내뱉었다. 다급한 손놀림과 함께 눈이 질끈 감겼다. 그는 아찔한 쾌감을 애써 억눌렀다. 저딴 것들을 보고 흥분하는 본능이라면 필요 없었다. 불필요한 에로티시즘의 일상. 그의 리비도[19]는 꽃피기도 전에 겁탈을 당한 소녀처럼 끔찍한 비명을 지르며 잘려 나갔다.

"으으……."

흐느끼듯 엎드린 그의 잇새로 공허한 웃음소리가 흘러나왔다.

---

19 리비도Libido: 사람이 내재적으로 갖고 있는 성욕, 또는 성적 충동. 프로이트 정신 분석학의 기초 개념으로, 이드id에서 나오는 정신적 에너지, 특히 성적 에너지를 지칭한다. 융은 이를 생명의 에너지로 해석하였다.

Judge us, punish us, save us. 저희를 심판하소서, 벌하소서, 구원하소서.

You are wrong. 당신이 틀렸어.

There is no god. 신 따윈 어디에도 없어.

We will all die in the end! 어차피 우리는 모두 죽게 될 거야!

– 대니얼이 휘갈겨 쓴 노트

레이첼이 조셉과 동거를 한 지 일 년째 되던 날.

태풍으로 인해 폭우가 쏟아지고 있었다. 후덥지근한 여름의 끝을 알리는 천둥소리에 대니얼은 미소를 머금었다. 독서를 하기에 딱 좋은 날씨다. 그가 소파에 누운 채 읽고 있던 책은 올리버 색스[20]가 저술한『아내를 모자로 착각한 남자』였다. 사실 책 내용보다도 작가 자체에 관심이 있어서 선택한 것이지만 퍽 지루하진 않았다.

조셉은 벌써 일주일째 집에 들어오질 않고 있었다. "또 어떤 년하고 붙어먹는 거야?" 레이첼은 그렇게 중얼거리며 표독스러운 눈빛을 지었다. 대니얼은 그런 그녀를 무관심한 얼굴로 바라본 뒤 가물가물한 눈을 한번 느릿하게 깜빡였다. 축축해 보이는 천장에서 물방울이 똑 떨어졌다. 바닥에 놓은 양동이에 차오른 물이 붉은 스탠드 조명에 벌겋게 빛나고 있었다. 그는 책을 펼쳐서 얼굴을 덮었다.

20 올리버 색스Oliver Wolf Sacks: 미국의 저명한 신경 뇌 의학자로 콜럼비아 대학교 의학교수를 역임했다. '의학계의 시인'이라 불린 그는 평생을 독신으로 살았으며 안면인식장애와 약물 중독으로 고통받았다. 2015년 2월, 그는 희귀암으로 시한부 판정을 받는다. 두 달 뒤 출간한 자서전『온 더 무브』에서 그는 스스로가 동성애자임을 밝혔다. 올리버 색스는 2015년 8월 30일에 별세했다.

여름방학이 끝나고 학기가 시작됐다. 이날 갑작스럽게 한 불어 퀴즈에서 만점을 받은 대니얼은 기분 좋게 귀가하는 중이었다. 빨간 벽돌로 된 구식 아파트의 엘리베이터는 고장 난 채 방치되어 있었다. 낡은 계단에서는 늘 그렇듯 노숙자의 소변 냄새가 났다. 하지만 오늘은 기분이 좋으니까 봐줄 수 있다.

"아아악! 이 개자식! 나쁜 새끼!"

복도를 돌던 그의 귓가에 찢어지는 비명 소리가 울려 퍼졌다. 대니얼은 가방을 집어 던지며 현관문으로 뛰어들었다.

"엄마? 무슨 일이에요!"

어두침침한 집 안에선 퀴퀴한 냄새가 났다. 눅눅한 빨래에서 나는 걸레 냄새였다. 게다가 싱크대에 쌓인 설거지까지 합세해 코끝을 찡하게 괴롭혔다.

"흐흑……."

레이첼은 식탁 밑에 주저앉아 울음을 터뜨리고 있었다. 대니얼은 긴장한 얼굴로 주변부터 확인했다. 설마 그 난봉꾼 녀석이 돌아온 건가? 몸을 낮추고 거실로 들어오던 그는 바닥에서 뭔가를 발견했다. 레이첼의 휴대폰이 바닥에 떨어진 채 캄캄한 실내에서 하얗게 빛을 발하고 있었다. 그의 표정이 무겁게 내려앉았다. 휴대폰을 줍자 화면 위에 뜬 조셉의 페이스북이 보였다. 그는 제일 위에 업로드된 사진을 눌러 확인했다.

'개새끼.'

사리문 잇새로 욕설이 흘러나왔다. 조셉이 친구들과 어깨동무를 한 채 짓궂게 웃고 있었다. 깔끔한 연미복에 나비넥타이, 왁스를 발라 뒤로 넘긴 헤어스타일. 그의 품에 한 여자가 안겨 있는 게 보였다. 하얀 원피스를 입은 그녀는 가슴에 순결한 꽃다발을 한 아름 안았다. 누가 봐도 행복해 보이는 연인의 모습이었다. 사진의 댓글에는 두 사람의 결혼을 축하한다는 메시지들이 잔뜩 달려 있었다.

"이딴 걸 뭣 하러 보고 있어요!"

대니얼은 험상궂은 얼굴로 소리쳤다. 레이첼은 얼빠진 얼굴로 바닥을 멍하니 응시했다.

"이건 꿈이야. 조셉이 나한테 이럴 리가 없어……."

"제발 정신 좀 차리세요! 이 녀석은 원래 이런 놈이었어요. 엄마를 이용한 거라고요!"

"시끄러워! 넌 네 방에 가 있어."

"오히려 잘됐어요. 이제 이 빌어먹을 놈의 면상 따윈 볼일이 없겠죠."

"닥쳐! 닥치라고! 네가 뭘 안다고 그래?"

"뭘 아냐고요? 저 개새끼가 우리와 같이 산 목적이 엄마의 돈이었다는 걸 알죠. 저 녀석은 우리 집 부엌에서 몰래 크랙[21]을 제조했어요. 마약 유통을 위한 장소로 쓴 거라고요! 저 녀석이 집에 오는 날은 코카인을 새로 공급받은 날이거나 엄마의 헌신적인 섹스가 필요할 때뿐이었어요. 엄마가 보고 싶어서, 엄마를 사랑해서 온 게 아니었단 말이에요! 맨해튼에서 조셉이 다른 여자와 있는 걸 수없이 봤어요. 나 말고 옆집 조나단 아저씨도, 다른 아줌마들도 다 봤다고 했어요. 모두가 다 아는 사실을 왜 엄마 혼자만 귀머거리처럼

21 크랙Crack: 코카인에 베이킹파우더와 물을 섞은 뒤 건조시켜 만든다. 효과는 분말 코카인보다 빠르고 강하게 오지만 지속성이 약하다. 정제시킬 때 결정체가 부서지면서 작게 쪼개지는 소리가 나기 때문에 크랙이라고 불리게 되었다. 보통 특수 담배파이프에 담아서 피우는데 가격이 저렴하기 때문에 미국 흑인들이 애용한다.

듣지 않으려고 해요? 도대체 왜 이렇게 사냐고요! 저 새끼한테 맞고 사는데도 그렇게 좋아요?"

"그만해! 듣기 싫으니까 그만하란 말이야! 이게 다 너 때문이야! 대니얼 너만 없었다면……."

두 사람은 쉰 목소리로 서로에게 고래고래 소리를 질렀다. 푸석한 머리칼 사이로 레이첼의 충혈된 눈이 보였다. 하나밖에 없는 아들을 죽일 듯 노려보는 그녀의 눈에는 원망 어린 눈물이 차올랐다.

"내 불행은 모두 네가 가져온 거나 다름없어. 네가 태어나면서 내 인생은 완전 시궁창에 박혀 버렸단 말이야. 남자들은 애 딸린 미혼모를 여자로 봐 주지 않아. 어린 나이에 난 아줌마가 돼서 애 기저귀나 갈고 그렇게 살아야만 했어. 평생 이렇게 남편 없이 살 팔자가 된 거라고! 너 때문에, 네가 태어나서! 너만 없었다면…… 그랬더라면! 흐흑……."

그녀는 바닥에 엎드리며 오열을 터뜨렸다. 그런 그녀를 바라보던 대니얼의 눈이 울컥하며 일렁였다. 그는 양손에 꽉 쥐었던 주먹을 펴더니 성큼성큼 제 방으로 향했다. 얇은 문짝이 부서질 듯 쾅 하고 벽에 부딪혔다. 그는 큼지막한 스포츠 가방을 꺼내서 옷가지와 책들을 대충 쑤셔 넣었다. 빠르게 짐을 싼 그는 모자 하나를 들고 거침없이 현관을 나섰다.

"어딜 가는 거니?"

레이첼이 창백한 목소리로 물었다. 고개를 든 그녀의 눈이 원망과 불안에 휩싸인 채 아들의 뒷모습을 바라보고 있었다.

"불행뿐인 자식은 이만 닥치고 꺼져 주려고요."

그는 차가운 눈초리로 돌아보며 말을 이었다.

"이곳이 지긋지긋하다고 하셨죠? 그럼 그놈의 시카고로 돌아가든지 알아서 하세요. 저도 이놈의 집구석이 지긋지긋해 죽겠어요. 엄마의 술주정도 진절머리가 나고 곰팡이 낀 벽지와 바닥도 역겨워 미치겠다고요! 제발 남의 탓, 세상 탓은 그만하고 본인의 집 꼴이 어떤지 좀 돌아보는 게 어때요? 아니면 이 썩은 내 나는 집도 제가 가져온 불행 때문이라고 하든가요. 엄마 좋을 대로 하세요. 이제 저 같은 건 없는 셈 치고 자유롭게 사셨으면 좋겠네요."

사납게 쏘아붙인 그는 현관문을 열고 미련 없이 집을 나갔다. 레이첼은 아무 말도 하지 못한 채 멍한 얼굴로 앉아 있었다. 열린 문 사이로 햇살이 한순간 환하게 비췄다. 그러나 곧바로 '쾅!' 하고 닫힌 문소리와 함께 그녀의 아파트는 다시 어두운 적막 속에 휩싸였다. 충격으로 얼어붙은 그녀의 눈동자에 얼핏 비췄던 빛은 바스러지듯 툭 꺼져 버렸다.

News and Events of 2009 in the U.S.

1월: 미국 역사상 최초의 흑인 대통령이 당선되었다. 새 대통령인 버락 오바마는 감동적인 연설로 전 미국인들의 가슴을 울렸다.

3월: 미국 실업률이 8.1%에 도달했다. 이것은 1983년 이후 기록된 최고 수치로 심각한 수준이었다.

4월: 아이오와 주 대법원이 동성 결혼을 금지한 주법에 대해 위헌 결정을 내렸다.

이로써 아이오와는 코네티컷과 매사추세츠 주에 이어 동성 결혼을 합법으로 인정한 미국 내 세 번째 주가 되었다.

10월: 미 서부 지역에 이어 아이오와 등 중동부 13개 주가 의료용 마리화나 합법화 법안 마련에 착수했다. 작년 캘리포니아 주에서 뜨거운 논쟁이 된 마리화나 합법 논쟁이 다시 가열될 조짐을 보이는 순간이었다.

11월: 오바마 대통령은 아프가니스탄에 미군 3만 부대를 추가로 배치할 예정이라고 밝혔다. 이는 탈레반 폭동을 사전에 대비하기 위함이며 내년 아프가니스탄 내 미군 수는 약 10만 부대에 이르게 될 것이다.

12월: 알카에다 소속인 나이지리아인이 디트로이트에서 폭탄 테러를 시도했다. 다행히 불발해 인명 사고는 없던 것으로 알려졌다.

새 대통령, 실업률, 대법원, 전쟁, 테러, 법안 논쟁…….

뉴스 헤드라인을 장식하는 사건들은 그에게 있어 아득히 먼 세계의 이야기들이었다. 같은 하늘 아래에서 벌어지고 있는 일이라는 게 믿기지 않을 정도로 현실감이 없었다. 그럼에도 대니얼은 매일 뉴욕 타임즈를 챙겨 읽었다. 그는 집요한 눈초리로 기사 한 줄 한 줄을 따라가다가 밑줄을 친 뒤 가만히 곱씹었다. 때로는 기사를 찢어서 따로 스크랩을 해 두기도 했다.

2009년 취임한 최초의 흑인 대통령, 버락 오바마.

이 남자의 부모는 알고 있었을까? 그가 인류 역사에 한 획을 그을 인물이 되리란 것을? 오바마 대통령의 아버지는 케냐 출신으로 그가 두 살 때 부인과 이혼하고 케냐로 돌아갔다. 생물학적 요인 외에는 그의 인생에 별다른 영향을 끼치지 못한 인물이다. 바로 얼굴 모를 자신의 부친처럼.

신문 헤드라인을 장식한 대니얼 아브라함.

그는 오바마 대신 자신의 얼굴을 집어넣어 보았다. 스포트라이트, 고급 정장을 입고 웃는 그의 모습, 환호와 갈채, 앞다퉈 질문하는 기자들. 꿈처럼 막연한 상상을 해 보던 대니얼은 눈살을 찌푸리며 신문을 손에 구겨 쥐었다. 그는 무표정한 얼굴로 '쳇' 하며 신문 뭉치를 쓰레기 더미 사이로 휙 던졌다.

"어이, 대니얼!"

좁은 뒷골목에서 굵은 목소리가 들려왔다. 레스토랑과 술집에서 내놓은 쓰레기 봉지들 사이에 서 있던 대니얼은 눈을 치켜뜨며 돌아보았다. 덩치 큰 흑인이 서 있는 게 보였다. 옆집에 사는 조나단 아저씨였다. 그는 펑퍼짐한 아디다스 바지에 손을 넣은 채 빙그레 웃고 있었다. 조나단은 여타 흑인들처럼 머리를 빡빡 밀고 다녔는데 뒤통수에는 해괴망측한 문신이 새겨져 있었다.

그에 대한 소문은 무성했다. 예전에 어느 유명 조직의 높은 간부였다고도 하고, 형무소에서 형을 살다가 나왔다는 이야기도 있었지만 원체 푸근한 인상 때문에 잘 상상이 가질 않았다.

"얼굴 오랜만에 보는구나. 어떻게 지냈어? 밥은 잘 먹고 다니는 거야?"

재작년부터 빠르게 성장한 대니얼은 조나단의 신장을 따라잡은 지 오래였다. 어렸을 땐 금발이었던 머리색은 짙은 갈색이 되었고,

열은 청록색이었던 눈동자도 어두운 푸른색으로 침전했다. 럭비 선수처럼 커다란 골격 중에서도 남들의 배는 벌어진 어깨가 돋보였다. 엘리트 소년이 어째 위험한 불량배가 된 느낌이었다.

민둥한 머리를 긁적이던 조나단은 뒷문 앞에 걸터앉은 대니얼 옆에 나란히 앉았다. 그는 담배 한 대를 꺼내 입에 물더니 '치직' 불을 붙이며 한숨을 내쉬었다.

"너도 소식 들은 거냐? 조셉 녀석 실종됐대. 쳇, 멍청한 놈 같으니……."

알고 보니 조셉은 그동안 코카인을 정제할 때 물을 더 섞어서 이득을 삥튀기해 왔던 모양이다. 그걸 알아챈 조직이 몇 달 전 그를 끌고 갔다는데 그 뒤로 소식이 없었다.

"그래요?"

대니얼은 무미건조한 표정으로 대답했다.

"아마 살아 돌아오긴 힘들겠지. 안 그래도 요즘 마약 시장 죽어서 난리인데 그딴 짓을 한 게 소문이라도 돌았다가는 완전 망하는 거거든. 아마 본보기로 처형당하지 않았을까 싶다."

조나단은 씁쓸하게 말하며 담배 연기를 길게 내뿜었다. 대니얼은 반쯤 뜬 눈으로 턱을 괸 채 가만히 듣더니 허공을 응시했다.

"흐음, 죽었구나……."

"그런데 인마, 너는 대체 여기서 뭘 하고 있는 거야? 너도 조셉을 찾으러 왔어?"

"저요?"

되묻는 대니얼의 입가에 미소가 맺혔다. 그는 어깨를 으쓱거렸다. 왠지 기분이 좋아 보이는 얼굴이었다.

"설마요. 그 녀석이 없어져서 얼마나 좋은데요."

"집에는 언제 들어갈 셈이야? 레이첼 안색이 요즘 통 좋지 않아. 매일 술 퍼마시며 울다가 겨우 잠든다고. 이제 그만 집에 들어가 봐."

"아저씨가 우리 엄마 술 마시다 잠드는 건 어떻게 알아요?"

대니얼이 눈초리 끝을 날카롭게 모으며 물었다. 그러자 조나단은 당황한 듯 말을 더듬었다.

"그, 그게…… 저번에 배가 아프다고 전화가 왔는데 걱정이 되어 가지고…… 아! 그런데 너 학교는 잘 나가는 거냐? 무단결석하고 그러는 건 아니지?"

허를 찔린 조나단은 재빨리 화제를 전환했다. 이번에는 빙글거리며 웃던 대니얼의 얼굴이 굳었다. 조나단은 말이 없어진 그를 쳐다보았다. 녀석이 공부를 잘한다는 건 알고 있었다. 유명 과학 경시대회들에서도 수상을 한 수재라고.

"글쎄요. 학교도 뭐 재미없고."

대니얼은 바지를 털털 털며 일어섰다. 먼 곳을 바라보는 그의 눈동자가 공허해 보였다.

"어렸을 땐 열심히 공부를 해서 대학 교수란 게 되면 정말 아버지를 만날 수 있을 거라 생각했어요. 그럼 엄마도 기뻐할 것 같았고 뭔가 다 잘될 거 같았거든요. 순진하고 어리석은 생각이었죠. 엄마는 정신이 나가서 이제 제 아버지가 누구였는지 기억조차 못하는데 말이에요."

조나단은 욱한 얼굴로 소리쳤다.

"그래도 대학은 가야지! 네 엄마를 생각해서라도."

"애초에 프린스턴 대학에 솔로몬이란 이름을 가진 교수 따윈 없었어요. 엄마가 대학 교수라 믿었던 그 남자는 길거리의 부랑자였거나 집에서 아내나 패는 알코올중독자였을 가능성이 높아요. 논문이니 회의니 나불거렸던 그 남자는 똑똑한 척했던 사기꾼에 불과했겠죠. 얼마나 엄마를 바보 취급했으면 그런 거짓말을 했을까요……."

그는 냉소적인 어조로 말끝을 흐렸다. 잠시 허전해 보이는 얼굴로 서 있던 대니얼은 까만 페인트칠을 한 문의 손잡이를 잡았다. 조나단은 건물 뒤쪽에 위치한 문을 쳐다보면서 미간을 찌푸렸다.

"그런데 너 여기서 뭘 하고 있었던 거냐? 여긴 조셉이 일했던 술집 아니야?"

"바텐더가 클럽에서 뭘 하겠어요?"

"바텐더?"

대니얼은 눈초리를 찢어 웃었다. 그는 어리둥절한 얼굴로 서 있는 조나단을 뒤에 남긴 채 문 안쪽으로 사라졌다. 동시에 문 안쪽에서 키 작은 동양 남자가 하품을 하며 걸어 나왔다. 그는 나오자마자 담배를 꺼내 물었다. 하얀 셔츠를 입은 남자의 가슴에는 매니저라는 직함이 쓰인 명찰이 달린 게 보였다. 조나단은 허둥지둥 그의 어깨를 덥석 잡으며 물었다.

"저 녀석 여기서 일한 지 얼마나 됐습니까?"

"에? 누구요?"

"방금 들어간 녀석 말입니다."

남자는 라이터에 불을 붙이며 뒤를 힐끔 돌아보았다. 밤을 샌 건지 그의 몸에서는 담배 찌든 냄새와 땀 냄새가 풍겨 왔다.

"아, 대니요? 좀 됐죠. 에반스 후임으로 들어왔거든요."

"에반스?"

"조셉이요. 조셉 에반스. 걔가 담당했던 건 이제 죄다 대니가 맡아서 하고 있어요."

이십 대 중반으로 보이는 남자는 졸린 눈을 비비며 또 하품을 했다. 해가 중천에 뜬 오후 두 시. 그는 한눈에 봐도 지금 막 일어난 게 틀림없었다. 여기서 숙식을 해결하는 건가? 그럼 대니도 이곳에서 생활하려나? 조나단은 적갈색 벽돌 건물을 아래위로 훑으며 생각에 잠겼다.

그때 곁눈질로 그를 살피던 매니저가 팔꿈치로 그의 가슴을 툭 쳤다.

"물건 사러 온 거요?"

"물건?"

매니저는 히죽 웃었다. 선수끼리 왜 그러냐는 듯한 기색이었다.

"대니를 찾아온 거 보니 딱 그거 같은데? 요즘 대니 찾는 사람들이 많아요. 저 자식 물건이 꽤 괜찮거든요. 여간 여우 같은 놈이 아니에요. 조셉은 끽해야 크랙이나 찔끔찔끔 파는 수준이었는데, 대니는 벌써 월척 언니들을 한 주먹 넘게 낚았어요. 딱히 섹스를 하고 다니는 것도 아닌데 대체 뭔 매력이 있는 건지…… 하여간 희한한 놈이에요. 남자고 여자고 저 녀석하고만 엮이면 호구처럼 지갑을 덥석 연다니까요?"

키득거리며 말한 매니저는 안에서 누가 부르는지 두루미처럼 고개를 빼꼼 내밀었다. "잠시만요." 그렇게 말한 그는 재빠르게 클럽 안에 들어갔다 나오더니 다시 조나단을 찾았다. 그는 조나단의 자루 같은 배에 뭔가를 쑥 찔러 주며 속삭였다.

"이거, 대니가 전해 주라던데요? 레이치[22]에게 필요할 거라고요."

그는 담뱃재를 바닥에 한번 툭 털더니 다시 건물 안으로 들어가 버렸다. 조나단은 매니저가 쥐여 준 검은 봉지를 열어 보았다. 그 안에는 하얀 가루가 든 비닐 봉투가 잔뜩 들어 있었다. 그는 놀라서 멍한 표정을 지었다. 불길한 예감이 뇌리를 스쳤다.

조셉은 레이첼의 집에서 코카인을 정제했다. 아마 대니얼은 그가 부엌에서 크랙을 만드는 걸 여러 번 봤을 것이다. 머리가 좋은 녀석이니 조셉이 나중에 편법을 썼다는 것도 눈치챘을지 모른다. 대니얼이 가출하자마자 조셉이 실종된 것은 과연 우연이었을까?

조나단은 봉지 안에서 작게 접힌 종이 하나를 발견했다. 대니얼이 넣은 건가? 꺼내서 펼쳐 보니 올 초의 신문 기사였다.

"최초의 흑인 대통령, 버락 오바마의 감동적인 연설……."

중얼거리며 헤드라인을 읽던 조나단은 종이 위에 검은 펜으로 휘갈겨 쓴 글씨를 발견했다. 좁혔던 눈초리를 휘둥그레 뜨던 그는 피식 웃음을 터뜨렸다.

「나는 최초의 대니얼 아브라함이 될 거예요.」

귀여운 녀석!

크게 웃던 그는 머쓱한 표정으로 뒷목을 긁적였다. 괜한 오해를 한 것 같아 미안한 마음이 들었다. 대체 그는 뭔 상상을 했던 것일까? 이제 고작 열여섯인 소년인데. 아직 이렇게나 순수한 꿈을 꿀 나이인데. 불안했던 가슴이 눈 녹듯 녹아내리는 걸 느꼈다. 그는 두툼한 손으로 쪽지를 다시 잘 접어서 주머니에 넣었다. 가져

---

22 레이치Rach: 레이첼의 애칭.

가서 레이첼에게 보여 줘야지. 좋아서 웃을 그녀의 모습이 눈앞에 선했다.

굿노래를 부르며 걸어가는 조나단의 뒷모습이 점차 멀어져 갔다. 그의 그림자를 물끄러미 지켜보던 대니얼은 한심하다는 눈초리로 혀를 찼다. 하여간 예나 지금이나 단순하기 짝이 없는 아저씨다.

— 아마 살아 돌아오긴 힘들겠지.

— 흐음, 죽었구나…….

그 순간, 고요하던 마음에 파문이 일었다. 그것은 참 이상한 감각이었다. 몸속에서 솟구치는 희열이 정수리로 뿜혀서 기화하는 느낌. 경시대회에서 입상을 했을 때나 시험에서 만점을 받았을 때와는 비교할 수 없는 수준의 쾌감이 느껴졌다.

— 대니얼은 말이지, 위대한 예언가였단다. 그는 신의 대리인 같은 존재였어. 그에게는 신을 대신해서 인간을 심판할 수 있는 권한이 있었지.

불현듯 스친 레이첼의 목소리에 그의 입술 끝이 바스스 떨렸다. 환희에 찬 미소에 입 근육이 자아내는 경련이었다. 대니얼은 입을 가린 채 킬킬거렸다. 결국 폭소를 터뜨린 그는 실성한 사람처럼 배꼽을 잡고 웃어 댔다.

이제야 깨달았다. 그는 오늘 '최초의 심판'을 행한 것이다. 그리고 이로 인해 그의 영혼 속에 잠들어 있던 '무언가'가 깨어났다. 그게 뭔지는 그 자신조차 아직 몰랐다. 다만 참혹하게 살해당했던 그의 리비도가 부활하기 시작했다는 것만은 알 수 있었다.

마침내, 그의 호수가 범람하기 시작했다.

下. 신新과 신神

인류의 뉴 에너지 개발은 21세기 초부터 성과를 내기 시작했다. 이를 대중화시키는 데에는 아직 기술적인 장벽이 존재했지만 해결하는 건 시간문제였다.

2016년, 언론의 관심은 무인 자동차와 전기 자동차였지만 그것은 겨우 지나가는 징검다리에 불과했다. 이제 곧 지상 위를 달릴 운송수단들은 사라지게 될 것이다. 에어쉽의 등장은 예정되어 있던 역사였다. 대대적인 도로 건설법의 재정비와 교통법규 시스템의 변화가 준비 중이었고, 인류의 삶은 땅에서 하늘로 도약할 채비를 하고 있었다. 각국 정상들과 정·재계의 요인들은 뉴 에너지를 보급화시킬 적절한 시기에 관해 머리를 맞대고 논의를 하기 시작했다.

새로운 시대의 도래는 젊은이들에게 있어 기회의 시점이다. 급격한 사회 변화로 인해 견고했던 계층적 피라미드가 일순 휘청거리고, 때를 엿보던 이들은 이틈을 놓치지 않고 무너진 상층부를 파고

들기 마련이었다.

대니얼 아브라함 역시 그런 자들 중 하나였다.

대니얼은 2011년 콜롬비아 대학에 입학해 우수한 성적으로 학위를 마쳤다. 이때 그는 여러 부유한 집안의 자제들과 돈독한 관계를 형성했는데 그 인맥은 이후에도 그에게 있어 평생의 도움이 된다.

그중에서도 에밀리 로즈는 그의 인생을 바꿔 놓은 여자였다.

대니얼은 단 육 년 만에 뉴욕 업 타운의 코카인 수요 90퍼센트 이상을 독점했다. 그는 상류층들의 취향을 잘 알았다. 그의 학벌과 유려한 말솜씨, 그리고 조금 비딱해 보이는 반사회적 경향은 여성들에게 충분히 매력적이었고 결벽증 수준으로 성관계를 꺼리는 점 또한 남녀 구분 없는 호감을 자아냈다.

나날이 달러를 쌓아 가던 그는 슬슬 돈을 굴리고 싶어 했다. 대니얼은 검소했다. 다른 마약상들과 달리 그는 고가의 스포츠카나 비싼 콘도에는 일절 관심이 없었다. 결벽증 때문에 여자에게 돈을 쓸 일도 없었다. 그는 마약 시장에서 손을 털고 다른 사업으로 이동할 궁리를 했다. 때마침 그에게 새로운 제안이 들어왔다.

"스카이 워크? 하이 라인[23] 같은 걸 만들겠다는 거야?"

"그런 시민 공원 말고."

담배 연기를 머금고 웃음을 터뜨리는 에밀리의 모습은 퇴폐적이었다. 공허한 눈동자, 건조한 웃음, 앙상한 쇄골에 아슬아슬하게 걸린 검은 레이스 슬립. 툭 튀어나온 날개 뼈 사이로 떨어지는 붉

---

23 하이 라인High Line: 뉴욕 시에 있는 길이 1마일1.6㎞의 공중 공원이다.
1993년 개장한 파리의 프롬나드 플랑테에서 영감을 얻어, 웨스트 사이드 노선으로 맨해튼의 로어 웨스트 사이드에서 운행되었던 고가 화물 노선에 꽃과 나무를 심고 벤치를 설치해서 공원으로 재이용했다.

은 머리칼.

마천루가 보이는 그녀의 집 거실은 맨해튼에서도 최고급 콘도에 속했다. 에밀리는 에스코트 매춘부들을 관리하던 마담이었지만 일명 재벌가의 딸이었다. 또한 그의 오래된 고객 중에 하나기도 했다.

"다시 건설 붐이 일게 될 거야. 참고로 자동차 산업은 계속 곤두박질 칠 테니 디트로이트 근처는 생각도 안 하는 게 좋아."

"그런데 갑자기 웬 사업이야?"

"그냥. 심심해서."

에밀리는 똑똑했다. 문화나 예술 산업을 지원한다면서 걸핏하면 부모가 준 돈을 꼬라박는 애들과 달리 그녀는 신중하게 돈을 만졌다.

"건설이라."

"같이하지 않을래, 대니?"

그는 건조하게 웃었다.

"내가 돈을 좀 벌었다지만 그래도 당신들 사이에서 투자할 수준은 못 되지."

"어머, 누가 너보고 돈을 투자하래? 자기가 돈 별로 없는 건 나도 알아. 그냥 자기는 사람들을 데려와 주면 돼. 왜 있잖아, 돈은 많은데 어디다가 써야 할지 모르는 애들. 그런 도련님들 잘 꼬드겨서 지갑 열게 하면 되는 거야."

"왜 이렇게까지 무리를 해서 일을 추진하려는 거야, 엠[24]?"

"요즘 내가 만나는 남자가 있는데."

---

24 엠: 에밀리의 애칭.

그녀는 비밀스럽게 웃으며 붉은 입술 사이로 담배 연기를 스윽 뿜어냈다. 뭔가에 취한 듯 몽롱하게 번진 눈동자는 기분 좋아 보였다.

"이 남자가 투자한 곳이 완전 대박인 거야. 뉴 에너지를 이용한 항공 자가용기. 잘만 하면 우린 새로운 패러다임을 만들게 될 거야."

맨해튼 상공에 스카이 워크로 이어진 환락가를 만든다는 건가? 듣기에는 근사하고 구미가 당겼다. 상류층은 새로운 놀이터에 혹할 거고, 하류층은 더 높아진 피라미드를 향해 손을 뻗겠지.

골몰히 생각에 잠긴 대니얼을 보며 에밀리는 살며시 다가와 그의 입술에 입을 맞췄다. 그녀는 그의 셔츠 깃을 명함처럼 구겨 쥐며 할짝할짝 속삭였다.

"침대로 가자, 대니."

그녀가 하얀 젖가슴을 드러내며 유혹했다. 그 가슴골 사이로 땀인지 술인지 알 수 없는 물방울들이 맺혀 있었다. 일반적인 남성이라면 땀도 술도 아닌 곧 제 하반신에서 튈 정액을 상상했을 것이다. 그녀가 노린 게 바로 그것이기도 했고.

에밀리는 김빠진 표정으로 한숨을 쉬더니 입술을 떼었다.

"아직도 여자가 싫니?"

빙그레 웃은 대니얼은 몸을 일으켜서 화장실로 향했다. 높은 아일랜드 식 테이블에 앉아 가슴 한쪽을 드러내고 있던 에밀리는 새로 담배를 꺼내며 그의 뒷모습을 쳐다보았다.

"애초에 여자를 좋아해 본 적이 있기나 해?"

욕실 세면대에서 물 트는 소리가 들려오자 그녀는 물고 있던 담배를 퉤 뱉으며 질렸다는 표정을 지었다.

"그렇다고 바로 입술을 닦기는……. 내가 무슨 병균도 아니고, 어휴 저 강박증."

수건으로 얼굴을 닦으며 나오던 대니얼은 피식 웃더니 말했다.

"사랑해, 에밀리."

"사랑한다면 진작 페니스를 줬겠지. 내가 그걸 부러뜨릴 것도 아닌데 왜 그렇게 겁을 먹는 거야?"

"나는 널 여자가 아닌 나와 동등한 인간으로서 아끼고 있어."

그녀는 얼빠진 얼굴로 대니얼을 쳐다보았다. 뿌듯한 표정으로 말하는 대니얼의 눈빛엔 '어때? 영광이지?'라는 천진한 생각이 빤히 들여다보였다. 그녀는 기가 막힌 듯 혀를 차며 말했다.

"내가 자기 그 사상 좀 버리랬지? 자기가 아무리 똑똑하다 한들 세상 모든 사람들을 아래로 보는 건 잘못된 시각이라니까? 인간은 진열된 상품들처럼 점수를 매길 수 있는 게 아니라고 했잖아."

"위선은 그만둬, 엠. 너도 나와 똑같잖아. 매춘부들을 외모와 몸매, 교양 수준에 따라 등급을 매기던 게 누구였더라? 정육점에 나열된 등심인 양 스페셜, 더블에이, 비플러스 이렇게 딱지를 붙이던 걸 분명히 봤는데 말이야."

에밀리는 흠칫하며 입을 다물었다. 인상을 찌푸린 그녀의 얼굴은 정곡을 찔렸다는 표정이었다.

"넌 사이코 새끼야."

"넌 그런 사이코를 사랑하고 있지."

"그래, 그러니까 명심해. 만약 나 아닌 다른 여자하고 먼저 섹스라도 하면 그때는 아무리 대니여도 죽여 버릴 테니까."

"남자는 된단 소리로 들리네."

그녀는 재떨이 담배를 꾸깃꾸깃 비비며 시니컬하게 웃었다.

"설마. 그 새끼 좆을 잘라 버릴 거야."

"살아 있는 한 내 첫 섹스는 네가 될 거야. 약속할게."

대니얼은 약속과 계약에 충실한 남자였다. 그를 사슬처럼 옭아매는 강박증은 구속력이 있는 것에 집착하는 경향이 있었으니까. 에밀리는 그제야 만족스럽다는 듯 웃었다.

그날 밤, 두 사람은 뉴욕 미트패킹 디스트릭 고층 건물들 사이에 고리 모양의 원형 유리 터널을 놓아 각 빌딩을 연결하는 '스카이 워크' 건설안을 계획했다.

대니얼은 특유의 수완과 인맥으로 투자자들을 끌어모으기 시작했다. 사교계의 꽃인 에밀리는 대외적인 얼굴마담을 맡았고, 그녀의 약혼자인 케빈은 언론의 관심을 끌어모으며 비장의 카드를 준비했다. 그들이 최초 공개할 비장의 무기는 바로 보급형 모델 에어쉽 1호기. 전 세계가 그들을 주목할 날도 얼마 남지 않은 듯했다.

• • •

"한 오 년 만이지?"

에밀리가 창밖으로 담배 연기를 내뿜으며 물었다.

"그런가?"

운전을 하던 대니얼은 시니컬하게 대답하며 담배 연기를 피해 창문을 열었다. 조수석에 앉은 에밀리의 파란 눈은 창백하게 초점을 잃은 채 시카고의 거리를 응시했다. 일요일 오전의 시카고는 한산했다. 이곳 사람들은 휴일에도 부지런히 일어나 예배를 드리는 모양이었다.

"'그런가'라니? 차갑기도 해라. 그래도 어머니인데."

"난 교회가 싫어."

에밀리는 인상을 쓰는 대니얼을 보며 비뚜름한 미소를 머금었다.

대니얼은 세상 모든 여자들을 경멸했다. 한창 혈기왕성할 이십 대의 청년이 여성혐오증에다가 노 섹스 라이프라니 이 얼마나 희귀한 남자인가? 그녀는 처음에 그가 게이일 거라 생각했다. 하지만 대학 생활 내내 놀랍게도 그녀는 그가 그 어떤 연인을 만드는 것도 볼 수 없었다.

에밀리는 호기심에 그의 주변을 맴돌기 시작했다. 그리고 그녀는 그의 여성혐오의 뿌리가 모친에게서 비롯되었음을 알아냈다. 그녀의 궁금증은 결국 그녀를 대니얼을 따라 시카고까지 오게 만들었다. 이번이 두 번째 방문이었다.

오전 예배가 막 끝났는지 교회 건물에서 사람들이 우르르 걸어 나오고 있었다. 에밀리는 차에서 기다리겠다며 담배를 한 대 더 물고 눈을 감았다.

"어머님께 안부 전해 줘. 어차피 기억도 못하시겠지만."

대니얼은 홀로 흰색 자동차 문을 닫고 내렸다. 사람들의 시선이 힐끔힐끔 그에게로 향했다. 그는 티셔츠와 청바지 차림에 낡은 운동화를 신고 있었지만 전혀 초라하지 않았다. 그가 타고 온 차는 순수 전기 자동차인 테슬라 모터스 S시리즈 중 하나였다. 환경운동가 흉내를 내고 싶은 명문가 젊은이들 사이에서 인기가 많은 모델이다. 그거 하나로 그의 걸음걸이는 당당해 보였다. 그의 의도와는 상관없이 적어도 타인의 눈에는 그렇게 비쳤다.

텅 빈 예배당에는 스테인드글라스를 통과한 햇빛이 허공에 떠다니는 먼지를 성스럽게 비추고 있었다. 불편한 표정으로 서 있던 대니얼은 줄지어 기다랗게 놓인 의자들 맨 뒷줄에 털썩 앉았다. 그러다가 옆에 앉아 있는 소년을 발견하고선 그를 쳐다보았다. 열 살쯤 되어 보이는 남자아이는 양손을 모으고 간절히 기도를 올리고 있었다.

빤히 바라보는 시선이 느껴지자 소년이 왼쪽 눈을 슬며시 흘기며 물었다.

"뭘 봐요?"

미성의 얇은 목소리는 불쾌한 어조를 내비쳤다. 대니얼은 턱을 괴고 무표정한 얼굴로 입을 열었다.

"뭘 기도하고 있니?"

"그건 왜 물어요?"

"그냥 궁금해서."

소년이 의심스러운 눈초리를 지었다.

"아저씨 기자예요?"

"말하기 싫으면 안 해도 돼."

"우리 엄마를 낫게 해 달라고 빌었어요."

대니얼은 즉시 관심을 거두고 고개를 돌렸다. 괜히 물었군, 듣기 싫은 신파 스토리다. 하지만 소년은 계속 말을 걸었다.

"우리 엄마 나을 수 있겠죠?"

"교회에서 기도한다고 어머니가 낫진 않아. 이러면 네 마음은 가벼워질지 모르겠지만 차라리 병원에 가서 의사를 만나 보는 게 나을 거야."

"우리 아버지는 병원을 많이 가지고 있어요. 거기엔 의사 선생님들도 아주 많아요. 하지만 아무도 못 고친다고 했대요. 다들 포기하랬어요. 그런데 목사님만은 달랐어요. 하나님께선 절대 우리를 버리지 않으신다고 했거든요. 하나님은……."

소년은 울먹이며 고개를 숙였다. 대니얼은 알 만하다는 표정으로 눈초리를 얇게 저몄다. 역시, 괜히 옆자리에 앉았다.

"저 목사님도 언젠가는 수명이 다해서 죽게 될 거야. 하지만 그가 믿는 주님께서 그걸 막아 주진 못할걸? 신이란 우리가 소망하는 것들로 이루어진 환영에 불과해. 네가 정말 원하는 게 있다면 그건 네 손에 달린 거지, 결코 하나님께서 쥐여 주는 게 아니란 소리다. 하지만 대부분의 무능력한 인간들은 죽는 날까지 이걸 깨닫지 못하지. 그들은 자신이 원하는 걸 신이란 존재에 투영해서 기도를 하거든. 전지전능한 신께서 내 바람을 이루어 주실 것이라고 읊조리면서 말이야. 인생이란 쉽게 살려고 하면 아무것도 얻지 못하는 법이야, 알겠니?"

대니얼은 턱을 괸 채 냉소적인 어투로 말했다. 소년은 충격을 받은 듯 양손을 모은 채 그를 쳐다보았다.

"그런 말을 하면 벌 받는댔어요."

대니얼은 커다란 웃음을 터뜨렸다.

"내가 예언을 하나 해 줄까, 꼬마야? 네가 죽음에 다다랐을 때 너는 신이 아닌 어느 한 사람의 이름을 부르짖게 될 거야."

"제가요? 왜요?"

"왜냐하면 그 순간 너를 구할 수 있는 건 신의 권능이 아니라 어느 한 사람의 손일 테니까."

그때 예배당 문이 열리더니 교회 목사와 함께 한 여자가 나타났다.

"램지?"

체크무늬 바지에 하얀색 셔츠를 입은 소년은 여자의 부름에 의자에서 내려와 그녀에게로 달려갔다.

"실내에서 뛰어다니면 안 된다고 했지?"

"잘못했어요, 어머니."

아무 생각 없이 뒤를 돌아보던 대니얼의 눈이 커졌다.

핼쑥하지만 평범한 인상의 여자는 목까지 올라오는 검은색 원피스를 입고 있었다. 우아한 디자인의 원피스, 고가 재질의 가방, 흠집 하나 없는 구두 굽. 잘 보니 그녀의 아들 역시 머리부터 발끝까지 귀티가 흘렀다.

클레어 왓슨.

시카고 출신의 재벌가인 왓슨 그룹의 안주인이다. 몇 번인가 신문에서 본 적이 있었다. 그렇다면 저 꼬마 녀석은…….

"우리 램지가 실례를 한 모양이군요."

"아, 아닙니다."

램지 왓슨인가? 왓슨가의 장자로 후계자가 되기 위해 엘리트 수업을 받고 있다는.

"그쪽은 성함이?"

"대니얼 아브라함입니다."

램지는 제 어머니 옆에 달라붙은 채 그를 경계하듯 쳐다보고 있었다. 아무래도 방금 전의 대화가 소년에게 막연한 두려움을 심어준 모양이었다.

"레이첼이라면 예배당 뒤편에 있을 겁니다."

목사가 빙그레 웃으며 말하자 대니얼은 고개를 끄덕였다. 그는 램지를 지나치며 그의 머리를 톡톡 쓰다듬었다. 목사는 대니얼의 뒷모습을 바라보는 클레어에게 조용히 설명했다.

"레이첼의 아들이에요."

클레어는 놀란 듯 눈을 커다랗게 떴다.

"어머, 교수님!"

레이첼은 뚜벅뚜벅 걸어오는 대니얼을 보고선 반색을 하며 인사했다. 담담한 얼굴로 서 있던 그의 눈동자가 아주 잠시 스치듯 일렁였다. 그런 두 사람을 바라보던 클레어가 걱정스러운 얼굴로 목사에게 물었다.

"레이첼이 대니얼 씨를 왜 저렇게 부르죠?"

"글쎄요. 저도 모르죠. 두 사람은 몇 년이나 서로 만나지 않았거든요. 사실 레이첼은 대니얼의 존재조차 이미 까마득하게 잊은 지 오래예요."

긴장했던 대니얼은 금세 표정을 부드럽게 풀었다. 그는 가벼운 미소를 짓더니 자연스러운 태도로 그녀에게 대답했다.

"오랜만이에요, 레이첼."

"또 논문인지 회의인지 하는 곳에 다녀오셨어요?"

"세미나예요, 레이첼. 세미나. 내가 몇 번을 말해요?"

"세미나요? 무식한 제가 뭘 알아야죠……."

클레어는 산책을 하며 사라지는 두 사람의 뒷모습을 쳐다보며 말했다.

"레이첼은 교회에 올 때마다 우리 램지를 아들이라고 부르곤 했어요. 처음엔 그녀에게 우리 램지만 한 아들이 있었는데 사고로 잃거나 한 줄 알았거든요. 치매라고 하셨죠? 아직 젊은데 참 안됐어요. 레이첼도, 그리고 대니얼 씨도 말이에요……."

두 사람을 보던 램지는 얼굴을 찌푸리며 예배당 안으로 뛰어갔다. 그는 의자에 앉아 눈을 꾹 감고 손을 모았다.

"램지? 왜 그러니?"

뒤따라온 클레어가 걱정스러운 어조로 물었다. 램지는 침울한 어조로 속상한 마음을 털어놓았다.

"저 아저씨는 레이첼 아줌마가 아픈데도 기도를 하지 않았어요. 레이첼 아줌마의 아들인데도 기도 같은 건 하지 말래요. 그런 건 소용없다고요. 그러니까 내가 대신 기도해 주려고요. 레이첼 아줌마는 좋은 분이니까요."

"우리 램지는 참 상냥하구나. 그래, 램지가 대신 기도해 주렴. 대니얼 씨를 위해서도 해 주려무나."

차 문이 닫히는 소리가 들리자 눈을 감고 있던 에밀리는 몸을 일으켰다. 그녀는 운전대를 잡고 멍하니 허공을 응시하는 대니얼을 가만히 쳐다보았다.

"대니? 왜 그래?"

"아무것도 아니야."

"무슨 일 있었어?"

그녀는 대니얼의 시선을 좇다가 움찔 굳었다. 창밖으로 왓슨 부인의 손을 잡고 걸어 나오는 램지의 모습이 보였다.

“저 아이가 죽을 때…… 절실히 매달리는 사람이 나였으면 좋겠다는 생각을 했어.”

“뭐?”

에밀리는 입술에 물려던 담배를 툭 떨어뜨렸다.

“세상은 불공평해. 저 녀석은 태어날 때부터 모든 걸 가졌어. 게다가 어머니까지 곧 죽을 거라니 얼마나 행운아야? 그녀가 저대로 죽는다면 램지는 외독자로서 왓슨 일가의 모든 걸 손에 쥐게 될 거야. 부친은 이미 노쇠했으니 더 이상 자식을 볼 일도 없겠지.”

에밀리는 손 떨림을 감추며 담배에 불을 붙였다. 치직, 치직. 연이어 불을 켜려는 라이터 소리에서 당혹스러움이 묻어났다. 그녀는 초조한 마음을 다스리며 입술 사이로 담배 연기를 ‘후우’ 뿜어냈다. 씁쓸한 향이 두 사람 사이를 배회했다.

“저 꼬마는 그렇게 생각하지 않을걸. 저 아이에게 네가 상속받을 재산과 엄마 중에서 하나만 고르라고 한다면, 저 애는 분명 제 엄마를 선택할 거야.”

그녀의 말에 대니얼은 이해할 수 없다는 표정을 지었다. 에밀리는 공허하게 웃었다. 그래, 넌 평생 이해할 수 없겠지. 이곳에 모친을 버려 둔 너는 아마 절대로 이해할 수 없을 거야.

에밀리는 달리는 차의 창밖을 보며 눈을 감았다. 그녀는 방금 자신이 목격한 것을 지우려 애쓰면서 미간에 힘을 주었다. ‘저 아이가 죽을 때…….’라는 말로 시작하던 대니얼의 목소리가 귓전을 맴돌았다. 그녀는 갑자기 구토를 하며 몸을 숙였다.

끼이익.

급정거를 한 대니얼은 핸들을 놓고 에밀리를 쳐다보며 걱정스럽게 물었다.

“괜찮아? 잠시만 기다려, 멀미약 사 올게.”

에밀리는 창백한 얼굴로 고개를 들었다. 그녀는 배를 움켜쥐며 빈 운전석을 물끄러미 바라보았다. 죽기 직전의 소년이 애걸복걸하는 모습을 상상하던 대니얼은 흡사 성관계 중 사정을 한 남자처럼 지독히도 황홀한 표정을 짓고 있었다.

2023년 3월 22일.

그토록 기다리던 스카이 워크의 준공식 날이었다. 대니얼은 갑작스럽게 레이첼의 사망 소식을 전해 받았다. 이 때문에 그는 안타깝게도 준공식 파티에 참석할 수 없었고, 언론의 소프트라이트를 받게 된 건 에밀리와 케빈뿐이었다. 특히 케빈은 보급형 에어쉽의 초기 모델인 제피로스를 선보이며 사람들의 환호성을 끌어냈다. 투자자들 역시 만족스러워하며 그에게 박수를 보냈다. 그는 일약 재계의 스타가 되었다. 각종 토크쇼와 인터뷰는 오직 케빈에게만 밀려들었다. 대중은 스카이 워크를 케빈 워커의 작품으로만 기억했다.

그리고 일주일 뒤였다.

충격적인 소식이 각종 뉴스 채널의 속보로 보도되어 나왔다. 케빈 워커가 돌연 약물 과다 복용으로 사망한 것이다. 에밀리 로즈는 언론 앞에 눈물바람으로 나타나 약혼자인 그가 평소에도 약물을 즐겨 복용했음을 밝혔다. 케빈 워커의 죽음으로 인해 각 방송사는 스카이 워크를 다큐멘터리 형식으로 자세히 다루었고, 그 결과 스카이 워크를 건설하는 데 실질적인 공을 세운 이가 대니얼 아브라함이라는 게 밝혀졌다. 마침내 그가 세상의 조명을 받게 된 순간이었다.

그로부터 칠 년의 시간이 흘렀다.

에밀리 로즈와 대니얼 아브라함은 건설회사 스타시티를 설립했다. 뛰어난 안목과 대담한 투자로 상승세를 보이던 스타시티가 마지막으로 손을 뻗은 건 우주도시 개발 분야였다. 두 사람은 각종 사교 행사에 늘 함께 나타났다. 대니얼에 대한 에밀리의 깊은 애정은 익히 알려진 것이었고, 두 사람이 곧 결혼을 할 것이라는 소문이 돌기 시작한 것도 이상한 일은 아니었다.

정신없이 달려온 젊은 날의 열정이었다.

두 사람이 서로를 끌어안고 축배를 올리던 밤은 유독 달이 하늘에 낮게 떠 있었다. 커다란 보름달이 저렇게 뚝 떨어질 듯 하늘에 걸린 날이면 에밀리는 술에 잔뜩 취한 채 마약을 했다.

— 살아 있는 한 내 첫 섹스는 네가 될 거라고 약속할게.

"지금에야 밝히지만 그때 내가 말한 '살아 있는 한 내 첫 섹스'라는 건 '내가' 살아 있는 한이란 뜻이 아니고, '네가' 살아 있는 한이란 뜻이었어."

대니얼은 알몸으로 누워 있는 에밀리를 보며 중얼거렸다. 그는 손등 위로 툭 떨어지는 눈물 한 방울을 내려다보며 스스로 의아한 표정을 지었다. 슬픈 건가? 그런지도 모르겠다. 에밀리는 꽤 좋은

—쓸모 있는— 여자였으니까.

"진심으로 노력했어. 노력했는데……."

그는 허벅지 사이로 축 늘어진 음낭을 보며 괴로운 듯 입매를 일그러뜨렸다. 이윽고 대니얼은 목이 부러진 채 숨진 그녀의 몸을 침실 밖으로 질질 끌고 가기 시작했다. 그녀의 양팔을 잡고 자루처럼 옮기던 그는 짜증이 돋았는지 시신을 내팽개치며 소파에 털썩 앉았다.

"생식 활동은 이딴 짓을 하지 않아도 할 수 있어. 이런 미개한 짓 따윈 하지 않아도."

그는 양손에 얼굴을 묻더니 잇새를 보드득보드득 문지르며 이 가는 소리를 내었다.

— 대니, 설마 여태까지 날 거부한 게 이런 이유 때문이었어?

— 그런 게 아니야.

— 아니긴 뭘 아니야! 그런 줄도 모르고 난 그동안 자기가 쭉 다른 여자를 만난다고만 생각했단 말이야.

조용히 고개를 든 그는 열 손가락 사이로 보이는 그녀의 시신을 빤히 쳐다보았다. 비참함과 분노에 찬 눈초리는 충혈된 채 붉게 젖어 있었다.

— 아니면 자기 혹시 진짜 게이 아니야?

— 뭐?

— 게이인 거지? 그렇지? 불능 아니지? 내가 여자라서 흥분이 안 되는

거잖아.

— 내가 고자인 것보단 차라리 게이인 게 낫다는 거야?

— 하, 됐어……. 그냥 해 본 소리야. 일단 병원부터 가 보자.

이 남자를 잃을 바에는 차라리 바람피운 걸 눈감아주는 게 낫다. 이 남자에게 버림받을 바에는 구타와 성폭행을 당하는 게 낫다. 이 남자와 섹스를 하지 못할 바에는 차라리 사랑을 하지 못하는 게 낫다. 이 남자가 불능일 바엔 차라리 불감인 게 낫다.

그게 '그녀들'이 내린 최후의 결론이었다.

> **2030년 4월 뉴욕 타임즈 1면 기사**
> **에밀리 로즈, 실종된 지 석 달째.**
> **자택 내에서 다량의 마약과 수면제 발견!**
> **전 약혼자 케빈 워커의 죽음 이후 극심한 조울증을 앓아 온 것으로 밝혀져…….**

서기 2045년, 미국이 달 식민지화를 선언한 이후 세계 각국의 정부는 앞다투어 우주산업에 뛰어들었다. 이미 인류는 탈국가화가 진행 중이었다. 제들끼리 울타리를 치고 땅 나누기를 해 봤자 아무런 의미가 없다는 걸 깨달은 것이다. 인종과 종교가 하나의 기호이자 수식어에 불과해졌듯, 국가란 개인에게 있어 이미 이름표에 불과한 존재였다.

전쟁이 종식되고 등장한 연맹국의 탄생은 그 수많은 이름표들과 무너진 울타리들을 정리한 간소화 절차에 불과했다. 적어도 세계 도처 피라미드의 정점에 선 이들은 그걸 알고 있었다. 더 이상 본인의 발밑을 내려다볼게 아니라, 머리 위를 바라볼 시점이 도래했다는 것을.

2059년 1월, 연맹국은 달 신도시 개발안을 발표했다. 이 역사적인 도시 건축의 설계는 전적으로 우주 건설회사 스타시티가 일임하게 되었다. 대다수의 전문가들과 기업들은 리스크가 큰 이 사업에 부정적인 견해를 밝혔다. 그들은 스타시티가 너무 위험한 도박을 하는 거라며 고개를 내저었다. 덕분에 스타시티의 주가는 점점 하락세를 찍었다.

하지만 그로부터 십 년 뒤, 모두의 예상을 뒤엎고 달 신도시 제1차 건설안은 대성공을 이뤘다. 성공의 밑거름이 된 것은 아브라함 회장이 강조한 이동의 편이성이었다.

그는 스타시티 뉴욕 지사 근처에 달 정거장을 세우고 정기적으로 스카이쉽을 운행했다. 그리고 잠재적인 투자자들에게는 무조건적인 무료 투어를 제공했다. 아브라함 회장은 일찍이 간파하고 있었다. 일단 한 번 달에 올라가 본 이들은 상상을 초월하는 우주의 경치에 마음을 빼앗길 수밖에 없으리라는 것을.

투자자들은 순식간에 몰려들었고, 도시개발 제1구역은 순풍에 돛을 단 듯 진행됐다. 제일 먼저 그가 달에 세운 것은 각종 호텔 리조트와 카지노로 이루어진 휴양 도시였다. 세계 각지의 부호들은 미리부터 큰 기대감을 안고 줄서서 예약했다.

바야흐로 아브라함 전설이 시작되는 듯해 보인 순간이었다.

그러나 얼마 지나지 않아 아브라함 회장은 돌연 언론과 대중 앞에서 자취를 감추고 만다. 들리는 소문에 의하면 치명적인 불치병에 걸렸다고 했다. 희귀암의 일종으로 종국에는 온몸의 근육이 썩어 가는 질환이라는데 현대 의학 기술로는 치료가 어려운 모양이었다.

"세계 최고의 부호인데 냉동캡슐에 들어가겠지. 요즘 병 걸린 부자들 사이에선 그게 트렌드잖아."

누군가 추측성으로 내뱉은 말은 얼마 지나지 않아 사실인 양 보도가 되었다. 누구도 그것의 진위 여부는 상관하지 않았다. 세기의 부호가 냉동인간이 되어서 영원히 살아갈 예정이라니! 영화 같은 이야기는 괴담이 아닌 낭만이 되어 대중을 흥분시킬 뿐이었다.

2073년 12월 31일
스타시티 달 연구소

2073년의 마지막 날, 하와이의 스타시티 본사 연구진은 달 연구소로부터 충격적인 영상을 받았다. 이 믿기 힘든 자료는 막 오랜 잠에서 깨어나 회복 중이던 아브라함 회장에게까지 금세 전달되었다. 그는 불과 일주일 전 시베리아 연구소에서 세기적인 뇌 수술을 받은 상태였다. 수술은 다행히도 성공적으로 마쳤고 몇 날 며칠 극심한 고통에 시달렸던 아브라함 회장은 이제야 좀 안정을 찾은 참이었다.

"대체 무슨 일이기에 이 난리들인가?"

올해 나이 여든.

대니얼 아브라함은 그의 이름을 따서 지은 '아브라함 홀' 안에서 휴식을 취하고 있었다. 스피커를 통해 나온 그의 목소리가 높다란 천장에 날카롭게 울려 퍼졌다.

"아주 중요한 사항이래요, 아버지. 무슨 외계인이라나? 달 연구소 근처에서 뭔가를 발견했대요."

구석에 웅크리고 있던 어린아이가 벌떡 일어나며 말했다. 그는 줄곧 아브라함이 깨기를 기다렸던 듯 기쁨에 찬 표정이었다. 그러나 그를 발견한 아브라함 회장의 심기는 급격히 언짢아졌다.

"누가 저 녀석을 여기에 들여보냈어? 06번, 넌 당장 나가 있어!"

스피커를 통해 나온 고함 소리에 소년은 움찔거리며 얼른 돌아서 나갔다. 그러자 문밖에 서 있던 다른 소년이 그를 다독이며 말했다.

"그러게 내가 뭐랬어. 들어가지 말랬잖아. 06번, 넌 깨어난 지 얼마 안 돼서 아버지가 얼마나 무서운 분인지 모른다니까."

"04번, 아버지께서는 원래 저렇게 화를 잘 내셔?"

06번보다 대여섯 살 정도 많아 보이는 소년은 쌍둥이처럼 그를 닮아 있었다. 04번은 슬픈 미소를 짓더니 동생처럼 여린 06번의 손을 잡고 말했다.

"응. 무서우신 분이야. 하지만 우리는 그의 피와 살을 물려받은 아들들이니 그를 잘 따르고 모셔야 해. 언젠가 아버지께서는 우리들 중 하나를 후계자로 선택하실 테니까."

"거기 두 사람, 멋대로 돌아다니는 건 삼가라고 했을 텐데."

서늘한 경고에 두 아이들은 흠칫 놀라서 어깨를 굳혔다. 열 살쯤 되어 보이는 소년이 안경을 쓴 채 딱딱한 표정으로 그들을 노려보며 서 있었다.

"요, 요한 님! 죄송합니다."

아이들이 복도 끝으로 사라지자 요한은 표정을 풀더니 조심스럽게 주위를 두리번거렸다. 그는 아무도 없는 걸 확인하자 살짝 열린 문틈으로 숨을 죽인 채 얼굴을 가져대었다. 그러자 화려한 샹들리에 조명이 비추는 아브라함 홀의 모습이 엿보였다.

– 달 연구소로부터 받은 기밀 영상 ALM01을 재생합니다.

드넓은 우주를 부유하던 '무언가'가 스타시티 달 위성에 툭 부딪친 것은 억만 분의 일보다도 낮은, 기적과도 같은 확률이었다. 처음에 달 연구진들은 그것을 사람의 시체라 여겼다. 조각조각 난 몸뚱이의 파편이 원한에 사무쳐서 떠돌다가 이곳까지 온 것이라며 딱하게 거두었던 모양이었다.

– 보이십니까, 회장님? 바이탈 사인이 살아 있습니다. 심장이 뛰고 있다는 증거입니다.

남자의 머리통의 반은 날아간 채였고, 왼쪽 어깨와 심장 부근 그리고 좌측 골반만 남아 있는 몸이었다. 보통 갑작스러운 폭발에 의해 산산조각 난 시신의 몸이 이런 모양새였다. 이게 어떻게 살아 있을 수가 있지? 아브라함 회장은 놀란 채 말을 잇지 못했다.

– 이게 다가 아닙니다. 더 놀라운 게 있습니다.

"뭔가?"

– 이것을 좀 보십시오.

그들은 머리통이 박살 나고 팔다리가 찢어진 몸뚱이를 보글거리는 시험관 속에 이틀간 보관했다. 그리고 이내 믿기 힘든 변화를 관측했다.

— 보이십니까? 미세하지만 여기 두개골이 자라고 사이에 살점이 차올랐습니다.

연구진들도 당황을 금치 못했다. 과학적으로 설명할 수 없는 현상에 대해 그들 역시 두려움에 찬 반응을 보이고 있었다.

— 신경세포가 사령탑의 지시 없이 자율적으로 세포 활동을 지속하고 있습니다. 또한 폐 절반 이상이 손상된 상태인데도 산소 운반 및 혈액 순환도 활발하게 이루어지고 있는 걸로 보입니다. 이건 대체 어떻게 설명을 드려야 할지 저희로서도…….

그날 이후, 아브라함 회장은 깨어 있을 땐 무조건 달 연구소에 접속했다. 그의 관심은 온통 우주 저편에서 날아온 생명체에게 쏠려 있었다. 언론에서는 스타시티의 아브라함 회장이 외계인을 발견했다며 우스갯소리 같은 기사를 쓰기도 했지만 루머로 치부할 뿐, 누구도 진지하게 받아들이지 않았다.

— 알파[25]의 혈액을 투입한 후 열두 시간 경과.

실험용 쥐들이 털을 고슴도치처럼 뾰족하게 곤두세웠다. 그들은 "키이익!" 울부짖으며 고통스러운 듯 몸부림을 쳐 댔다. 그들이 시험관 속에서 발버둥을 치며 유리관을 긁자, 파직 하며 유리관에 금이 가기 시작했다.

— 신경 전달 체계가 활성화되었습니다. 골격과 근육이 빠르게 변이하는 게 육안으로 확인됩니다.

침착하게 전달하던 연구원의 목소리에 떨림이 섞여 나왔다.

— 시험관이 깨지고 있습니다. 실험쥐들의 몸집은 두 배가량 커진 상태입

---

25 알파Alpha: 2073년 12월 31일, 스타시티 달 연구소가 발견한 외계 생명체의 명칭.

니다. 골격근의 변화인지 체내의 문제가 원인인지는 확인해 봐야 알 것 같습니다. 세 마리 모두 굉장히 흥분한 상태로 공격적인 성향을 보입니다.

그것들은 더 이상 쥐라고 볼 수가 없었다. 실험쥐들은 해괴한 울음소리를 내며 끽끽거리더니—아마 극심한 고통을 느끼는 듯했다— 순식간에 몸의 털들이 숭숭 다 빠졌다. 체내의 확장된 혈관이 팽창되기 시작했고 피부는 거북이 등딱지처럼 딱딱하게 굳어갔다.

"저게 대체 뭐처럼 보이는가, 소장?"

달 연구소의 총책임자인 소장은 긴장한 얼굴로 잠시 침묵했다.

– 저도 잘 모르겠습니다. 저런 건 처음 봅니다. 다만 알파의 혈액에서 미확인 바이러스가 발견되었는데 그게 원인이지 않을까 합니다.

"바이러스?"

그날의 실험은 아브라함 회장에게 있어 공포보다 호기심을 자극했다. 그는 알파에 대한 연구에 매진하기 시작했다. 얼마 지나지 않아 그들은 알파의 바이러스가 체액과 혈액으로만 감염된다는 걸 알아냈다. 공기 중에 노출되면 바이러스는 멸살되고 곤충을 통한 감염은 불가능하다.

상반신의 절반만 남은 알파는 오직 두뇌부 회복에만 집중하고 있었다. 그의 뇌가 완벽하게 재생 완료된 시점은 그로부터 약 오 년이 지난 후였다.

2079년, 마침내 긴 세월 알파의 몸을 감싸고 있던 스테이시스 캡슐[26]의 유리관이 열렸다. 드라이아이스 같은 하얀 연기가 피어오르고, 캡슐 안을 채우고 있던 푸른 액체는 관을 통해 빠져나갔다.

---

26 스테이시스 캡슐Stasis capsule: 생명체를 유지 및 보호하기 위한 배양관으로 인큐베이터와 흡사한 기능을 한다.

기다려 왔던 주인공이 그 모습을 드러내는 순간이었다. 그의 몸은 촉촉이 젖어 있었는데 캡슐로부터 연결된 줄들이 그의 머리와 심장 부위에 부착된 채였다.

약 오 년이란 시간이 지나서야 알파는 두개골과 뇌 그리고 안면 조직을 회복했다. 덧붙여 왼쪽 팔과 복부도 재생이 진행되고 있었는데 이는 두뇌부보다 훨씬 경과가 빨랐다. 아마 뇌조직의 재생이 제일 어려운 과정이었던 듯했다.

알파는 몸을 미세하게 꿈틀거리며 서서히 눈꺼풀을 열었다. 구릿빛 피부와 검은 머리칼에 걸맞게 그의 눈동자는 아몬드 형의 검은 눈동자였다.

– 기분이 좀 어떻습니까?

아브라함 회장은 연구소의 회장 전용 안드로이드를 통해 말을 걸었다. 그는 실로 형언할 수 없는 감정을 느끼고 있었다. 이 경이로움을 어떻게 설명해야 할까? 갈까마귀에게 심장을 쪼여 먹히던 프로메테우스를 처음 영접한 인류의 기분이 이러했을까? 그는 지금 역사적인 현장 속에 서 있었다.

알파는 사뭇 혼란스러워 보였다. 그는 회복된 목 근육을 움직여 주위를 슥 둘러보더니 아브라함의 말을 전달하는 안드로이드를 빤히 쳐다보았다.

"넌…… 누구지?"

연구실 전체에 울려 퍼진 목소리는 쇳소리처럼 거칠었다. 그의 눈동자는 검은 모래가 침전된 홍해처럼 석양빛을 불태우며 어둡게 일렁였다. 그 뜨거운 감정은 분노인가, 아니면 고통인가?

– 나는 당신의 생명의 은인입니다.

"은인?"

그는 고개를 비딱하게 기울이더니 호기심 어린 표정을 지었다. 그러고는 물끄러미 던진 시선 밑으로 입매를 느슨하게 끌어올렸다.

"이 쇳덩어리 안에 있는 건가?"

– 나는 이곳에 없습니다. 나는 지구에 있습니다.

"지구?"

중얼거리며 되묻는 그의 표정이 안개처럼 모호하게 얼버무려졌다.

– 이번에는 당신이 대답할 차례입니다. 당신은 무엇입니까? 어떻게 그런 몰골로 살아 있을 수 있는 겁니까?

알파는 잠시 생각에 잠긴 채 말이 없었다. 그는 다물린 입술에 힘을 주었다. 뭔가 기억을 더듬다가 불쾌한 감정이 든 듯한 표정이었다. 전체적으로 선이 강하고 용맹한 분위기의 알파는 꼭 고대 신화에 등장하는 전사를 떠올리게끔 했다.

"생명의 은인, 네 이름이 뭐냐?"

– 대니얼, 대니얼 아브라함입니다.

"그래, 대니얼. 너희들은 아직도 신이란 걸 믿고 있나?"

아브라함은 잠시 침묵했다. 안드로이드는 아무런 표정도 나타내지 않았지만 알파는 그의 당혹을 눈치챈 듯 야만스럽게 웃었다.

"그 옛날 너희들의 선조는 우리를 경외하며 권능을 숭배했지. 우리는 다시금 이 땅을 지배하고자 왔다."

알파는 방금 '우리'라고 했다. 그 말은 동료나 동족이 더 있는 건가? 그와 같은 신체를 가진 이들이?

– 그렇다면 당신들은 신입니까?

“노아가 말하기를 아주 오래전에 너희들 스스로가 우리를 그렇게 부르며 두려워했다는군.”

아브라함은 생각했다. 그의 말은 어느 정도 일리가 있었다. 수천 년 전 미개한 고대 문명의 인류가 이들을 보았다면 반응은 둘 중 하나였을 것이다. 신으로 모시며 경외하거나 재앙으로 여기며 도망치거나. 그 시절에는 자연재해를 신의 분노로 해석했으니 두려움과 숭배의 대상이란 면에서 둘은 별 차이가 없었을 테지.

– 나도…… 신이 될 수 있나?

알파의 입매가 굳었다. 그는 아브라함이 접속한 안드로이드를 물끄러미 보더니 피식 웃었다. 무슨 말도 안 되는 소리를 하냐는 표정이었다.

– 나는 불멸을 원합니다. 나도 당신과 같은 몸이 될 수 있습니까?

“글쎄.”

알파는 모호한 눈빛으로 웃었다.

“그건 나도 모르지.”

알파와 대화를 나눈 후 아브라함 회장은 본격적으로 인체 실험에 착수했다. 스타시티가 달 연구소로 납치해 온 이들은 대부분 거리의 노숙자들이나 범죄자들이었다. 연구원들은 그들의 몸에 알파의 피를 주입했다. 행여나 실험체들이 불사의 몸이 된다 해도 상관없었다. 몇 년간 알파를 관찰한 결과, 아무리 불사의 몸일지라도 온몸을 세포 단위로 조각내서 분쇄해 버리면 재생하는 데에 꽤 긴 세월이 걸린다는 걸 알아냈기 때문이다.

알파의 몸에는 특이한 성질이 있었다. 예를 들어 그의 몸은 팔다리가 잘려도 잘린 부위가 본체와 가까이 있으면 자석처럼 서로를 끌어당겨서 절단면을 접합시킨다. 잘려 나가 혈액과 산소가 운반되지 않는 살점은 썩기 마련인데, 알파의 몸은 그렇지 않았다.

잘린 신체 기관은 본체와 분리되어 있어도 일정 기간은 아무 문제없이 제 역할을 행한다. 그들은 본체와 다시 결합하기 위해 스스로 신경 다발과 세포 조직을 복구했다.

전신이 조각났을 경우에는 재생의 구심점이 되는 부분이 있는 듯한데 이 경우엔 심장 부위 혹은 뇌가 아닐까란 생각이 들었다. 그래서 지난 오 년간 알파는 기를 쓰고 머리부터 복구를 한 게 아니었을까?

아브라함은 종종 알파와 대화를 나눴다. 그의 상반신은 완벽하게 재생된 상태였고, 이제 하반신에 집중하고 있었다. 그의 말로는 우주 어딘가를 떠돌고 있을 살점과 장기들을 찾지 못해서 재생이 더욱 느린 것이라고 했다.

"베타는 모두 사망했습니다. 안타깝게도 단 하나의 예외도 없었습니다."

연구진은 총 오백 명의 남성베타과 오백 명의 여성감마에게 알파의 혈액을 주사했는데 그 결과는 참혹했다.

오백 명의 베타는 모두 고통 속에 몸부림을 치며 죽어 갔다. 창백해진 안색, 전신을 태우는 듯한 고열과 부풀어 오르다가 터져 버린 혈관들. 그들은 괴로움에 사지를 꺾으며 죽었고 그 결과 시체의 얼굴들은 하나같이 잔뜩 일그러진 상태였다.

"최고 수준의 의료진과 연구원들이 일 년간 매달려 봤지만 그 어떤 치료도 효과가 없었습니다. 현재 의학 수준으로는 치사율 백 퍼센트입니다."

아브라함은 충격에 휩싸여 아무 말도 하지 못했다.

"하지만 감마들의 경우는 결과가 조금 다릅니다."

소장은 긴장한 듯 침을 삼키며 말했다. 고요히 듣고 있던 아브라함 회장의 표정도 진중하게 변했다.

"오백 명의 피실험자 여성들 중에 세 명이 살아남았습니다."

"셋? 그럼 생존율이 0.6퍼센트란 말인가?"

"하지만 이 세 명이 바이러스에 정확히 면역이 있다고 보기는 어렵습니다. 오히려 바이러스에 의해 돌연변이…… 그러니까 살기 위해 변이가 일어났다고 보는 게 맞는 것 같습니다."

"변이?"

소장이 손을 들자 허공에 영상이 떠올랐다. 변이가 일어난 한 감마의 모습이었다. 그녀는 다섯 평 남짓한 강화유리로 이루어진 방 안에서 고통스러워하며 엎어져 누워 있었다. 머리카락은 땀에 젖은 듯 그녀의 뒤통수에 달라붙어 있었고 피부색은 묘하게 어두웠다.

이윽고 하얀 소독복을 입은 그녀의 척추가 기이하게 구부러지더니 우둑우둑 뼈가 꺾이는 소리가 들려왔다. 그는 나머지 두 명의 영상도 함께 틀었다. 괴성을 지르며 벌린 턱 사이로 보이는 엄니. 광대뼈가 길게 자란 얼굴은 파충류처럼 주둥이가 발달하고 부드러운 피부는 사라진 채 딱딱한 가죽을 휘둘렀다. 낮게 낮춘 몸은 짧아진 팔과 발달한 뒷다리로 바닥을 기어 다니듯 움직였다. 흉기처럼 발달한 손톱은 유리 벽을 깨부술 듯 긁어 댔다.

"실험쥐들과 닮았군."

"저희는 그녀들을 '델타'라 부르고 있습니다. 델타는 사람을 보면 공격합니다. 인육을 탐하지는 않지만 살생 본능이 있는 것 같습니다. 시신경과 인지능력의 퇴화가 돋보이고 청각과 후각이 발달했습니다. 언어 능력을 완전히 상실하여 인간의 말은 알아듣지 못하지만 저들끼리는 교감을 하는 것 같습니다. 웬만한 칼이나 둔기로는 델타에게 피해를 입힐 수 없습니다. 그만큼 피부 조직이 단단합니다. '델타01'로 실험을 한 영상을 보시죠. 먼저 왼쪽 팔을 절단한 모습입니다. 24시간 후, 72시간 후, 일주일 후 그리고 보름 후의 변화를 관찰한 것입니다. 보다시피 재생의 조짐은 없습니다. 하지만 바이러스나 세균에 대한 저항력 및 면역력은 인간보다 월등히 높습니다. 화상과 동상 실험을 한 결과……."

"요점만 말하게."

아브라함이 따분하다는 어조로 딱 잘라 말했다. 소장은 그가 무슨 답을 원하는지 알고 있었다. 그는 마지막 실험 영상 장면으로 건너뛰었다.

"델타01의 목을 자른 모습입니다."

팔 하나와 다리 한쪽을 잘린 채 자궁까지 들어낸 그녀는 처참한 모습이었다. 약 반년간 온갖 바이러스 및 세균에 감염당하고 여러 가지 생체 고문을 당해 온 델타01은 최종적으로 목이 잘려서 죽었다.

"불멸은 아니었군."

아브라함 회장은 실망스럽다는 어조로 말했다. 저건 신인류가 아닌 그저 한 마리의 짐승에 불과했다. 설사 델타가 불멸이라 해도 저런 미개한 몸 따윈 필요 없었다. 저건 진화가 아닌 퇴행이다. 영원을 살아도 짐승의 삶이라면 무슨 의미가 있겠는가?

그때 집무관 안드로이드가 메시지를 띄웠다.

"회장님, 요한 가르두치로부터 긴급 보고입니다."

"무슨 일인가?"

"알렉스 도련님께서 교내 동급생에게 폭력을 가하신 모양입니다."

"05번?"

"네, 04번은 유전적 이상이 나타나서 폐기 처리할 예정입니다."

그는 잠시 생각에 잠기더니 짤막하게 명했다.

"일단 좀 더 지켜보지. 아직 06번이 있으니까……."

알림

달 연구소 내에서 다수의 폭발 사건 발생!
소장 권한으로 제한구역 폐쇄 조치.
긴급 구조 요청 수신 중.

사건은 갑작스레 일어났다.

"이게 어떻게 된 일이야! 테러라도 당한 건가? 빨리 보고해 봐!"

– 외부 소행은 아닙니다. 내부에서 일어난 일입니다.

"내부라니? 그럼 우리 연구소 안의 누군가가 직원들을 다 죽이고 폭발을 일으켰단……."

그 순간 뇌리를 스친 깨달음에 아브라함 회장은 '설마' 하는 어조로 입을 열었다.

"알파와 델타는?"

– 실험실을 탈출한 뒤 소장에게로 향했습니다.

탄식이 흘러나왔다.

순전히 그의 부주의로 빚어진 상황이었다. 이 정도 사태는 미리 예측하고 대비를 해 뒀어야 했다. 알파가 계속 호의적일 거라 믿은 그의 어리석음이 불러온 재앙.

아브라함은 파손된 안드로이드의 코어 시스템에 가까스로 접속했다. 그러자 가상세계에 들어온 것처럼 달 연구소의 상황이 눈앞에 생생하게 펼쳐졌다. 다만 평소와 달리 잡음이 심하고 시야는 이물질이 낀 것처럼 탁하기만 했다. 접속한 안드로이드의 상태가 몹시도 불안정한 듯했다.

연구소 내부는 흡사 돌풍이 휩쓸고 간 모습이었다. 특히 폐쇄된 제한구역은 폭발 후 화재까지 발생해 피해 규모가 상당했다. 문제는 이곳이 바로 알파가 있던 장소라는 것이다.

"오랜만이군, 대니얼 아브라함. 그간 성과가 좀 있었나?"

낮고 묵직한 음성의 주인은 바닥에 쓰러진 안드로이드를 향해 걸어왔다. 아브라함이 접속한 사무용 로봇은 사람으로 치자면 죽기 일보 직전의 수준이었다. 수액이 질질 흐르는 안드로이드의 동공은 다가오는 발걸음을 빤히 노려보고 있었다. 하얀 소독복을 입은 알파는 덜렁거리는 안드로이드 목을 잡더니 90도 각도로 푹 꺾었다. 뒤로 목이 꺾인 채 그를 올려다보는 안드로이드의 눈동자가 잘게 경련을 일으켰다.

– 당신이 이런 겁니까?

안드로이드의 목구멍에서 지직거리는 음성이 흘러나왔다. 알파는 피식 웃더니 여유롭게 대답했다.

"난 아니야, 그녀들이 그랬지."

그의 어깨 너머로 몸을 낮춘 채 슬금슬금 기어 오는 델타 두 마리가 보였다. 그들은 알파의 허벅지에 온순하게 머리를 기대더니 바닥에 쪼그리고 앉았다. 입가에 고인 침 사이로 흐르는 피가 보였다. 바로 직전에 누군가의 살점이라도 물어뜯고 온 듯한 모습이었다.

"연구원들에 대한 분노가 상당했거든. 특히 소장의 경우엔 보자마자 갈가리 찢어 버리더군."

그는 오른발에 기댄 델타의 듬성듬성한 머리칼을 쓰다듬으며 그녀가 자랑스럽다는 듯 웃었다.

"그런데 이 녀석 배에는 무슨 짓을 한 거지?"

그가 손으로 가리킨 델타의 배는 유독 풍선처럼 부풀어 있었다. 알파는 장난기 어린 눈빛으로 물었다.

"혹시 아브라함, 네 애라도 임신시킨 거 아니야?"

아브라함 회장은 아무런 대답이 없었다. 그의 대답을 차분히 기다리던 알파의 입가에 '어라?' 하는 미소가 비뚜름하게 일어났다. 설마 했는데 진짜였나? 그는 크게 웃음을 터뜨렸다.

"그대는 정말 포기를 모르는구나. 그렇게까지 불멸을 원하나?"

– 저는 제 나름대로 이미 불멸의 길을 터놓았습니다. 신新인류라는 관점에서 말이죠. 물론 당신을 만나 잠시 다른 가능성에 흔들린 것도 사실입니다. 당신을 이용해 신新인류가 아닌 신神이 될 수 있을지도 모른다는 생각을 했으니까요. 하지만 아쉽게도 그건 불가능한 일이었습니다. 당신의 바이러스는

인간의 인지능력을 퇴화시키거든요. 그것만큼은 죽음보다 사양입니다.

신新인류.

지적 탐구 영역에 대한 열망.

"그러니까 넌 진화를 하고 싶은 거로군. 불멸도 그 선상의 일환인 거고……."

알파는 흥미롭다는 눈빛을 지었다.

인간의 욕구는 본능과 밀접하게 연관되어 있다. 하지만 욕망 또한 반드시 그러리라는 보장은 없다. 본능은 생존과 직결되는 선천적인 충동인데 반해 욕망은 개인의 이기심이 투영되어 있기 때문이다.

생존에는 개인의 생존과 종족의 생존이 있다. 자손을 낳고 번식을 한 개체는 집단적 시각에서 봤을 때 이미 쓸모가 없는 존재였다. 때문에 인간은 번식을 한 이후엔 '종족 보존'을 개인의 생존보다 앞세우게 된다.

그러나 가끔 '집단적 본능'에서 벗어나 '개인의 욕망'에만 집중하는 개체가 나타날 때가 있다. 그들은 집단의 생존 따위엔 관심이 없다. 오히려 집단을 파괴하고 동족을 혐오하는 면을 보이는데 간혹 동족 사냥—생물학적인 죽음을 선사하거나 사회적으로 매장시키는 것—을 행하기도 한다. 그런 잔인성까지 갖춘 개체는 사회의 존망을 위협하게 된다.

그들은 스스로 신新인류가 되고자 하는 욕망을 품고 있다. 때문에 타인을 한겨레로 여기지 않고 타파해야 할 적, 혹은 진화하지 못한 열등체로 여긴다. 그들은 동족과 연결된 집단적 본능의 지시를 받지 않기 때문에 개인의 욕망을 성취하고자 하는 욕구를 몇 배나 강하게 느꼈다. 그리고 그 욕구를 해소하기 위해서는 결코 수단과 방법을 가리지 않는다.

설사 그것이 동족을 멸족시키는 일일지라도.

"어쨌든 덕분에 나도 좋은 걸 배웠다. 내 권속의 배 속에 다른 수컷의 씨를 수태시킨다는 발상은 해 본 적 없으니."

– 아직 성공 여부는 확신할 수 없습니다. 사실 전부터 묻고 싶었습니다만, 혹시 당신은 생식 능력이 없는 겁니까?

알파의 웃음소리가 그쳤다. 그는 무표정한 눈으로 말없이 아브라함을 응시했다. 대답은 듣지 못했지만 아브라함은 그 순간 그에게 강한 동료 의식을 느꼈다. 한 번도 타인에게서 느껴 본 적 없던 친밀감이 우주 저편의 낯선 이방인을 향해 생애 처음으로 샘솟았던 것이다.

"나는 노아의 방주에서 살아남은 이들 중 가장 약한 개체다. 모성을 떠나온 선조들의 직계 후손이 아니기 때문이지. 그래서 순수 혈통과는 생김새부터 달라. 그들은 대체적으로 옅은 머리색에 창백한 피부, 아주 섬세한 이목구비를 가졌거든. 하지만 보다시피 나는 그 반대의 얼굴이지."

구릿빛 피부, 검은 머리칼, 아몬드형의 짙은 눈동자.

"난 그들 눈에 띄고 싶지 않다. 이곳까진 함께 왔지만 그들과 난 목적이 다르니까. 난 종족의 번영이 아닌 나 '개인의 생존'을 원하거든. 그러니 대니얼 아브라함, 네가 나를 좀 도와줬으면 하는데."

아브라함은 안드로이드의 눈깔을 데굴데굴 움직여서 아래를 응시했다. 얌전히 숨소리만 내고 있는 델타들의 손과 입가에 아직도 흐르는 선혈이 보였다. 반면 알파의 손과 발은 깨끗했다. 그는 델타를 마음대로 부릴 수 있고 그녀들은 그를 무조건적으로 따른다.

저게 바로 '권속'이라는 건가?

아브라함 회장은 잠시 고민했다. 그는 단 한 번도 동료란 걸 만든 적이 없었다. 가족조차 그에게 있어선 같은 편이 될 수 없었고, 사랑이란 걸 흉내 내 보려고 했지만 자기애를 이길 수 없었다.

– 거래를 하죠.

"거래?"

– 당신을 도와드리겠습니다. 그 대신 당신도 내게 협조를 해 주십시오.

"내가 뭘 해 주면 되지?"

– 당신의 권속을 내게 주십시오.

세계에서 가장 영향력 있는 인물 100명의 인터뷰

"원래 메시아란 말입니다. 세상이 멸망하기 직전에 나타나는 법이지요. 그런 극적인 등장은 사람들을 더 감동시키기 마련이니까요. 다시 말하면 우리가 따르는 '신'이란, 한 손으로는 세상을 벌하고 다른 한 손으로는 구원을 내밀던 이율배반적인 존재였다는 겁니다. 그러나 인간은 그들을 벌한 자와 구원한 자가 동일하다는 것도 모른 채, 태초부터 지금까지 줄곧 죄인처럼 손발을 싹싹 빌고 있습니다."

- 대니얼 아브라함 편/투데이즈 매거진 편집부

서기 2098년 7월 뉴욕 브루클린.

얼마 전부터 맨해튼에는 검은 용병대가 나타나기 시작했다. 그들은 불가시 모드를 장착한 에어쉽을 타고 다녔다. 맨해튼 하수도를 통해 이동하는 델타들은 언제부터인가 도심 한가운데에도 속출하기 시작했고, 검은 용병대는 그럴 때마다 나타나 번개 같은 속도로 델타를 쓰러뜨리고 사라졌다.

로스티아벤Los-Thea-ven.

그들은 왓슨 그룹 산하에 속한 특수사병들로 본래 임무는 인공섬 로스트 헤븐의 수호 및 도내 치안 유지라고 했다. 그들의 등장으로 연맹군은 대중의 관심을 잃었다. 어느 슈퍼스타들 못지않은 인기를 독차지한 낙원의 용병대에 관해 뉴욕 타임즈는 1면에 그들을 이렇게 묘사했다.

> **STF라는 로고가 박힌 최첨단 소재 전투복은 구시대적인 연맹군의 군복과 그 세련된 맵시부터 달랐다. 그들은 주로 델타를 산 채로 포획하는 게 목표였다. 특히 얼굴에 십자 흉터가 있는 지휘관이 이끈다는 블랙 호크 부대는, 나타나기만 하면 승전은 따 놓은 당상이라는 말이 돌 정도로 그 실력과 인지도를 따라올 자들이 없었다.**

뉴욕의 브루클린은 델타의 집단 거주 지역들 중 하나로, 현재 가장 많은 수의 델타가 살고 있을 거라 추측되는 곳이었다.

그리고 그곳에 그녀가 나타난 건 어느 뜨거운 여름날이었다.

한 마리의 길고양이를 닮은 실루엣이 무너진 아스팔트 도로 위를 나붓나붓 걸었다. 호리호리한 몸이지만 군살 없이 탄탄한 허벅지 뒤로 검은 긴 머리카락이 꼬리처럼 바람에 춤을 췄다. 밀도 높은 특수 재질의 검은 전투복은 그녀의 굴곡진 몸에 착 달라붙은 채 매끈한 선을 여과 없이 보여 주고 있었다.

로스티아벤의 정예부대 STF.

봉긋한 가슴에 부착된 검은 매 마크[27]는 부대의 지휘관인 블랙 호크를 상징했다. 금방이라도 날아오를 듯 기상을 뽐내는 매의 양 날개는 끝자락만 황금색이었다. 최정예부대인 STF를 상징하는 앰블럼이 황금 날개기 때문이다.

한편 폐허가 된 건물 옥상 위에 숨어 있던 남자는 갑자기 나타난 인영을 발견하자마자 황급히 몸을 낮췄다.

'로스티아벤의 특수부대인가?'

그는 난간에 바짝 붙어 도로 위를 내려다보았다.

'몇 명이나 온 거지?'

다른 병사들은 보이지 않았다. 홀로 은빛 쌍검을 들고 나타난 여자는 주위를 빙그르르 둘러보더니 느닷없이 고개를 들어 그가 있는 옥상 쪽을 흘끔 올려다보았다.

눈이 마주쳤다.

흠칫 놀란 그는 재빨리 난간 아래로 몸을 낮췄지만 뒤통수 아래로 따가운 시선이 느껴졌다.

'말도 안 돼.'

족히 사십 미터는 떨어진 거리다. 그 거리에도 불구하고 발견했다고? 요염한 태로 등장한 여자는 붉은 입술을 끌어올리며 피식 웃고 있었다. '아, 거기 숨어 있구나?' 하는 눈빛으로 여유를 부리

---

27 검은 매: 지휘관 노아 호크별명 블랙 호크의 심볼. 얼핏 보면 검은 매, 혹은 검은 독수리를 형상화한 것 같지만 잘 보면 몸통은 가로로 누인 십자형 검의 형태다. 대검의 양옆에는 발처럼 드리워진 검은 날개가 수평으로 펼쳐져 있다.

면서.

남자는 붉게 일렁이는 동공을 진정시키며 심호흡을 했다. 목 뒤로 식은땀이 주르르 흐르고 있었다. 팔에 돋은 소름이 가시처럼 뾰족하게 각을 곤두세웠다. 그는 이마에 흘러내리는 검은 머리칼을 쓸어 올리며 좌우를 살폈다. 그리고 젖은 머리칼에서 묻어난 땀이 손바닥을 촉촉이 적신 걸 보고서야 비로소 자신이 겁을 먹었다는 걸 깨달았다.

'미친 거냐? 한낱 인간 여자에게 위축된 걸로 모자라 숨이 멎는 듯한 공포까지 느끼다니…… 한심하긴.'

지금 이 건물 내에는 지하까지 총 열다섯 마리의 델타가 잠복하고 있다. 반대편 공장 건물에도 약 열 마리 남짓이 그의 명령을 기다리고 있는 중이었다. 델타 전담부대라면 사전에 이미 열원 탐지로 광역 스캔을 마쳤을 텐데 어째서 다른 병사들이 보이지 않는 거지? 함정인가? 지금 델타들을 우르르 내보내면 저 여자는 분명 죽는다. 본인도 그 사실을 모르진 않을 텐데 어찌 저리도 태평한 얼굴로 적진 한가운데를 누비며 서 있을 수 있느냔 말이다. 아무리 미끼 역할이라도 그렇지, 저 여잔 죽는 게 두렵지도 않은 건가? 대체 이 위압감은 뭘까? 대체 그녀의 무엇 때문에 이렇게도 숨 막히는 기분이…… 어라?

'어디로 갔지?'

고개를 돌려 슬그머니 난간 틈을 엿보던 그는 황망한 표정을 지었다.

여자가 사라졌다.

도로 위에서 비긋이 웃으며 약 올리듯 쳐다보던 그녀의 모습이 온데간데없이 증발한 것이다.

끼에에엑!

캬아악! 끽, 끼긱!

발바닥 밑에서 땅이 흔들리는 진동과 함께 델타의 날카로운 비명 소리가 울려 퍼졌다. 콰쾅! 폭발 소리다. 소음과 진동의 세기를 보았을 때 적어도 군용 소형폭탄 급의 무기. 이어지는 폭발음은 없다. 설마 자폭한 건가?

아무리 뛰어난 군인이라도 델타 열 마리를 혼자 상대하는 건 불가능했다. 더군다나 이 건물은 천장이 높고 기둥을 제외한 벽은 모두 허문 상태라서 다수의 적을 상대하기에 불리한 구조였다. 무모한 짓을 했군. 돌아가서 아군을 부르는 게 나았을 텐데.

콰쾅!

잠겨 있던 옥상 문이 레이저 총에 의해 반으로 갈리더니 단면이 크림처럼 녹아내렸다. 그 사이로 걸어 나온 여자는 그를 보자마자 달려와 어깨를 잡고 흔들었다.

“이봐! 다친 곳은 없어?”

남자는 넋이 나간 얼굴로 그녀를 멍하니 쳐다보았다. 그는 꿈인지 현실인지 도저히 믿을 수 없다는 표정이었다.

‘불가능할 게 분명한데 어떻게…….’

다급한 목소리로 묻던 여자는 좁은 미간을 찌푸리더니 그의 손목과 팔 그리고 목 등을 빠르게 확인했다.

“물린 곳은 없는 것 같은데.”

그녀가 잡았던 손목의 혈관이 팔딱거리는 생선처럼 뛰었다. 가슴이 왜 이렇게 진정되지 않는 거지?

"설마…… 날 구하러 여기까지 온 겁니까?"

"당연하지. 내가 양쪽 눈 시력 2.0 이상인 것에 감사히 여기라고."

그녀는 쏘아붙이듯 말했지만 은근 자랑 어린 어조였다. 이마에 맺힌 땀방울 사이로 붉은 핏방울이 보였다.

"이름이 뭐지?"

"……아, 알파."

"알파?"

그녀는 특이한 이름이라는 듯 콧잔등을 찌푸렸다.

"좋아, 알파. 내 이름은 유림이다. 로스티아벤 정예부대인 STF의 델타 포획조 중에서도 에이스인 몸이지."

알파의 눈이 흠칫 커졌다.

로스티아벤 정예부대 델타 포획조의 에이스.

유림은 말없이 눈을 깜빡이는 그를 빤히 쳐다보더니 덥석 그의 턱을 잡았다. 당황한 그의 눈이 커졌다. 턱을 쥔 그녀가 더운 숨결이 느껴질 만큼 다가오고 있었다. 눈을 뗄 수 없을 정도로 붉게 반질거리는 입술을 천천히 열었다.

"그리고 오늘 널 구한 생명의 은인이기도 하시다. 알겠나?"

그녀는 그가 방어 차원으로 턱과 입술에 힘을 꾹 주는 걸 보며 피식 웃었다. 그러고는 그의 손목에 지브제로가 담긴 주사기를 푹 박았다.

"무슨 짓이야!"

당황한 알파가 퍼뜩 손을 뿌리쳤지만 유림은 유유히 빈 주사기를 뽑으며 한심하다는 듯 혀를 쯧 찼다.

“사내새끼가 주사 한 방 가지고 호들갑 떨기는. 감염되었더라도 발현 전에 치료제를 주입했으니 괜찮을 거다. 밑에 의무반이 대기하고 있을 테니 좀 앉아 있다가 내려가도록 해. 내려가는 길은 내가 이미 청소해 놨으니 걱정하지 말고. 그럼 조심히 가라. 아…….”

‘그런데 이름이 뭐였지?’란 얼굴로 잠시 서 있던 유림은 머쓱한 눈초리로 뺨을 매만지더니 돌아섰다. 알게 뭐냐는 식의 표정이었다. 어깨를 으쓱거리며 걷는 그녀의 뒷모습은 방금 전 구했던 그의 존재 따윈 이미 까맣게 잊은 기색이었다.

그런 그녀를 아쉬운 듯 바라보던 알파는 ‘두근’ 하고 고동치는 심장을 느끼며 왼 가슴을 덥석 움켜쥐었다. 그는 핏줄이 터진 눈가를 고통스럽게 일그러뜨리며 충혈된 동공을 크게 확장시켰다.

“으…… 크윽!”

그는 몸을 뒤집으며 눈 흰자위를 허옇게 뒤집었다. 온몸이 부르르 경련을 일으켰다. 피부에 비친 푸른 혈관들은 무섭게 팽창하며 불룩불룩 튀어나오기 시작했다.

지브제로G-eve zero. 그걸 투여한 건가?

델타에 감염되었지만 변이가 일어나기 전 단계의 인간에게만 유효하다는 치료제. 온몸이 타는 듯 뜨거웠다. 그 말은 즉, 최초의 바이러스를 퍼뜨린 숙주에게도 효과가 있다는 뜻이었다.

“아아아아악!”

알파는 끔찍한 비명을 내지르며 바닥에서 몸을 굴렀다. 아브라함, 그자의 도움이 필요하다. 그는 숨을 헐떡이며 간신히 몸을 일으켰다. 그리고 부들부들 떨리는 손으로 손목에 찬 스마트 워치를 눌렀다.

아브라함!

대니얼[28] 아브라함!

툭, 발버둥 치던 그의 손이 바닥에 떨어졌다. 힘없이 감기는 눈 위로 파란 하늘이 보였다.

— 내 권속으로 뭘 하려고?

— 이 세상에 심판을 내릴 겁니다.

— 심판?

— 예, 신의 대리인으로서…… 당신이 허락만 해 주신다면 말입니다.

– 3권에서 계속

28 대니얼Daniel: 대니얼이란 이름의 뜻은 "God is my judge." '신께서 나를 심판하시리'라는 뜻이다.